U0929593

中国文库
综合普及类

文坛五十年

（正编 续编）

曹聚仁 著

中国出版集团
生活·讀書·新知 三联书店

图书在版编目(CIP)数据

文坛五十年(正编　续编)/曹聚仁著. - 北京:生活·读书·新知三联书店,2011.9
(中国文库)
ISBN 978-7-108-03742-8

Ⅰ.①文…　Ⅱ.①曹…　Ⅲ.①中国文学:近代文学-文学史-研究②中国文学-现代文学史-研究　Ⅳ.①I209

中国版本图书馆CIP数据核字(2011)第086379号

责任编辑:郑　勇
整体设计:翁　涌　李　梅
责任印制:王铁生

文坛五十年(正编　续编)
Wentan Wushi Nian
曹聚仁 著

生活·讀書·新知 三联书店 出版
http://www.sdxjpc.com
北京市东城区美术馆东街22号　　邮编:100010
北京瑞古冠中印刷厂印刷　　新华书店经销
2011年9月第1版　　2011年9月第1次印刷
开本:880毫米×1230毫米　1/32　印张:12.375
字数:293千字　　印数:1-4500
ISBN 978-7-108-03742-8
定价:28.00元

曹聚仁

“中国文库”出版前言

“中国文库”主要收选20世纪以来我国出版的哲学社会科学研究、文学艺术创作、科学文化普及等方面的优秀著作。这些著作，对我国百余年来的政治、经济、文化和社会的发展产生过重大积极的影响，至今仍具有重要价值，是中国读者必读、必备的经典性、工具性名著。

大凡名著，均是每一时代震撼智慧的学论、启迪民智的典籍、打动心灵的作品，是时代和民族文化的瑰宝，均应功在当时、利在千秋、传之久远。“中国文库”收集百余年来的名著分类出版，便是以新世纪的历史视野和现实视角，对20世纪出版业绩的宏观回顾，对未来出版事业的积极开拓，为中国先进文化的建设，为实现中华民族伟大复兴做出贡献。

大凡名著，总是生命不老，且历久弥新、常温常新的好书。中国人有“万卷藏书宜子弟”的优良传统，更有当前建设学习型社会的时代要求，中华大地读书热潮空前高涨。“中国文库”选辑名著奉献广大读者，便是以新世纪出版人的社会责任心和历史使命感，帮助更多读者坐拥百城，与睿智的专家学者对话，以此获得丰富学养，实现人的全面发展。

为此，我们坚持以邓小平理论和“三个代表”重要思想为指导，深入贯彻落实科学发展观，坚持贯彻“百花齐放、百家争鸣”的方针，坚持按照“贴近实际、贴近生活、贴近群众”的要求，以登高望远、海纳百川的广阔视野，披沙拣金、露钞雪纂的刻苦精神，精益求精、探赜索隐的严谨态度，投入到这项规模宏大的出版工作中来。

“中国文库”所收书籍分列于6个类别，即：(1)哲学社会科学类

(哲学社会科学各门类学术著作);(2)史学类(通史及专史);(3)文学类(文学作品及文学理论著作);(4)艺术类(艺术作品及艺术理论著作);(5)科技文化类(科技史、科技人物传记、科普读物等);(6)综合·普及类(教育、大众文化、少儿读物和工具书等)。计划出版约1000种,分辑出版。自2004年以来,已先后出版四辑,每辑约100种,分精平装两类。2011年时值辛亥革命100周年,特将“中国文库”第五辑作为“纪念辛亥革命100周年”特辑推出,主要收选民国时期原创性人文社科类名著。

“中国文库”所收书籍,有少量品种因技术原因需要重新排版,版式有所调整,大多数品种则保留了原有版式。一套文库,千种书籍,庄谐雅俗有异,版式整齐划一未必合适。况且,版式设计也是书籍形态的审美对象之一,读者在摄取知识、欣赏作品的同时,还能看到各个出版机构不同时期版式设计的风格特色,也是留给读者们的一点乐趣。

“中国文库”由中国出版集团发起并组织实施。收选书目以中国出版集团所属出版机构出版的书籍为基础,并邀约其他数十家出版机构参与,共襄盛举。书目由“中国文库”编辑委员会审定,中国出版集团与各有关出版机构按照集约化的原则集中出版经营。编辑委员会特别邀请了我国出版界德高望重的老专家、领导同志担任顾问,以确保我们的事业继往开来,高质量地进行下去。

“中国文库”,顾名思义,所收书籍应当是能够代表中国出版业水平的精品。我们希望将所有可以代表中国出版业水平的精品尽收其中,但这需要全国出版业同行们的鼎立支持和编辑委员会自身的努力。这是中国出版人的一项共同事业。我们相信,只要我们志存高远且持之以恒,这项事业就一定能持续地进行下去,并将不断地发扬光大。

“中国文库”编辑委员会

“中国文库·第五辑”
编辑委员会

中国文库

（第五辑）

【哲学社科类】

孙中山著作选编　陈铮选编 …… 中华书局
黄兴集　湖南省社会科学院编 …… 中华书局
宋教仁集　陈旭麓主编 …… 中华书局
廖仲恺集　广东省社会科学院历史研究所编 …… 中华书局
朱执信集　广东省哲学社会科学研究所历史研究室编 …… 中华书局
中国政治思想史　陶希圣著 …… 中国大百科全书出版社
民国政制史　钱端升等著 …… 上海人民出版社
民国政党史　谢彬撰　章伯锋整理 …… 中华书局
经学历史　皮锡瑞著　周予同注释 …… 中华书局
清代学术概论　梁启超著　朱维铮校订 …… 中华书局
新唯识论　熊十力著 …… 上海书店出版社
逻辑　金岳霖著 …… 中国人民大学出版社
科学与玄学　罗家伦著 …… 商务印书馆
中国古代经济史稿　李剑农著 …… 武汉大学出版社
中国近代经济史　汪敬虞主编 …… 人民出版社
中国交通史　白寿彝著 …… 团结出版社
中国经济原论　王亚南著 …… 中国大百科全书出版社
中国经济思想史　唐庆增著 …… 商务印书馆
财政学　何廉、李锐著 …… 商务印书馆
货币与银行　杨端六著 …… 武汉大学出版社
刑法学　蔡枢衡著 …… 中国民主法制出版社
乡土中国　费孝通著 …… 人民出版社
文化人类学　林惠祥著 …… 商务印书馆
优生概论　潘光旦著 …… 北京大学出版社
西洋文化史纲要
　　雷海宗撰　王敦书整理导读 …… 上海古籍出版社
西学东渐记　容闳著　徐凤石　恽铁樵等译
　　钟叔河导读、标点 …… 生活·读书·新知三联书店
中国现代语法　王力著 …… 商务印书馆
语言学史概要　岑麟祥编著　岑运强评注 …… 世界图书出版公司

蔡元培教育论著选　　高平叔编……………………人民教育出版社
陶行知教育论著选　　董宝良主编…………………人民教育出版社
中国报学史　　戈公振著………………生活·读书·新知三联书店
陆费逵文选　　陆费逵著…………………………………中华书局
张元济论出版　　张元济著　张人凤　宋丽荣选编……商务印书馆
韬奋文录新编　　邹韬奋著…………生活·读书·新知三联书店

【史学类】
国故论衡　　章太炎撰　庞俊　郭诚永疏证……………中华书局
国史大纲　　钱穆著……………………………………商务印书馆
通史新义　　何炳松著…………………………………商务印书馆
台湾通史　　连横著………………生活·读书·新知三联书店
武昌革命史　　曹亚伯著……………中国大百科全书出版社
辛亥革命与袁世凯　　黎澍著………中国大百科全书出版社
北洋军阀史　　来新夏等著…………………………东方出版中心
中国国民党史稿　　邹鲁编著………………………东方出版中心
中华民国外交史　　张忠绂编著…………………………华文出版社
西洋史　　陈衡哲著…………………中国大百科全书出版社
欧化东渐史　　张星烺著………………………………商务印书馆
清末立宪史　　高放著……………………………………华文出版社

【文学类】
秋瑾诗文选注　　郭延礼　郭蓁编选…………人民文学出版社
邹容集　　张梅编注………………………………人民文学出版社
陈天华集　　刘晴波　彭国兴编　饶怀民补订……湖南人民出版社
于右任诗词选　　杨中州选注……………………河南文艺出版社
南社诗选　　林东海　宋红选注…………………人民文学出版社
鸳鸯蝴蝶派作品选　　范伯群编选………………人民文学出版社
文学研究会小说选　　李葆琰编选………………人民文学出版社
创造社作品选　　刘纳编选………………………人民文学出版社
太阳社小说选　　李松睿　吴晓东编选…………人民文学出版社
湖畔派诗选　　刘纳编选…………………………人民文学出版社
浅草－沉钟社作品选　　张铁荣编选……………人民文学出版社
《语丝》作品选　　张梁编选……………………人民文学出版社
未名社作品选　　黄开发编选……………………人民文学出版社
新月派诗选　　蓝棣之编选………………………人民文学出版社

象征派诗选　孙玉石编选 …………………… 人民文学出版社
新感觉派小说选　严家炎编选 ……………… 人民文学出版社
现代派诗选　蓝棣之编选 …………………… 人民文学出版社
论语派作品选　庄钟庆编选 ………………… 人民文学出版社
京派小说选　吴福辉编选 …………………… 人民文学出版社
东北作家群小说选　王培元编选 …………… 人民文学出版社
七月派作品选　吴子敏编选 ………………… 人民文学出版社
西南联大文学作品选　李光荣编选 ………… 人民文学出版社
九叶派诗选　蓝棣之编选 …………………… 人民文学出版社
荷花淀派小说选　冯健男编选 ……………… 人民文学出版社
山药蛋派作品选　高捷编选 ………………… 人民文学出版社
红楼梦辨　俞平伯著 ……………………………… 商务印书馆
中国诗史　陆侃如、冯沅君著 ……………… 百花文艺出版社
中国文学发展史　刘大杰著 ………………… 复旦大学出版社

【艺术类】

万木草堂论艺　康有为著 ……………………… 荣宝斋出版社
中国绘画史　潘天寿著 ……………………………… 团结出版社
中国绘画理论　傅抱石著 …………………… 江苏教育出版社
中国雕塑艺术史　王子云著 ………………… 人民美术出版社
中国陶瓷史　吴仁敬　辛安潮著 ……………… 团结出版社
中国戏剧史　徐慕云著 ……………………… 东方出版中心
洪深戏剧论文集　洪深著 …………………… 东方出版中心
焦菊隐戏剧论文集　焦菊隐著 ………………… 华文出版社
中国古代乐论选辑　吴钊　伊鸿书　赵宽仁　古宗智
　　吉联杭编 ……………………………… 人民音乐出版社
素月楼联语　张伯驹编著 ……………………… 华文出版社
中国书法理论体系　熊秉明著 ……………… 人民美术出版社
夏衍电影论文集　夏衍著 …………………… 东方出版中心
银幕形象塑造　赵丹著　赵青整理 ………… 东方出版中心

【科技文化类】

自然辩证法在中国　龚育之著 ……………… 北京大学出版社
科学家谈 21 世纪　李四光等著 ………… 中国大百科全书出版社
继承与叛逆——现代科学为何出现于西方
　　陈方正著 ……………………… 生活·读书·新知三联书店

中国医学史　陈邦贤著 ……………………………… 团结出版社
化学史通考　丁绪贤著 ……………………… 中国大百科全书出版社
科学概论　王星拱著 ………………………………… 武汉大学出版社
竺可桢科普创作选集　竺可桢著 ………… 中国大百科全书出版社

【综合普及类】

书林清话　叶德辉著 ……………………………………… 华文出版社
文坛五十年　曹聚仁著 ……………… 生活·读书·新知三联书店
张菊生先生七十生日纪念论文集
　胡适　蔡元培　王云五等编 ……………………… 商务印书馆
佛教常识问答　赵朴初著 ………………………………… 华文出版社
词心笺评　邵祖平著 ………………………………… 复旦大学出版社
西潮与新潮　蒋梦麟著 ………………………………… 东方出版社

目　录

文坛五十年

文坛五十年 [续集]

文坛五十年

引 言

莫将戏事扰真情，且可随缘道我赢。战罢两奁收黑白，一枰何处有亏成。

——王荆公《咏棋》

《文坛五十年》，是一部回忆录性质的书，和梅兰芳的《舞台生活四十年》相仿佛，也可说是由于他那部回忆录所触发的。所不同的是，梅氏之书，以他个人生活为叙述的中心；我则以四围师友生活为中心。我非文人，只是以史人的地位，在文坛一角上作一孤立的看客而已。

我到上海之初（那是1922年），就在三益里陈望道先生的家中歇了脚。这位老师，后来成为修辞学的权威，上海文学界的宗匠；那时，他还只住在比亭子间稍大的后楼中编《妇女周刊》，他的修辞学还不曾动手。上海的文坛，还是周瘦鹃、陈栩园、包天笑、严独鹤的世界，徐枕亚的《玉梨魂》，那部哀艳的小说，也正在时行，连张恨水的《啼笑因缘》都没上场呢！我还记得从上海《民国日报》社的破旧楼梯下来，走过《神州日报》社的黑墙头，总把那份张贴着的《晶报》细细看了一遍，那是张丹斧、马二先生（冯叔鸾）、袁寒云的天地。中国早期的小报，他们于才子佳人以外，夹点诙谐讽刺的情调，会心微笑，让我懂得一点理学气氛中所没有的风趣。和陈望道先生时常往来的，如沈定一（玄庐）、刘大白、夏丏尊诸先生，都是新文学的主将，大家都在邵力子先生的《觉悟》副刊，以及《星期评论》、《文学周刊》，展开文艺的战斗阵容，这是代表五四运动以后南方新文学运动的主潮，和隔邻《时事新报》的《学灯》副刊相呼应。那时，《时事新报》代表研究系，《民国日报》代表国民党，正是政治上的冤家，而《学灯》和《觉悟》两副刊，对于新文艺的推进，却是同路人；因此，后来代表新文学运动的文学研究会，一部分是《觉悟》的朋友，一部分是《学灯》的朋友，和政治上的歧见并不相关。

上海《民国日报》的另外一群人，如叶楚伧、柳亚子、胡朴庵、胡怀琛诸先生，他们都是清末民初"南社"诗文旧友。他们的诗文风格，属于清末的新诗派，而其气氛则属于民族革命的，因此，和《觉悟》这一群朋友，还是气味相投的。那一时期，《新闻报》的《新园林》和《申报》的《自由谈》，隐然成一壁垒，属于礼拜六派的作风，虽说不上和新文学相敌对，但敌对的意味，依然存在的。可是，长江后浪推前浪，周瘦鹃的《自由谈》，变成了黎烈文的《自由谈》，严独鹤的《新园林》以外，又添上了小记者（严谔声）的《茶话》，这就不是一场平常的变动了。新文学运动，毕竟奠定了基础，无论诗歌、小说、戏曲都转了方向，这是中国文化史上最重要的一页；我们即不说，看了民初的报纸，觉得幼稚可笑，连一份抗战前的上海报纸，看起来也不够分量呢！

有一天，郑洪年先生请客，席上主客是陈石遗（衍）先生，陪座的有叶公绰、张天放、龙榆生诸先生；在这位诗坛祭酒面前，我这个毛头小伙子真算不得什么了。席上，他们所谈的，都是陈古千年的故事，连榆生都插不得嘴，像是和羲黄上人相见，格格不相入的了。我是有机会见到沈寐叟、林琴南这几位宋诗派的诗人的，但，我毕竟是刘大白、朱自清的学生，对于清末的宋诗派，起不了什么兴趣的。有一回，一位小姐念了许多《玉梨魂》中的诗篇给我听，这些诗也曾闯进我的心坎，反复环诵，不能自已的，但再重听这位小姐的吟诵，却也索然无味了。

清末，有一位新派诗人蒋观云，他是我的乡先辈，曾有一首咏卢骚诗："世人皆欲杀，法国一卢骚。民约倡新义，君威扫旧骄。力争平等路，血灌自由苗。文字收功日，全球革命潮。"从文坛这一角，正可以看到时代的趋向呢！

年轻时代的上海

1922年，我这个毛头小伙子，从武昌回到了上海，就那么定居下来了。那时候，我很年轻，上海也很年轻。年轻的人，不知道天之高，地之厚，不考虑上海居不易的问题；也想不到一脚踹进去便是一个文坛。茫茫人海中，我这样一个乡下人，当然渺不足道的了！

当时，上海有三个半大好佬（上海土语，便是滑头码子）。一个是中法药房大老板黄楚九。他那家药房，出了一种无铁质良药，“艾罗补脑汁”。因为用脑来“思维”是外来的新道理，上海人已经知道补脑的重要了。外来的自来血这一类补品，都是挂着铁质招牌，和东方文化是不十分合脾胃的；他特地标出了无铁的特征。这张药方是黄楚九的一位老朋友留德的医生开的，含有一般性安神健胃的作用，而且加点糖浆，颇为可口。“艾罗”便是“黄”字的英译，看起来像个洋人：瓶上印的是一位犹太人的照片。这样补脑汁就行销一时，黄老板的财就这么发起来的。他的最后杰作，便是有意想不到之妙的“百龄机”，他自己却等不及造百岁坊便死去了！

第二位大好佬便是冼冠生。他的母亲，当时只是替中法药房的职员缝洗衣服，兼做点小生意。那时，中法药房已经开始制造牛肉汁了，他就包下了那大量的牛肉渣，加点酱油、“味之素”重煮一回，用花花绿绿的方纸包起来，这就开始“结汁牛肉”的大买卖了。（有人看着他们发了大财，也仿着用牛肉来做结汁牛肉，.结果成本重，味儿轻，反而亏了本了。）从结汁牛肉走到大规大模的“冠生园”，雄视南京路，先后不过十多年的事，也真不容易。

第三位大好佬，是一个犹太人哈同。他只是替人看门起家的，娶了一个“咸水妹”（国际性的阻街女郎）。到了清末，已经是地皮大王，静安寺东的哈同花园，豪华奢侈与皇宫相埒。他办了一所仓圣明智大学，叫学生们见他下跪。养了许多遗老，印了许多古文字的专册，附庸风雅，名声大得很。那位咸水妹，也在西湖上造了一所私家花园，叫做罗苑（今国立艺术院）。哈同花园养了许多清室的太监，关起大门来，他俩是过着帝王的生活的。算起来，他该有八九千万财产，坐上那时富翁的首席。（那时孔祥熙、宋子文都还未露面呢！）

还有半个大好佬，就是住在南京路虹庙对面的吴鉴光，一个瞎子。他老先生闭眼睛替人谈财气，每天总有论百做投机的朋友向他问财爻。他是逢单叫他们买进，逢双就叫他们卖出的（所谓“多头”、“空头”），百人之中，每天总有一半灵验的。输了财钱的，自认晦气；赢了钱的，便替他做宣传，因此，他的瞎运一直亨通，有如对面的虹庙。

这些大好佬，都是跟着上海这一座年轻的城市慢慢成长的。一个葡萄牙的小瘪三，到了上海，在四马路张块布幔，敲敲小锣，引人看活动影片，一转眼变成了九家大影戏院老板，赚了论千万财富回国享福，也不是稀罕的事。说起来，上海真是好地方，所谓“冒险家的乐园”，遍地都是黄金，就看你的手法和运气了！也正是英雄不怕出身低，等到你有了手面，住在租界里，闭门成一统，谁敢不向你低头？那位替杜月笙办笔墨的杨度，原是洪宪皇帝的宰相；后来做杜府门客的章士钊，也正是段执政的首席幕僚。上海这个世界，真是吃野兽奶汁长大的莱谟斯，一脚就跨过那可笑的罗马城呢。

说起来，中国的文坛和报坛是表姊妹，血缘是很密切的。我们在杭州，看看上海《民国日报》，每天三大张，叶楚伧先生的社论和邵力子先生的《觉悟》（副刊），成为我们青年人的灯塔，真是了不得的。哪知到上海一看，这家穷得要命的领导革命的报纸，局处在河南路南头三茅阁桥边的一座又黑又脏的房子里，简直可怜得很。那个冬天，他们更是拮据万状，排好了新闻，报纸还没着落，只好抖索索地脱下了皮袍当了买纸再说。年轻人的心里，觉得革命思想家穷苦一点不要紧，他们的文字，自是光芒万丈的！过了不久，《民国日报》也移到望平街上另外一所又黑又脏的房子里去；说起来，物以类聚，那时的报纸，自该移到望平街上去的。

那年（1921年），望平街上发生了一件大事：《时报》主人狄葆贤（楚青）先生死了，《时报》也换了新的主人，由黄伯惠先生来接办了。《时报》创办于清光绪三十年，这家和《申报》、《新闻报》并称为三大报的报纸，乃是中国新闻界的异军。狄氏创办之初，他就说："我来办这份报纸，并非来革新舆论，乃是来革新代表舆论的报界的！"《时报》既出，报纸才采取新闻专电及长篇通讯，中国最著名的新闻记者黄远庸（远生）便是《时报》的北京通讯记者。他聘了陈景寒（冷血）任主笔，首立"时评"一栏，分版论断；这才有了代表舆论的言论，他注重图画，增设了教育、实业、妇女、儿童、英文、图画、文艺等周刊，后来成为新闻界的共同典型。在五四运动以前，《时报》总是站在时代的前驱，领导中国的文化，拖着望平街的老爷车向前进的。

有一回，胡适博士追叙他和《时报》之间的小因缘。他也是光绪三十年到上海，进梅溪学堂，不到二个月，《时报》便出版了。"那时正当日俄战争初起的时候，全国人心大为震动，但是当时几家老报纸，仍旧做那古文的长篇论说、仍旧保守那遗传下来的老格式与老办法，故不能供给当时的需要。就是那比较稍新的《中外日报》，也不能满足许多人的期望。《时报》应此时势而生，他的内容与办法，也确然能打破上海报界的许多老习惯，能够开辟许多新法门，能够引起许多新兴趣。因此《时报》出世之后，不久就成了中国知识阶级的一个宠儿。几年之后《时报》与学校就成了不可分离的伴侣了。”胡先生自己当时就把《时报》上的许多小说、诗话、笔记、长篇专著，都剪下来分订成若干小册子的。胡先生除了说到《时报》短评的好处，说做短评的人，能够聚精会神地大胆说话，故能引起许多人的注意，故能在读者脑筋里发生有力的影响。他又说到《时报》在当日确能引起一般少年的文学兴趣。“每天登载‘冷’或‘笑’译着的小说，有时每日有两种。冷血先生的白话小说，在当时译界中确要算很好的译笔；他有时自己也做一两篇短篇小说，也是中国人做新体短篇小说最早的一段历史。《时报》当日还有‘平等阁诗话’一栏，对于现代诗人的介绍，先生很精。诗话虽不如小说之风行，也很能引起许多人的文学兴趣。我关于现代中国诗的知识，差不多都是先从这部诗话里引起的。”

狄先生原是清末新诗运动中的一位健将，平等阁主人、慈石、楚卿都是他的笔名。他的庚子俚句中有“太平歌舞寻常事，几处风飐几色旗”、“处处壶浆低首拜，原来十国尽王师”等悲愤之词。他抱革命思想，庚子事变时，曾组织救国会于上海，想输送军火到汉口去起义的。事机不密，功败垂成，才一心一意来办报纸，做文字上的宣传工作的！

我到上海那年，恰好是王揖唐的《上海新志》出版的一年。这位代表北方政府的和平总代表，和南方代表谈不拢来，住在哈同花园，闲来无事，忽发雅兴，要来编一部《上海志书》，用连史纸中装精印。可惜，取材杂而不精，体制有似随笔札记，没给我们什么有意义的材料。倒是那位长毛状元王韬的《漫游随录》，说到清末上海的社会文化，颇有意绪。那时，西人麦都思主持“墨海书馆”，以活字版机器印书。西人“导观印书车床，以牛曳之，车轴旋转如飞，云一日可印数千番，诚巧而捷矣。印书楼以玻璃作窗牖，光明无纤翳，字架东西排列，位置悉依字典。”这是当年平版机印书的情形。

有一回，鲁迅曾在上海社会科学研究会讲演初期上海文艺界的情形。他说：“上海过去的文艺，开始的是《申报》。要讲《申报》，是必须追溯到六十年以前的，但这些事我不知道。我所能记得的，是三十年以前，那时的《申报》，还是用中国竹纸的，单面印，而在那里做文章的，则多是从别处跑来的‘才子’。那时的读书人，大概可分他为两种，就是君子和才子。君子是只读四书五经，做八股，非常规矩的。而才子却此外还要看小说，例如《红楼梦》，还要做考试上用不着的古今体诗之类。这是说才子是公开的看《红楼梦》的，但君子是否在背地里也看《红楼梦》，则我无从知道。有了上海的租界，那时叫做‘洋场’，也叫‘夷场’。有些才子们便跑到上海来，因为才子是旷达的，那里都去；君子则对外国人的东西，总有点厌恶，而且正在想求正路的功名，所以决不轻易的乱跑。孔子曰：‘道不行，乘桴浮于海’，从才子们看来，就是有点才子气的，所以君子们的行径，在才子就谓之‘迂’。才子原是多愁多病，要闻鸡生气，见月伤心的。一到上海，又遇见了婊子，去嫖的时候，可以叫十个二十个的年轻姑娘聚集在一处，样子很有些像《红楼梦》，于是就觉得自己好像贾宝玉；自己是才子，那么婊子当然是佳人，于是才子佳人的书就产生了。内容多半是，惟才子能怜这些风尘沦落的佳人，惟佳人能识坎坷不遇的才子，受尽千辛万苦之后，终于成了佳偶，或者是都成了神仙。……佳人才子的书盛行了好几年，后一辈的才子的心思，就渐渐改变了。他们发见了佳人，并非因为‘爱才若渴’而做婊子的，佳人只为的是钱；然而佳人要才子的钱，是不应该的；才子于是想了种种制伏婊子的妙法，不但不上当，还占了她们的便宜，叙述这各种手段的小说就出现了，社会上也很风行，因为可以当嫖学教科书去读。这些书里面的主人公，不再是才子＋呆子，而是在婊子那里得了胜利的英雄豪杰，是才子＋流氓。”

周先生的讲演，乃是有所根据的，即是指韩子云（松江人）所写的《海上花列传》型的小说。据说其人善弈棋，嗜鸦片，旅居上海甚久，曾充报馆编辑，所得笔墨之资，悉挥霍于花丛中，阅历既深，洞悉此中伎俩。他自己说过欲使阅者“按迹寻踪，心通其意，见当前之媚于西子，即可知背后之泼于夜叉，见今日之密于糟糠，即可知他年之毒于蛇蝎。”（第一回开宗明义，这部小说，以赵朴斋为全书线索，说他十七岁时，以访母舅洪善卿到了上海，遂游青楼，年轻不懂事，沉溺以至于大困顿；后来，他的舅父，把他送回家去，他又偷偷回到上海，越来越沦落，以至于拉洋车过活终局。他的妹妹，后来也做了妓女。）清光绪末年以迄宣统年间，这一类小说，非常流行，也正是鲁迅所说的才子与佳人或流氓的小说。我到上海那一时期，旧的才子佳人小说，尚未完全过去，新的才子佳人小说，还没上场。至于苏曼殊的《断鸿零雁记》、《绛纱记》、《焚剑记》、《碎簪记》那几种小说，属于言情的自叙传，多少也受了《茶花女》、《迦茵小传》一类翻译小说的影响，已经转向新小说的路上去了。

一个刘姥姥的话

中国文坛掌故，一部十七史，千头万绪，也不知从何说起。恰好有一个自称刘姥姥的吴稚晖先生，那时候尚未进入大观园，爱和朋友们在瓜棚豆架下瞎嚼咀，也就借他的口吻，开起场面来。

吴先生照例是把我们拖到一家小茶馆，挤在一群泥脚的朋友堆里，上天下地，无所不谈。他是江苏常州人。常州在清朝这一代，产生了三种特殊人才：一种是法理名家，和浙江绍兴齐名的师爷；又一种是理财专家，或为现代中国银行界的重镇；再一种则是阳湖古文家，陶熔经史，局面比桐城派开展的古文异军。吴先生乃是阳湖派的异军，他兼有刑名家之长，而气势过之。他自己曾说："三十岁以前，也曾从经生想到文人，也想到将来过了六十，到了孔老二删诗书、定礼乐之年，在词林文人里头有一席位置。乃三十岁的六月，住在北京官菜园上街镇江会馆，有位丹阳朋友乘我出门，在我桌上放一条纸规我曰：'学剑不成，学书不成，勇而无刚，朝史暮经。三十之年，胡乱混混。'我看了很懊丧。晚上读曹植与杨修书，他说：'昔杨子云先朝执战之臣耳，犹称壮夫不为也。吾虽德薄，位为蕃侯，庶几戮力上国，流惠下民，建水世之业，留金石之功。岂徒以翰墨为勋绩，辞赋为君子哉！'就想扔了那牢什子的文史，还是学剑。到明年，还到家乡，在小书摊上得到一部《岂有此理》（即《何典》），它开头便说'放屁放屁，真正岂有此理'，忽然大彻大悟，决计薄文人而不为。偶涉笔，即以'放屁放屁，真正岂有此理'之精神行之。再过一年，在南洋公学，有位陈先生，复相约投中国书于茅厕，从此不看中国书。到如今，几乎成了没字碑，然身上不带鸟气，不致误认我为文人，这是很自负的。”

吴先生薄文人而不为，他心目中的文人，都是中了八股的余毒，抹消了自己的头脑，专替别人做应声虫，所谓代圣人立言的。他老先生眼见土八股完了，洋八股便来了；革命八股之后，便是党八股；所以，他要和姓陈的朋友相约不读中国书。他看见章太炎先生在上海讲国学，对我大大地叹气。他说：“国故这东西，和小脚、鸦片、八股文一样，都是害人不浅的。非再把它丢在茅厕里三十年不可。现今鼓吹成一个干燥无味的物质文明，人家用机关枪打来，我也用机关枪对打，把中国站住了，再整理什么国故毫不嫌迟。”我们和他说阳湖派的古文，他就根本否认自己是文人，他写给我一封长信，一开头就说：“文学不死，大乱不止。”他说他的文体，乃是以“放屁放屁，真是岂有此理”之精神行之的。这部坊间小说——《何典》，乃是一部敢于在孔老二的神位前翻筋斗的奇书；作者的见解，能否跳出儒者思想的掌心，又作别论。他的笔法，乃是糅合俗语与经典、村言与辞赋为一炉的创格。其中有一节写雌鬼与雄鬼睡在一枕，上一句是“肉面贴着肉面”，十分村俗，下一句是“风光摇曳，别有不同”，却又非常典雅。吴先生自己所谓放屁文学，也就是敢于运用最村俗的粗话，如“口宽债紧”一类的名句，而六经皆要注脚，“下体鸡脚之辞，比诸黄绢幼妇之妙”，替白话文学开出最宽阔的门庭。他毕竟还是阳湖派古文的嫡传宗派，其得力于子史以及说部，而敢于对孔老二翻筋斗的，真有了《何典》的“放屁”精神。

吴老先生，从清末以来，一直是国语运动的领导者；1913年，主持读音统一会，审订了注音符号，到后来提倡拼音文字；他说国语文学，那还是士大夫所穿的皮鞋，为了一般种田人着想，用国音符号拼方音，那才是走泥路的草鞋。他是一个最了解民间文学的新文学家，他叫我不要让别人牵着鼻子走，他是东方的伏尔泰。

吴稚晖的语文见解，可以说是比时人都进一步；但是，他的文体，还是半文半白的白话文；他自己那么运用自如，不留斧凿的痕迹，是一件事；而“学我者病”，很多人写成了一种非驴非马的白话文，又是一件事。有一回，胡适之写信给《现代评论》的浩徐先生谈到这一问题（浩徐曾于“主客”答问中，说到非驴非马的白话文，乃是整理国故的一种恶影响。）说：“今日的半文半白的白话文，有三种来源：第一是做惯古文的人，改做白话，往往不能脱胎换骨，所以弄成半古半今的文体。梁任公先生的白话文，属于这一类，我的白话文有时候也不能避免这种现状。缠小了的脚，骨头断了，不容易改成天足，只好塞点棉花，总算是提倡大脚的一番苦心。第二是有意夹点古文调子，添点风趣，加点滑稽意味。吴稚晖先生的文章，有时是有意开玩笑的。鲁迅先生的文章，有时是故意学日本人做汉文的文体，大概是打趣顺天时报派的，如他的小说史自序。钱玄同先生是这两方面都有一点的：他极赏识吴稚晖的文章；又极赏识鲁迅兄弟，所以他做的文章也往往走上这一条路。第三是学时髦的不长进的少年，他们本没有什么自觉的主张，随笔乱写，既可省做文章的功力，又可以借吴老先生作幌子，由他们去自生自灭罢。大概我们这一辈半途出身的作者，都不是做纯粹国语文学的人；新文学的创造者，应该出在我们的儿女的一辈里，他们是‘正途出身’，国语是他们的第一语言，他们大概可以避免我们这一辈人的缺点了。”

冷眼看去，文学革命时期的前驱战士，他们在文体解放上的成就，远不如他们在思想解放上的深远广大；吴稚晖也和其他前驱的思想家一般，新文学运动乃是新文化运动的一面；他絮絮说教的乃是器械推进文明的大义。他说："文人所以尤进于禽兽者何在乎？即以其前之两足发展为两手，所作之工愈备，其生事愈备，凡可以善生类之群，补自然之缺者愈周也。"他认为人是制器的动物，器械愈备，文明愈高，科学愈进步，道德愈进步。总括言之，世界的进步只随品物而进步；科学便是备物最有力的新法。他很明白地说："我是坚信精神离不了物质。我信物质文明愈进步，品物愈备，人类的合一愈有倾向，复杂的疑难亦愈易解决。"他是彻头彻尾的唯物论者，"开除了上帝的名额，放逐的精神元素的灵魂！"（他所以主张白话文拼音文字，也因为旧时士大夫在文言、经典中消耗的时间与精神，太妨碍了物质文明的进步。）

吴稚晖先生曾经向朋友们建议，只要花半只金表的钱（他那朋友，挂了一只金表，值四十金镑，半只金表，那便是二十镑的小数目），那就可以大大作为一下。在有余的书房中，安设一小小的工作所，中间放一白木坚牢的长桌，桌上固定了一副老虎铁钳；白木屉中，大小锉刀五六把，截铁锯子大小两把，钻铁手钻一具，可钻四分之一英寸的孔眼，量尺、比例尺等各一具，刮刀、定心针、手钳、制螺丝器等，随时走过旧货摊或五金店，可陆续添购。又于白木桌旁，安设白木长板凳一条，凳头固定鱼尾木叉，为刨木凿孔等固着作物所用。室隅放一白小木橱，橱中安放木凿、小斧、木锉、木锤、刨子等。橱上壁间，悬挂木锯三条，手摇木钻大小两个，室之又一隅，备一车木之床，其余如制造镜架的直角器，雕刻小模型的各式凿刀等等，亦可随时添入。照他的说法，这样的书房，较之备小堂画一幅，泥金笺封一副，小挂屏八条，霁红花瓶一个，小炕床一张，书椅茶几六事，有意义得多了。他希望社会上改变风气，不崇古而尊今，不尚文而重工，书房都变成工作所，客来请在工作板凳上讲话，那么中国就会有希望了。

到了1927年，这位刘姥姥进到大观园去了。她是史太君面前的贵宾，和王夫人、王熙凤的娘家攀了一点远亲。照她的说法，大观园这一家人家，除了门口那对石狮子，其余就很少干净的了。从1927年以后三十年间，吴稚晖一直没和国民党脱离过关系，他虽是闲居在鸡肋式的监察委员的虚位上，却与闻了国民政府的最高决策。蒋介石对他，虽不一定言听计从，却要算是处于师友之间，他是可以直入内室而不必通报的一个人。胡适之说："近八十年来，国内学者大都是受生计的压迫，或政治的影响，都不能有彻底思想的机会。吴先生自己能过很刻苦的生活，应酬绝少，故能把一些大问题细细想过，寻出一些比较有系统的答案。在近年的中国思想家中，以我个人所知而论，他要算是很能彻底的了。"胡先生的话，还是该打很大折扣的。吴先生毕竟受了蒋介石的牵累，投入国共斗争漩涡中，以至于丢开社会主义的立场，迁就权势所迫成的现实的。不过，他的哲学观点和文学观点，还是发挥他的独到的见解，并不由于在大观园里兜圈子而有所改变的。他说："宗教皆创自阿拉伯民族，印度亦受其影响，故一为神秘，一为虚玄，简直是半人半鬼的民族。所以什么佛、什么妖、神、上帝，好像皆是《西游记》、《封神榜》中人物；最相宜的，请他讲人死观。""中国在古代，最特色处，实是一老实农民，没有多大空想。他们是安分守己，茹苦耐劳，惟出了几个孔丘、孟轲等，始放大了胆，像要做都邑人，所以勉强成功一个邦国局面。若照他们多数大佬官的意思，还是要剖斗折衡，相与目逆，把他们的多收十斛麦，含餔鼓腹，算为最好。于是孔二官人，也不敢蔑视父老昆季，也用乐天知命等来委蛇。晋唐以前，乃是一个乡老（老庄）、局董（尧、舜、周、孔）配合成功的社会。晋唐以来，唐僧同悟空带来了‘红头阿三’〔1〕的空气，徽州朱朝奉就暗采他们的空话，改造了局董的规条，所以，现在读起十三经来，虽孔圣人、孟贤人直接晤对，还是温温和和，教人自然。惟把朝奉先生等语录学案一看，便顿时入了黑洞洞的教堂大屋，毛骨悚然，左又不是，右又不是。所以他们的总和，道德叫做低浅。”“现在要讲一个算账民族（西洋人），什么仁义道德，孝弟忠信，吃饭睡觉，无一不较上三族的人，较有作法，较有热心，讲他们的总和，道德叫做高明。”他的全盘西化主张，文学、美术自然也当整理改造；看清楚了“欧洲从文艺复兴与宗教改革，再进一步做到工业革命，造成科学世界的物质文明方才有今日的世界”的事实。他要我们再进一步抛开洋八股，努力造成一个干燥无味的物质文明，然后这三百年的文化趋势，才可算有了个交代！我们从吴先生的一生，看到了启蒙运动以来的时代趋向，也从他的言论中，体会到新文化运动的基本精神。他在《一个新信仰的宇宙观及人生观》中以极风趣的话在说：“凡是两手动物戏里的头等名角，应当：有清风明月的嗜好，有神工鬼斧的创作，有覆天载地的仁爱。换三句粗俗话是怎么呢？便是：吃饭、生小孩、招呼朋友。”他的见解极透辟，他的文词，极痛快淋漓，而他是以刘姥姥靠柴积上晒日黄〔2〕的嚼咀风格出之，诚为现代中国不可多得的奇文！

〔1〕 旧时上海人对印度警察的俗称。——编者

〔2〕 浙东乡俚“晒日黄”意谓晒太阳。——编者

桐城派义法

有一回，我在上海复旦大学讲演《现代中国散文之流变》，一开头，我就说我们还得从桐城派说起。散文说到桐城派；诗歌说到江西诗派（宋诗），原是从源流上顺着说来，可以把来龙去脉看得比较清楚一些了。

桐城派古文，也和清朝国运一般，到了曾国藩手中，才中兴复盛的。他曾经替《欧阳生文集》作序，这篇序文，正是一部桐城派的流变史。他说到桐城姚氏（鼐）的师傅，以及姚氏弟子在东南西南各地的流衍，于湖南则有巴陵吴敏树、湘阴郭嵩焘。他指出姚氏的古文，“以为义理、考据、词章三者不可偏废；必以义理为质，而后文辞有所附，考据有所归”。这是桐城派和当时汉学家志趣不同之处。桐城派古文，自有他们所守的义法。清道光戊子年（1828），吴仲伦（姚门弟子之一）从浙江宁波回到宜兴去，经过了杭州，吕月沧（桂林人）邀之住在丛桂山房，向吴氏请教古文义法，也正是姚氏所启发的古文精义。

他们所谈的义法（见《初月楼古文籍论》），可以归结在“言之有序，言之有物”八个大字。何谓“有序”？此中包括词语的选择和排列的功夫。

从前，战国游说之士，折冲应对，立谈之间，应付得恰到好处。两晋清谈家，辨析名理，出口成章，便成文采。（《世说·文学篇》：“乐广善于清言而不长于手笔，将让河南尹，请潘岳为表，述己所以为让二百许语，潘直取错综，便成名笔。”）这种功夫，全在口头训练，并非伏案吟哦所能做到的。两宋以来，学者主静存敬，以沉默寡言为美德，言语之科早废；口谈既难于畅达，笔述自难有序了。桐城派提出了“有序”的标准，说是“言必雅驯”。“雅驯”即是士大夫阶级的口头语，不会落入俚俗鄙野的低级趣味；因此，他们提出几种禁忌来：说是“古文中不可入语录中语，魏晋六朝文人藻丽俳语，汉赋中板重字法，诗歌中隽语，南北史佻巧语。”吴仲伦对吕月沧说：“清初如汪尧峰，非同时诸家所及，然诗话尺牍气尚未去净，至方望溪乃尽净耳。诗赋字虽不可有，但当分别言之，如汉赋字句，何尝不可用？惟六朝绮靡，乃不可也。正史字句亦自可用，如《世说新语》等太隽者，则近乎小说矣。公牍字句，亦不可阑入者，此等处辨之须细须审。”他们只是十分把稳，要保持士大夫阶级的气度，凡是自己所不能确实把握的词语，如宋明理学家的哲学用语，魏晋清谈家所用的讽刺、幽默语，赋家所用的辞藻，都以不用为上。他们把握着小小的生活圈子，就把古文写给这小小生活圈子中的朋友看，彼此欣赏一番就算了。(吴仲伦说：“史记未尝不骂世，却无字纤刻。柳文如《宋清传》等篇，未免小说气；所谓小说气，不专在字句，有字句古雅而用意太纤太刻，则亦近小说；看昌黎《毛颖传》，直是大文章。”)

所谓“言之有物”这个“物”字，本来应该包括“抒情”、“叙事”、“写景”、“说理”各方面来说的。桐城派那几位大师，因为汉学家看轻了义理，他们特别把“义理”提出来，看得格外重要些；方望溪主张“非阐道翼教，有关人伦风化者不苟作”，姚姬传主张“明道义、维风俗公诏世者，君子之志”，都已回到“文以载道”的旧圈子中去，那境界就十分狭小的了。桐城派虽以方（苞）、刘（大櫆）、姚（姬传）三家为宗，真正的祖师还是明末昆山的归有光。归氏的文字，也只有小篇幅的抒情叙事文，妙绝一代；一到了说理文，便不行了。桐城派三百年间的作家，也极少说理好手。（曾国藩也说："古文无施不可，但不宜说理耳。"）直到曾国藩出来，他一生着实做了一些大事业，他的说理、叙事，都是大文章，为桐城派诸大师所不及的。

曾国藩的幕府中，有一位桐城文派的嫡传后学——吴汝纶，他的文笔，气魄虽不及曾氏那么雄伟阔大，但识见之深远，胸襟之朗达，在曾氏幕府中，自是第一流文士。他的两位弟子，严复（几道）和林纾（琴南）（他们都是福建人），都是用桐城派古文做译介工作。1898 年，严复的《天演论》译本出版；1901 年，林纾的《茶花女遗事》译本出版，替古文划出一个新时代。

《天演论》介绍达尔文的进化论，这是自然科学的纪程碑，成为 19 世纪后期启蒙思想的福音。我们这一代的文化人，几乎都受过这本书的影响。严氏所翻译的名著，社会科学有斯宾塞的《群学肄言》，穆勒的《群己权界论》，杰克斯的《社会通诠》，经济学有亚当·斯密的《原富》，法律哲学有孟德斯鸠的《法意》，逻辑有穆勒的《名学》，这都是有系统的权威论著；桐城派古文拙于说理，这些都是说理的最高作品，可以直追先秦诸子，与老、庄、孟、荀、韩非、淮南并驾的。他的老师吴汝纶替他的《天演论》作序，也说："骎骎与晚周诸子相上下。""盖自中土翻译西书以来，无此鸿制。匪直天演之学在中国为初凿鸿濛，亦缘自来译手无此高文雄笔。"桐城文家说要言之有物，这才是真正的言之有物。严几道懂了达尔文的进化学说，再来看先秦的道家哲学，才对于老子庄子，别有会心。夏曾佑替严复评点的老子《道德经》作序，说："老子既著书之二千四百余年，吾友严几道读之，以为其说独与达尔文、孟德斯鸠、斯宾塞相通；夫智识者人也，运会者天也，智识与运会相乘而生学说，则天人合者也。人自圣贤以至于愚不肖，其意念无不缘于观感而后兴；其所观感者同，则其所意念者亦同；若夫老子之所值，与斯宾塞等之所值，盖亦尝相同矣。而几道之所值，即亦与老子、斯宾塞等之所值同也，此其见之能相同，又奚异哉！几道既学于西方，而尽其说，而中国之局，又适为秦汉以后一大变革之时，其所观感者，与老子、斯宾塞同，故吾以为即无斯宾塞，而几道读老子亦能作如是解，而况乎有斯宾塞等人为之证哉！故几道之谈老子之所以能独是者，天人适相合也。”桐城派文人，虽说有了那么一支笔，却一直没有贯乎天人的见解，也得等严几道来跨灶，超韩欧，迈董贾，而和李耳去分庭抗礼了。这是桐城派古文的最大成就之一。

林琴南翻译小仲马的《茶花女》，激起了时人对西洋文艺的欣赏，也激起了他个人对文艺翻译的兴趣。从那以后，他先后翻译了百五十六种，约有一千八百多万字，诚如胡适所说的：“林译《茶花女》，用古文叙事写情，也可以算是一种尝试。自有古文以来，从不曾有过这样长篇叙事写情的文章，《茶花女》的成绩，遂替古文开辟一个新殖民地。”照我的说法，桐城派主张言之有物，抒情也是“物”的最主要部门。“古文不曾做过长篇小说，林纾居然用古文译了百多种长篇小说，还使许多学他的人，也用古文译了许多长篇小说；古文很少滑稽的风味，林纾居然用古文译了欧文与迭更司的作品；古文不长于写情，林纾居然用古文译了《茶花女》与《迦茵小传》。古文的应用，自司马迁以来，从没有这样大的成绩。”桐城派祖师最讨厌吴越间遗老杂以小说的放肆文笔，这位桐城派后裔，居然能领会小说的佳境与意义，予以光大，也是桐城派古文的最大成就。

林纾并不识英法各国文字，全凭朋友和他对译，可是他的欣赏能力很高，译得也很快；每天对译四小时，可以写得六千字；有时也能直抉作者的心意，与之神会，也是了不得的天才，可说不愧为桐城派的后起之秀。

桐城派文家，他们比较注意词语的选择，以及文法的整饬。他们同时代的汉学家，也注意古今词语的流变和古今文法的异同；因此，他们知道语文顺乎时代，乃是必然的趋势。桐城姚门四弟子，以方东树为最拘谨；他对于文词问题，却说："三代之书，词气递降，时代为之也。况在晚近，古训罕通，与其文之而人不晓，何如即所共喻而使之易喻乎？"那位桐城派的最后大师——吴汝纶，主张得更彻底，他说："中国非废汉语文无以普及教育，盖汉文过于艰深，人自幼学之，非经数十年寒暑，不能斐然可观，而人已垂老无用，吾国学问不及东西洋之进步者此也。"他们都是学习古文的人，他们都是古文的名手，但他们都已看到了古文的没落，过于艰深的汉文，非走上改革之路不可的了。

吴汝纶所看到的时代，那正是19世纪后期，民族工业刚在抬头，沿海的都市正在发展的阶段，在这样的社会里，以往士大夫阶级所用的词语，已不能应付裕如，大家需要一个范围广大的词语圈。康有为、谭嗣同的政论文体，乃为大众所欢迎；这种文体（也可说是报章文体），和桐城文体正相反，不是收的而是放纵的；不是简洁的而是蔓衍的。那时，黄遵宪主张"其材也，自群经三史逮于周秦诸子之书，许、郑诸家之注，凡事名切于今者，皆采取而假借之；其述事也，举今日之官书会典方言俗谚，以及古人未有之物，未辟之境，耳目所历，皆笔而书之。"与梁启超所主张"为文……自解放，务为平易畅达，时杂以俚语韵语及外国语法，纵笔所至不检束"相为呼应。他们的主张，几乎将桐城派的义法樊篱扫荡掉了；但从另一方面看，这正是"言之有序"的补充和实践。谭嗣同以骈文体例气息写成沉博绝丽之文，梁启超以带情感的笔锋写成条理分明辞句浅显的文字，应用的范围推广得很大，他们的读者也渐渐推广到士大夫的圈子以外去了。

和谭、梁同时，也在写政论文字的那位章太炎先生，他也注意到“有序有物”的桐城义法，不过他是要借光于古代，以魏晋之文为文章典型的。他说：“晚周之文，内发膏肓，外见文采，其语不可增损。”又云：“魏晋之文，持论仿佛晚周，气体虽异，要其守己有度，伐人有序，和理在中，孚尹旁达，可以为百世师矣。”又云：“效魏晋之持论者，上不徒守文，下不可御人以口，必先豫之以学。”他所说“豫之以学”，乃是“有物”中事，所说“守己有度，伐人有序”，乃是“有序”中事；他所期望的，乃是一种雅驯近古、有物有则的学术文，比桐城文更高一层的古文呢。

梁、谭的报章文体，合乎时代的要求，其弊却流于空洞无物；章太炎的学术文体，持论太高，难于使一般人共同接受。到了1912年间，章士钊的《甲寅》杂志出来了，他们这一群人，有人称之为逻辑文家；其论议既无华夷文学的自大心，又无策士文学的浮泛气，而且文字组织上，无形中受了西洋文法的影响，所以格外觉得精密。章氏曾说明这一种文体：“凡式之未慊于意者，勿著于篇；凡字之未明其用者，勿厕于句；力戒模糊，鞭辟入里，洞然有见于文境意境，是一是二。如观游涧之鱼，一清见底，如审当檐之蛛，丝络分明，庶乎近之。愚有志乎是，宁云已逮，然文中不著不了之语，命意遣词，所定腕下必遵之法令，不轻滑过；率尔见质，意在而口不能言其故者甚罕。”这一种文体，可以说是桐城派谈义法以来最有力量的修正，也可说是古文革新运动中最有成就的文体。章士钊，他是编次《中国国文典》的学人，他用欧洲文法来研究中国文法，他的努力方向，也和当时语文改革的步骤相一致的。

启蒙

就在我们祖老太太的手里，我们的生活方式已经慢慢地在改变。那明明亮亮的洋油灯，就把菜油灯赶到偏僻的乡村去；到了我们这一代，连山坳的老太婆也丢开了菜油灯盏，点起洋油灯来了。洋布的输入，也跟洋油灯相先后，从城市到乡村，把自种、自纺、自织、自染的土布赶了开去。我还记得，当我年轻时，阴丹士林洋布，就成为我们一群少男少女爱穿的衣料了。有一回，暨南学生问我：什么叫做洋务？我说：这些眼前的事故，串起来看，这便是洋务了。

洋务之中，大概造轮船、兴铁路、开煤铁矿，就是头等要紧的大事。上海这码头，接触洋人最早，开的眼界也最早。我们的历史教师，就告诉我们：中国第一条铁路就是吴淞铁路。这条铁路造成了，那时，因为民智不开，国人纷纷反对，只得拆毁了，那些铁轨、车头、车皮都移到台湾去，后来也就烂掉了。后来，我也看看当时的报纸，才知道史书上所说的话，也并不完全合乎事实的。那条铁路，从上海苏州河北天后宫，通往吴淞镇，共长十二公里，由英商怡和洋行承办。1874 年冬天动工，到 1876 年二月初完成，七月初三通车。通车那天，盛况空前，据当日《申报》记者记载：

> 予登车往游，惟见铁路两旁，观者云集，欲搭坐者，已繁杂不可计数，觉客车实不敷所用。……火车吹号，车即由渐而快驶矣。坐车者尽面带喜色，旁观者亦皆喝彩，注目凝视，顷刻者车便疾驶，身觉摇摇如悬旌矣。

以下，这位记者，以一大段文字形容田间乡民看火车的神情，至为有趣。乡民对于铁路，只有开车的第二个月，为了在江湾近郊压死了一个人，鼓噪了一阵，以后也没有多大的反感。吴淞铁路的业务，一天好似一天，驶行了一年，为了主权关系，由中国政府收回，予以拆毁，运往台湾，另敷新路，那是后话。“洋务”这件事，也就是这么闯到东方农村来的，把我们的生活环境和意识形态也一股脑儿转变过来了。

大概，懂得洋务的重要的，在曾、李那些名臣以前，已经有了很多文士在开路了。有一位跟着林则徐办外交的魏源（默深），他已经着眼翻译的工作。他曾写信给奕山将军，说到外国的新闻纸，他说：“洋人刊印新闻纸，七天一回，把广东的新闻传到国外去，把国外的新闻传到广东来，彼此互相知照，那就不出门而知天下事了。”他主张把这些新闻纸上的世界新闻翻译出来，那就可以知道洋人的情形了。其后，光绪年间，安徽巡抚王笃棠也曾奏立译报馆，他说：“为今日之计，拟请旨设译洋报处：凡所得东西洋报，有关中国政事者，逐日译成，进呈御览。京外大小臣工，一并发观。其言本国政事，亦一律译呈；于是可以知彼，并可以知己矣。”后来刑部左侍郎李端棻奏请推广学校，也把译西报当作一件要事来说：“泰西各国，报馆多至数百所，每日每馆出报多至数万张。凡时局政要、商务兵机、新艺奇技，五洲所有事故，靡所不言。阅报之人，上自君后，下至妇孺，皆足不出户而对天下事皆了然也。故在上者能措办庶政而无壅蔽，在下者能通达政体以待上之用，富强之原，厥由于是。”这些议论，以及当时译述的工作，替洋务打开了途径，我们东方人的眼界，也就这么开展起来了！

甲午战争的军事失败，结束了坚甲利兵的旧洋务，刺激了士大夫的政治认识，引起了康（有为）梁（启超）的维新运动。文化上的启蒙运动也就这么开了头。不过，世变既殷，众喙交集，上边我所说的译学工作，却还是由于几个在中国传教的英美教士，起了带头作用。那几位著名的教士，有英国的李提摩太（Timothy Richard）和美国的林乐知（Y. J. Allien）、李佳白（Gilbert Reid）。他们都以虔诚的宗教家心理，希望东方这个老帝国的新生。李提摩太在同治年间，便从伦敦到山西来传教。他眼见大旱后的华北灾民，觉得在中国必先输入科学知识，改进一般人民的生活，才谈得上宣传教义。他这份大同主义的思想，为其他教士所不能理会，因此，他就被排出了教会，在山西无法立足，转到北京广学会去做编辑的工作。那一时期，他译著了许多西欧国家的政治变革的历史，以及政治家的学说。光绪二十一年，清廷下诏求善后对策，他曾进献了维新政策。他说："教民之法，欲通上下有四事：一曰立报馆。欲强国必先富民，欲富民必须变法；中国苟行新政，可以立致富强。而欲使中国官民，皆知新政之益，非广行日报不为功；非得通达时务之人，主持报事以开耳目，则行之者一，泥之者百矣！其何以济？则报馆其速务也。"这便是清廷设立强学书局的先河。他曾经奔走李鸿章、翁同龢那几位大臣之门，希望这几位决定国政的重臣能够采纳他的主张。李鸿章因为他是一个英国教士，而对中国问题如此热心，怕他别有用意，不十分理会他。后来，李鸿章因公赴欧，李提摩太也同船归英，看见这位教士，坐在三等舱里，生活简朴，行李简单，才明白他是一位满腔济世热忱的人。翁氏虽对他能读孔孟之书，表示惊异，却也不十分重视。到了光绪年间，他就在上海创办《万国公报》，一而再，再而三，把他的富民强国主张，明明白白说了又说，引起当时有志之士的普遍注意。那位写《盛世危言》的郑观应，也就是在宣扬发挥李提摩太的主张。康、梁这两位新进少年，也就把他的维新政策说得更具体一点，向那少年皇帝提出建议。李提摩太的立报馆计划，也就成为新政中最重要的步骤。当时，文廷式在北京设立“强学书局”，发行中外纪闻来提倡新学，鼓吹新政。强学书局虽因涉及新政，随着康、梁失败而被封禁，后来由强学书局所改设的官书局，也还带着那一份维新气息。光绪二十四年，帝决意维新，夏秋之间，连请中外大臣实行新政，御史宋伯鲁奏请将上海《时务报》改归官办，由康有为督办。瑞洵奏请在北京创设报馆，朝廷即命瑞洵去筹办。当时朝廷提倡报纸，光绪所下的上谕，也就是依着李提摩太的议论。在那环境中所设立的报馆，以及康、梁的报章文字，也就是李提摩太所用的文体。（胡适之称之为“时务文体”。）

那位和李提摩太相知契的美国教士林乐知，他和太平军方面的志士王韬，也是知交。他从王韬那边吸取东方文化的知识，又把西方文化灌溉到王韬的脑子里去。1875年，上海机器局改组成立，由他任总纂，翻译欧美书报，对于中国政治社会的改革，提出了许多积极主张。康有为的维新具体政策，也还从这一大批译者中得来。他在中国五十年，几乎完全过着中国式的生活，连他的死，也是中国式的，他是贪吃河豚鱼，中毒而死的。但，他渴望中国蜕变革新的热忱，却又是西方型的。他们都是为了新中国文化的孕育，而尽产婆职责的。张之洞说：“乙未以后，教士文人创开报馆，广译洋报，参以博议，始于沪上，流行于各省，内政外事学术皆有焉。虽论说纯驳不一，要以扩见闻，长志气，涤怀安之鸩毒，破扪吁之瞽论，于是一孔之士，山泽之农，始知有神州，筐箧之吏，烟雾之儒，始知有时局，不可谓非有志四方之男子学问之一助也。”报馆，可以说是启蒙运动的标帜！

当时，还有一位热心中国维新运动的美国教士李佳白，他是美国长老会派遣东来的。他在山东住得最久，跟当地人过往密切，他不但能说流利的国语，还熟悉华北各地的方言。他曾在济南延聘塾师，学习制艺文，想从科举获得晋身之阶，格于国籍，不曾如愿。他到了曲阜，礼拜孔圣先师，和衍圣公结交；孔氏送他一副对联，他就觉得十分荣幸。他的传教精神与方法，颇和耶稣会初来中国的那几位神父相同，他要打破民族间的隔膜，增进文化上的交流。长老会方面，认为他在中国传教，毫无成绩，把他召回去，将予以惩处。他回国后，力言在中国传教，不可蓦然进行，而且不应该以狭义的传教为目的，同时，应得辅以医药一类的慈善事业。那时，华北各地仇教事件先后迭起，如火如荼；长老会方面，才知道这位教士对于中国问题有最深刻的了解，他的见解是远大的，才重新派他到中国来。他重来中国，便到北京，设立“尚贤堂”；他主张道并行而不相悖，各教的教义互参。他对中国，表示亲切的爱好；甲午战争发生，他从东交民巷获得战事真实消息，即向听众详细讲述，并加以分析。这么一来，他在北京市民群间建立了不可拔的威望。义和团事件发生，到处焚毁教堂，“尚贤堂”以得到民众爱护，乃得独存。他几次对清廷上书，希望清廷变法：（一）讲求工艺、商业，禁绝鸦片以养民；（二）讲求实学，废科举；（三）上下一体，君臣无间；（四）讲求国防，亟筹武备。他的主张，也就替当时思想前进之士，如郑观应、刘桢麟辈，作有力的声援。辛丑以后，他就把尚贤堂移到上海来，创办一种刊物，名《尚贤堂纪事》，大声疾呼，维护维新变法的利益。他的时务文章，写得最通顺，对中国问题也看得最透彻。他说：中国的地幅、气候、人口、文教，皆具备了第一等国家的条件，而“自通商以来，办理交涉近六十年，均沾之利益，他国所能得者，中国转不能得；应全之体面，他国所顾惜者，中国转若不甚顾惜。”这都是不能变通新法之故。他又分析中国人士所以不愿变通新法，只有两种心理：一是以为新法宜于西不必宜于中，而存一无足轻重之见；一是以为仿行之新法屡试无效，因难见阻，而隐有厌薄退怯之心；结果故步自封，国势日弱，而一一皆委之于气运，这是中国前途最可怕的礁石。他的见解、主张和文章风格，也可说是替梁启超的《新民丛报》开了路，他乃是时务文体中的“白眉”。

时务维新运动的中心，在北京有上述文廷式所倡导的强学会，和朝臣互相吸引；在西南有康有为和他的弟子梁启超、汤觉顿所组织的桂学会；后来康有为加入强学会，一时前进的知识分子在同一目标下，集合起来，北京强学会发行《中外记闻》，上海强学分会也发行《强学报》。《中外纪闻》后来改为《官书局报》，《强学报》也改为《时务报》，由汪康年为经理，梁启超为主笔。康、梁的议论，既为全国青年（士大夫）所依归，《时务报》便成为舆论的重心。那时，讨论社会问题、政治问题的风气，各地都传播开去，在湖南长沙有“湘学会”，衡阳有“仁学会”，苏州有“苏学会”，其他还有“农学会”、“天足会”一类的社会活动，每会必有会刊来宣扬那个运动的意义。到了我们这一代，城市中已经看不见缠过了的小脚，便是他们宣传的成绩。（清兵入关，本来剪发与放足同重，以朝士力争，乃听任汉家女子缠小脚；清末士大夫知道提倡天足，已是一大思想解放，此为尊重女权的先声。）我们回看那一时期，士大夫群，由宣传教义介绍零星知识，进而讨论社会问题、政治问题，由翻译失了时效的国外报纸，进而采访中外新闻，介绍世界学术，这一步可说跨得很远很远的了。

报章文学

康、梁捧着少年光绪皇帝来变法维新，到了戊戌政变，便告一段落，政治生命是很短促的。接上来，便是《新民丛报》时代，梁启超成为言论界的彗星，创导所谓“新文体”（即报章文学 Reportage）。他曾自述写文章的方法：“启超夙不喜桐城派古文，幼年为文，学晚汉魏晋，颇尚矜炼。至是自解放（指《新民丛报》时期），务为平易畅达，时杂以俚语韵语及外国语法，纵笔所至不检束。学者竞效之，号新文体。老辈则痛恨，诋为野狐，然其文条理明晰，笔锋常带情感，对于读者，另有一种魔力焉。”这段话，我以为该下一点注解。他早年文章，不受桐城派的拘束，而追寻晚汉魏晋的馥郁，已经带着骈俪辞赋的错综气息。他的新文体，放大了辞语的范围，轶出桐城义法；而其篇章，则采取辞赋家之骈偶，也超过了桐城派的散体。其实，他们那一群朋友，早已有了共同的新文体倾向；谭嗣同的文字，就有着同样的气息。谭氏自谓：“少颇为桐城所震，刻意规之数年，久自以为似矣；出示人，亦以为似。诵书偶多，广识当世淹通专一之士，稍稍自惭，即又无以自达。或授以魏晋间文，乃大喜；时时籀绎，益笃嗜之。由是上溯秦汉，下循六朝，始悟心好沉博绝丽之文。旧所为，遗弃殆尽。昔侯方域少喜骈文，壮而悔之，以名其堂。嗣同亦既壮，所悔乃在此不在彼。所谓骈文，非四六排偶之谓，体例气息之谓也，则存乎深观者。”他就把新文体的源流气息，说得更明白。他们是以骈文的体例气息写成的散文，时时把事理的正面反面说得非常畅快，时常用叠辞复句增加语句的力量，时常用刺激性的感慨语调增加论断的语气；梁氏所谓笔锋常带情感，也就是这个意思。即如谭氏的《仁学》，有论不生不灭一节，其中先分化学一排，物理一排，地理一排，天文一排；化学一排中，又分水、烛、陶埴、饼饵四小比，形式上和魏晋以来的赋体散文极相似；而其层进推究事理，和荀子、韩非、淮南的说理文极相近，有条有理，层次分明；他们的新文体，正是从旧文体中变化出来的。

这种新文体，影响非常之大，真是风靡一时；《新民丛报》虽是在日本东京刊行，而散播之广，乃及穷乡僻壤。清光绪年间，我们家乡去杭州四百里，邮递经月才到，先父的思想文笔，也曾受梁氏的影响；远至重庆、成都，也让《新民丛报》飞越三峡而入，改变了士大夫的视听。所以攻击梁氏新文体的，如严复、叶德辉辈，便说："任公笔原自畅达，其甲午以后，于报章文字成绩为多。一纸风行，海内观听为之一耸。当上海《时务报》之初出也，复尝寓书戒之，劝其无易由言，致成他日之悔。闻当日得书，颇为意动，而转念乃云吾将凭随时之良知行之。由是所言皆偏宕之谈，惊奇可喜之论。至学识稍增，自知过当，则曰吾不惜与自己前言宣战。""往者蒋观云尝谓梁任公笔下大有魔力，而实有左右社会之能。故言破坏则人人以破坏为天经；倡暗杀，则党党以暗杀为地义。嗟乎！任公既以笔端搅乱社会，至如此矣；然惜无术再使吾国社会清明，则于救亡本旨又何济耶?"就从反对方面的议论，更可以了然这种文体的法力！严氏曾以歌德所写的《浮士德》为喻，这位通符咒神术的主人，他一夜召唤了地球神，地球神真的到来了，阴森狞恶，六骸震动。浮士德大恐屈伏，却没有法力去遣逐那地球神回去了！

报章文学，是适应现代工业化的都市生活环境而产生的，这是小市民的文学。这种文体，从过去士大夫看来，未免粗糙刺眼，没有雍容尔雅的气度。但是面对着小市民阶级，恰正是粗糙的好；是一块砖头，并不是一块玉石，砖头恰好合上了用处。梁启超说：“某以为业报馆者，既认定一目的，则宜以极端之议论出之，虽稍偏稍激焉而不为病。何也？吾偏激于此端，则同时必有人焉偏激于彼端以矫我者，又必有人焉执两端之中以折衷我者，互相倚，互相纠，互相折衷而真理必出焉。若相率为从容模棱之言，则举国之脑筋皆静，而群治必以沉滞矣。夫人之安于所习而骇于所罕闻，性焉，故必变其所骇者而使之习焉，然后智力乃可以渐进。彼始焉，骇甲也，吾则示之以倍可骇之乙，则能移其骇甲之心以骇乙，而甲反为习矣。所骇者进一级，则所习者亦进一级，驯至举天下非常异义可怪之论，无足以相骇，而人智之程度乃达于极点。”这便是他所以笔锋常带情感的本意。他认定报章乃是有时间性的，要抓住这份时间的效能，使读者人人都受到感应，那就收到了宣传的效用了。

依当时的政治动向说，和《新民丛报》对立的《复报》、《民报》的言论，比君宪派激进得多。《民报》那一群执笔的人，如章炳麟、汪精卫、胡汉民，也都能写煽动性的文字。其时，人心在反动时期所受的压迫很大，人人有打破现状的意欲，也只有感情激越的文字，才配合大家的胃口。不过，章太炎他们对于文体，却比较矜持得多。他笔下在写有时间性的文章，他心头却贯注于藏之名山的百年胜业。因此，他们对于文体演变，如刘师培所说的：“宜归为二派：一修俗语以启瀹齐民；一用古文以保存国学。”章太炎也说：“有通俗之言，有学术之言，此学说与常语不能不分之由。”“有农牧之言，有士大夫之言，此文言与鄙语不能不分之由。”他为了政治性宣传，不能不写报章文体，但他总看不起梁启超式的文体，说是“报章小说，人奉为宗。”他自谓：

"仆之文辞为雅俗所共知者，盖论事数首而已，斯皆浅露其辞，取足便俗，无当于文苑。向作《訄书》，文实宏雅，盖博而有约，文不掩质，以是为文章职墨，流俗或未之好也。文生于名，名生于形，形之所限者分，名之所稽者理，分理明察，谓之知文。"章氏也和谭嗣同、梁启超一般，受着魏晋文体的影响，章氏却以"雅"的一方面努力。当时，有人把他列入当代五十文家之中，他写信给友人说："从重汪中，未尝薄姚鼐、张惠言；姚、张所法，上不过唐宋；然视吴蜀文士为谨。并世所见，王闿运能尽雅，其次吴汝纶以下，有桐城马其昶为能尽俗。下流所仰，乃在严复、林纾之徒。复辞虽饬，气体比于制举，若将所谓曳行作姿者也。纾视复又弥下，辞无涓选，精彩杂汙，而更浸润唐人小说之风。若然者，既不能雅，又不能俗；则复不得比于吴蜀文士矣。"连严复、林纾都不在他的眼里，自更不把梁启超的报章文学看得有什么分量了。

平心而论，梁启超最能运用各种字句语调来做应用的文章。他不避排偶，不避长比，不避佛书名词，不避诗词的典故，不避日本输入的新名词。因此，他的文章最不合古文义法，但他的应用的魔力也最大。这样的魔力，那是并世文人，谁都不能及得的。陈子展也说："这种新文体，不避俗言俚语，使古文白话化，使文言白话的距离比较接近，这正是白话文学运动的第一步，也是文学革命的第一步。"

《新民丛报》式的报章文体（梁启超的早期文字），原是有流弊的。如胡适之所说的："学他的文章的人，往往学了他的堆砌，他的排比；在记叙的文章内，这种恶劣之处，更容易呈显出来。"有一位四川的小说家李劼人（法国留学生，以译佛禄倍尔、左拉小说著称），他就在《暴风雨前》一小说中，借田老兄和郝又三的对话，来调侃滥调报章文体的流弊。田老兄说；“容易，容易！你我交情非外，我告诉你一个秘诀，包你名列前茅。不管啥子题，你只顾说下些大话，搬用些新名词，总之，要做得蓬勃，打着《新民丛报》的调子，开头给他一个登喜马拉雅山最高之顶，蒿目而东望曰：‘呜呼，噫嘻，悲哉，’中间再来几句复笔，比如说：‘不幸而生于东亚！不幸而生于东亚之中国！不幸而生于东亚今日之中国，不幸而生于东亚今日之中国之什么；再随便引几句英儒某某有言曰，法儒某某有言曰，哪怕你就不通，就狗屁胡说，也够把看卷子的先生们麻着了。’郝又三又怕自己的记性不行，记不住啥子苏格拉底、福禄特尔的名训，田老兄又哈哈大笑道：‘我再告诉你秘诀啦！老弟，你我交情不同了！引外国人说话，是再容易没有了。日本人呢，给一个啥子太郎，啥子二郎；俄罗斯人呢，给他一个啥子诺夫，啥子斯基，总之，外国儒者，全在你肚皮里，要捏造好多，就捏造好多。啥子名言伟论，了不得的大道理，乃至狗屁不通的孩子话，婆娘话，全由你的喜欢，要咋个写，就咋个写，或者一时想不起，就把四书五经的话搬来，改头换面，颠之倒之，似乎有点通，也就行了。总之，是外国儒者说的，就麻得住人。”这些话，有些近于开玩笑，却也一半近于事实，那时的风气如此，所谓时务八股，就造成了这样的恶劣文体。

到了梁启超的中年，已渐渐脱去了早年的浮夸、叫嚣、堆砌、缴绕的种种毛病。到了1912年间，章士钊的《独立周报》、《甲寅》杂志出来了，他们这一群人之中，有李大钊、陈独秀、黄远庸、李剑农、高一涵、张东荪这些政论家，撇开了古拙的学术文和放纵的梁体时务文，建立谨严的政论文体，这才是报章文体的正轨。章士钊，他从英国回来，研究过“逻辑”（logic），编过《中等国文典》，他提倡逻辑文学，爱好峻洁的柳宗元文章。他自言："愚于文，实无工力可言。其粗解秉笔，纪事述意，不大虞竭蹶者，亦凭天事为多。且移用远西词令，隐为控纵而已。""为文之道奈何？曰：凡式之未慊于意者，勿著于篇；凡字之未明其用者，勿厕于句。力戒模糊，鞭辟入里。洞然有见于文境意境，是一是二。如观游涧之鱼，一清见底；如审当檐之蛛，丝络分明；庶乎近之。愚有志乎是，宁云已逮。然文中不著不了之语，命意遣词，所定腕下必遵之律令，不轻滑过。卒尔见质，意在而口不能言其故者甚罕。凡此皆愚粗有心得之处，所愿与同道之士共起追之。是究如何？亦洁字诀而已矣。近闻山阴王书衡谬称愚文，谓曲而能达，略高时手一等。溢美之言，愚岂敢受？夫曲而通达云者，指凡文中自然结构，一一莹然于胸，周旋折旋，笔随意住，微无弗及，远无弗届者也。此何等造诣，而愚能之？今天下不足是诣也特甚，其亦勉焉耳矣！"

从文体的演进说，适应这个时代环境的需要，所产生的新风格，都可说是对于桐城派古文的有力的修正。逻辑文体以政论为文章中之"物"，"行文主洁"，"用远西词令，隐为控纵"，乃是文章中之"序"，旧文体的局部改革，已经到了顶点了。

江西诗派

1922年，那年是上海《申报》的五十周年；那位年方三十的胡适之，他写了一篇《五十年来中国之文学》，话分两头，就把旧文坛的诗文，一笔勾销。他说："太平天国之乱，是明末流寇之乱以后的一个最惨的大劫，应该产生一点悲哀的或慷慨的好文学。说也奇怪，东南各省受害最深，竟不曾有伟大深厚的文学产生出来。王闿运为一代诗人，生当这个时代，他的《湘绮楼诗集》，只看见无数拟鲍明远，拟曹子建一类的假古董；他们住的世界还是鲍明远、曹子建的世界，并不是洪秀全、杨秀清的世界。"因此胡适只举金和（著有《秋蟪吟馆诗钞》）是代表时代的诗人，其次便从黄遵宪算起了。这篇文章，引起了旧诗人的反感。其后十年，钱基博著《现代中国文学史》（世界书局本），一反胡适的看法，只用旧诗人来代表这个时代，把新诗和新诗人一笔抹煞。这样两种极端看法，也可说是相得益彰。钱萼孙作《近代诗评》，说：诗学之盛，极于晚清，跨元越明。（此说也和胡氏正相反。）他所说的四派：瓣香北宋，私淑西江的是一派；远规两汉，旁绍六朝的，也是一派；无分唐宋，并咀英华的又是一派；第四派则是："驱役新意，供我篇章，越世高谈，自辟户牖，公度、南海，蔚为大国，复生、观云，并足附庸。"说来也真有趣，胡适所说的创始、开宗的诗人，钱氏看来，正是旧诗人的附庸小国呢！到了陈子展的《近三十年中国文学史》出来，这才把新旧两派作持平的评论。

对于现代诗人的论定，陈石遗诗话可说是此中泰斗。他说："道咸以来，何子贞、曾涤生、郑子尹、莫子偲始言宋诗。何、郑、莫皆出程春海门下，湘乡诗文皆私淑江西。”又说：“前清诗学，道光以来一大关捩，略别两派：一派为清苍幽峭，明之钟惺、谭元春之伦，洗炼而熔铸之，体会渊微，出以精思健笔。陈太初简学斋诗存，字皆人人能识之字，句皆人人能造之句；乃积字成句，积句成韵，积韵成章，遂无前人已言之意，已写之景；又皆后人欲言之意，欲写之景。此派当时嗣响，颇乏其人，近日，以郑海藏（孝胥）为魁垒，其源合也。其一派生涩奥衍，语必惊人，字忘习见，郑子尹为其弁冕，莫子偲足羽翼之。近日，沈乙庵（子培）、陈散原（三立）实其流派；而散原多采奇字，乙庵益以僻典，又少异焉。其樊榭、定庵两派，樊榭幽秀，本性在太初之前；定庵瑰奇，不落子尹之后。然一则喜用冷僻故实，而出笔不广；一则丽而不质，谐而不涩，才多意广者，时乐为之。人境庐、樊山诸君，由此其选也。”他对于近代诗坛的鸟瞰，便是如此。

大体说来，现代的旧诗，以宗宋诗（即江西诗派）的同光体为权威。什么是同光体呢？陈石遗说：“丙戌在都门，苏堪告余，有嘉兴沈子培者，能为同光体。同光体者，余与苏堪戏目同光以来诗人，不专宗盛唐者也。”本来明代何、李前后七子，专宗盛唐，不读大历以后书，早已引起明末公安、竟陵派的反感。清初姚鼐的《今诗选》，兼选宋诗，说：“东坡天才有不可思议处，其七律只用梦得、香山格调，其好处岂刘、白所能望哉？山谷刻意少陵，虽不能到，然其兀傲磊落之气，足与古今作俗诗者，澡濯胸胃，导启性灵。”已有推崇宋人苏、黄之意。后来曾国藩论诗，也推崇苏、黄，比于李、杜，所以陈石遗说：“湘乡出而诗学皆宗涪翁（黄山谷）。”这种宗尚宋诗的风气，也正是诗体本身变化所必至，也是时代环境使然的。

近人缪钺论宋诗，说：“唐代为我国诗之盛世，宋诗既异于唐，故褒之者，谓其深曲瘦劲，别辟新境；而贬之者谓其枯淡生涩，不及前人。平心论之，宋诗虽殊于唐，而善学唐者莫过于宋。就内容论，宋诗较唐诗更为广阔，就技巧论，宋诗较唐诗更为精细。唐诗以情景为主，即叙事说理，亦寓于情景中，出以唱叹含蓄。惟杜甫多叙述议论，然其笔力雄奇，能化实为虚，以轻灵运苍质。韩愈、孟郊等以作散文之法作诗，始于心之所思，目之所睹，身之所经，描摹刻画，委曲详尽，此在唐诗为别派。宋人承其流而衍之，凡唐人以为不能入诗或不宜入诗之材料，宋人皆写入诗中，且往往喜于琐事微物逞其才技。余如朋友往还之迹，谐谑之语，以及论事、说理、讲学衡文之见解，在宋人诗中，尤恒遇之。此皆唐诗所罕见也。夫诗本以言情，情不能直达，寄于景物，情景交融，故有境界，似空而实，似疏而密，优柔善入，玩味无穷，此六朝及唐人之所长也。宋人略唐人之所详，详唐人之所略，务求充实密栗，虽尽事理之精微，而乏兴象之华妙。李白、王维之诗，宋人视之，或以为‘乱云敷空，寒月照水’，不免空洞；然唐诗中深情远韵，一唱三叹之致，宋诗中亦不多覯。故宋诗内容虽增扩，而情味不及唐人之醇厚，后人或不满意宋诗者以此。”这一段议论，使我们明白江西诗派的风格；所谓同光体，也就是以清奇生新，深隽瘦劲相尚，擅有宋诗的特点的新诗体。

那位写《石遗室诗话》的陈衍，他于诗既主不分唐宋之说，所以对于貌为复古派的王湘绮，颇有微词，而于反复古派的竟陵体，倒十分推许。他是批判同光体的诗评家，他的议论，也和同光体非常接近。他主张“作诗文要有真实怀抱，真实道理，真实本领，非靠著一二灵活虚字可此可彼者斡旋其间，便自诧能事也”。已经暗示了诗坛革命的气息。清朝灭亡以后，那些旧官僚，自托遗老，吟诗见志。他们也都有自以为是同光体的诗人。陈石遗却说：“自前清革命，而旧日之官僚伏处不出者，顿添许多诗料。黍离麦秀，荆棘铜驼，义熙甲子之类，摇笔即来，满纸皆是。其实此皆毫无故实，用典难于恰切。前清钟簴不移，庙貌如故，故宗庙宫室未为禾黍也。都城未有战事，铜驼未尝在荆棘中也。义熙之号虽改，而未有称王称帝之刘寄奴也。旧帝后未有瀛国公、谢道清也。出处去就，听人自便，无文文山、谢叠山之事也。今日世界，乱离为公共之戚，兴废乃一家之言。”他对于同光体末流的批评，说他们乱用故典，毫无故实，也和当时的新诗派的议论相吻合的。

同光体诗人之中，自以陈三立（字伯严，号散原）为匠石，他的父亲陈宝箴，戊戌变法时，以湖南巡抚地位支持维新运动；因此他们父子都受了惩处。三立也因为受了这场大打击，便绝意政治，把满腔抑郁之气，发之于诗，有《散原精舍诗》。他和黄公度同是主张变法维新的朋友，失败以后的命运，也约略相同。所不同者，陈三立是同光体旧门庭中的主人，而黄公度则是从宋诗再进一步，成为新诗体的开山祖师就是了。有一首陈氏答黄公度的感怀诗，最足以说明他们的心情，诗云：

> 天荒地变吾仍在，花冷山深汝奈何？万里书疑随雁鹜，几年梦欲饱蛟鼍。孤吟自媚空阶夜，残泪犹翻大海波。谁信钟声隔人境，还分新月到岩阿！

抗战胜利那年，我从后方到了南京。那时有些朋友都在那儿搜集珍本的中外图籍。其中有几种印得最精致，而且极容易买到的诗集，那就是黄秋岳、梁鸿志、郑孝胥这几位闽中的诗人。我也买了一部《海藏楼诗集》，三十二开本，连史纸精印，外面还有一个布套子。友人看了他的诗，叹息道："卿本佳人，奈何作贼!"郑氏的诗，和陈三立齐名，而精思过之；有人比之为元遗山。他的五十自寿诗有句："读尽历史不称意，意有新世容吾侪。"在清末，也是主张变法立宪，一个头脑清醒的人。到了晚年，对时世有点绝望，所以他曾有一诗：就以"世已乱，身将老，长歌当哭，莫知我哀"为题，句云："驻颜却老竟无方，被发缨冠亦太狂！归死未甘同泯泯，言愁始欲对茫茫。孤云万族身安托？落日扁舟世可忘。从此湖山损兵柄，肯教部曲识蕲王!"他本来想以诗人终老，他就以杜甫自况。他题杜陵画像诗云："杜陵一生百不就，至死不为天所佑。谁知历劫行人间，造物安能如汝寿。诗者一人之私言，或配经史垂乾坤。丈夫不朽当自放，假手功名何足论!"也还是遗老的意识害了他，以至于晚节不终的。

郑氏的诗，得江西诗派的神理，而出乎江西诗派樊篱之外，所以能够懂得"涩"字的诗味。他曾于题林旭《晚翠轩诗》，说出他的真赏。诗云："称诗有高学，云以涩为贵。子岂真可人?所诣遽尔邃；诗怀文字前，未得殆难会。即论句法秘，大事匪狡狯。初如咀橄榄，枯中说滋味。终乃啖枇杷，甘平宜渴肺。子诗实早就，流宕可毋畏！试回刻意功，一极才与思。向来谬见推，浅语不予赘。仍当摹千文，为君题晚翠。"这是他对于江西诗派的独到的见解。

缪钺论宋诗："宋代国势之盛，远不及唐，外患频仍，仅谋自守，而因重用文人故，国内清晏，鲜悍将骄兵跋扈之祸，是以其时人心静弱而不雄强，向内收敛而不向外扩发，喜深微而不喜广阔。宋人审美观点亦盛，然又与元朝不同。元朝之美如春华，宋代之美如秋叶；元朝之美在声容，宋代之美在意态；元朝之美为繁丽丰腴，宋代之美为精细澄清。总之，宋代承唐之后，如大江之水，潴而为湖，由动而变为静，由浑灏而变为澄清，由惊涛汹涌而变为清波容与。此皆宋人心理情趣之种种特点也。”这一番话，可以帮助我们了解江西诗派的情趣。

时势迁移，江西诗派所标榜的宋诗，从时代环境说，也是发挥着宋人以散文风格写诗的特长，来驾驭更复杂的现象。他们的“新”与“变”，也都是向着这一条路在走。即以拟古著名的大诗人王湘绮，他的著名四弟子：释敬安、杨庄（湘绮儿媳）、齐白石、张登寿，也都是从古拙进到“自然”的风格。那位著名的和尚，八指头陀敬安，俗名黄读山，他识字不多，而诗境独绝，在浙江宁波阿育王寺为知客僧时，一日，他正在山脚下散步，忽见两个客人联骑入山，其中一个，是披着大红绵套褂的老者，操着湘潭土音，对另一个中年的人说：“看呀，前面就是育王岭了。我们且慢慢的氽罢。”“氽”，音作“土恳”切，犹言走的意思。兴会所至，这两人便联句做起了打油诗来。那老者吟道：“一步一步氽”，年轻人续道：“氽入育王岭。”敬安听了触景生情，诗思陡起，急忙应声道：“夕阳在寒山，马蹄踏人影！”这两个人，正是王湘绮与易实甫，他们偶尔以诗当做旅途的游戏，不意竟为他续成了一首隽妙的五绝，为之惊诧不止。这样的诗，也正是胡适《白话文学史》中所采取的有新意境的好诗呢！

新体诗

时代环境，迫着现代的中国文人，要产生一种新的文体、新的诗体；于是旧的诗人在“变”，新的诗人也在“变”。（陈子展说：“这里所谓新派旧派，本无截然的界限。其实诗须是诗，派无分于新旧。而且他们诗的外形都是因袭的，绝少创体，不好分出什么新旧来。”这话很对。陈氏自己虽是新的诗人，他自己的诗，也还是因袭旧的形式的。）那些参加维新新政运动的人，他们便自称为“新体诗”。照旧诗人的说法，所谓新体诗，乃是宋诗的变体；而新派诗人，则自以为熔铸新理想以入旧风格；瓶是旧的，酒却是新的。

初期的诗界革命，采取怎样一种形式呢？梁启超曾在《饮冰室诗话》中说过：“当时所谓新诗者，颇喜挦扯新名词以自表异。丙申丁酉间（1896—1897），吾党数子，皆好作此体。提倡之者，为夏穗卿（曾佑），而复生（谭嗣同）亦綦嗜之。《金陵所听说法》云：‘纲伦惨以喀私德，法会盛于巴力门。’‘喀私德’即Caste之译音，盖指印度分人为等级之制也；‘巴力门’即Parliament之译音，英国议院之名也。穗卿赠余诗有云：‘冥冥兰陵门，万鬼头如蚁，质多举只手，阳乌为之死。袒裼往暴之，一击类执豕。’兰陵指的是荀卿，质多是佛典上魔鬼的译名，也即基督教经典里的撒旦。阳乌即太阳，日中有乌，是相传的神话。清儒所做的汉学，自命为荀学。我们要把当时垄断学界的汉学打倒，便用擒贼擒王的手段去打他们的老祖宗——荀子。当时，吾辈方沉醉于宗教，乃至相约以作诗，非经典语不用。所谓经典者，普指佛孔耶三教之经，故新的字面，络绎笔端焉。”等到梁氏主办

《新民丛报》时期，他已经厌倦这一类诗了，他认为这一类诗，当时沾沾自喜，可是并不是好诗，大家都已明白了。他说：谭嗣同的学问，三十以后，颇有进境；他的诗歌，却未必比三十以前更好。他对新诗提出一个新标准，说："过渡时代必有革命；然革命者当革其精神，非革其形式。吾党近好言诗界革命，然而若以堆砌满纸新名词以为革命，是又满洲政府变法维新之类也。能以旧风格含新意境，斯可以举革命之实矣。"

在梁氏的新诗标准之下，黄遵宪（公度）乃是他所最推重的一人。黄氏也以新诗自许，他在《人境庐诗草》自序中说："诗之外有事，诗之中有人。今之世异于古，今之人亦何必与古人同。"他要弃去古人之糟粕，而不为古人所束缚。他的理想诗境，是：一曰，复古人比兴之体。一曰，以单行之神，运排偶之体。一曰，取离骚乐府之神理，而不袭其貌。一曰，用古文伸缩离合之法以入诗。他的诗料，是"其取材也，自群经三史逮于周秦诸子之书，许郑诸家之注。凡事名品名切于今者，皆取采而假借之。其述事也，举今日之官书、会典、方言、俗谚，以及古人未有之物，未辟之境，耳目所历，皆举而书之。"他的诗格是："自曹、鲍、陶、谢、李、杜、韩、苏迄于小家不名一格，不专一体，要不失于为我之诗。"他的诗学建设论，一方面是述旧，一方面是创新，他的脚步还是从宋诗中跨出，汲取了欧西文学与日本文学的精神，变化以出之的。

胡适撇开清末那些旧诗人，于黄公度以前，又找了一位新体诗的前驱，那便是著《秋蟪吟馆诗钞》的作者金和（上元人，字亚匏，生于1818，死于1885）。他曾自述诗意："所作虽不纯乎纯，要之语语皆天真。时人不能为，乃谓非古人。""乃有真壮夫，于此独攘臂；万卷读破后，一一勘同异；更从古人前，混沌辟新意；甘使心血枯，百战不退辟。”已经有着人境庐诗的风格了。（其实，诗体要革新，旧诗人也已感到了。林纾甲午前后，也谈时务，所作《闽中新乐府》，如《破蓝衫》、《村先生》、《兴女学》，都有了新见解。樊增祥和王梅溪居武林小诗十一首之一，有云：“秋实春华迥不同，夷言扫尽汉唐风。龙头总属欧洲去，且置诗人五等中。”也是感受当时新思潮的冲击了。）

从我们的观点，维新党人的所谓新学，都是一些不可解的怪话；他们把这些怪话，注入他们的新诗里去，也只有他们自己才懂得。梁启超曾经自己下过批判：“我们当时认为中国自汉以后的学问全要不得的，外来的学问都是好的。既然汉以后要不得，所以专读各经的正文和周秦诸子。既然外国学问都好，却是不懂外国话，不能读外国书，只好拿几部教会的译书当宝贝。再加上些我们主观的理想——似宗教非宗教，似哲学非哲学，似科学非科学，似文学非文学的奇怪而幼稚的理想。我们所标榜的新学，就是这三种原素混合构成的。”当时的流俗，对于他们的政治革命，已经惊骇了一场，他们又在闹“文学革命”、“诗界革命”，更觉得离经叛道，非常可怪了。他们这类新诗料，在旧派文人看来，自然既不如自然界风云月露的空灵，又不如诗骚尔雅里草木虫鱼的典雅，更不比社会间忠孝节义的有关名教，简直要不得的。我们也只觉得他们的好处就是新奇，不腐臭，不庸滥；（本来他们这种运动，也不只是对于腐臭庸滥的旧诗界所在的一种反动。）换一方面看，也只是“新奇”而已。他们的理想是幼稚的，取材也是褊狭的，其后不久，连他们这几个前驱的战士，也改变了观点了。

维新志士之中，康有为这一领导者，他在诗文上的造诣，也是与时俱进的，他曾与菽园论诗，赋了三律：

一代才人孰绣丝？万千作者亿千诗。吟风弄月各自得，覆酱烧薪空尔悲。正始如闻本风雅，丽葩无那祖骚词。汉唐格律周人意，悱恻雄奇亦作思。

新世瑰奇异境生，更搜欧亚造新声。深山大泽龙蛇远，瀛海九州云物惊。四圣崆峒迷大道，万灵风雨集明廷。华严帝网重重现，广乐钧天窈窈听。

意境几于无李杜，目中何处著元明。飞腾势似风云起，奇变见犹神鬼惊。扫除近代新诗话，惝恍诸天闻乐声。兹事混茫与微妙，感人千载妙音生。

从这几句诗，我们可以明白康氏对于诗的见解，他所说的："意境几于无李杜，目中何处著元明，"正代表着他们那一群人的气概。康氏原是一个环游过世界，见过世面的人，所以胸襟开拓，自是不同。他自言："吾性好游，嗜山水，爱风竹，船唇马背，野店驿亭，不暇为学，则余事为诗。天人之感多受。及戊戌遭祸，遁迹海外，五洲万国，靡所不到。风俗名胜，托为咏歌。嗟我行迈，皆寓于诗；情在于斯，噫气难已！"汪国垣《光宣诗坛点将录》有云："今诗人尚意境者宗黄陈，主神韵者师大历；锤幽凿险，则韩孟启其宗风；范水模山，则谢柳标其高格。其纯然入乎古人出乎古人者，则南海康有为也。南海平生学术，不以诗鸣，徒以境遇之艰屯，足迹之广历，偶事歌咏，直有抉天心探地肺之奇，不仅巨刃摩天已也，返虚入浑，积健为雄，惟南海足以当之。"也就是这个意思。

梁启超，可以说是那一时期最好的诗评家，他自己的诗虽不多，却也言之有物，用骚赋乐府格调，而能伸缩自由。他自言："余向不能为诗。自戊戌东徂以来，始强学耳。然作之甚艰辛，往往为近体律绝一二章，所费时日与撰《新民丛报》数千言论说相等。故间有得一二句颇自憙而不能终篇者，非志行薄弱，不能贯彻初衷也。以为吾之为此，本为陶写吾心，若强而苦之，则又何取？故不为也。”单就《饮冰室文集》所见那诗词来说，都是很有气魄的。他最佩服南宋的陆放翁，胸襟也正相同。他读陆放翁诗集有感：“诗界千年靡靡风，兵魂销尽国魂空；集中什九从军乐，亘古男儿一放翁！”也正是他自己的感喟。

梁启超在东京创办《新民丛报》，其中专刊新体诗的那一栏，题名《诗界潮音集》。这一时期的新诗，比以前谭嗣同、夏曾佑所提倡的新诗，已经进步得多了。那一时期，“那些失意的青年志士们，群集异国，得以自由地接受新的知识，故生活饱尝颠沛流亡之苦，又经过一九零零年义和团之乱，感触既深，一一托之于诗。”所以称之为时代的潮音。

那一群新体诗人之中，康、梁两人而外，蒋观云、狄葆贤、麦孟华诸人，都是慷慨激昂之作。康有为有《爱国短歌行》：

> 我祖黄帝传百世，一姓四五垓兄弟；族谱历史五千载，大地文明无我逮。全国语文同一致，武功一统垂文治。四裔人贡怀威惠，用我文化服我制，亚洲独尊主人位。
>
> 今为万国竞争时，惟我广土众民霸国资，偏鉴万国无似之。我人齐心发愤可突飞，速成学艺与汽机，民兵千万选健儿，大造铁舰游天池，舞破大地黄龙旗！

这样的诗，并不算好，但可以代表当时一种崭新的向上的士气，也可以看出当时文学界的一点活气；他的《万木草堂诗集》，有着志士的狂热，读书人的高调和政治家的野心，这也是他们所以追慕陆放翁的风格的因由之一。

蒋观云的《居东集》中，有一首《咏卢骚》诗：“世人皆欲杀，法国一卢骚；民约倡新义，君威扫旧骄。力争平等路，血溅自由苗。文字收功日，全球革命潮。”这些诗句，简直就是时代的信号。革命志士，有着齐生死的顿悟境界。所以，他那几首《挽古今之敢死者》，有云：

男儿抱热血，百年待一洒；一洒夫何处，青山与青史。青山生光彩，煌煌前朝事；青史生光彩，飞扬令人起。后日馨香人，当日屠醢子；屠醢时一笑，一笑宁计此！

病死最不幸，吾昔为此语。瞀儒列五福，考终世所与。儒者重明哲，后人若画鼠，君子养浩然，明神依大宇。强释生死名，生死去来耳！

这是产生志士的时代，所以汪精卫的“慷慨赴燕市，从容作楚囚；引刀成一快，不负少年头！”也正代表那一时代青年的共同怀抱呢。

我们年轻时，束发受书，便读了梁启超的《举国皆吾敌》歌，歌云：

举国皆吾敌，吾能勿悲！吾虽悲而不改吾度兮，吾有所自信而不辞。

世非混浊兮不必改革，众安混浊而我独否兮，是我先与众敌。阐哲理指为非圣道兮，倡民权曰畔道；积千年旧脑之习惯兮，岂旦暮而可易？先知有责，觉后是任。后者终必觉，但其觉匪今。十年以前之大敌，十年以后皆知音。

君不见苏格拉底瘐死兮，基督钉架，牺牲一生觉天下！以此发心度众生，得大无畏兮自在游行。渺躯独立世界上，挑战四万万群盲。一役战罢复他役，文明无尽兮，竞争无时停；百年四面楚歌里，寸心炯炯何所撄。

这些诗篇，不仅含蕴着思想革命的气氛，也在用骚赋乐府的格调创造了新的诗式，隐隐地暗示文学革命时代的到来！

《人境庐诗草》

替新体诗开辟门庭自成一家的，首推黄遵宪（公度），他是维新变法的主要人物。曾任驻日本使馆参赞，新加坡、旧金山总领事，富有世界知识，时代眼光。他任湖南按察使时，参与新政的推行；戊戌新政，在北京是失败的，在湖南却相当成功。黄氏很早便有革新的思想，主张实行民主。他居日时，便已读了卢梭和孟德斯鸠的学说，知道太平世必在民主。他说："中国必变从西法，三十年后，必会实现。"他到了伦敦，又主张："我国政体，必当法英，而其着手次第，则欲取租税讼狱警察之权，分之于四方百姓，欲取学校武备交通之权，归之于中央政府，尽废督府藩臬等官，以分巡道为地方大吏，其职在行政而不许议政。上自朝廷，下至府县，咸设民选议院。"这是他的民主政治的轮廓。他有《病中纪梦述梁任公诗》：

> 人言廿世纪，无复容帝制；举世趋大同，度势有必至。怀刺久磨灭，惜哉吾老矣！日去不可追，河清究难俟。倘见德化成，愿缓须臾死！

他已完全否定了君主制度，知道世界潮流所趋，非民主不可了。

黄公度，从他的文学成就来说，他的《人境庐诗草》、《日本杂事诗》，都是传世之作。我们看他的《人境庐诗草》，其中最早的诗，作于1865年，那时他只有十八岁，他那时已经感到一般士大夫的迂拘不通世务，乃是国家衰亡的主因，他曾有《杂感》诗，说：

> 吁嗟制艺兴，今亦五百载。世儒习固然，老死不知悔。精力疲丹铅，虚荣逐冠盖，劳劳数行中，鼎鼎百年内。束发

受书始，即已缚杻械，英雄尽入彀，帝王心始快。岂知流寇乱，翻出耰锄辈。

他就指出以制艺取士，拘束了知识分子的思想，那是一条绝路，行不通的。他比康、梁两氏，更早通识时务，曾有感怀诗：

世儒通诗书，往往务爪嘴；昂头道皇古，抵掌说平治。古人岂我欺，今昔奈势异，儒生不出门，勿论当世事。识时贵知今，通情贵阅世。

那样一个海角上的少年，他就看得这么远大了。

1868年，黄氏还只有二十一岁，他已主张诗界革命。他在《杂感》诗中说："俗儒好尊古，日日故纸研；六经字所无，不敢入诗篇。古人弃糟粕，见之口流涎；沿习甘剽盗，妄造丛罪愆。黄土同抟人，今古何愚贤？即今忽已古，断自何代前？明窗敞流离，高炉爇香烟，左陈端溪砚，右列薛涛笺；我手写我口，古岂能拘牵？即今流俗语，我若登简编，五千年后人，惊为古斓斑！"这一"我手写我口，古岂能拘牵"的主张，也和后来胡适所提倡的白话诗暗合，无怪胡适说他的杂感诗，乃是诗界革命宣言了。

黄氏，可说是能够欣赏民间文学的一个带着泥土气息的新诗人。他的《已亥杂诗》，有一首，云：

一声声道妹相思，夜月哀猿和竹枝。欢是团圆悲是别，总应肠断妃呼豨！（自注：土人旧有山歌，多男女相思之辞，当系獠蛋遗俗。今松口、松源各乡尚相沿不改。每一辞毕，辄间以无辞之声，正如妃呼豨，甚哀缓而长。）

这首诗，便是说他所受民间山歌的影响。民歌在中国文学史上一直成为促进诗歌进步的新血，他说："土俗好为歌，男女赠答，颇有子夜诸曲遗意。"正如子夜诸曲，成为隋唐律绝体的先河，他们的新体诗，也可说是从民歌诱导出来的！

我的诗学修养，可说是浅薄的，年轻时期，只爱黄公度的《人境庐诗草》。到了中年，才懂得黄山谷的诗境，才欣赏现代浙东诗人李慈铭的《越缦堂诗》。尽管我个人的欣赏有了这样的进境，李慈铭虽说那么才华盖代，但要说现代中国诗人，自以黄公度为首选。他是属于我们的世代的，他所写的，和杜甫一般，都是诗史，存一代之文献。（王湘绮虽是诗坛的重镇，他们都经过了太平军的离乱和晚清的大动乱，但他们的诗，都和时代没有什么关系的。）从诗的现实性来说，《人境庐诗草》更比杜诗有意义。

1883 年的中法战争，1894 年的中日战争以及 1900 年的义和团之乱，那个惨痛时代的内忧外患，都是人境庐中的悲哀和慷慨的诗料。他赋过《冯将军歌》，对冯子材那七十老将赤膊大刀独当前阵的勇敢，唱出了热烈的赞颂。他另外又写了《越南篇》，对当时政府昏聩的对外政策，发出悲愤的叹息。甲午战役的溃败，原在他的预料之中，而摧枯拉朽，海陆军瓦解的场面，却出乎他的意想之外。他把那份哭笑不得之情，寄之于诗，乃有《悲平壤》、《哀旅顺》、《哭威海》、《台湾行》、《降将军歌》，把那时满清政府的昏庸、腐败，和将帅不和，士兵的怯懦，所有的黑暗面，都暴露出来了。他对于那位死难的降将军丁汝昌，有无限的同情。那一串叙事诗，那首讽刺吴大澂的《渡辽将军歌》，正是寓悲愤于戏谑，笔法最为凸出。首先替这位考古学家的将军大吹大擂一阵，说：

闻鸡夜半投袂起，檄告东人我来矣！此行领取万户侯，岂谓区区不余畀；将军慷慨来渡辽，挥鞭跃马夸人豪。平时搜集得汉印，今作将印悬在腰。将军乡者曾乘传，高下句骊踪迹遍；铜柱铭功白马盟，邻国传闻犹胆颤。自从弭节驻鸡林，所部精兵皆百炼。人言骨相应封侯，恨不遇时逢一战。

接着就写这位夸大狂将军的自负：

雄关巍峨高插天，雪花如掌春风颠。岁朝大会召诸将，铜柱银烛围红毡。酒酣举白再行酒，拔刀亲割生彘肩。自言平生习枪法，炼目炼臂十五年。目光紫电闪不乱，袒臂示客如铁坚。淮河将帅巾帼耳，萧娘吕姥殊可怜！看余上马快杀贼，左盘右辟谁当前！鸭绿之江碧蹄馆，坐令万里销烽烟，坐中黄会大手笔，为我勒碑铭燕然！

他的心目中，没有倭寇的份儿的，他就大声叱喊道：

么么鼠子乃敢尔，是何鸡狗何虫豸？会逢天幸遽贪功，它它籍籍来赴死：能降免死跪此牌，敢抗颜行聊一试。待彼三战三北余，试我七纵七擒计。

事实上，这位将军乃是银样蜡枪头，不中用的。他写得很幽默：

两军相接战甫交，纷纷鸟兽空营逃。弃冠脱剑无人惜，只幸腰间印未失。将军终是察吏才，湘中一官复归来。八千子弟半摧折，白衣迎拜悲风哀。幕僚步卒皆云散，将军归来犹善饭！平章古玉图鼎钟，搜箧价犹值千万。闻道铜山东向倾，愿以区区当芹献。藉充岁币少补偿，毁家报国臣所愿！

他的结句下得更富风趣：

燕云北望忧愤多，时出汉印三摩挲，忽忆辽东浪死歌，印兮印兮奈尔何！

《人境庐诗草》，大部分都是这类有血有泪的诗篇，诗人心头的苦痛可知；他在《己亥新诗》结尾一首说：

腊馀忽梦大同时，酒醒衾寒自叹衰；与我周旋最亲我，关门还读自家诗！

馀事作诗人，这位诗人的心头是悲哀的。

拿黄公度的诗歌作品来和他所提倡的诗歌理论相对照，他可以说是最能创造新诗境的人。他已经做到了“不拘一格，不专一体，要不失乎为我之诗”这一句话。他所用的词汇是多方面的，所取的诗料，可说是开了“古人未有之物，未辟之境”的。他的《今别离》，是一首用古诗体写新情意的诗。此诗初出，便轰动一时，陈三立推为千年以来的绝唱；梁启超刊此诗于《新诗界潮音》，说是：“吾以是因缘，以是功德，冀生诗界天国。”更是推崇备至。在那个浅薄的新体诗中，他的确带来了新风格、新意境。他的新体诗，是善于运用古文伸缩离合之法作诗。（这也是他们那一群人的共同特点。）也最善于运用旧格律而不为旧格律所束缚。从诗歌的艺术观点来说，他的抒情长诗，比他的叙事长诗，更见出色。他的《拜曾祖母李太夫人墓》诗，乃是公认的一首最好的诗。开头写他自己儿时情况，非常真切：

> 春秋多佳日，亲戚尽团聚。双手擎掌珠，百口百称誉。我家七十人，诸子爱渠祖，诸妇爱渠娘，诸孙爱渠父；因裙便惜带，将缣难比素。老人性偏爱，不顾人笑侮。邻里向我笑：老人爱不差；果然好相貌，艳艳如莲花。诸母背我骂：健犊行破车，上树不停脚，偷芋信手爬；昨日探雀巢，一跌败两牙，噀血喷满壁，盘礴画龙蛇。兄妹昵我言：向婆乞金钱，直倾紫荷囊，滚地金铃圆。爷娘附我耳：劝婆要加餐，金盘脍鲤鱼，果为儿下咽。伯叔牵我手，心知不相干，故故摩儿顶，要图老人欢。

在铺叙方面，他写得很细腻，可是他接写到今日来拜墓，只用“几年举场忙，几年绝域使，忽忽三十年，光阴迅弹指！今日来拜墓，儿既须满嘴。”几句话，就绾合起来了。结尾上，以凄婉之笔在写：

> 母在婆最怜，刻不离左右；今日母魂灵，得依太婆否？树静风不停，草长春不留！世人尽痴心，乞年拜北斗。百年那可求？所愿得中寿！谓儿报婆恩，此事难开口；求母如婆年，儿亦奉养久。儿今便有孙，不得母爱怜，爱怜尚不得，那论贤不贤！上羡大父福，下伤吾母年。吁嗟无母人，悠悠者苍天！

这是一篇最感动人的抒情诗。我们可以在理智方面接受他的史诗，在感情上，更容易接受他的抒情诗。

黄公度，这一位诗人，旧诗人称之为宋诗的后起之秀，新体诗运动中，梁任公称之为诗界革命的霸主，胡适则推为新诗运动的前驱战士，因此每一种文学史中，都有了他的地位。上文我曾说到钱基博所著《现代中国文学史》；他有他的真见，也有他的偏见，偏见的分量，就和他的真见一样多。直到钱氏的儿子钱锺书出来，才对黄公度的诗有进一步的公正评价。他说："近人论诗界维新，必推黄公度。《人境庐诗草》奇才大句，自为作手。五古议论纵横，近随园、瓯北，歌行铺比，翻腾处似舒铁云，七绝则龚定庵，取径实不甚高，语工而格卑，伧气尚存，每成俗艳。尹师鲁论王胜之文，曰赡而不流。公度其不免于流者乎！大胆为文处，亦无以过其乡宋芷湾，差能说西洋制度名物，掎摭声光电化诸学，以为点缀，而于西人风雅之妙，心性之微，实少解会，故其诗有新事物，而无新理致。"对于《人境庐诗草》，如此批评，方可抓到痒处。清末维新人士，一边是接受旧的传统，一边是呼吸外来的空气；其结果，即如黄公度，也还是旧的成分多于新的成分的！

译诗与诗境

我曾说过：1922年秋天，我到了上海，便和南社文人相识。最初，和叶楚伧、邵力子往还较密切，接着便认识了柳亚子、胡朴庵、胡怀琛，他们都是南社社员。我之成为新南社社员，还是后来的事。南社文人，也以写新体诗为多，《新民丛报》虽和《民报》相对立，《饮冰室诗话》却收了许多南社诗人的诗，气味自是相投的。

从南社师友的闲谈中，知道了苏曼殊的身世、掌故，以及风趣的生活，惊才绝艳的神思。这位“独向遗编吊拜伦”的诗僧，却正代表着南社的清新气氛。苏曼殊并非同盟会的革命党人，却和党人交游甚深，他的诗篇，恰正是革命的号筒。曼殊最崇拜英国诗人拜伦（Lord Byron），曾译介他的《哀希腊》、《赞大海》、《去国行》诸篇。曾自序《拜伦诗选》，说：“善哉拜伦，以诗人去国之思，寄之吟咏；谋人家国，功成不居，虽与日月争光可也。”又说：“拜伦足以贯灵均太白，雪莱足以合义山长吉，而莎士比亚、弥尔敦、田尼孙以及美之郎佛劳，只可与杜争高下，此其所以为国家诗人，非所语于灵界诗翁也。”他的译诗，替新体诗添加了风骨，也使国人进一步认识西方文学的造诣。

曼殊自己所写的诗，以五七绝为主，大部分都是七绝。他学诗于刘师培，也曾经章太炎、章士钊、陈独秀的修改；他的才华乃是天赋的，其飘逸高世，乃在龚定庵之上。他这个带着日本人血统的孩子，自言思维身世，有难言之情。他就把满腹悲苦，发之于浪漫生活，发之于小说，发之于诗歌。他有《本事诗》十首，传诵一时：

春雨楼头尺八箫，何时归看浙江潮？芒鞋破钵无人识，踏过樱花第几桥。

丹顿拜伦是我师，才如江海命如丝。朱弦休为佳人绝，孤愤酸情欲语谁？

他是带着革命气氛的，那两首《留别汤国顿》的诗，真是慷慨悲歌：

蹈海鲁连不帝秦，茫茫烟水着浮身；国民孤愤英雄泪，洒上鲛绡赠故人！

海天龙战血玄黄，披发长歌览大荒；易水萧萧人去也，一天明月白如霜。

和曼殊同时，也和曼殊一样的译了拜伦《哀希腊》的，有马君武。马氏也是同盟会的党人，南社的诗友。他的诗稿一百三十一首中，有三十八首是译诗。他在那一些诗友中，以雄豪深挚著称，他也可以自开一诗派，但他不肯以诗人自居。他是一个科学家，曾译达尔文的《种源论》。当时，严复爱以天演学说入文，他就好以天演学说入诗；这也是一时的风尚呢。

（李思纯《仙河集》序云："近人译诗有三式：一曰马君武式，以格律谨严之近体译之。如马氏译嚣俄诗：'此是青年红叶书，而今重展睛盈裾'是也。二曰苏曼殊式，以格律较疏之古体译之，如苏氏所为《文学因缘》、《汉英三昧集》是也。三曰胡适式，则以白话直译，尽驰格律是也。余于三式皆无成见，特所译悉尊苏玄瑛式者，盖以马式过重汉文格律，而轻视欧文辞义；胡式过重欧文辞义，而轻视汉文格律；惟苏式译诗，格律较疏，则原作之辞义皆达，五七成体，则汉诗之形貌不失。"）

从南社诗人的风格，我们可以明白，欧化对于中国的影响，便这么深切起来了。

新体诗人生吞活剥，用了许多外来译语，开头只见“新奇”，到后来也就是滥俗不堪，连梁启超也觉得有些皱眉了。（钱锺书说：“严几道号西学巨子，复太夷继作论时文一五古起语云：‘吾闻过缢门，相戒勿言索，’喻新句贴，余尝拈以质人，齐叹其运古入妙，必出子史，莫知其直译西谚也。点化熔铸，真风炉日炭之手，非喀司德、巴立门、玫瑰战、蔷薇兵之类。”他就说几道运用外来语，最为纯熟，不落痕迹也。）

钱锺书最推崇王国维（静安），他说：“少作诗时流露西学义谛，庶几水中之盐味，而非眼里之金屑。其观堂丙午以前诗一小册，甚有诗情作意。七律多二字标题，比兴以寄天人之玄感，申悲智之胜义，是治西洋哲学人本色语，佳者可入《饮冰室诗话》，而理窟过之。”王氏乃一代学人，其考古、治史、玄哲的造诣，冠冕时辈；而文艺修养之深，也是卓绝一时。如《杂感》诗：

> 侧身天地苦拘挛，姑射神人未可攀。云若无心常淡淡，川如不竞岂潺潺；驰怀敷水条山里，托意开元武德间。终古诗人太无赖，苦求乐土向尘寰。

这正是柏拉图的理想，参以浪漫主义的期待情怀。又如《出门诗》：

> 出门惘惘知奚适，白日昭昭未易昏；但解购书那计读，且消今日敢论旬。百年顿尽追怀里，一夜难为怨别人；我欲乘龙问羲叔，两般谁幻又谁真！

这又是普罗太戈拉斯（Protagoras）的人本论，用之于哲学家所说的主观时间（duration）了。

王静安的哲理思想，颇受德国哲学家叔本华的影响，王氏自谓：“初读康德之《纯理性批判》及《先天分析论》，几全不可解，更读叔本华《意志与表象之世界》，喜其思精而笔锐，前后读二过再返读康德之书，即非复前之窒疑。”于是，他对自己以前所思所感者，益增坚强之自信，而有理论上之根据。其论文谈艺之意见，既多受叔氏湲发，而其对人生之了解及处世之态度，亦深蒙叔氏哲学之影响了。

王静安的《红楼梦评论》和《人间词话》，可说是近代最有价值的文学批评。两书都有独到的见解，而其立论根据也多出于叔本华之书。叔氏认为人生皆有生活的意志，因此而有了欲望；有欲望则求得满足。可是欲望永无满足之时，所以人生与痛苦相终始；欲免痛苦，惟有否定生活之欲望而求得解脱。王氏依着这一理念来评论《红楼梦》，说：《红楼梦》一书，即写人生男女之欲而示以解脱之道。其中人物，多为此欲所苦。有所欲不遂，不胜其苦痛而自杀者，如潘又安、司棋，非解脱也。贾宝玉初亦备尝男女之欲之苦痛，其后弃家为僧，否认生活之欲，是为解脱。至于惜春、紫鹃，自己虽无苦痛之阅历，而观察他人，获得经验，故亦能皈依空门，是亦谓之解脱。前者之解脱为自然的，人类的，后者之解脱为超自然的，神秘的。叔本华的人生论，观察深刻，持之有故，信其说者，乃如大梦初醒，觉人生皆受自然之潜驱默遣，劳悴终生，尽归幻灭。王氏也以此义注入他的诗歌中，如那首《咏蚕》的诗：

> ……年年三四月，春蚕盈筐篚，蠕蠕食复息，蠢蠢眠又起。口腹虽累人，操作终自己；丝尽口卒瘏，织就鸳鸯被。一朝毛羽成，委之如敝屣。耑耑索其偶，如马遭鞭箠；呴濡视遗卵，恬然即泥滓，明年二三月，傪傪长孙子。茫茫千万载，辗转周复始。

这便是人生的写照，在启蒙诗人之中，诗境之高，无出王氏之右了。

1936年2月间，新南社在上海湖社（英士纪念堂）集会，南社巨子柳亚子、叶楚伧都与会。那晚，亚子先生要我说几句话，我曾说："19世纪，可以说是一个革命的时代。（鲁迅说："所谓革命，那不安于现在，不满意于现状的都是；文艺催促旧的渐渐消灭，也是革命。"）南社首先揭出革命文学的旗帜，和同盟会的革命行动相呼应。我们可以说，南社的诗文，活泼淋漓，有少壮朝气，在暗示中华民族的更生。那时，年轻的人爱读南社诗文，就因为她是前进的，革命的，富于民族意识的。南社派的文学运动，自始至终，不能走出浪漫主义之外一步；而由南社走上政治舞台的文人，也只有革命的情绪，而无革命的技术；他们的政治手腕，不仅不及共产党的主要人物，连政学系的首脑，也胜过他们多多！这便是以诗的气氛看待政治，而不以散文看待政治的原故。"这段话，当时颇受南社师友们的赞同。（有一时期，南京的行政院院长汪精卫，立法院院长邵元冲，司法院院长居正，考试院院长戴季陶，监察院院长于右任，中央党部秘书长叶楚伧，江苏省政府民政厅长胡朴庵，陕西省主席邵力子，都是南社中人。）

那次集会的后一星期，柳亚子先生写信给我，也说到这一回事。他说："新南社生命的历史太短促了，所以大家对她都很忽略；其实，南社是诗的，新南社是散文的。讲到文学运动，新南社好像已经走出浪漫主义的范围了吧？南社的代表人物，可以说是汪精卫，而新南社的代表人物，我们就可以举出廖仲恺来。汪先生是诗的，廖先生则是散文的。所以我说，无论如何，新南社对于南社，总是后来居上的；倘然廖先生不死，也许近十年来的中国政治局面，不会是现在的局面吧？"这都是可以使我们了解当代文坛动态的有意味的文献。

我们把19世纪末期，中国文坛动态，细细看来，诚如陈子展所说的：旧诗体似乎已发展到了一定的限度，不能再一直向前的发展了，须得另求新的发展。元明以来，未始没有几个富有天才的诗人，但他们的诗，所具的形式和音节，总逃不出汉魏六朝和唐宋人的范围，尽管逃来逃去，还只在这个范围内兜圈子。于是旁逸斜出的天才，不甘为这种形式所束缚，只好避开这种韵文的形式，率性旁逸斜出地别为词曲，两宋、元明的诗词、杂剧、传奇的发达以此。但是做诗的仍要做诗，诗的形式只好仍用传统的形式。这是几百年来诗人无可奈何之事，所以到了晚清时候，略与欧美日本文学接触，诗人得了一点新的刺激，就有新的要求了。上文所说的诗界革命运动，正是适应这个要求而发生的。

梁启超曾于1898年说过这样的话："余虽不能诗，然尝好论诗，以为诗之境界被鹦鹉名士占尽矣，虽有佳意佳句，似在某集中曾相见者，最可恨也。今日不作诗则已，若作诗，必为诗界之哥伦布然后可。犹欧洲之地方已尽，不能不求新地于阿美利加及太平洋沿岸也。欲为诗界之哥伦布，不可不备三长：第一，要新意境。第二，要新语句。而又须以古人之风格入之，然后成其为诗。宋明人善以印度之意境语句入诗，然此境至今日，又已成旧世界。今欲易之，不可不求之于欧洲，欧洲之意境语句，甚繁富而瑰异，得之可以陵轹千古，涵盖一切。吾虽不能诗，惟将力输入欧洲之精神思想，以供来者之诗料可乎？"这一段话，倒可以作为启蒙时期诗人的宣言看的，王湘绮有论诗语云："五十年来事事新，吟成诗句定惊人！"他也看到了这一种气象了。

新小说

19世纪后期，中国社会的大动荡，有如庄子所说的："大块噫气，其名为风，是唯无作，作则万窍怒号。"每一个社会细胞，都起了反应。在文艺界，散文诗歌，都起了革命，而以崭新面目出现的，还要说到当时的"新小说"。那位以翻译欧美小说起家的桐城派古文学家林琴南，他介绍了那么多的世界文学名著，开国人的眼界，提高了小说的文学地位。梁启超于《新民丛报》以外，创办了《新小说》，喊出小说界革命的口号，论小说和社会进化的密切关系，便说："今日欲改良群治，必自小说界革命始。欲新民，必自新小说始。""故欲新道德，必先新小说；欲新宗教，必新小说；欲新政治，必新小说；欲新风格，必新小说；欲新学艺，必新小说；乃至欲新人心，必新小说；欲新人格，必新小说；何以故？小说有不可思议之力支配人道故。"他在当时，便有胆量，说小说为文学之最上乘，一反文人的传统观念。那时，李宝嘉、吴沃尧、曾孟朴、彭俞（逊之）也都创办小说杂志，以移风易俗为职志。彭逊之后办的《小说月报》，开头便说："竞立之道凡三：曰，以保存国粹为我第一级之手段；曰，以革除陋习为第二级之手段；曰，以扩张民权为第三级之手段。"启蒙文人的文艺观点，正是如此。因此，那时所创作的小说，都是批评时政的讽刺小说，如李伯元的《官场现形记》、《文明小史》，吴沃尧的《二十年目睹之怪现状》，刘鹗的《老残游记》。正如鲁迅所说的："有识者已翻然思改革，凭敌忾之心，呼维新与爱国，而于富强尤致意焉。""如在小说，则揭发伏藏，显其弊恶，而于时政，严加纠弹，或更扩充，并及风俗。"

刘氏《老残游记》开头那段楔子，是一段寓言式的文字，也可说是代表那一群人对时政的看法。有一天，他治好了一家富户黄瑞和（暗指黄河）浑身溃烂的奇病，午睡片刻，迷迷朦朦中，同了他的两个至友，德慧生与文章伯（暗指他自己的智慧和道德）在山东蓬莱阁上眺望天风海水，忽然看见一只帆船在那洪波巨浪之中，好不危险！这只帆船，便是中国。

“船主坐在舵楼之上，楼下四人专管转舵的事。前后六枝桅杆，挂着六扇旧帆；又有两枝新桅，挂着一扇簇新的帆，一扇半新不旧的帆。”

四个转舵的，便是军机大臣，六枝旧帆是旧有的六部，两枝新桅是新设的两部。那八个管帆的，却是认真的在那里管，只是各人管各人的帆，仿佛在八只船上似的，彼此不相关照。那些水手只管在那些坐船的男男女女队里乱窜，不知所做何事；他用望远镜仔细看去，方知道他们在那里搜他们男男女女所带的干粮，并剥那些人身上穿的衣服。这便是清朝政府的写照。

老残他们是要去拯救他们的，他知道那些撑船的，走惯了太平日子的，今日遇见这么大的风浪，所以都毛了手脚。而且，他们都没有预备了方针，平日靠天吃饭，方向还不很错。到了阴天，日月星辰都被云气遮住了，所以他们就没了依傍。老残提议要送给他们一个最准确的向盘，一个纪限仪，并几件行船要用的物件，还冒着风浪赶了上去，哪知船上的下等水手，反而对他们咆哮了，说他们用的是外国向盘，洋鬼子差遣来的汉奸！要把他们绑去杀了。还有那位对众演说的“英雄豪杰”，也指定他们是卖船的汉奸，迫他们走开。这又是刘铁云自己在清末所碰到的打击！他们满腔救国的热情，竟不为国人所谅解！梁启超那首《举国皆吾敌》的诗中情绪，刘氏写到小说中去了；《老残游记》自序有云："吾人生今之世，有身世之感情，有国家之感情，有社会之感情，有种族之感情；其感情愈深者，其哭泣愈痛，此洪都百炼生所以有《老残游记》之作也。棋局已残，吾人将老，欲不哭泣也得乎?"清末志士的心怀，大抵如此。

清末士大夫，有一普遍的觉悟，即国家民族所以衰败，乃官僚主义有以致之。因此，描画官场的黑暗面，作正面的抨击的，成为启蒙期的共同题材。当时上海出版的新章回小说，如李宝嘉的《官场现形记》、《文明小史》、《活地狱》，吴沃尧的《二十年目睹之怪现状》、《十年来目睹之怪现状》，乃至葛啸侬的《宦海风波》、八宝王郎的《冷眼观》、张锡宝的《梼杌萃编》，都是风格相同的。

中国官场的堕落，本该溯源到金元外族的入侵，经过了明、清两代的君权集中，"官"格更是江河日下。而科举制度束缚了儒士的头脑，捐官制度始于清初，更开幸进之门。他们所写的，可说是这种制度最腐败、最堕落的时期，也正是捐官最滥的时期。李伯元写《官场现形记》，一开头便在序文中说：

> 选举之法兴，则登进之途杂。士废其读，农废其耕，工废其技，商废其业，皆注意于"官"之一字。盖官者，有士农工商之利，而无士农工商之劳者也。天下爱之至深者，谋之必善；慕之至切者，求之必工；于是乎有脂韦滑稽者，有夤缘奔竞者，而官之流品已极紊乱。
>
> 官者，辅天子则不足，压百姓则有余。有语其后者，刑罚出之；有谪其旁者，拘击随之。于是官之气愈张，官之焰愈烈。羊狠狼贪之技，他人所不忍出者，而官出之；蝇营狗苟之行，他人所不屑为者，而官为之。下之，声色货利则嗜若性命，般乐饮酒则视为故常。观其外，偭规而错矩；观其

内，逾闲而荡检。种种荒谬，种种乖戾，虽罄纸墨，不能书也。得失重则妒忌之心生，倾轧甚则睚眦之怨起。或因调换而龃龉，或因委署而龂龁，所谓投骨于地，犬必争之者，是也。其柔而害物者，且出全力以搏之，设深心以陷之，攻击过于勇夫，蹈袭逾于强敌，国衰而官强，国贫而官富，孝弟忠信之旧，败于官之身，礼义廉耻之遗，坏于官之手。

他的《官场现形记》，便是一面照妖镜似的，把那魑魅魍魉的原形摄取出来；全书都是官场的丑吏，其间没有一个好人，也没有一个好官。（胡适说："这也是当时的一种自然趋势。向来人民对于官，都是敢怒而不敢言；恰好到了这个时期，政府的纸老虎是戳穿的了，还加来一种傥来的言论自由，租界的保障，所以受了官祸的人，都敢明白地攻击官的种种荒谬、淫秽、贪赃、昏庸的事迹。虽然有过分的描写与溢恶的形容，虽然传闻有不实不尽之处，然而就大体上，我们不能不承认这部《官场现形记》里大部分的材料，可以代表当日官场的实在情形。"）

李伯元笔下的"官"，有最下级的典吏和最高的军机大臣，有土匪出身的将军和孝廉方正出身的大员，其他正途的、军功的、捐班的、顶冒的，只要是官，无所不包。"千里为官只为财"，这是官僚主义的中心思想；其中有一位钱典吏，此人才是做官的高手，无论在什么场合，总抱定"实事求是"的秘诀。张锡宝的《梼杌萃编》，也是这样的，因为这书里没有一个好人，所以叫做《梼杌萃编》。他笔下有许多"真小人"，那些"真小人"，倒都是很可爱的，倒是那位"伪君子"贾端甫，那才是官场中最黑暗最阴森的代表人物，他的描写，深刻入微，比李伯元还进一层！

清末讽刺小说家，大都以吴敬梓的《儒林外史》为师法；那位刊印《儒林外史》的金和（清道光咸丰间诗人），他就说：“在诸公有是韬钤，斯吾辈有此笔墨，其尘秽略相等。”讽刺小说，正所以反映当时的黑暗的政治社会。《儒林外史》，可说是写实主义的作品，其中既没有神怪的话头，也很少英雄儿女的传奇，书中人物，都是儒林中极平常的；可是，他的为文，戚而能谐，婉而多讽，够得上讽刺的最高水准。到了清末作家，对于政治社会，务在揭发幽隐，指摘弊恶，往往容易过火，近于破口谩骂。有失委婉的风趣了。（鲁迅也说：“是后亦鲜以公心讽世之书如《儒林外史》者。”）

李伯元的《官场现形记》，长于描写佐杂小吏，而不善勾画北京的大官场，这也是他的现实生活所限的。胡适说他在开卷几回里，处处显出模仿《儒林外史》的痕迹。他似乎是想用心做一部讽刺小说的；假使此书用赵温与钱典吏做全书的主人翁，用后来描写湖北佐雍小官的技术来叙述这两个人的宦途历史，这部书未尝不可以成为一部有风趣的讽刺小说。但作者个人生计上的逼迫，潜人社会的要求，都不许作者如此做去。于是《官场现形记》遂不得不降格而成为杂记小说了。

胡适最称许《官场现形记》的四十三、四十四、四十五三回，这是一部佐杂现状记；其中有好几幕，都细腻得很。第一幕是在武昌府的大堂门口，佐杂太爷们给首府站班的所在；其中一位蕲州吏目给首府唤了过去，说了几句话，同班的穷佐杂就围了上去巴结他。第二幕，是由守尧的家里，他因为老妈子说破了他家中的穷相，给他打了一巴掌，于是大闹了一场。画出了这些吃尽当光穷佐杂的窘境。第三幕在制台衙门客厅上，第四幕在蕲州，第五幕在蕲州河里档子班的船上，都有细致的描写，深刻之中有含蓄，嘲讽之中有诙谐，可以比美《儒林外史》的。

官僚主义下的洋务，当然更是笑话百出，即是当时的革命志士，也是那么一回事；因此，吴沃尧乃有《二十年目睹之怪现状》，李伯元也有《文明小史》之作。从这条路发展开去，乃有李涵秋的《广陵潮》，平江不肖生的《留东外史》这一类小说，到了20世纪初期，上海文坛，流行过黑幕小说，也就是从这一条路走出来的。鲁迅说他们："描写失之张皇，时或伤于溢恶，言违真实，则感人之力顿微，终不过连篇话柄，仅足供闲散者谈笑之资而已。"

在那些讽刺小说作家之中，现代文学评论家首推刘鹗《老残游记》。他的胸襟较开朗，眼光较远大，已如上述。而他的写景写物，也高人一等。其中如《大明湖记游》、《白妞说书记》，都是上等记叙文字，已成为青年学生的语文范读的教材。胡适最爱第二十回黄河上看打冰后那段白描文字：

> 抬起头来看那南面的山，一条雪白，映着月光分外好看。一层一层的山岭却不大分辨得出。又有几片白云夹在里面，所以看不出是云是山，及至定神看去，方才看出那是云那是山来。虽然云也是白的，山也是白的！云也有亮光，只因为月在云上，云在月下，所以云的亮光是从背面透过来的。那山却不然：山下的亮光是由月光照到山下，被那山上的雪反射过来，所以光是两样子的。然只就稍近的地方如此，那山往东去，越望越远，渐渐的天也是白的，山也是白的，云也是白的，就分辨不出什么来了。

这样朴素新鲜的描写，更显出他的文艺最高修养来。

新戏曲

等到我有了知识，已经看不见那位最后的词章家——李慈铭了。我们还看到他的《越缦堂日记》，他是极爱好戏曲的人，在京听京戏，到了晚年，天天听昆曲。他自己也写过《蓬莱驿》、《星秋梦》两部传奇，走的还是玉茗堂的老路。我所看见的，最后的戏曲家，便是吴梅，他也写了许多本杂剧。不过，中国的旧戏曲，也和其他文艺体制一般，都已衰落了，正在找寻新的途径。

说起来，我们家乡，乃是李渔的故里，他也是南曲的作手，但南曲到他们那一代，蒋士铨、尤侗以后，便衰落了。我们幼年时所看的戏有昆曲，有徽调，有弋腔；到了我稍微懂得一点戏曲，昆曲也已衰落了，连徽调和正统派的绍兴戏，也不十分流行了。最流行的，却是新兴的称之为绍兴戏的嵊县戏。我还记得民初的嵊县戏，只是三人连唱，最简单的草台戏；到了1913年前后，就在上海正式排演了。这些变化都是眼前的事。

梅兰芳的舞台生活回忆中，说到他1931年第一回到上海的情形；其中有一段说他自己唱完了戏，到各戏馆去轮流观光的闻见。他说："我觉得当时上海舞台上一切，都在进化，已经开始冲着新的方向迈步朝前走了。有的戏馆，是靠灯彩砌末来号召的，也都日新月异，钩心斗角地竞排新戏。他们吸引的是一般专看热闹的观众，数量上倒也不在少数。有些戏馆，用讽世警俗的新戏来表演时事，开化民智。这里面，在形式上有两种不同的性质：一种是夏氏兄弟（月润、月珊）经营的新舞台，演出的是《黑籍冤魂》、《新茶花女》、《黑奴吁天录》这一类的戏。还保留京戏的场面，照样有胡琴伴奏着唱的，不过服装扮相上，是有了现代化的趋势了。一种是欧阳予倩参加的春柳社，是借谋得利剧场上演的，如《茶花女》、《不如归》、《陈二奶奶》，这一类纯粹话剧化的新剧，就不用京剧的场面了。这些戏馆，我都去过，剧情的内容，固然很有意义，演出的手法上，也是相当现实化；我看完以后，留下了很深的印象。”他所说的，正是启蒙时代戏曲界的新动向。

（吴梅所作的杂剧，如《暖香楼》、《无价宝》、《惆怅爨》，都是才子佳人的旧题材，格律很谨严，意境还是很旧的。只有《轩亭秋》，以秋瑾的革命身世为题材，比较有点新意。他曾借了秋瑾的口在说：“几曾料戊戌年之黑狱，烈轰轰逼出几个断头郎官；庚子年之红灯，闹嚷嚷又惊坏了九重的蒙尘天子。俺仔细想来，好端端一个世界，竟到了这般地步，毕竟被这些糊涂男儿搅坏了。偏偏俺女孩儿家，不争的什么，却成日价文锈牺牲，做那土木般蠢儿郎的供养。”她是以新女性风格出现的，也可说是带了很浓厚的时代气息。）

也和其他文化运动一样，新的戏剧运动是从东京开始的。梅兰芳所说的春柳社，便是留日学生在东京创办的；那位扮演茶花女的李叔同（便是后来出了家的弘一法师），便以最严肃的艺术作风出现，造成后来话剧运动的新风气。这是新剧和旧剧最不相同之点。当时，维新志士，也看到戏曲在政治宣传上的作用。天僇生论剧场之教育谓：“古人之于戏剧，非仅借以怡耳而怿目也，将以资劝惩，动观感。……昔者法之败于德也，法人设剧场于巴黎，演德兵入都时之惨状，观者感泣而法以复兴；美之与英战也，摄英人暴状于影戏，随到传观，而美以独立。演剧之效如此，是以西人于演剧者，则敬之重之；于撰剧者，更敬之重之。

夫西人之重视戏剧也如此，而吾国则如彼。如此一端，可以睹强弱之由矣。吾以为今日欲救吾国，尝以输入国家思想为第一义；欲输入国家思想，当以广兴教育为一义。欲无老无幼，无上无下，人人都有国家思想而受其感化力者，舍戏剧末由。”这一种议论，正和梁启超当时提倡小说教育的论调完全相同的。

启蒙时期，几乎每一种文化革新运动，都和梁启超有密切的关系。梁启超正是新戏曲创导人。他写过《劫灰梦》、《新罗马》、《侠情记》三种传奇，先后刊在《新民丛报》上，都不曾完卷，都是影响极大。《劫灰梦》写于1902年，只写了楔子一出，谱的是庚子以后的国内情势。那剧中主人公说：“你看从前法国路易十四的时候，那人心风俗，不是到了中国今日一样吗？幸亏有一个文人，叫做福禄特尔，做了许多剧本，竟把一国的人，从睡梦中唤了起来，想俺一介书生，无权无勇，又无学问，可以著书传世；不如把俺眼中所看着那几桩事情，俺心中所想着那几片道理，编成一部小小传奇，等那大人先生儿童走卒，茶前酒后，作一消遣，总比读那《西厢记》、《牡丹亭》强得多些，就算尽我自己一分子的国民责任罢了。”这便是他们所以写新戏曲的动机。梁氏那时的西洋文学知识是有限的，他所说的，关于福禄特尔的话是错误的；但，他们那一股劲儿是活泼泼的、火辣辣的。

梁氏曾根据他所著的《意大利建国三杰传》，写了《新罗马传奇》，“熔铸西史，捉紫髯碧眼儿，被以优孟衣冠”。其中演马志尼一出，另以《侠情记》为题（刊《新小说》）。第一出叙维也纳列强会议，显示意大利环境的险恶，第二、第三出叙意大利的党争，直到第四出，马志尼才露面，也有意在改革戏曲的格调。《新民丛报》和《新小说》中刊载了许多转型期的新戏曲，其中有一位忧国热肠的留日学生，精娴音律，拟著曲界革命军十种，以宣扬爱国心为主；已刊出的有《爱国女儿传奇》一出，写一个爱国女儿谢锦琴约友赏花的事。这位女士，西装辫发，打扮已是十分新奇的了，她自白："更说甚谢女班姬阴教，早知道无才是德，还只怕诗思文妖。五言八句便称豪，鸳鸯两字都颠倒。秋思画阁，塞外衣力，春情铜道，楼上筝篁，纵千种聪明，也只合坚守中郎灶！"（四门泥）这一个反传统的新女性，她是主张男女平等，天下兴亡，共同负责的。还有一位署名玉瑟斋主人所写的《血海花传奇》，以写法国大革命时期的罗兰夫人为题材，说她反抗专制，情绪非常激昂。她自言："我法国自路易十四以来，政府专横，国事日坏，专制的君权，已膨胀到极点，平民的自由，直褫剥到尽头。积威所劫，百炼都柔；士气不扬，全军皆墨；厘忧宗国，同怀漆室之悲；泣类楚囚，同下新亭之泪。你看二千五百余万国民，个个皆婢膝奴颜，驯服那专制政体之下，我玛利侬虽女儿，亦有国民责任，难道跟着他们醉生梦死，偷息在这黑暗世界不成！"这都是借秃驴骂和尚的办法，就用欧西的爱国志士来唤起国人的革命情绪就是了。

其有借明末清初的民族英雄故事，来唤起种族革命的观念的，如祈黄楼主人所编的《悬岙猿》，写明末遗臣张煌言在江浙一带孤军抗敌失败后散军悬岙不谈世事，却被旧日部将诱至杭州，多番说降，当他离开悬岙的时候，家中所畜双猿，知他一去难返，乃投入水中而死。后来张煌言到了杭州，便从容就义了。这都借文艺体制完成政治宣传的目标的。还有一位署名啸卢的《轩亭血传奇》四出（刊《小说林》），也是写秋瑾女士的故事的，他叙秋瑾在花园中看见一个蛛丝网，忽忙将它拂去，叹道："平等自由天贶，那容彼此相妨。许暂回翔，反施束缚，势力圈儿圈上。他只知张网罗琼血，却不道锄强遇热肠，还他清净场。"

（破齐阵子）最足代表那一时期新戏曲的风格。

杨世骥整理近代中国文学方面的文献，说到清末的戏曲有这样一个趋向：（一）这时候的作者，知音解律的已经很少了，他们有意无意地使戏曲改变了传统的体式，戏与曲的分家，在这里也露出了显明的端倪。（二）旧的戏曲一向是搬演历史上的英雄儿女或仙佛妖魅之类的故事的，一般作者为了写剧而写剧，于他们所处的时代漠不相关，虽亦有抒发作者的思想的，也无非是一贯的文士，不得志的牢骚而已。这时候的戏曲，即使同样地搬演着历史上的故事，却另有其题外的旨趣，进焉者甚至把戏曲当作一种政治宣传的武器了。因此戏曲的社会意义，往往超过文学或音乐的意义。（三）在这样的情形之下，在这短期间的涵演之中，由于现实生活的繁复，新事新理的增进，诚有所谓“曲子缚不住者”。反之，曲的部分自然地成了一种赘瘤。不及等待戏曲的体式完全消灭，同时乃有新剧的名目产生出来，从杂剧传奇中脱颖而出的新戏，仍是散语文和韵文组合成的；不过其韵文的部分，已由固定的曲套变成自由的唱词了。那些唱词或为七言的，或为三、三言与四言的，也有不规则的三言、五言、七言相错杂的，这种唱词，很明显地掺入了二黄和各地新曲的血液，而粤曲的过场，弹词的开篇，乃至滩簧一类的东西，尤为当时作者所乐于利用。有的且注明唱词的板段和使用乐器的方法。至于剧中脚色的活动，仍用陈腐的“离位作关门介”“小生扮邬烈士学生服扶病介”“陈天华各鬼扮发拱手迎接介”之类的字样表示着。大约这时期西洋戏剧的面貌，还不曾为一般作者所明了，因此受着自然的趋向而产生的新戏，实际上等于一种杂烩的东西。然而戏与曲的关系，从此被割断了，这不可不说是空前的一种创造。

那位古文家林纾，曾经为了他的友人吴德潇父子在庚子年被拳民惨杀事写了《蜀鹃啼传奇》。曲中写国民之愚蠢，满官之颟顸，就用了许多新名词、新词语：

他天心法书符调鬼兵，口儿里常常祈请。红灯罩法尤奇惊，美人步空中幽静。休惊，管甚美德英，都算账，教他败兴！（剔银灯）

诛洋如喝一杯茶，那怕电网雷车也，千仗万马！他不过佛光展些，灯光放些，法鼓挝都教转彼娘家也，纷如乱麻，纷如乱麻！（三棒鼓）

这种曲调，也和初期的曲本一样，吸收了佛曲、弹词的格调，自由引缩之处甚多。李伯元所写的《庚子国变弹词》，新广东武生的《黄萧养回头》，未上台台上人的《黄大仙报梦》，都是用粗犷情调，把那时激进分子的愤激之情喊了出来。《黄萧养回头》中有下面这一段：

悲声叹，叹神州，无辜汉裔。为异族，主中原，荼毒惨闻；愚民智，废学堂，查封报馆。伪抡才，笼络他，策论诗文。锄民气，杀新党，严禁国会。坑儒生，拿立谈，更甚亡秦。削民权，又何曾，宪法发布？行私政，用残刑，钳制群伦。掠民财，充国计，多方讹诈。滥抽捐，真好比，狼噬鹰瞵。看欧美，那国民，优游舒畅。为甚么，我同胞，为奴隶，为牛马；为奴，为隶，为牛，为马，——就苦海沉沦！

格调上看起来，有如唱道情的；那话头，句句都是宣传，政治气息，当然十分浓重的。这也是当时的风气。有的就用滩簧、四季相思曲调唱了出来，也显示由士大夫走向大众，由文雅走向俚俗的趋向了。

梁启超

近五十年间，中国每一知识分子都受过梁启超的影响，此语绝无例外。孙中山虽是人人知道的革命领袖，他的思想，对于我们，可说绝无关涉。我读了当代文士的自叙传，都说到幼年时期，如何受《饮冰室文钞》的感动。清末，康、梁派的君宪党和孙中山派的同盟会，虽是对立的政党；《新民丛报》和《民报》虽是一直争辩着的战友，但唤醒一般人的革命情绪，扩大革命运动，梁启超的《新民丛报》，乃在同盟会的《民报》之上，梁启超所做的，可说是革命的前驱工作。就因为政见的冲突，梁启超殁于1929年，当时政府漠然视之；褒扬他的明令，直到1941年才颁发，也可说是时代的讽刺。

我们还在襁褓时期，梁氏已经成为舆论的权威了。我在上海和他见面，五十老翁，白发满头，完全是一个学者了。梁氏对他自己有几段自我批判的话："启超年十三，与其友陈千秋同学于学海堂，治戴、段、王之学。越三年，而康有为以布衣上书被放归，千秋、启超好奇，谒之，一见大服，遂执业为弟子，共请开馆讲学，则所谓'万木草堂'是也。启超治伪经考，时复不慊于其师之武断，后遂置不复道。启超谓孔门之学，后衍为孟子、荀卿两派，荀传小康，孟传大同，于是专以绌荀申孟为标帜。其后启超等之运动，益带政治的色彩。戊戌政变后，启超亡居日本，专以宣传为业，为《新民丛报》、《新小说》等杂志，畅其旨义，国人竞喜读之，清廷虽严禁，不能遏。"这是他第一期在舆论界的工作。

梁氏自言："启超既日倡革命排满共和之论，而吾师康有为深不谓然。启超亦不慊于当时革命家之所为，惩羹而吹齑，持论稍变矣。然其保守性与进取性常交战于胸中？随感情而发，所执往往前后相矛盾；尝自言曰：‘不惜以今日之我，难昔日之我。’世多以此为诟病，而其言论之效力亦往往相消；盖生性之弱点使然矣。”“启超之在思想界，其破坏力确不小，而建设则而未有闻。晚清思想界之粗率浅薄，启超与有罪焉。启超尝称佛说，谓：‘未能自度，而先度人，是为菩萨发心。’故其生平著作极多，皆随有所见，随即发表。启超务广而荒，每一学稍涉其樊，便加论列；故其所述著，多模糊影响笼统之谈，甚者纯然错误；及其自然发现而自谋矫正，则已前后矛盾矣。”梁氏自称为新思想界之陈涉，烈山泽以辟新局，那是有功的。他又自言与康有为有最相反之一点：“有为太有成见，启超太无成见，其应事也有然，其治学也亦有然。有为常言：‘吾学三十岁已成，此后不复有进，亦不必求进。’启超不然，常自觉其学未成，且忧其不成；数十年日在彷徨求索中；故有为之学，在今日可以论定；启超之学，则未能论定。然启超以太无成见之故，往往徇物而夺其所守，其创造力不逮有为，殆可断言矣。启超学问欲极炽，其所嗜之种类亦繁杂；每治一业，则沉溺焉，集中精力，尽抛其他；历若干时日，移于他业，即又抛其前所治者；以集中精力故，故常有所得；以移时而抛故，故入焉而不深；彼尝有诗题其女令娴《艺蘅馆日记》云；‘吾学病爱博，是用浅且芜，尤病在无恒，有获旋失诸，百凡可效我，此二无我如！’可谓有自知之明。”

梁启超，这位时代的骄子，一直跟着时代在进步的，他是论坛的主持，每因和他的论敌作战而有进步，又每因自己年龄的增加和时代进展而有进步。他们那一群人，如蒋百里、丁文江、林长民，都带着文艺复兴时代的气息，有如雷渥那德·文西一般，多才多能，多方面的光彩。梁启超能诗能文，有政治抱负，也有财政外交的计划，对于军事也颇有兴趣。清亡以来，他一直是站在政坛的核心圈中；他所领导的进步党（后来便是研究系），依旧和国民党相推相拒。如吴稚晖所说，梁启超所用的，一直是陆仲安的补中益气汤；他是跟着时代在走的。

从1912至1922，可以说是梁启超的从政时期。他的政治路向，已经和君宪党的康有为分了手；但，他们有意接近操实际政权的北洋派军人，他们想做运筹帷幄的张子房，结果，却被北洋派军人，如袁世凯、段祺瑞辈所玩弄。前几年，曹锟的后人，出售家藏当代名人的手笔，其中有一封梁启超写给曹氏的信，连北洋派的末代军人，他们也还是不能忘情的。1915年，进步党策动同志进行反帝制之役。梁氏曾和他的伙友说到他心头所蕴积的悲哀。他说："第一吾党夙昔持论，厌畏破坏，常欲维持现状，以图休养。今四年以来试验之结果，此现状多维持一日，则元气多斫丧一分，吾辈掷此聪明才力，助人养痈，于心何安？于义何取？使长此无破坏犹可言也，此人（指袁）则既耋矣，路易十五所谓朕死后洪水其来，鼎沸之局既无可逃，所争者早暮已耳。第二，吾侪自言稳健派者，失败之迹历历可指也。曾无尺寸根据之地，惟张空拳以替人呐喊，故无往而不为人所劫持，无时而不为人所利用。今根基未覆尽者只余此区区片土，而人方日惎诇其旁，当此普天同愤之时，我若不自树立，恐将有煽而用之，假以张义声者，我为牛后，何以自存？"在那一时期，梁氏却也写了许多有关时政的重要文字，如：《异哉所谓国体问题》、《从军日记》、《大中华发刊词》，都是有分量的文字，他不愧为一代的政论家，即在从政之余，不仅不废文辞，而且也与时俱进。民初的《饮冰室文集》，有《新民丛报》时代的热力，而谨严笃实，俨然有以自立了。

1920年，梁启超到欧洲走了一回，才认识文化运动的重要性。他从欧洲回来，便抛弃了以往依人为政的念头，退出政治圈了，努力于改造社会的文化工作。这是梁氏从春华转到秋实的新阶段，他在清华园讲学，有志于中国文化史的述作。他在晚年所写的学术性文字，要算《饮冰室文集》为传世之作；其中以《清代学术概论》为最早，其他如《先秦政治思想史》、《中国历史研究法》正续编，都可说是开山的工作，只可惜他的《中国文化史》，已经拟定了篇目，不及动笔，已经老去了。

梁氏有一段论时代思潮的话："今之恒言，曰时代思潮，此其语最妙于形容。凡文化发展之国，其国民于一时期中，因环境之变迁，与夫心理之感召，不期而思想之进路，同趋于一方向；于是相与呼应汹涌，如潮然；始焉其势甚微，几莫之觉；寖假，而涨——涨——涨，而达于满度；过时焉则落，以渐至于衰熄。凡思非皆成潮，能成潮者，则其'思'必有相当之价值，而又适合于其时代之要求者也。凡时代非皆有思潮，有思潮之时代，必文化昂进之时代也。"这是梁氏对于时代演进的认识。

梁启超生在大变动的世代，也曾到过欧洲；他的朋友，研究哲学的也很多；但梁氏对于世变的理解，还是来自佛学的启发，而不是由于黑格尔的辩证法，或由于马克思的唯物史观。他解释时代思想之演变周期，引用佛说：一切流转相，例分四期，曰：生、住、异、灭。思想之流转也正然，例分四期：一、启蒙期（生），二、全盛期（住），三、蜕分期（异），四、衰落期（灭）。无论何国何时代之思潮，其发展变迁，多循斯轨。"启蒙期者，对于旧思潮初起反动之期也。旧思潮经全盛之后，如果之极熟而致烂，如血之凝固而成瘀，则反动不得不起；反动者，凡以求建设新思潮也。然建设必先之以破坏，故此期之重要人物，其精力皆用于破坏，而建设盖有所未遑；所谓未遑者，非阁置之谓。其建设之主要精神，在此期间，必已孕育，如史家所谓‘开国规模’者然；虽然，其条理未确立，其研究方法正在间错试验中，弃取未定；故此期之著作，恒驳而不纯。但在淆乱粗糙之中，自有一种元气淋漓之象；此启蒙期之特色也。”（梁氏指出“反动”，乃世态演进中必有的现象，而且也不是坏现象，与世人所滥用的“反动”一词，大不相同。）于是进而为全盛期。“破坏事业已告终，旧思潮屏息慑伏，不复能抗颜行，更无须攻击防御以縻精力；而经前期酝酿培灌之结果，思想内容日以充实；研究方法，亦日以精密；门户堂奥，次第建树，继长增高，‘宗庙之美百官之富’粲然矣。一世才智之士，以此为好尚，相与淬历精进；阘茸者犹希声附和，以不获厕于其林为耻；此全盛期之特色也。”（梁氏生在启蒙期，而于蜕变期中回看清代学术全盛时期之规模，乃有此“高山仰止”的口吻。）更进则入于蜕分期。“境界国土，为前期人士开辟殆尽；然学者之聪明才力，终不能无所用也，只取得局部问题，为窄而深的研究；或取其研究方法，应用之于别方面；于是派中小派出焉。而其时之环境，必有以异乎前；晚出之旅，进取气较盛，易与环境相顺应，故往往以附庸蔚为大国，则新衍之别派与旧传之正统，派成对峙之形势，或且骎骎乎夺其席。此蜕化时期之特色也。”（观察世变，宜于把时代环境推得远一点，那就可以领会梁氏所勾画的轮廓，显明而生动。百年后的史家，回看近五十年的世变，也只是一个潮浪的起伏而已。）

过此以往，则衰落期至焉。“凡一学派当全盛之后，社会中希附末光者日众；陈陈相因，固已可厌。其时此派中精要之义，则先辈已浚发无馀；承其流者，不过捃摭末节以弄诡辩；且支派分裂，排轧随之，益自暴露其缺点。环境既已变易，社会需要，别转一方向；而犹欲以全盛期之权威临之，则稍有志者必不乐受。而豪杰之士，欲创新必先推旧，遂以彼为破坏之目标；于是人于第二思潮之启蒙期，而此思潮遂告终焉；此衰落期无可逃避之命运。”（梁氏之说，大体看来，也和唯物史观相吻合：由“正”“反”相推排而迟入“合”的阶段，那便是第二思潮的启蒙期。）

到了梁氏的晚年，可说是进入炉火纯青之时；但时代迁变，文学创新，不独胡适、鲁迅超过了他，即郭沫若、茅盾也别开了天地。哲学研究，梁漱溟、冯友兰的成就，比胡适都精深得多。史学大师，如王国维、陈寅恪、李济，也都是梁氏所不能企及的。但梁氏毕竟是开山的启蒙大师，到了晚年，也还是生气淋漓的，梁氏壮岁曾赋《志未酬》诗，有句：

> 志未酬，志未酬！问君之志几时酬？志亦无尽量，酬亦无尽时，世界进步靡有止期，……众生苦恼不断如乱丝，吾之悲悯亦不断如乱丝！
>
> 吁嗟乎，男儿志兮天下事，但有进兮不有止，言志已酬便无志！

易始于易，而终于未济，梁氏的豪壮口吻，自是如此！

晚 清

我们观察世变，并不能像孟子那样一口气便是五百年；秦汉以后，一个转变的周期，大约是三百年；到了近代，六十年算是一个周期；后来说到三十年为一世，过了三十年，便是后浪推前浪，人事又是一番新了。此刻，我们谈五十年来的文坛动态，似乎要把十年算得一个段落。这儿，我所说的晚清，乃是指1901年到1911年这十年间的动态。（这五十年间，永远站稳社会文化界的崇高地位，不曾被时代所抛掉的，也只有梅兰芳一人而已；不过，梅氏一生，也有很显著的变化，他也还是时代的儿子！）

从世界文学史上看，19世纪乃是小说的世纪；我们中国也不例外；晚清这十年，也是小说最繁荣的时期。据“涵芬楼”（商务印书馆藏书楼）新书分类目录所载，文学类一共收翻译小说近四百种，创作约百二十种，出版期最迟是宣统三年（1911年）。又据《小说林》所刊东海觉我丁未（1907年）小说界发行书目调查表，那一年中的著译小说，有百二十余种之多。据阿英（钱杏邨）的统计，当时的人说，当在一千种左右，约为涵芬楼所藏的两倍。我们知道当时除了报纸刊载小说以外，专刊小说的杂志，也风起云涌，十分热闹。（最早的一种，便是上文所说的《新小说》，梁启超主编，始刊于光绪二十九年，共刊两卷，所载小说，有梁氏自作之《新中国未来记》、吴趼人《痛史》、《二十年目睹之怪现状》、《九命奇冤》、《电术奇谈》等。继有李伯元主编之《绣像小说》半月刊，1903年刊行，共刊七十二期。李之《文明小史》、《活地狱》，刘鹗《老残游记》，都在那儿发表的。李伯元去世后，吴趼人创《月月小说》，1906年创刊，刊二十四期，自著有《两晋演义》、《劫余灰》等。《小说林》创刊于1907年，凡刊十二期，载有曾孟朴的《孽海花》。这都是主要的几种，此外则有《新新小说》、《小说月报》、《小说时报》、《小说世界》、《小说图画报》、《新世界小说社报》等等，此伏彼起，或同时并列，显得十分繁荣。）

对于这一文坛景象，阿英曾作如此的注释："造成这空前的繁荣局面，第一，当然是由于印刷事业的发达，没有前此那样刻书的困难；由于新闻事业的发达，在应用上需要多量的产生。第二，是当时的知识阶级，受了西洋文化的影响，从社会的意义上认识了小说的重要性。第三，就是清室屡挫于外敌，政治又极窳败，大家知道不足与有为，遂写作小说，以事抨击，并提倡维新与爱国。"

我们知道晚清文人，都是热情爱国的，但他们的民族意识很强，民主的观念很薄弱，即从反映时代最明显的小说来看，其中正表现了"复杂的动乱的社会环境。有极其顽固的守旧党，拥护皇室，拥护封建的社会，对新的或比较新的人，嘲笑谩骂，无所不至。有极进步的反对清朝统治，反对立宪，主张种族革命的新人，他们在作品里热烈地感愤地把革命种子播散开去。又有顾到君权，又顾到民权，实际上还是替君权打算的立宪党，在作品里宣传君主立宪的好处。有些知识分子，不保皇也不革命，只从事维新的启蒙运动，如反迷信、反缠足、反吸食鸦片等等，认为只有从这些地方下手，才是真正的救国办法。有的却由于一般投机分子胡乱的行为，对一切感到幻灭，政府不好，维新党不好，革命党也不好。有提倡科学的作品，也有发挥玄学的，而基于'中学为体，西学为用'的思想，当然也有对政治社会毫不关心，专讲嫖经说爱情的，形形色色，充分表现了一种过渡期的现象"

（节用阿英谈晚清小说文意）。

一部近代文化史，从侧面看去，正是一部印刷机器发达史；而一部近代中国文学史，从侧面看去，又正是一部新闻事业发展史。假使和英国人讲故事，最好和他们谈谈伦敦《泰晤士报》；我们靠在柴积上谈闲天，也不妨谈谈上海《申报》的故事。

从新闻事业的创始说，香港还是上海的老大哥，事事看香港的样子；可是，后来居上，这位小弟弟力争上流，很快就把握着领导全国文化的地位。《申报》创刊于1872年4月间（清同治十一年），他们买了一架英国出产的手摇轮转机，每小时印刷二三百张，已经开了新纪元了。我们且想想，先前的印刷，靠刻活字来排印，每天只能印刷三四百张；那时，忽然可以增加十倍八倍的速度，自然是不得了的。（初期的报刊，只能出一周、十日或一月的期刊，也是受着印刷条件所限制的。）那时的《申报》，两天出一号（每号一张，用中国毛太纸单面印刷，分八版，每版高十英寸又八分之一，宽九英寸又二分之一。通体用四号活字排印，标题也是四号字）。本埠售钱八文，外埠售钱十文。开头出了十天，由于印刷条件赶得上，第十一天起，便改为每天一张了（星期日休刊）。那时，每天只销六百份。到了1874年9月间，销数已经增加了一倍，纸张也改了赛连纸（单面印）。到了1897年底，《申报》改用有光纸（单面印），这就是中国新闻事业大量输入洋纸之始。同时，印报的机器，也用了华府台单滚筒机，用电气马达拖转，每小时可出一千张。而报纸的销数，也增加到了七千份。1909年，《申报》改用双面印的对开白报纸，印刷机器也添购了亚尔化公司的双轮转机，每小时印刷二千张；印刷机器的现代化速率，也把销售推到一万份以外去了。晚清这十年间的《申报》，好似一个青春力最活跃的青年，每一方面都在争取速度，进步得很快的！

1904年，这是中国新闻界的重要年头。庚子事变和日俄战争所激起国人对国事的注意，刺激了新闻事业的改进。《时报》创刊于那年6月，对上海望平街，可说是一颗爆烈性的炸弹。它首先刊载专电，新闻专栏、文艺副刊和反映时事的短评，开出了新闻文学的规模！这一来，《申报》、《新闻报》都受了刺激，着手版面上的革新。1905年的《申报》，也更新宗旨，扩充篇幅，增加标题，专发电讯，详记战情，和《时报》来争胜了。《时报》创办人狄平子，他把《新民丛报》的气氛注入到望平街每一细胞中去，这就形成了新文坛的奇景。

我们知道中国旧文人，虽有下笔千言，倚马可待的奇才；但，桐城派总以修饰、整饬、精练为主，小小篇幅中，显出他们的晶莹功夫。到了梁启超出来，这才江河万里，浩浩荡荡，泥沙俱下。他能于一天之间，写七八千字，而且长日这么写着，滔滔不绝。古人以万言书为绝调，现代的王安石，却一写便是五六万字，有时下笔不能自休，十万言也是期月可成的。这一种作风，也正合乎报章文学的条件；望平街就造就了那么多的新文人，都是一笔写下去，文不加点的。

清末社会思想，受外来文化（经过翻译传入）的影响是很大的。有一回，冯友兰就在《新事论》中谈到这个问题：在清末，达尔文的进化论，赫胥黎的《天演论》，初传到中国来，一般人都以为这是一个“公例”，所谓“天演公例”。当时“天演竞争，优胜劣败”、“弱肉强食”，成为一般人的口头禅，一般人的标语。他们对于所谓天演论，虽不见得有很深底了解，但凭这些标语，他们知道，一个国家如果想在世界上站得住，非有力不可。他们知道，中国在经济方面，必须要富，在军备方面，必须要强。富强都是力；有力方不为弱肉；有力方不为强所食。他们并不说强侵弱，众暴寡，是不道德底行为，他们知道这是所谓天演。在所谓天演中，有强权无公理，弱者被强者所食，照当时一般人所知之天演公例说，虽不必说是应该，但确可以说是活该。所谓天演公例，是就事物之天然状态说者，就人说，所谓文明，本是人对于其所在之天然状态之改变。如果事实上有在天然状态中之人，则此种人是野蛮底。清末人本以为西洋人是野蛮底，其所以能蛮横者，纯靠其有蛮力。对于有蛮力者之蛮横，亦只可以蛮力应付之。所以清末人之知注重力，一部分是由于受当时人所知之天演论之影响，一部分是由于清末人看不起西洋人之所致。我们知道士大夫注重坚甲利兵的洋务，又是一种觉醒，而知道注重富国强兵的时务，又是一种觉醒。到了晚清，由军事性的科学输入，进到政治性的科学输入，更是一大进境。《天演论》、《群学肄言》、《原富》，这三种书，可说是一同输入的；士大夫之称维新，或谈革命，其目标是相同的，他们都要建立一个宪政的国家。因此，晚清文学，不管是创作的或翻译的，其主要目标还是偏于政治性的。我们还知道当时的翻译，单就文艺这一方面说，也是多于创作的。那位译学前辈严复、夏穗卿曾发表过《译学馆附印小说缘起》。梁启超也在《译印政治小说序》中说："在昔欧洲各国变革之初，其魁儒硕学，仁人志士，往往以其身之所经历，及胸中所怀政治之议论，寄之于小说。于是彼中辍学之子，黉塾之暇，手之口之下而兵丁，而市侩，而商氓，而工匠，而车夫马卒，而妇女，而童孺，靡不手之口之，往往每一书出，而全国之议论为之变。"他的说法，当然有些夸张，但他们要特采外国名儒所撰述，而有关切于中国时局者，次第译之，从有关世道人心，到可以作为政治及社会改造的武器，也可以说是对小说理解的一大进步。

（当时有一位笔名蠡勺居士的小说译作人，也说他翻译外国小说，其目的乃在灌输民主思想，认为中国不变更政体，决无富强之路。可见晚清文人对世局有其共同的看法。）

晚清译学界有一位前辈，周桂笙（辛庵，上海人），他翻译西洋文学，比林纾更早，更深入。如杨世骥所说的：他是我国最早能虚心接受西洋文学的特长的；他不像林纾一样，要说迭更司的小说好，必说其有似我国的太史公，他是能爽直地承认欧美文学的优点的。他翻译的小说虽不多，大抵以浅近的文言和白话为工具，中国最早用白话介绍西洋文学的人，恐怕要算到他了。他的翻译工作，在当日实抱有一种输入新文学的企图。他曾在1906年，发起组织译书交通公会，其宣言有云："中国文学，素称极盛，降至晚近，日即陵替。方今人类，日益进化，全球各国，交通便利，大抵竞争愈烈，则智慧出，国亦日强，彰彰不可掩也。……夫旧者有尽，新者无穷，与其保守，无宁进取；而况新之于旧，相反而适相成，苟能以新思想，新学术源源输入，俾跻我国于强盛之域，则旧学亦必因之昌大，卒收互相发明之效，此非译书者所当有之事欤！"就在那些前驱的志士之中，我们又看到更进步的思想了。

晚清文人，他们的政论，提倡梁启超体的新闻文学；而翻译作品，却提倡严复、林纾式的古文，也是相映成趣的。严复的翻译分量虽不多，但他选择得很精，出笔很审慎；他所建立的译学风格，在当时的影响也是很大的。他在《天演论》序中说："译事三难：信、达、雅。求其信已大难矣。顾信矣，不达，虽译犹不译也，则达尚焉。译取明深义，故词句之间，时有所颠倒附益，不斤斤于字比句次，而意义则不倍本文。题曰达诣，不云笔译，取便发挥，实非正法。凡此经营，皆以为达；为达，即所以为信也。信达而外，求其尔雅。此不仅期以行远已耳，实则精理微言，用汉以前家法句法则为达易，用近世利俗文字，则求达难，往往抑义就词，毫厘千里。审择于斯二者之间，夫固有所不得已也。”他所说的“不得已”，有两方面的原因：一方面，如胡适所说的，在当时还不便用白话，若用白话，便没有人读了。严复用古文译书，正如前清官僚戴着红顶子演说，很能抬高译书的声价，故能使当日古文大家认为寖寖与晚周诸子相上下。在说服当时的士大夫的作用上，他们的工作，一半是成功的。另一方面，无论哲理论文或是文艺作品，都有可以意会不可言传的境界。一到用甲文字来翻译乙文字，恰到好处是很难的。文言文之于现代人，也几乎等于另外一种文字，于是用古文来翻译西洋名著，即等于用丙文字传达乙文字的情意给甲看，有着隔一层的坏处，也有着隔一层的好处的。（严复曾拒梁启超之劝，不肯改从通俗。他说：“若徒为近俗之辞，以取便市井乡曲之不学；此于文界，乃所谓凌迟，非革命也。”又谓：“文字语言之所以优美者，以其名辞富有，著之手口，有以导达奥妙精深之理想，状写奇奥美丽之物态耳，此将于文言求之乎？抑于白话求之乎？然令以此教育，易于普及，正无如退化何耳！”在运用文言，与语体工具上，上一辈文人，后者反不及前者，也是事实，这都要等待新文学运动的到来的。）

几乎每一个上一辈文人，都说到他们读到《天演论》的向往之情。鲁迅的《朝花夕拾》，有一段琐记，说到他进南京水师学堂的故事。他们那学堂，第二年的总办是一个新党，他坐在马车上的时候，大抵看着《时务报》，考汉文也自己出题目，和教员出的很不同；有一次是华盛顿论，汉文教员反而弄得莫名其妙，惴惴地问同学们：“华盛顿是什么东西呀？”那时，看新书的风气便流行起来，鲁迅他们也知道了中国有一部书叫《天演论》。星期日，他跑到城南去买了来，白纸石印的一厚本，价五百文正。翻开一看，是写得很好的字，开首便道："赫胥黎独处一室之中，在英伦之南，背山而面野，槛外诸境，历历如在槛下。乃悬想二千年前，当罗马大将恺撒未到时，此间有何景物？计惟有天造草昧！"他乃惊叫道："哦！原来世界上竟还有一个赫胥黎坐在书房里那么想，而且想得那么新鲜。一口气读下去，'物竞''天择'也出来了，苏格拉底、柏拉图也出来了，斯多噶也出来了。"那份神情，活跃纸上。

周氏兄弟，也是受新学影响最深最早的青年，他们后来也用古文来译小说。他们的古文功夫是很深的，又都能直接了解西文，他们所译的《域外小说集》，比林纾所译的小说的确高明得多。但他们虽达到了"信、达、雅"的标准，从《域外小说集》的发行来说，十年之中，只销了二十一册，可说是失败的。对于西方文学的真正理解，也还待新文学运动的到来。（《域外小说集》所以失败，也还有其他原因，因为周氏兄弟所译的，虽是名家作品，却都是短篇小说；在那时期，中国人还没有养成看短篇小说的习惯，而悠闲的生活，也不适于读那些写实的短篇，也是主因之一。）

民 初

晚清那十年，我是在童稚时期，对于中国文坛动态是不十分了然的。我们乡间，也是偏僻得很，很少有以文会友的机会。直到十多年前，一个偶然的机会，才知道那位写新戏曲的蒋鹿珊，还是我们的近邻；他在我们家乡，只是一个嘴大身矮的乡绅，并不知道他是当代文学家。（蒋氏曾著《冥闹》新传奇。）还有一位自幼闻名了的近亲刘治襄，也到十年前，才看到他所写的《庚子西狩丛谈》。至于清末一代大儒朱一新，既是隔了一县，又隔了一辈，只从父兄辈辗转听得他的文章道德就是了。

在这儿，笔者且引用周作人有一回在北平辅仁大学演讲现代中国文学所说的故事，以及胡适《四十自述》中的回忆，以增加读者的亲切印象。周先生讲演既毕，乃作总括论述：（1）八股文在政治方面已被打倒，考试时已经不再作八股文，而改作策论了。其在社会方面影响却依旧很大，甚至，至今还没有完全消失。（八股文的体性和风格，一直就成为现代中国文学的精神遗产，在政治宣传的新酒中出现。）（2）乾隆、嘉庆两朝达到全盛时期的汉学，到清末的俞曲园，也起了变化，不但弄词章，而且弄小说，而且在《春在堂全集》中的文字，有的像李笠翁，有的像金圣叹，有的像郑板桥和袁子才。于是，被章实斋骂倒的公安派，又得以复活在汉学家的手里。（关于公安派、竟陵派的文论和新文学运动的关系，周先生有很精到的推论，下文详述。）（3）主张文道混合的桐城派，这时也起了变化，严复出而译述西洋的科学和哲学方面的著作，林纾则译述文学方面，虽则严复的译文被章太炎骂为有八股调，林纾译述的动机是在于西洋文学，有时和《左传》、《史记》中的笔法相合；然而在其思想和态度方面，总已有了不少的改变。（4）这时候的民间小说，比较低级的东西，也在照旧发达。其作品有《孽海花》等，受了桐城派的影响。在这变动局面演了一个主要角色的是梁任公。他是一位研究经学而在文章方面是喜欢桐城派的。当时他所主编的刊物，先后有《时务报》、《新民丛报》、《清议报》和《新小说》等，在那时的影响都很大。不过，他是从政治方面起来的，他所最注意的是政治上的改革，因而他和文学运动的关系也较为异样。（周先生的演讲，恰好是对晚清文坛的最好总结。）

周先生对梁任公也有一段如次的论断："梁任公是戊戌政变的主要人物，他从事于政治的改革运动，也注意到思想和文学方面，在《新民丛报》内有很多的文学作品。不过这些作品都不是正路的文学，而是来自偏路的，和林纾所译的小说不同。他是想借文学的感化力作手段，而达到其改良中国政治和中国社会的目的。""梁任公的文章是融和了唐宋八家、桐城派和李笠翁、金圣叹为一起，而又从中翻陈出新的。这也可算他的特别工作之一。在我年小时候，也受了他的非常大的影响，读他的《饮冰室文集》、《自由书》、《中国魂》，都非常有兴趣。他的文章影响社会的力量更加大。这样，他以改革政治，改革社会为目的，而影响所及，也给予文学革命运动以很大的助力。"对于启蒙运动的估价，以及人物的评述，大致如此。梁任公毕竟是继往开来的第一人，我们一直还要说下去的。

五四运动以后，胡适以二十八岁的青年，主北京大学的哲学讲席；他的《中国哲学史大纲》出版，梁启超便在《清代学术概论》，于绩溪胡氏之后补上一笔，说他是朴学的后起之秀。其见重如此。我们再回看胡适的《四十自述》：他说他在澄衷一年半中，看了一些课外的书籍。严复的《群己权界论》，便是在那时代看的。严先生的文字太古雅，所以少年人受他的影响，没有梁启超的影响大。他说："梁先生的文章，明白晓畅之中，带着浓挚的热情，使读的人不能不跟他走，不能不跟着他想。有时候，我们跟他走到一点上，还想望前走，他倒打住了，或是换了方向走了。在这种时候，我们不免感觉一点失望。但这种失望也正是他的大恩惠。因为他尽了他的能力，把我们带到了一个境界，原指望我们感觉不满足，原指望我们更朝前走。跟着他走，我们固然得感谢他；他引起了我们的好奇心，指着一个未知的世界叫我们自己去探寻，我们更得感谢他。这是一个民初的思想导师，说出了他自己对晚清思想导师的由衷感激之言。他说他个人受了梁启超无穷的恩惠。他自己追想起来，有两点最分明。第一是梁氏的《新民说》，第二是梁氏的《中国学术思想变迁之大势》。梁氏自号'中国之新民'，又号'新民子'，他的杂志也叫做《新民丛报》，可见他的全副心思贯注在这一点。'新民'的意义是要改造中国的民族，要把这老大的病夫民族改造成一个新鲜活泼的民族。"梁氏说："然则救危亡求进步之道将奈何？曰，必取数千年横暴混浊之政体，破碎而齑粉之，使数千万如虎如狼、如蝗、如蝻、如蜮、如蛆之官吏，失其社鼠城狐之凭借，然后能涤肠荡胃以上于进步之途也。"他在那时代主张最激烈，态度最鲜明，感人的力量也最深刻。他很明白地提出一个革命的口号："破坏亦破坏，不破坏亦破坏！"（后来梁氏已不坚持这一个态度了，而许多少年人冲上前去，可不肯缩回来了。）胡氏说："新民说的最大贡献在于指出中国民族缺乏西洋民族的许多美德。他指出我们所最缺乏而最须采补的公德，是国家思想，是进取冒险，是权利思想，是自由，是自治，是进步，是自尊，是合群，是生利的能力，是毅力，是义务思想，是尚武，是私德，是政治能力。”他给我们开辟了一个新世界，使我们彻底相信中国之外，还有很高等的民族，很高等的文化。从晚清到民初，思想前驱者有一深刻的开展的文化视野，即是对西方文化的进步认识。（承认西方的文学的最高造诣，即说是和我们中国先秦诸子的文学相并驾也是到了民初，才有勇气说出来的。）

那些革命志士，文化战士，无论康有为、梁启超，或章太炎、刘师培，都是对中国学术文化有深刻认识的人，对中国的文学哲学有深湛修养的人。胡氏说：梁启超的《中国学术思想变迁之大势》一文，也给他开辟了一个新世界，使他知道四书五经之外，中国还有学术思想。梁氏分中国学术思想为七个时代，也许不能使人满意，但在五十年前，这是第一次用历史眼光来整理中国旧学术思想，第一次给我们一个学术史的见解。这在我们看来，原是很平凡的见解，在那时却是一阵清新的风尚，一新视听。那时，十七八岁的胡适已经发下了宏愿，说：“我将来若能替梁任公先生补作这几章阙了的中国学术思想史，岂不是很光荣的事业?”他这个后继者，毕竟在若干方面跨过前人一步，也就成为梁任公敬佩的学人了。

辛亥革命，一场梦似的，很快就成功了；却也如春梦似的，很快就醒过来了。晚清那一阶段，集合了革命派、立宪派、北洋军阀官僚派的力量，把清朝皇位推翻掉了；但是，中华民国一建立起来，这三派便开始新的斗争，演成不断的内战；大家才明白革命只是这么一回事，却也不是那么一回事。晚清那十年间，中国的士大夫，几乎集中了文学的一切工具（散文、诗歌、小说、戏曲），在做鼓吹革命的工作，革命却带来了无边的失望。后来一位文学家鲁迅，他就在反省与回忆的过程中，把捉了这一类情绪，写在《阿Q正传》中。(《正传》第八章开头便说:“未庄的人心日见其安静了，据传来的消息，知道革命党虽然进了城，倒还没有什么异样。”这么简单的一句话里，便包括了辛亥革命后社会上换汤不换药的混沌情形，当时投机派摇身一变做了新贵者的确不少。)

鲁迅有几回，也谈过革命与文学的关系，他说：大革命之前，所有的文学，大抵是对于种种社会状态，觉得不平，觉得痛苦就叫苦，鸣不平。但这些叫苦鸣不平的文学，对于革命没有什么影响；仅仅有叫苦鸣不平的文学时，这个民族还没有希望。有些民族因为叫苦无用，连苦也不叫了，他们便成为沉默的民族，渐渐更加衰颓下去。至于富有什么反抗性，蕴有力量的民族，因为叫苦没用，他便觉悟起来，由哀音而变为怒吼。怒吼的文学一出现，反抗就快到了，所以与革命爆发时代接近的文学，每每带有愤怒之音；他们要反抗，要复仇。(晚清的文学就是这么一种气氛。)到了大革命的时代，文学没有了，没有声音了，因为大家受革命潮流的鼓荡，大家呼喊而转入行动，大家忙着革命，没有闲空谈文学了。(清宣统二三年间的文坛，就是这么一种情形。)

等到革命成功了，社会的状态缓和了，这时候又产生了文学。这时候的文学有二：一种文学是赞扬革命，称颂革命，讴歌革命，因为进步的文学家想到社会改变，社会向前走，对于旧社会的破坏和新社会的建设，都觉得有意义，一方面对于旧制度的崩坏很高兴，一方面对于新的建设作讴歌。(这种文学，民初倒没有产生过，因为清政权虽已倾覆了，旧政权依旧存在着，旧有的黑暗政治面，依然那么压迫人民，使文人依旧走上叫苦与愤怒的旧路去。)另有一种文学是吊旧社会的灭亡挽歌，也是革命之后会有的文学。那时，革命虽然进行，但社会上旧人物还很多，决不能一时变成新人物，他们的脑中满藏着旧思想旧东西，环境渐变，影响到他们自身的一切，于是回想旧时的舒服生活，便对于旧社会眷念不已，恋恋不舍，因而讲出古老的陈旧的话，形成这样的文学。这种文学，都是悲哀的调子，表示他心里不舒服。（到了民初，许多晚清的宋诗派诗人和维新志士，忽然变成遗老式的文人，写这一类满纸悲哀调子的文学了。）

民初，政治社会上有几件大事：袁世凯以北洋派军人首领取得了实际政权了，袁世凯政权展开了对国民党人（孙中山所领导的在野政权）的斗争，由党人宋教仁被暗杀所引起的第二次革命，国民党全面失败。北洋派的军力控制了整个长江流域和沿海省区了。欧洲大战发生，英国希望日本照应他们的远东利益，日本的军人政权和大陆政策便抬头了，进而演成中日关系的逐步与全面的恶化。袁世凯的皇帝梦，引起了国内的反帝制运动；北洋派军事集团也引起内部矛盾与分裂了。因此，那一时期的文学，又回复到“再革命”的路上去，带着最浓重的政治气息。民国元年，国民党党人邵力子、于右任、戴季陶等在上海创办《民呼日报》、《民吁日报》，后来又接办了《民立报》、《民权报》，最足以代表那一时期的文坛意向的。

在革命潮浪起伏不定的时期中，就有一股语文运动的伏流在荡漾，那便是国语运动的兴起。这一运动，对于新文学的诞生，有着增加热量的作用的。胡适有一回在北平碰到一位白头老人，他郑重提到这件事；这老人便是维新运动的志士，官话字母的创始人王照（小航）。王氏就在戊戌那年，提出“国人知能远逊彼族，议论浮伪，万难图存”的反省议论。他曾对维新的首领康有为说：“天下事哪有捷径？我看只有尽力多立学堂，渐渐扩充，风气一天一天的改变，再行一切新政。”当时，康有为说：“列强瓜分就在眼前，你这条道路如何来得及?”事后看来，那些主张维新革命的人，那是政治急色儿，眼光很短小的。庚子乱后，王氏还是一个奉旨严拿的钦犯，他躲在天津旅寓，创作官话字母，想替中国造出一种普及教育的利器来。他冒生命的危险，到处宣传他的拼音新字，后来被捕入狱两月余，等到出了狱，仍旧继续宣传新字。到了民国元年，他在上海发表“救亡教育为主脑论”，主张教育之要旨，在于使人人有生活必须之知识，主张教育是政治的主脑，而一切财政、外交、边防等等，都只是所以维持国家而使这教育主义可以实现的一页。（王氏一向反对“时髦”，说：“时髦但图耸听，鼓怒浪于平流；自信日深，认假语为真理。”）他们这一群人，如劳乃宣创造简字全谱，吴稚晖、钱玄同、黎锦熙他们商订注音符号，主张用注音字母拼方音，和国语运动相辅而行。从普及教育的基层工作上下功夫，其努力结果，就是要把士大夫手中所独占的语文工具，移到大众手中去。

那位一生提倡普及教育，努力于语文运动的王照，他还看到了语文非合一不可的一面。他有一回写那篇《廉孝子传》，写到“每日对父遗像，依时进盘帨茶饭如生时”，忽然觉得非接上这么写不可：“呼曰：‘爸爸吃饭啊，爸爸洗脸啊!’他自注云：‘余曾思索代此话之文句辗转改易数次，实无能逼肖声情者，故宁当俚俗之诮，不忍变孝子原来语气。’”又云：“文字本为情事而设，拘于字例，致与事情稍违，吾不愿。”他的想法看法，也和后来新文化运动的文学观点相接近。和王氏同时的，还有一位在北京政团中很活跃的新闻记者黄远庸，他在《甲寅》末期，致章士钊的信中说：“自问生平并无表见，所作种种政谈，至今无一不为忏悔材料。愚以为居今论政，实不知从何处说起。至根本救济，远意当从提倡新文学入手。总之，当使吾辈思潮如何的与现代思潮相接触，而促其猛省；而其要须与一般之人生出交涉，法须以浅近文艺，普遍四周；史家以文艺复兴为中世纪改革之根本，足下当能语其消息盈虚之理也。”那时觉悟了的知识分子，都已有了这样的时代认识。

本来，晚清主张革新或革命的士大夫，也有人提倡白话报，有提倡白话书的，连后来反对新文学运动的林纾，那时也提倡通俗书报；那位有名的经学大师章太炎，他也写了许多白话文。他们也可以说是替中国文学开了新路。不过“这些人可以说是有意的主张白话，但不可以说是有意的主张白话文学。他们的最大缺点，是把社会分作两部分：一边是‘他们’，一边是‘我们’。一边是应该用白话的‘他们’，一边是应该做古文古诗的‘我们’。我们不妨仍旧吃肉，但他们下等社会不配吃肉，只好抛块骨头给他们吃去罢。这种态度是把一件事分成两截了，还是不行的”(胡适语)。

到了民初，晚清那几位著名的政人，如康有为、梁启超、章太炎，都逐渐退出政治斗争的圈子；他们在中国社会上的地位，也就变成了纯粹的学人或文人。从社会文化的影响说，他们也都是立言的人。（章太炎和孙中山，本来同是同盟会的首领，到了民初，就把革命大业，留给孙中山一个人去揽了。）胡适谈近五十年的中国文学，总结这些人的文体，曾作如次的论断：严、林的翻译文章，谭、梁的议论文章，章、刘（师培）的述学文章，以及章士钊一派的政论文章；我们从历史上看起来，这四派都是应用的古文。当这个危急的过渡时期，种种的需要使语言文字，不能不朝着应用的方向变去。但他们都不肯从根本上做一番改革工夫，都不知道古文只配做一种奢侈品，只配做一种装饰品，却不配做应用的工具。故章太炎的古文，在四派之中，自然是最古雅的，只落得个及身而绝，没有传人。严复、林纾的翻译文章，在当日虽然勉强供了一时的要求，究竟不能支持下去。周作人兄弟的《域外小说集》，他是这一派的最高作品，但在适用一方面他们都大失败了。失败之后，他们便成了白话文学运动的健将。谭嗣同、梁启超一派的文章，应用的程度要算很高了，在社会上的影响，也要算很大了，但这一派的末流，不觉有浮浅的铺张，无谓的堆砌，往往惹人生厌。章士钊一派是从严复、章太炎两派变化出来的，他们注重论理，注重文法，既能谨严，又颇能委婉，颇可以补救梁派的缺点。《甲寅》派的政论文字，在民国初年，几乎成一个重要文派。但这一派的文字，既不容易做，又不能通俗，在实用方面，仍旧不能不归于失败。因此，这一派的健将，如高一涵、李大钊、李剑农等，后来也都成了白话散文的作者。胡氏说这一段古文学勉强以求应用的历史，乃是新旧文学过渡时代不能免的一个阶段。

和笔者同一辈的人，都可以算是“民初”的过来人。我们虽不知道一百年以来的史家，对这一段时期作如何估价；但我们可以同意这样的说法：民初的人，不免陷于绝望与焦灼的情绪，大家都好似从手掌中溜走了什么似的，虽说整个世界的变动已在开始，我们却雾里看花，既看不出近景，也看不出远景来的。《甲寅》杂志记者的文字，从开头到结尾，弥漫着绝望的气息。我还记得章士钊写给陈独秀的信中，就用了“折简寄愁人，相逢只说愁”的话。当然，这一类绝望的话，本不一定很对的，只是这一般知识分子如此看法而已。有一回，胡适在双十节的前一天（那时是1934年），他到燕京大学去讲演《究竟我们在这二十三年里干了什么?》他说：“今日最悲观的人，实在都是当初太乐观了的人。他们当初就本没有了解他们所期望的东西的性质，他们梦想一个自由平等、繁荣强盛的国家，以为可以在短时期中就做到那种梦想的境界。他们老想一个‘奇迹’的降临，想了二十三年，那奇迹还没有影子，于是他们的信心动摇了，他们的极度乐观成极度悲观了。”他的话，是针对着“九一八”以后的文化界朋友说的，若用以批评民初文化界朋友的心理那也同样的恰当的。胡适又曾说到试再看二十五年前中国小学堂里读的是什么书，用的是什么文字。他在上海（上海要算是最开通的地方）做小学生的时候，读的是古文，一位先生用浦东话逐字逐句地解释，其实是翻译。做的是《孝弟说》、《今之为关也将以为暴义》、《汉文帝唐太宗优劣论》，后来新编的国文教科书出来了，也还是用古文写的，字字句句都还要翻译讲解，这些事实，我们想起来，就像眼前的事。那时期的革新，的确变得很慢；但是，也就在我们的记忆中，跟世界大战的脉搏相呼应，我们就很快地卷入了新文化运动的浪潮中了。

我隐隐约约还记得民初到杭州进中学时期，第一本在我眼前闪光的乃是戴天仇（即后来的戴季陶）的《民权素》，大概民初的戴天仇也还年轻得很，他那富有刺激的文体，也还是从梁启超的政论文体变化出来的。到了第二年，我就读了徐枕亚的《玉梨魂》，这一小说，原载1911年的《民权报》，我所读的，乃是民三出的单行本，其实还是《新民丛报》体的小说。我虽是民四进了中学，却对于《甲寅》派文体以及所讨论问题的了解，还是不够的。似乎，第一回使我们开眼界的，还要等《新青年》的到来的。

“五四”的前夜

新文学运动，也和新文化运动一般，那是跟着1919年的五四运动发皇起来的；不过，新文学运动的伏流，早几年已经有了消息了。那份成为新文学运动主要营垒的《新青年》杂志，早在1915年9月间，已在上海刊行。那位最富世界观念，富有时代敏感性的新闻记者黄远生，已和《甲寅》杂志主编章士钊说到新文学运动的动向了。（上文已提出。黄氏绝望于当时的政治，离国到美国去，由于一个偶然的误会，被侨胞所暗杀，已不及见新文学运动的到来了。）

就在那一年，远在海外，有几个青年留学生（任鸿隽、梅光迪、杨铨、唐钺和胡适）在美国绮色佳（Ithaca）过夏，时常在讨论中国文学的问题。讨论会中，梅光迪最守旧，绝对不承认中国古文是半死或全死的文学。胡适最激进（那时，胡适还只有二十二岁），他提出文学革命的口号，有诗云：“梅生梅生毋自鄙：神州文学久枯痿，百年未有健者起，新潮之来不可止！文学革命其时矣！吾辈势不容坐视。”他那时着眼在诗体解放，他主张作诗如作文。他认定了中国诗史上的趋势，由唐诗变到宋诗，无其玄妙，只是作诗更近于作文，更近于说话。（他的诗，还是晚清的新体诗，也还是宋诗派的做法。）到了第二年（1916），胡梅之间的辩论，非常激烈；胡适由辩论而起了更进一步的觉悟：

> 一部中国文学史只是一部文字形式（工具）新陈代谢的历史，只是活文学随时起来替了死文学的历史。文学的生命全靠能用一个时代的活工具来表现一个时代的情感与思想。工具僵死了，必须另换新的活的；这就是文学革命。

当时的梅光迪大概也为胡适所说服了，也赞成胡适的主张，说："文学革命自当从民间文学入手，此无待言，惟非经一番大战争不可。骤言俚俗文学，必为旧派文家所讪笑攻击，但我辈正欢迎其讪笑攻击。"（梅氏回国以后，忽又反对新文学运动，那是后事。）胡氏当时更决定了自己主张，写了《沁园春》那首词：

更不伤春，更不悲秋，以此誓诗。

…………

文学革命何疑，

且准备搴旗作健儿：

要前空千古，下开百世，收他臭腐，还我神奇。

为大中华，造新文学，此业吾曹欲让谁。诗材料，簇新世界，供我驱驰。

那年6月，他们那群人又在绮色佳论说改良中国文学问题，胡适提出用白话作文、作诗、作戏曲的主张，列举几个要点，其中最重要的观点是："白话并非文言之退化，乃是文言之进化。文言的文字，可读，听不懂，白话的文字既可读，又听得懂；今日所需，乃是一种可读、可听、可歌、可讲、可记的言语。要读书不须口译，演说不须笔译，要施诸讲坛舞台上而皆可，言之村妪妇孺皆可懂。不如此者，非活的言语也，决不能成为吾国之国语，决不能产生第一流的文学。"和胡适讨论着的朋友，对于中国文学不能不改革的意见是一致的，对于他主张用白话做一切文学的工具，却不十分赞成。梅光迪以为"白话只可用作小说词曲，不可用作诗与美文"。任鸿隽以为"白话自有白话的用处，然不能用之于诗"。胡适却坚决主张做白话诗（新诗）。胡氏的主张，在美国那一群青年朋友中，所得到的同情，可说非常微薄。他所尝试的新诗，别人也当作"莲花落"看待，认为完全失败。

可是他的改革主张，在国内所得到的同情与热烈的反应，远在胡氏意想之外，他是一跃而成为新文学运动的改革的大师，取梁启超地位而代之的了。

（胡氏的《尝试集》，始于1916年7月，到第二年9月，已经成了一小册子。他回国时，钱玄同说他的诗词，还未能脱尽文言的窠臼。在美国，他的朋友嫌他的诗太俗，到了北京，他的朋友又嫌他太文，也可见当时国内思想界急转的情势。）

胡适于1909年出国，在美国读了七年书，到了1917年末，才回国来。他在上海住了十二天，在内地住了一个月，在北京住了两个月，路上走了二十天。那时，他有了许多感想：他从美国动身回国的时候，有许多朋友送行，对他说："你和中国别了七年了，这七年之中，中国已经革了三次的命，朝代也换了几个了，真个是一日千里的进步。你回去时，恐怕要认不得那七年前的老大帝国了。"他笑着对他们说："你们不用替我担忧，我们中国正恐怕进步得太快，我们回去要不认得她了，所以她走上几步，又退回几步，她正在那里回头等我们回去认旧相识呢！"胡氏以沉痛的口吻说了他的感慨，他每每劝人回国时莫存大希望，希望越大，失望也越大。他回国的船，到了横滨，便听得张勋复辟的消息，他回到了中国所见所闻，果不出其所料，七年没有见面的中国，还是七年前的老相识。他到了上海，一位朋友拉他到大舞台去看戏，恍然有悟，他对他的朋友说："这个大舞台，真正是中国的一个绝妙的缩本模型。你看这大舞台三个字岂不很新。外面的房屋不是洋房？里面的座位和戏台上的布景装潢，又岂不是西洋新式？但是做戏的人都不过是赵如泉、沈韵秋、万盏新、何家声、何全寿这些人，没有一个不是二十年前的旧古董。你看这二十年前假旧古董，在20世纪的小舞台上做戏，装上了

20世纪的新布景，却偏要做那二十年前的旧手脚：这不是一幅绝妙的中国现势图吗?”这都是带着绝望的口吻在说的。

胡氏到了内地，看了两件大奇事：一件是三炮台香烟居然行到他们徽州去了，又一件是扑克牌居然比麻雀牌还要时髦了。许多老先生，对于新思想新名词都是头痛得很，独有扑克牌的外来语，倒都熟溜上口得很了。这便是他所看见的文化。他第一次走过上海四马路，就看见了三部教“扑克”的书；可是上海出版界情形怎样呢？胡氏是学哲学的，他可找不出一部哲学书本。他找来找去，找到一部中国哲学史，内中王阳明占了四大页，洪范占了八页，还说了些“孔子既受天之命”与“天地合德”的话。又看见一部《韩非子精华》，删去了《五蠹》和《显学》两篇，竟成了一部韩非子糟粕了。文学书内，只有一部王国维的《宋元戏曲史》是很好的。又看见一家书目上有翻译的莎士比亚剧本，找来一看，原来把会话体的剧本，都改作了《聊斋志异》体的叙事古文。中国出版界，那七年中，简直没有两三部可看的书；不但专门学术性著作找不到，就是要找一部轮船上火车上消遣的书，也找不出。后来，胡氏寻来寻去，只寻得一部吴稚晖的《上下古今谈》，带到旅馆中去看看。胡氏觉得那篇杂感，对社会各方面的反感更多，而对于教育文化，更是绝望；他说：“依我看来，中国的教育，不但不能救亡，简直可以亡国！”

那正是鲁迅在北京绍兴会馆补树书屋抄碑的时期，（抄碑开始于1915年，一直抄到1920年前后。）那时期就有袁世凯做皇帝、张勋复辟这些热闹的场面，整个文化界，都在冬眠阶段，更不必说文学界了。笔者那时还在中学读书阶段，当日的国文教师，如夏丏尊、刘大白诸先生，后来都是新文学运动中有力量的角色，在那时，也还是在教室里教我们读丘迟与陈伯之书，哼得和塾师那么起劲的。我还记得我因为家境贫困，每月靠着替杭州各报写新闻来贴补零用。可是校中命令禁止学生做访员，（那时称新闻记者为访事员。）我们偷偷地写稿，好似犯了法呢！至于各报的副刊，那更不成话；能写《玉梨魂》式小说的，已经算是第一流作品了。（胡适回国时，只看见上海流行的是一部时事小说《新华春梦记》呢!）

我们就在五四运动的后几年，便读到顾颉刚所编的《初中本国史》，那上面，就把《文学革命和国语运动》当作最后的一章，看作现代中国史上最重要的一页。他们的看法，或许是不错的，但若干运动，必得过了一大段时期，放到历史上去看，才可以认识它们的来龙去脉的。

那参与新文学运动的主将周作人，他就和胡适、陈独秀的看法，颇有不同。他首先指出在文学的领域内，有两种不同的潮流：甲、诗言志——言志派；乙、文以载道——载道派。这两种潮流的起伏，便造成了中国的文学史。中国的文学，在过去所走并不是一条道路，而是像一道弯曲的河流，从甲处流到乙处，又从乙处流到甲处，遇到一次抵抗，其方向即起一次转变。（胡适《白话文学史》，以为白话文学是文学唯一的目的地，以前的文学，也是朝着这个方向走，只因为障碍物太多，直到现在，才得走入正轨。而从今以后，一定就要这样走下去。周氏就不赞同这样的说法，照他的看法，中国文学，始终是两种互相反对的力量起伏着，过去如此，将来也总如此。）

周氏说了中国文学史上的起伏之迹，到了明代，前后七子的复古空气是很浓厚的；对于这复古的风气，揭了反叛的旗帜的，是公安派和竟陵派。公安派的主要人物是三袁：袁宗道、袁宏道、袁中道三人；他们是明万历年间的人，约当16世纪末17世纪初。他们的主张很简单，“独抒性灵，不拘格套”，可以说和胡适之的主张差不多。（袁中郎批评江进之的诗，用了“信腕信口，皆成律度”八个字，这八个字可说是言志派的一向主张，和胡适之的八不主义完全相同。）所不同的，那时是16世纪，利玛窦还没来中国，所以缺乏西洋思想。假如从现代胡适之的主张里减去他所受的西洋的影响，那便是公安派的思想和主张了。他们的理论和文章，都很对很好，可惜他们的运气不好，到了清朝，他们的著作便都成为禁书了，他们的运动也给乾嘉学者所打倒了。

周氏说那一次的文学运动，和民国以来的这次文学革命运动很有些相像的地方。两次的主张和趋势，几乎完全相同。更奇怪的是有许多作品也很相似。胡适之、谢冰心和徐志摩的作品，很像公安派的，清新透明而味道不甚深厚。和竟陵派相似的，是俞平伯、废名，他们的作品，有时很难懂，而这难懂，却正是他们的好处。而更奇怪的是俞平伯和废名，并不读竟陵派的书籍，他们的相似完全是无意的巧合。于此，也可见明末和现今的文学运动的趋向是相同的。

周氏又指出18世纪到19世纪的清代文学，乃是明末言志文学的反动，而民国以来的文学运动，却又是这反动力量所激起的反动。他认为现在的新文学运动，乃是明末文学运动的伏流。他又说到在历史上可以明明白白看出，是汉学家章实斋在《文史通义》、《妇学家篇》中大骂袁子才，到时候，公安、竟陵两派的文学，便告了结束。然而最奇怪的是他们在汉学家的手里取去，后来却又在汉学家手中复活过来。晚清的一位汉学家俞樾，他研究汉学，也兼弄词章，他的《春在堂全集》，有许多游戏小品，《小浮梅闲话》则全是讲小说的文学，这是在他同时代的文人集子中所没有的。他的态度和清初的李笠翁、金圣叹差不多，也是将小说当作文学看的。他的生活风趣，颇似李笠翁，他是以一个汉学家而走向公安派、竟陵派的路子的。他说："从这里，我们可以看出，在清代晚年，已经有了对于八股文和桐城派的反动倾向了。只是那时候的几个人，都是在无意识中做着这样的工作，直到梁任公、胡适之、陈独秀诸人出来，才很明白地意识到这件事，而正式提出文学革命的旗帜来!"他把五四运动的新文学运动，解释为言志派文学的再抬头，也不能算是没有道理的。

《新青年》

我们谈到新文学运动，就会想到1919年的五四运动，谈到了五四运动，就会想到《新青年》杂志，和陈独秀、胡适那一群领导文化运动的战士。原来《新青年》的创刊，乃在五四运动的前三年（1915年），刚巧是《甲寅》杂志停刊那年。过去谈现代中国文化的，对于陈、胡两人的领导地位，可说是不争的；近几年，国内的文化史人，似乎有意把那时的文化重心移到李大钊、鲁迅的身上去，且看百世后的史家，如何说法！

据亚东图书公司的经理汪孟邹谈，（汪氏，皖南人，和胡适、陈独秀都是同乡。）1915年，陈独秀从安徽到上海来，准备办一杂志，自称可以轰动一时，乃由汪氏介绍，与上海群益书社负责人陈子佩、子寿兄弟谈洽，每期编稿费银二百元。《新青年》出版之初，销数并不很多，连赠送交换在内，每期也不过一千份；可是到了1917年，销数便逐渐增加了，高额到了一万五六千份。胡适后来于《努力周报》停刊时，与友人书曾说：中国近三十年，有三种划时代的刊物：《时务报》、《新民丛报》和《新青年》。他可惜《新青年》的一群朋友，不在文化岗位上努力下去，以致思想革命，只做了一半。这话是说得不错的。不过，这份划时代的刊物，创刊之初，只是继续《甲寅》的老路线，那几位爱国伤时的书生，如李大钊、李剑农、高一涵、陈独秀，也都是《甲寅》的旧人，他们用《甲寅》体的逻辑文学，发为《甲寅》式的论调就是了。陈独秀于始刊词中，勉青年以“发挥人间固有之智能，抉择人间种种之思想，就为新鲜活泼而适于今世之生存，就为陈腐朽败而不容留于脑际，利刃断铁，快刀斩麻，决不作迁就依违之想”。虽有坚决的态度而无明朗的思想革命、文学革命的主张。到了1918年第六卷起，他们才成立编辑委员会，由李大钊、钱玄同、高一涵、沈尹默、陈独秀、胡适、鲁迅等人，每期轮流主编。（其他主要作稿人，就有周作人、张慰慈和刘复等。）据鲁迅的追记：“《新青年》每出一期就开一次编辑会，商定下一期的稿件。其时最惹我注意的是陈独秀和胡适之。假如将韬略比作一间仓库罢；独秀先生的是外面竖一面大旗，大书道：‘内皆武器，来者小心。’但那门却开着的，里面有几支枪，几把刀，一目了然，用不着提防。适之先生的是紧紧的关着门，门上黏一条小纸条道：‘内无武器，请勿疑虑。’这自然可以是真的，但有些人，有时总不免要侧着头想一想。半农却是令人不觉其有武库的一个人，所以我佩服陈、胡，却亲近半农。”这一份刊物，就在他们那一辈人手中逐渐进步起来的。

鲁迅说刘复本来不脱其从上海带来的才子气息的，慢慢给他们克制掉的。其实，初期的《新青年》，也脱不了鸳鸯蝴蝶派的气息，苏曼殊的小说，比鸳鸯蝴蝶派也差不了多少，也是接受了胡适的批判，才进步了的。《新青年》初期所刊的是胡适所翻译的小说，如都德的《柏林之围》，史特林伯的《爱情与面包》，也都是文言体的小说，和周氏兄弟的《域外小说集》差不多的。无论讨论文学革命或思想革命的文学，也都是到了第三卷才开头的，那已经是1916年的事了。

我第一回看到《新青年》，大概已是1917年春天了。那年正月，从兰溪（浙江小城）坐船下杭州，船上跟一位同学施存统（即施复亮）碰面了。他是我们理学名家单不庵师的高足弟子之一。他手中带了好几本《新青年》，十六开本，四号字本文，夹注多用五号字，看起来跟商务出版的《东方杂志》差不多。我翻开看了几篇，几乎从船舱里跳起来，因为其中的说法，简直是离经叛道。(那时候还没有“反动”一类的帽子，只好搬出“洪水猛兽”的老话头来了。）我不相信像他这样一位理学家的弟子，会看这样的刊物。他就拖着我一本正经地说了许多话；他说，单老师也看这一种刊物的。这就很奇怪了。从那一年后，我也变成了《新青年》的读者，进而为他们的信徒了。

《新青年》的基本态度，陈独秀就在创刊号那篇《敬告青年》一文中明白标出：(一）自主的而非奴隶的，(二）进步的而非退守的，（三）进取的而非退隐的，（四）世界的而非锁国的，(五）实利的而非虚文的，(六）科学的而非迷信的。这一态度，在1919年12月间的《新青年宣言》中，说得更为明确。他说：

> 我们相信，世界各国政治上、道德上、经济上因袭的旧观念中，有许多阻碍进化而不合情理的部分。我们想求社会进化，不得不打破“天经地义”、“自古如斯”的成见，决计一面抛弃此等旧观念，一面综合前代贤哲、当代贤哲和我们自己所想的，创造政治上、道德上、经济上的新观念，树立新时代的精神，适应社会的环境！

我们最好参看陈独秀在《新青年罪案之答辩书》中所说的话，那更可以明白他们大胆的主张是什么。他说：“他们所非难本志的，无非是破坏孔教，破坏礼法，破坏国粹，破坏贞节，破坏旧伦理（忠孝节），破坏旧艺术（中国戏），破坏旧宗教(鬼神)，破坏旧文学，破坏旧政治（特权人治）这几条罪案，本社同人当然直认不讳。但是追本溯源，本志同人本来无罪，只因为拥护那德莫克拉西（Democracy）和赛因斯（Science）两位先生，才犯了这几条滔天大罪。要拥护那德先生，便不得不反对那孔教、礼法、贞节、旧伦理、旧政治，要拥护那赛先生，便不得不反对那旧艺术、旧宗教，要拥护德先生又要拥护赛先生，便不得不反对国粹和旧文学。”这才是标出了两大积极主张：民主政治和科学精神。当时，胡适也曾替这两个主张下了注脚，他说：“新思想的根本意义，只是一种新态度。这种新态度，可叫做‘评判的态度’。评判的态度，简单说来，只是凡事要重新分别一个好与不好。仔细说来，评判的态度，含有几种特别的要求：（1）对于习惯相传下来的制度风俗，要问：这种制度，现在还有存在的价值吗？（2）对于古代遗传下来的圣贤教训，要问：这句话在今日还是不错吗？（3）对于社会上糊涂公认的行为与信仰，都要问：大家公认的，就不会错了吗？人家这样做，我也该这么做吗？难道没有别样做法比这个更好，更有理，更有益的吗？”（尼采说，现今时代是一个“重新估定一切价值”的时代。）

到了五四运动以后，《新青年》俨然成为中国文化运动的主要壁垒，他们领导着这一个新文化运动。这运动之中，包括着思想革命，社会革命，文学革命种种倾向，蔚为时代潮流，连着每一种意识形态都有着深浅强弱不同的反应。正如一树烟火，时机成熟了，引信一燃，轰然一声，光芒四射，一连串的爆炸，继之以起，满眼都是绚烂的场面。这一划时代的转变，罗家伦曾推究其起因，以为第一是由于经济生活的改变，第二是由于世界大战的影响，第三是由于国内政治的失调，第四是由于学术的接触渐进。又以为其最近发动之点，不外：（1）消极的，破坏的，是由于旧文学的反动。（2）积极的，建设的，是由于实际的动机。他以为国语文学的精神，就是人生化的精神。我们也可以从文学革命的火花中看到家庭革命，社会革命，政治革命的成分。

这其间，究竟英雄造时势呢？还是时势造英雄呢？从一方面看去，这些潮浪都是那些前驱战士倡导出来的；从另一方面看去，因缘凑合，到达了“质的变化”的阶段。那些前驱的产婆，就把成熟的孩子接下来就是了。当时，社会人士把新文化运动归功或归过于陈独秀、胡适那几位先生。陈独秀就老老实实谢绝这一分光荣。他说：“常有人说白话文的局面，是胡适之、陈独秀一班人闹出来的，其实，这是我们的不虞之誉。中国近来产业发达，人口集中，白话文完全适应这个需要而发生而存在的。”

从严复的翻译，我们认识了达尔文、赫胥黎和斯宾塞，接受了物竞天择的进化学说；19世纪后期，我们所受外来文化的影响，上面已经说过了。《新青年》由胡适介绍了一个北欧的文学家易卜生（Ibsen，挪威戏剧家）过来，他的《傀儡家庭》带来了一个新人物：娜拉，一个独立自主的战士；她毅然离开了家庭，她要看看这个社会，究竟这个社会错？还是她错？她很快就成为那一时代青年男女的偶像，大家都在念诵胡适所介绍的易卜生主义了。（许多人以为《新青年》是倡导社会主义的，其实初期的《新青年》，倒是倡导独立自主的个人主义的。）

胡氏在《易卜生主义》里提倡一个健全的个人主义的人生观，那文中引了易卜生写给他的朋友白兰戴的信，说：“我所最期望于你的，是一种真实纯粹的为我主义。要使你有时觉得天下只有关于我的事最要紧，其余的都算不得什么。你要想有益于社会，最好的法子，莫如把你自己这块材料铸造成器。有的时候，我真觉得全世界都像海上撞沉了船，最要紧的还是救自己。”胡氏说：“这便是最健全的个人主义。救出自己的唯一法子便是把你自己这块材料铸造成器。把自己铸造成器，方才可以希望有益于社会。真实的为我，便是最有益的为人。把自己铸造成了自由独立的人格，你自然会不知足，不满意于现状，敢说老实话，敢攻击社会上的腐败情形，做一个‘贫贱不能移，富贵不能淫，威武不能屈’的斯铎曼医生。”他又很带感情地指出：“这个个人主义的人生观，一面教我们学娜拉，要努力把自己铸造成个人，一面教我们学斯铎曼医生，要特立独行，敢说老实话，敢向恶势力作战。少年的朋友们，不要笑这是19世纪维多利亚时代的陈旧思想，我们去维多利亚时代还老远哩，欧洲有了十八九世纪的个人主义，造出了无数爱自由过于面包，爱真理过于生命的特立独行之士，方才有今日的文明世界。”

从易卜生的文艺观来说，他是写实主义者。他把家庭社会的实在情形都写了出来，叫人看了动心，叫人看了觉得我们的家庭社会，原来是如此黑暗腐败，叫人看了，晓得家庭社会真正不得不维新革命。表面上看去像是破坏的，其实完全是建设的。譬如医生诊了病，开的一个脉案，把病状详细写出，这难道是消极的破坏的手段吗？但是易卜生虽开了许多脉案，却不肯轻易开药方。他知道人类社会是极复杂的组织，有种种绝不相同的境地，有种种绝不相同的情形。社会的病，种类纷繁，绝不是什么“包医百病”的药方所能治得好的，因此，他只好开个脉案，说出病情，让病人各人自己去寻医病的药方了。

《新青年》这一派文化战士，也等到胡适回国了，才有井然一套完全的社会观、人生观、宇宙观以及方法论。胡氏有一基本的看法：社会国家是时刻变迁的，所以不能指定哪一种方法是救世的良药，十年前用补药，十年后或者须用泄药了；十年前的凉药，十年后或者须用热药了。况且，各地的社会国家都不相同，适用于日本的药，未必完全适用于中国，适用于德国的药，未必适用于美国。只有康有为那种圣人，还想用他们的戊戌政策来救戊午的中国；只有辜鸿铭那班怪物，还想用二千年前的“尊王大义”来施行于20世纪的中国。这样的理论，可说是代表着《新青年》全盛时期的共同观点，也就在那一时期酝酿着《新青年》社内部的矛盾与分化。

五四运动

五四运动，可说是现代中国史的纪程碑，这是历史家所公认的。近二十多年间，由于政党斗争的尖锐化，文化每一部门，都给政党当作宣传的工具，于是，关于五四运动的历史，也作种种歪曲的解释。其实，领导五四运动的文化人，并没有一个是属于国民党的；而且，孙中山本人，就主张保持旧文体，不十分赞成白话文的；和《新青年》派的反封建观点是相反的。站在新文化运动的激进线上，研究系梁启超派所创办的北京《晨报》，和上海《时事新报》的《学灯》，其在文化上所尽的大力，远在国民党的上海《民国日报》的《觉悟》之上。至于共产党的成立，那是后来的事；那时的陈独秀，乃是属于《新青年》社，并不曾参加社会主义的集团。五四运动，乃是一群知识分子觉醒了以后的集团行动，几乎和任何政团没有直接关系的。

1919 年 5 月 4 日，北京专门以上学校学生数千人，为了反对“巴黎和会”的外交失败，举行示威运动，捣毁曹汝霖住宅，痛打章宗祥，经手日本借款的币制局总裁陆宗舆以早得消息逃免。于是各地响应，举行大规模罢课、罢市、罢工，北京政府迫不得已，乃罢免曹、陆、章三人以平民愤。这便是当时的大事件，史称为五四运动。可是这一运动，并不仅是政治性的、外交性的，而是文化性的、社会性的，正如子綦所说：“大块噫气，其名为风，是唯无作，作则万窍怒号!”每一角落，都激起了最大的变动。民初的政论家和政党的政治活动，都与一般社会不发生多少关涉；到了五四运动，全国青年学生，就在领导这个运动，面向社会大众，唤起一般人的注意了。那时，各省各市都有学生联合会，后来又在上海成立全国学生联合会，这样有组织的社会活动，也是以往所不曾有过的。就因为“学生”有着时地的限制，而且社会活动也是课余的工作；这一运动，就由国民党、共产党这两个比较有时代感觉的政团来先后运用；这两政团的青年党员，也就是从学生联合会中吸收去的。因此，“五四”以后的政治运动和社会运动，和学生运动，有着不可分的联系了。

《新青年》派所提倡的文学革命，虽不为孙中山所认识与赞成，但我们得承认李剑农的说法，（李氏，《甲寅》派政论家。）对于文学革命的效果，最低限度，不能不承认在文体解放上，给予了国民党人一种改良的宣传工具。辛亥以前的革命党机关报的《民报》，连高等学堂的学生都有读不懂的，特别是章太炎的文章；现在的高小学生，大概都可以读懂孙中山的《三民主义》的白话经典了。这种最低限度的效果，我看孙中山也不能不承认的。再进一层，由文体解放进展到思想解放，于是所谓文学革命，扩大到新文化运动；于是讨论问题，研究主义，言论思想界，五花八门，表现一种很活泼的现象。大概每一个中学生以上的团体，都在办一些短命的刊物，这种现象，也是文学革命以前所没有的。

五四运动，在当时，乃是思想解放运动，所以胡适在《不老》那篇短论中说：（1）养成一种欢迎新思想的习惯，使新知识，新思想可以源源进来；（2）极力提倡思想自由和言论自由，养成一种自由的空气，布下了新思想的种子。“自由不是容易得来的。自由有时可以发生流弊，但我们决不因为自由有流弊，便不主张自由。我们还要因此更希望人类能从这种流弊里学得自由的真意义，从此得着更纯粹的自由”。笔者当时正在中学读书，五四运动以前，我们在教室里念《古文辞类纂》，汉魏六朝文以及《文选》、《史记》一类的典籍；到了“五四”以后，我们就在国文课中讨论社会问题了。那时，我们最流行的口号是：“思想自由！”这是《新青年》所传播的主张之一。

从孙中山到毛泽东，从李大钊到李剑农，从胡汉民到胡适之，对于五四运动所受的外来影响，除了世界大战以外，苏俄革命成功，也是最重要的因素。俄皇和他们的皇族地主，他们有一个最强力的专制政府，竟被共产党激进派推翻了，而且倒得那么彻底；接着，德皇威廉第二，那么一个强权的皇帝，也被民主社会党赶跑了；这样社会革命的大潮浪，可以说是全世界都震动了。我们中国，本来有着法家的国家社会主义，与儒家的民主社会主义的传统，土地国有政策与轻商重农政策，一直也渗透在国家法律与政策之中。到了晚清，无政府主义与其他社会主义的输入，也和民主政治一样，成为士大夫的口头禅，如“大同”、“升平”的理想境界。孙中山在民生主义所介绍的社会主义理论，虽不为党人所看重，（朱执信那时已译介马克思的《共产党宣言》，已见前述。）他自己却认为这是革命中最吃重的一部分工作。到了五四运动前后，国人认识了社会革命的重要性，这才注意了孙中山的民生主义。以往国民党人，以为孙氏所提倡的，只是一种空想；有了苏俄的前例，不独激进思想的青年赞成他的学说，连实际带有保守性质的进步党（即梁启超派），也提倡研究社会主义的文字了。（《新民丛报》和《民报》笔战中，孙中山的民生主义也是被攻击的论点之一。）当时，梁启超写信给他的同志张东荪说：“我两年来，对此问题（指社会主义），始终在彷徨苦闷之中。殊未能发现出一心安理得之途径以自从事。所谓苦闷者，非对主义本身之何去何从，尚有所疑问也。正以确信此主义必须进行，而在进行之途中，必经过一种事实；其事实之性质，一面为本主义之敌，一面又为本主义之友；吾辈应付此种事实之态度，友视耶？敌视耶？两方面皆有极大之利害，与之相缘。而权衡利害，避重就轻，则理论乃至纷纠而不另求其真是。”即当时最主张缓进的政论家，也相信社会主义的潮流是不可抵抗的，而且一定要成功的。

当时《新青年》派的两巨头之一，胡适，虽倡导个人主义，成为思想界的导师。另一导师，陈独秀和其他文化前驱如李大钊等，便开始社会主义思想的介绍与阐扬。1918 年 10 月，李大钊已在《新青年》发表了《庶民的胜利》和《布尔什维克主义的胜利》二文。1919 年，便是五四运动发生那年，《新青年》刊行《马克思研究号》，李氏写了《我的马克思主义观》和由经济上解释中国近代思想变动的原因。最有力的印证，国民党的机构刊物《建设月刊》，戴季陶发表了《从经济上观察中国之乱》，胡汉民对胡适的《中国哲学史大纲》作了《中国哲学史上唯物的研究》、《唯物史观批评之批评》，他们都认为经济事情是一个最重大的原因关系。胡适读了胡汉民的批评也说“胡氏的唯物研究是我们很佩服的”。唯物史观，社会主义和马克思学说，在当时即算不能超胡适所介绍的杜威学说、实验主义而上之，至少是并驾齐驱的。有一时期，陈独秀就会主张贯通唯物史观与实验主义而成为一个思想体系，来解消当时的思想上的矛盾的。

1918 年 4 月间，李大钊曾经发表一篇题名《今》的短论说：“大实在的瀑流，永远由无始的实在向无终的实在奔流；吾人的我，吾人的生命，也永远合着生活上的潮流，随着大时代的奔流，以为扩大，以为继续，以为进转，以为发展；故实在即动力，生命即流转。”这几句话，倒像是尼采与马克思所共同体会到的宇宙观与人生观。

当年，我们参与五四运动的年轻人，正如身在庐山中，其实也并不了解这一运动的真正意义。我只记得那年5月初，杜威到杭州来讲演。5月5日，排定在省教育会公开演讲的日期，预定由伴他来杭的蒋梦麟任翻译。“五四”事件一发生，蒋氏当晚便乘车北行；翻译工作，改由郑晓沧来担任。郑氏也是杜威弟子，以研究教育名家，以学养说，郑氏的翻译，远在蒋氏之上。不过，我们就不懂，蒋氏为什么把“五四”事件看得那么重大。那年的暑假，似乎提早了一个月；到了秋凉开学，整个学校的风气都变换过了；先前那几位国文教师：陈子韶、单不庵、刘毓盘都走了，来的乃是陈望道、刘大白和李次九，说是提倡新文学的。从那个秋天起，老是罢课游行，很少有一星期完整的课可上；即算是上课，也只是讨论讨论人生问题、社会问题，课本上的事，反而搁开了。我还记得，第一次从北京到杭州来发动学生运动，乃是方豪，痛哭流涕演讲了一阵子，大家就跟着他走了。（那时方豪是学生会主席，很活跃；后来专办教育，做了几十年的金华中学校长，已经不那么活动了。）又有一回，我们罢课罢得实在厌倦了，学生自治会通过了复课的决议；晚间，北大来了一位代表，要我们召集紧急会议，经他一番演讲，又全场通过罢课的决议了。我隐约记得，这位富有煽动性的代表，便是许德珩。这二件事，对于我们青年，只觉得是一种新鲜的刺激。

我也曾好几回在回忆在追叙五四运动当年的情景，时间越往后，对于“五四”的认识，便越清楚。辛亥革命，虽是革去了我们的那条辫子，就中国社会说，并无多大的变动，更说不上什么进步。第一次世界大战，究竟是怎么一回事，对于我们东方人，似乎没有多大的影响。除了日本人进兵山东，以及向北洋政府提出了二十一条，造成了“五九”国耻；国际战争，并未使我们感受到多大的痛苦。（我们的疾苦，大部分还是从内战而来的。）过后想来，从1918年到1922年，单就我们浙东的农村经济说，可说是欣欣向荣，要算是20世纪前半期中最好的几年。照现代经济学家的说法：这一时期，中国民族资本得以比较迅速发展，原因乃在：（1）西方战争使西欧列强无暇东顾，减少了中国民族资本发展的阻力；纺织、面粉、电力、火柴等部门，都活跃起来了。（2）辛亥革命的潮浪，虽没有消除当时中国社会的生产力与生产关系之间的矛盾，终究打击了旧制度，给中国生产的发展开辟了相当领域。（3）就在“五九”、“五四”这一反对日本帝国主义侵略中国的群众爱国运动中，特别是抵制日货，与劝用国货运动，多少推动了民族工业的发展。当然，这个发展的倾向，仍然是片面的与病态的，比较有点发展的，还只是轻工业部门；至于为国家生存所必需的国防基础的重工业，仍然呆滞着，不曾前进。而且原有的一些可怜的企业，也为日本资本家与军阀所染指与掠夺；那时，日本也利用了欧美列强无暇东顾的机会，对中国实行疯狂侵略，而这种侵略势力，与中国封建买办势力互相勾结，就阻碍了中国民族工业和生产的发展。我们懂得从经济因素来了解五四运动的前因与后果，那当然是后来的事；但五四运动，的确包含着反封建，反侵略，反传统道德，反旧教育的综合因素；而知识分子，小市民及民族资本家的普遍觉醒，的确由于社会经济的变动而来的。当时孙中山以锐敏的政治触觉，看出了一个新生的征兆，一面埋头完成他的理论体系，一面准备提出他继续革命的具体主张，这又是五四运动所激起的政治上的新动向。

新文学运动，大体看来，乃是新文化运动的一部门。究竟什么是新文化？当时的印象，可说是非常模糊。当时上海新文化书社（一家投机的小书店），出版了四本新文化问题讨论集，两本新文学评论集，其中大部分就是我们那家师范学校国文课所发的国文讲义。我们在教室中，行了道尔顿制，所讨论的有社会问题、政治问题、新道德问题、妇女问题、家庭问题、男女同学问题、恋爱问题、私生子问题，范围就是那么广大，几乎无所不包。一个高中学生，就要接受这样多方面的知识。但是，进一步问：究竟这些问题应该如何解答，虽云讨论集中，有着论百万文字，也还是没有答案。不过，我们不能估低了这个倾向，正如李长之所说的："'五四'这时代，是像狂风暴雨一般，其中飞沙走石，不知夹了多少奇花异草的种子，谁也料不到这些里头什么要萌发，以及萌发在那儿的！"笔者还记得某处学生自治会要成立，我们要送一副贺联，我们就在贺联中用上了"克鲁泡特金、巴枯宁、赫格尔"一串人的名词，只要西方的社会思想家，我们就以为应该崇敬的，当作新圣人看待，有如先前孔、孟、程、朱一样。最可笑的，还是那个"赫格尔"；我们心头所说的是黑格尔，一个德国哲学家，我们所写的，乃是赫格尔，一个德国生物学家，搅在一起，还不明白。不仅我们如此，连中华书局的新文化丛书，也闹了同样的笑话。

上文，我说过的，五四运动时代最了不得的英雄，乃是易卜生笔下的娜拉；这位有勇气走出家庭的女性，才是我们所崇拜的新女性。于是，许多脱离家庭的妇女，都以娜拉姿态出现，要成为社会的英雄。那时胡适就写了一篇《李超传》，李超就是这样的英雄；后来嫁给熊希龄的毛彦文，也是以娜拉自命的。那时，有一位比较懂得西方文学的周瘦鹃，他在《申报·自由谈》写了一篇短论，说真的娜拉是易卜生朋友的妻子，走出了家庭，不久便回家去了，他所说的是事实。我们看了，大动公愤，说他侮辱新女性，诬蔑了娜拉，后来，鲁迅在女师大演讲：《娜拉走后怎么样?》这才真正讨论到这个问题。他说："娜拉既然醒了，是很不容易回到梦境，因此，只好走；可是走了以后，有时却也免不了堕落或回来。否则，就得问，她除了觉悟的心以外，还带了什么去？她还须更富有，提包里有准备，直白地说，就是要有钱；梦是好的，否则，钱是要紧的。"他还对她们说：一个娜拉出走了，社会人士看得很新奇，同情她的是有的；十个百个娜拉出走，就很少同情她们的了，这就成为社会问题了。其结果，可能还是回去的，这都不是我们当时所能想到了。我们对于新文化问题，其实并没有作过答案，而且我们也不懂，我们只是做了一些新策论。

当时，和我们那一群年轻人有关系的，是施存统（复亮）的非孝问题，其实便是家庭问题的一个小节目。这篇短论，发表在新生学会所编刊的《浙江新潮》上，他是说"孝乃偏面的道德，父亲不能偏面要求'儿子'对'父亲'去'孝'，必须'父慈'而后'子孝'才好；正如男人不能强迫女人守节，夫妇之间，也要相互守节才对"。这话，也真平凡得很，在当时，却引起了大风波。旧社会攻击新文化，就把"废孔、非孝、公妻、共产"当作新文化的四大罪案。（其实他们一直不知道"公妻"在柏拉图《理想国》的真正意义的。）我们同学之中，也有反对施存统的，他是凌独见，办了一份《独见周刊》；也有赞成施存统的，办了《钱江评论》。陈独秀替施存统作声援，来了一封长信；戴季陶替凌独见撑腰，也来了一封信。其实，大家对于新文化是不够了解的。

新文化运动

新近一些写现代中国史的人，似乎有意地把胡适在新文化中的领导地位减低下来，这在历史家眼前，是不能认为十分正确的。当一般人只是醉心新文化而认识并不清楚之时，胡适已经有系统地介绍他的思想方法（实验主义），自然主义人生观（人本主义，一个健全的个人主义）。他说他的思想受两个人的影响最大，一个是赫胥黎，一个是杜威。赫胥黎教他怎样怀疑，教他不信任一切没有充分证据的东西。杜威教他怎样思想，教他处处顾到当前的问题，教他把一切学说理想都看作待证的假说，教他处处顾到思想的结果。这两个人使他明了科学方法的性质与功用。他就把实验主义的金针，度与当时的青年，造成了学术界的新风气了。

他的"真实的为我"的个人主义，也不一定是从易卜生来的，不过他当时所介绍的是易卜生主义。他说，他的易卜生主义那篇文章，在民国七八年间，所以能有最大的兴奋作用和解放作用，也正是因为它所提倡的个人主义，在当时确是最新鲜又最需要的一针注射。其实，胡适的思想体系，在美国也正是爱默森（Ralph W. Emerson）的思想。"他不是单纯的激进派，更不是单纯的保守主义者；而同时他也决不是一个冲淡、中庸、妥协性的人。他有强烈的爱憎，对于现社会的罪恶感到极度愤怒。但是，他相信过去是未来的母亲，是未来的基础，要改造必须先了解。而他深信改造应当从个人着手。他领导人们走向他们自己，发现他们自己，每一个人都是伟大的，每一个人都应当自己思想。他不信任团体，因为在团体中，思想是一致的，如果他抱有任何主义的话，那是一种健康的个人主义，以此为基础，更进一层向上发展。”这正是胡适的真正影子。

前年，他从美国回到台湾，对台湾青年，还是介绍杜威学说和实验主义的方法论，一般的反应可说是淡漠的。已经没有三十年前那么引起最大的兴奋作用和解放作用了。当实验主义初露光芒之日，陈独秀就被这一学说所折服，认为实验主义和辩证法的唯物史观是近代两个最重要的思想方法，希望这两种方法能合作一条联合战线。胡适却说：这个希望是错误的，辩证法出于黑格尔的哲学，是生物进化论成立以前的玄学方法；实验主义是生物的进化论出世以后的科学方法。这两种方法所以根本不相容，只是因为中间隔了一层达尔文主义。到了后来，胡适的实验主义被贬为资产阶级的方法论，辩证法唯物史观成为正统的无产阶级方法论，那已经是五四运动后二十年的事了。

胡适自己的研究，却以“历史的方法”为最有显著的成就。他的历史方法，便是祖孙的方法。他从来不把一个制度或学说，看作一个孤立的东西，总把它看作一个中段：一头是它所以发生的原因，一头是它自己发生的效果；上头有它的祖父，下面有它的子孙。捉住了这两头，它再也逃不出去了。这个方法的应用，一方面是很忠厚宽恕的，因为它处处指出一个制度或学说所以发生的原因，指出它的历史的背景，胡能了解它在历史上占的地位与价值，故不致有过分的苛责。一方面，这个方法又是最严厉的，最带有革命性质的，因为它处处拿一个学说或制度所发生的结果来评判它本身的价值，故最公平，又最厉害。这种方法是一切带有评判精神的运动的一个重要武器。胡适生于清代考证学（皖学）的家乡，他这种方法，最和清代考证学相接近，他就建立了新的考证法，他在这一方面的成就也最高。

胡氏说到新文化运动，最注重评判的精神，对于中国固有的学术文化，有三种态度：（1）反对盲从；（2）反对调和；（3）整理国故。整理国故，也就是他的新考证学的开头。

新文化运动本身的分化，就从《新青年》那一集团中开始。分化的基点，就从个人主义与社会主义上开义。胡适领导前一倾向，上文已经提及了；陈独秀、李大钊代表着后一倾向。胡适曾在《我的歧路》中说："1917年7月，我回国时，打定了二十年不谈政治的决心，要想在思想文艺上替中国政治建筑一个革新的基础。1918年12月，我的朋友陈独秀、李守常等发起《每周评论》，那是一个谈政治的报。但我在《每周评论》做的文字，总不过是小说、文艺一类，不曾谈过政治。直到1919年6月中，独秀被捕，我接办《每周评论》，方才有不能不谈政治的感觉。"他对于国内一般新分子，天天高谈基尔特社会主义与马克思社会主义；高谈阶级战争与赢余价值，表示不满意，他就写了那篇有名的《多研究些问题，少谈些主义》的文章，引起了激烈的争辩！便是开义的开头。

胡氏的看法是这样：凡主义都是应时势而起的，某种社会，到了某时代，受了某种的影响，呈现某种不满意的现状，于是有一些有心人，观察这种现象，想出某种救济的法子，这是主义的缘起。主义初起时，大都是一种救时的具体主张。后来这种主义传播出去，传播的人要图简便，便用一两个字来代表这种具体的主义，所以叫它作某某主义。主张成了主义，便由具体的计划变成一个抽象的名词，主义的弱点和危险，就在这里。因为世间没有一个抽象名词能把某人某派的具体主张都包括在里面。胡氏曾在《每周评论》中说过：现在舆论界的大危险，就是偏向纸上的学说，不去实地考察中国今日社会需要究竟是什么东西。又说：

舆论家的第一天职，就是细心考察社会的实在情形。一切学理，一切主义，都是这种考察的工具。有了学理作参考材料，便可使我们容易懂得所考察的情形，容易明白某种情形有什么意义，应该用什么救济的方法。所以胡氏劝人多研究些具体的问题，少想些抽象的主义。一切主义，一切学理，都该研究，但是只可认作一些假设的见解，不可认作天经地义的信条，只可认作参考印证的材料，不可奉为金科玉律的宗教；只可用作启发心思的工具，切不可用作蒙蔽聪明、停止思想的绝对真理。如此方才可以渐渐养成人类的创造的思想力，方才可以渐渐供人类有解决具体问题的能力，方才可以渐渐解放人类于抽象名词的迷信。他的话，对于孙中山的三民主义和国民党，对于陈独秀的共产主义和共产党，都是作正面批评的诤友。胡氏心目中的新思潮，便是一方面讨论社会上、政治上、宗教上、文学上种种问题；一方面是介绍西洋的新思想、新学术、新文学、新信仰。前者是研究问题，后者是输入学理。

当时，和胡氏来作正面讨论的有蓝公武（梁启超一派的政论家）和李大钊。李氏的公开信中说："我觉得问题与主义有不能十分分离的关系。因为一个社会问题的解决，必须靠着社会上多数人共同的运动，那么，我们要想解决一个问题，应该设法，使他成了社会多数人共同的问题。我们的社会运动，一方面固然要研究实际的问题，一方面也要宣传理想的主义。这是交相为用的，这是并行不悖的。"李氏也同样尊重胡氏的观点，并无蔑视之意，但是，这一分歧的观点，慢慢扩大起来，《新青年》那一小团体，也就分裂了。1920 年 12 月 30 日，胡适反对《新青年》谈政治，认为色彩过于鲜明，向陈独秀提出三办法：(1) 以《新青年》为一种有特别色彩的杂志，要另办一个哲学文学的杂志；

（2）恢复不谈政治的戒约，由北京同人发表新宣言；（3）暂时停办。当时在北京的同人，唯李大钊、鲁迅表示不同意。《新青年》乃告分裂，《新青年》脱离群益，独立出版，由陈独秀和陈望道主持，胡适也就办他的《努力周报》去了。

新文学运动

搁开新文化运动的闲话，让它归入现代中国文化史去详细叙说，这儿言归正传：这儿天花乱坠，谈一切问题的，以及后来搅社会革命运动的，还只是这些耍笔杆的文人。《新青年》社的领导人陈独秀、李大钊等，后来都变成中国共产党的领袖。共产党的另一领袖瞿秋白，也是写文章的穷教员。万流归源，当时，最有声有色，还是新文学运动。（以笔者来说，以往五十年间事，前半截是听来的看来的，也得到五四运动以后，才是身与其事，不是直接的，也是间接有点关联的。关于政治的、社会的革命运动，多少总是听来的，看来的；只有文化运动和文学运动，才是直接参与的。）

如鲁迅所说的，凡是关心现代中国文学的人，谁都知道《新青年》是提倡文学改良，后来更进一步而号召“文学革命”的发难者。但当1915年9月中在上海开始出版的时候，却全部是文言的。苏曼殊的创作小说，陈嘏和刘半农的翻译小说，都是文言。到第二年，胡适的《文学改良刍议》发表了，作品也只有胡适的诗文和小说是白话。后来白话作者逐渐多了起来，但又因为《新青年》其实是一个论议的刊物，所以创作并不怎样着重。我们可以这么说，《新青年》是一个综合性的刊物，当初也并不注意文学上的问题，注意文学上的问题，倒是万里海外住在绮色佳的一群青年。（胡适的《藏晖室札记》，有很多关于那段时候文学讨论的材料。）等到胡适提到了这一个文学上的革命问题，《新青年》方面的反应，比绮色佳的朋友，积极而热烈得多，因而引起了普遍、广大的文学运动，其相互激发，汝响斯应，有如斯者，这可以说是适合了时代的要求。(《新青年》二卷五期，1917年元旦出版，高一涵以《一九一七年预想之革命》为题，说从这一年起，中国应该有两种革命：(1)于政治上应揭破贤人政治之真相；(2)于教育上应打消孔教为修身大本之宪条。他并不曾想到这一年到来的革命运动，乃是文学革命。)

“文学革命”这一口号，近来许多写新文学运动史的，都说这一口号乃是陈独秀所提出的，说胡适只主张“文学改良”。这是说，胡适的主张比较温和，积极而坚决主张革命的，乃是陈独秀。不过据原始史料看来，这一口号，还是胡适所提出的。1915年9月间，胡氏送梅光迪往康桥的诗，就说了“文学革命其时矣”的话。另外一首寄任叔永的诗，也说：“诗国革命何自始?要须作诗如作文!”他在1916年4月间的日记上，已提出“历史的文学进化观念”。说：“文学革命，在吾国史上非创见也。(他历举了韵文、散文的革命进程。)文学革命，至元代而极盛，其时之词也，曲也，剧本也，小说也，皆第一流之文学，而皆以俚语为之；其时吾国真可谓有一种活文学出现。倘此革命潮流(革命潮流，即各演进化之迹。自其变异者言之，谓之革命，自其循序渐进之迹言之，即谓之进化可也。)不遭明代八股之劫，不遭前后七子复古之劫，则吾国之文学已成俚语的文学，而吾国之语言，早成为言文一致之语言，可无疑也。”这和以后文学革命运动所提出的观点，差不多完全一致的。(那时，王国维也不约而同地提出了文学进化的史据，也可见当时的时代趋向。)

胡适有一篇最早在《新青年》所发表的文字即《文学改良刍议》，近三十年间成为中学青年的必读的新经典。当时胡氏所提出的八不主义：(1)言之有物；(2)不摹仿古人；(3)须讲求文法；(4)不作无病呻吟；(5)务去烂调套语；(6)不用典；

(7) 不讲对仗;(8) 不避俗字俗语。原是他们那一群朋友在绮色佳所讨论的结果，投到中国文坛来，成为文学革命的导火，而且用了“文学改良”这一比较温和的口号，激起了那么大的火焰，那也是他所预料不到的。至于周作人说八不主义，乃导源于明末公安派的文论，我们说胡适的文学主张，也正是桐城义法的修正与补充，那是后来史家的说法了。

关于文学革命运动的过程，胡适有一段追叙的话，他说：文学革命的主张，起初只是几个私人的讨论。到1917年1月，方才正式在杂志上发表。第一篇，胡适的《文学改良刍议》，还是很和平的讨论。胡适对于文学的态度，始终只是一个历史进化的态度。后来他的《历史的文学观念论》说得更详细。胡适自己常说他的历史癖太深，故不配做革命的事业。文学革命的进行，最重要的急先锋是陈独秀。陈独秀接着《文学改良刍议》之后，发表了一篇《文学革命论》，2月正式举起文学革命的旗子。当日若没有陈独秀“必不容反对者有讨论的余地”的精神，文学革命的运动决不能引起那样大的注意。反对即是注意的表示。当初，他们两人可以说是相得益彰，把这有意义的史页写起来的。

我们且把胡氏所说的那段话，分别加以注解补充。他那有名的八不主义，原是从消极的破坏的方面下手的。他的建设的文学革命论，题目是建设的，其实还是破坏的方面比较有力。胡氏以为文学革命的运动，不论古今中外，大概都是从文的形式一方面下手，大概都是先要求语言文体等方面的大解放。这一次中国文学的革命运动，也是先要求语言文字和文体的解放。解放正是消极的破坏工作；胡氏的大成功，就在他的破坏的工作，达到了那解放的目的。

胡氏文学革命论的基本观念是历史的文学进化观念，已如上述；他有一篇《历史的文学观念论》，说："居今日而言文学改良，当注重历史的文学观念。一言以蔽之曰：一时代有一时代之文学。纵观古今文学变迁之趋势，白话文学，自宋以来，虽见屏于古文家，而终一线相承，至今不绝。岂不以此为吾国文学趋势如此，故不可禁遏而日以昌大耶？吾辈之考古家，正以其不明文学之趋势，而强欲作一千年二千年以上之文。此说不破，则白话之文学，无有列为文学正宗之一日。"他认为"自从三百篇到于今，中国文学凡是有一些价值，有一些儿生命的，都是白话的，或是近于白话的。其余的都是没有生气的古董，都是博物院中的陈列品。"（根据这一观点，他写了一本《中国白话文学史》。）这儿有一重大的观念，即是胡氏把白话文学当作中国文学的正宗；他的话，我们看来很平常，在那时，却是用扛鼎的气力说出来。的确是划时代的看法。

胡氏当时又指出：我们认定文学革命须有先后的程序，先要做到文学体裁的大解放，方可以用来做新思想新精神的运输品。我们认定白话，实在有文学的可能。他主张用白话作各种文学，说："我们有志造新文学的人，都说发誓不用文言作文：无论通信、做诗、译书、做笔记、做报馆文章、编学堂讲义、替死人作墓志、替活人上条陈，都该用白话来做。"胡氏的大成功，就在他看出这个先后的程序。《新青年》、《新潮》那一群人，集中力量在这一点上，加上五四运动的群众意向，两三年间，白话文的传播，便已有了一日千里之势。这一点，和晚清文人所提倡的白话文，就有意识上的不同了。（1918年，《新青年》的文章，便已完全改用白话了。）陈独秀在文学革命的大旗上写的是：（一）推倒雕琢的阿谀的贵族文学，建设平易的抒情的国民文学；（二）推倒陈腐的铺张的古典文学，建设新鲜的立诚的写实文学；（三）

推倒迂晦的艰涩的山林文学，建设明了的通俗的社会文学。他回给胡适的信中，有几句最坚决的话："鄙意容纳异议，自由讨论，固为学术发达之原则，独至改良中国文学，当以白话为宗之正说，其是非甚明，必不容反对者有讨论之余地，必以吾辈所主张者为绝对之是，而不容他人之匡正也。"刘半农、钱玄同也有过同样的主张，说"胡君仅谓古人之文不当摹仿，余则谓非将古人作文之死格式推翻，新文学决不能脱离老文学之窠臼的"。这是当时的革命气氛。

新文学运动，和近五十年间其他的社会运动，尤其是政治革命，有一绝大的不同之处：即在消极的破坏方面以外，立刻在积极的建设一面，有个交待，他们提倡"国语的文学，文学的国语"，便立刻交出货色来。（不像争政权的政党，抓到了政权，便不把他的政策诺言兑现了，所以革命永远不会成功的。）胡适有胆识把小说、戏曲放在文学正统上，让它们登上大雅之堂，在当时的确惊骇流俗的。他指出这五百年之中，流行最广，势力最大，影响最深的书，乃是那几部"言之无文，行之最远"的《水浒》、《三国》、《西游》、《红楼》。这些小说的流行便是白话的传播；多卖得一部小说，便添得一个白话教员。所以这几百年来，白话的知识与技术都传播得很远，超出乎平常所谓"官话疆域"之外。试看清朝末年南方作白话小说的人，如李伯元是常州人，吴沃尧是广东人，便可以想见白话传播之广远了。那时候，我们有过一次小规模的语文测验，约有一千多知识分子参加填表，其中有百分之九十以上，说他们懂得读写的知识，并不是从四书五经或桐城派古文来的，而是从那部《三国演义》来的。更可证明白话文学的力量。

胡氏又在《中国白话文学史》、《〈词选〉自序》中说明了文学出于民间的线索。他说："一个时代的大文学家，至多只能把那个时代的现成语言，结晶成文学的著作，他们只能把那个时代的语言的进步，作一个小小的结束；他们是语言进步的产儿，并不是语言进步的原动力。至于民间日用的白话，正因为文人学者不去干涉，故反能自由变迁，自由进化。"本来自由变迁之中，却有个条理次序可寻，表面上很像没这道理，其实仔细研究起来，都是有理由的，都是改良，都是进化的。胡氏叫我们莫要看轻了那些无量数的乡曲愚夫，闾巷妇稚，他们能做那些文学专门名家所不能做也不敢做的革新事业。（胡氏在《〈词选〉自序》中，也指出词起于民间，流传于娼女、歌伶之口，后来渐渐被文人学士采用，体裁渐渐加多，内容渐渐变丰富。但这样一来，词的文学就渐渐和平民离远了。到了宋末的词，连文人都看不懂了，词的生气全没有了。词到了宋末，早已死了。但民间的娼女、歌伶仍旧继续变化他们的歌曲，他们新翻的花样，就是曲子。他们先有小令，次有双调，再有套数，套数一变就成了杂剧；杂剧又变为明代的剧曲。这时候，文人学士又来了，他们也做曲子，也做剧本，体裁又变复杂了，内容又变丰富了。然而他们带来的古典，搬来的书袋，传染来的酸腐气味又使这一类新文学渐渐和平民离远，渐渐失去生气，渐渐死下去了。这一文学出于民间的进化轨道，使我们明白白话文学乃是古文的进化，这在当时也是有力量的新观念。）

新文学的另一源流，乃是从世界文学中吸取过来的。上文说到的林纾、曾孟朴、周桂笙、马君武所译介的西洋文学名著，唤起了一般人对于西洋文学的认识，尤其接受了西方小说的风格、旨趣，提高了一般人心目中的小说地位，所以胡适要把小说称为文学正宗，一般人也可以逐渐首肯了。我在上文又说到周氏兄弟

（鲁迅、作人）翻译《域外小说集》的故事，那时，他们对于西洋文学了解最深，但他们译介的小说最失败。直到五四运动以后，新文学的晨光，照明了《域外小说集》的价值，也认识了短篇小说的文学意味。周作人序重印本《域外小说集》，说："初出的时候，见过的人，往往摇头说：'以为他才开头，却已完了。'那时短篇小说还很少，读书人看惯了一二百回的章回体，所以短篇便等于无物。"短篇小说，也跟着新文学运动，成为文艺界的宠儿。大家于大小仲马、托尔斯泰之外，知道有莫泊桑、契诃夫了。鲁迅是第一个在《新青年》写白话小说的人，他的《狂人日记》，可说是第一篇短篇小说，其中就有着俄国果戈理、波兰显克微支、日本夏目漱石、森鸥外的气息。

真假王敬轩

《新青年》那一群人，后来虽说成为领导思想的中心，成为旧文人攻击的目标，一开头，还是很寂寞的。鲁迅说："他们正办《新青年》，然而那时仿佛不特没有人来赞同，并且也还没有人来反对，我想，他们也许是感到寂寞了。"他所以写小说，就是为了呐喊几声，聊以慰藉那在寂寞中奔驰的猛士，使他们不惮于前驱的。就在《新青年》四卷三号上（1918 年 3 月），出现了一位王敬轩写给《新青年》编者的一封信，和刘半农的《复王敬轩书》。这两封双簧信，可以说是文学革命运动中的象征式火花。王敬轩代表着旧文人，他站在旧文学的观点，对《新青年》的文学革命，攻击得体无完肤，刘复（半农）以新文人的立场，一一予以驳斥；从此针锋相对，煞是热闹。这两封信一出来，双方旗帜就很鲜明了，自然，赞成王敬轩的，非无其人，而认识《新青年》文学运动时代意义的人，也多起来了。那位王敬轩，并无其人，原是钱玄同的手笔。钱氏，章太炎弟子，旧文学的修养很深，他做策论似的，罗织《新青年》的罪状，而以尖酸之笔出之，自能使读者看了醒目快意的。刘半农的回信，一板一眼，却有分量，写得痛快淋漓，够得上是那时代的前驱战士的。（王敬轩信中说："贵报大倡文学革命之论，权舆于二卷之末，三卷乃大放厥词，几于无册无之。四卷一号，更以白话行文，且用种种奇形怪状之钩挑以代圈点。）

《胡适文存》第一集，保留着许多《新青年》初期的文献，（这类文献，我们也见之于《新文学大系》《史料索引》及《新文学评论集》。）那位替乌有先生王敬轩代笔的钱玄同，他的态度也和陈独秀那么坚决。他答胡适之信中说：“此等论调，虽若过悍，然对于迂谬不化之选学妖孽与桐城谬种，实不能不以如此严厉面目加之。因此辈对于文学之见解，正如反对开学堂，反对剪辫子，说洋鬼子脚直，跌倒爬不起者，其见解相同。知识如此幼稚，尚有何种商量文学之话可说乎！”他所下“选学妖孽，桐城谬种”八字考语，也是当时最流传，激得旧文人气恼的妙语。

那时，胡适在美国的朋友，也把绮色佳小集团中的争论，移到《新青年》上来了。朱经农写给胡氏的信中说：现在讲文字革命的，大约分四种：（1）改良文言，并不废止文言；（2）废止文言，而改良白话；（3）保存白话，而以罗马文拼音代汉字；（4）把文言、白话一概废了，采用罗马文字作为国语。可见当时文人，有主张文学改良的，也有主张用罗马文字的；《新青年》在废文言上是激进的，在存汉字上是缓进的，这就代表了三十年来语文学的一般倾向。直到今日，罗马文字代汉字之议，还在研究讨论之中。（朱经农、任鸿隽、蓝志先都反对罗马字，钱玄同倒赞成罗马拼音字的。胡适则不表示意见，他的朋友赵元任，也是拼音字的同路人。）

胡适的朋友梅光迪，最为守旧，他反对胡适白话活字之说，谓：“足下以俗话白话为向来文学上不用之字，骤以入文，似觉新奇而美，实则无永久价值。因其向未经美术家锻炼，徒诿诸愚夫愚妇无美术观念者之口，历代相传，愈趋愈下，鄙俚乃不可言。如足下之言，则人间材智；选择，教育，诸事皆无足算，而村农伧夫，皆足为诗人美术家矣！”这便有了王敬轩的口吻，王敬轩是假的，却有真的王敬轩在的。胡氏曾用一首长诗回答梅光迪，其中有一段：

文字没有雅俗，却有死活可道。

古人叫做欲，今人叫做要；
古人叫做至，今人叫做到；
古人叫做溺，今人叫做尿；
本来同是一宗，声音少许变了。
并无雅俗可言，何必纷纷胡闹？

他是要求今日文学大家，把那些活泼的白话，拿来锻炼，拿来琢磨，拿来作文演说，作曲作歌的。

到 1919 年，便是王敬轩出现的第二年（五四运动那年），真的王敬轩来了。《新青年》明明白白指斥"选学妖孽，桐城谬种"，旧文人就有些忍不住了。那时期的文人，梁启超、蒋百里、吴稚晖、邵力子，最能明白时代的趋势，首先参加这一革命运动；北京《晨报》副刊、上海《民国日报·觉悟》、《时事新报·学灯》，都是《新青年》的同路人。章太炎对这一问题表示冷淡，不参加什么意见。章士钊之反对新文化运动，那是后来的事。首先表示反对的还是北京大学的教授刘师培、黄侃等人，他们办了《国故》和《国民》两种刊物。北京大学学生罗家伦等办了《新潮》月刊来和他们对抗。李大钊、陈独秀等，又办了《每周评论》，反映当时的时事，成为《新青年》的姊妹刊，那位扮演王敬轩角色的林纾（琴南），他写了一封公开信给北京大学校长蔡孑民，对《新青年》作正面攻击，新旧思想的斗争，便到了顶点了。（林氏的信，那年 3 月 18 日，刊在北京《公言报》上。）林琴南，乃是晚清译介西洋文学的一人，他是桐城派文人，上文已经提及。这时，却以卫道与提倡古文的姿态出现了。他首先攻击《新青年》的"废孔孟，铲伦常"，那是他写那封公开信的主题。关于文学部分，他说天下唯有真学术真道德，始足独树一帜，使人景从。若尽废古书，行用土语为文字，则都下引车卖浆之徒所操之语，按之皆合文法，不类闽粤为无文法之啁啾。据此则凡京津之稗贩，均可用为教授矣。若《水浒》、《红楼》皆为白话之圣，并足为教科之书。不知《水浒》中辞吻，多采岳珂之《金陀萃编》，《红楼》亦不止为一人手笔。作者均博极群书之人，总之非读破万卷，不能为古文，亦并不能为白话。他这封信的见解，并不能比那位王敬轩更明白一点，但文辞秀茂，也是一时传诵之作。在林氏的文集中也算一等好文字。当时，蔡孑民的复书，对于上述二点，分别予以驳诘：（1）北京大学教员曾有以“废孔孟，铲伦常”教授学生者乎？北京大学教授曾有于学校以外发表其“废孔孟，铲伦常”之言论者乎？（2）北京大学是否已尽废古文而专用白话，白话是否果能达本书之义？大学少数教员们提倡之白话的文学，是否与引车卖浆者所操之语相等？他提出办大学的两主张：“（1）对于学说，循思想自由原则，取兼容并包主义，无论为何种学派，虽彼此相反，而悉听其自由发展；（2）教员以学诣为主，其在校外之言动，悉听自由。”这场对辩，也就这么结束。那正是新文学思潮激荡全国之日。林氏的反对，可说是螳臂挡车，无济于事的。他当然不甘寂寞，也曾写了几篇小说（刊在上海《新申报》），影射痛骂《新青年》诸人。其中《荆生》一篇，写田其美（陈）、金心异（钱）、狄莫（胡）三人聚谈于陶然亭，田生大骂孔子，狄生主张白话，忽然隔壁一个伟丈夫荆生过来，痛击田狄，并教训一顿金生而去。他所说的荆生，乃是林氏的乡人徐树铮，北洋军人中炙手可热的人，段祺瑞的灵魂，安福系的领袖。林氏的确想通过北洋政府的政治力量来压迫新文学运动的。（当时谣传也很多。）后来，林氏也知道时代潮流是无可抵抗的，曾作《论古文白话之相消长》，说：“今日斥白话家为不通，而白话家决不之服，明知口众我无力，不必再辩。且古文一道，曲高而和寡，宜宗白话者之不能知也。吾辈已老，不能为正其非，悠悠百年，自有能办之者。”这正是吉诃德式的反抗，只成了古文家的哀音了！（蔡元培自己是赞成新文化运动的，他曾在北京高等师范讲演，他说：“我想将来白话派一定占优胜的。”）

和林纾齐名的，那位译介西洋思想名著的严复（几道），他是相信古文不会亡的。他替《涵芬楼古文钞》作序，说：“古文不亡于向之括帖讲章，则后之必有存，固可决也。”他看见林琴南写信给蔡孑民，觉得是多事的。他用了约翰生的口吻在嘲笑提倡白话文的人说：“北京大学陈、胡诸教员，主张文言合一，在京久已闻之；彼之为此，意谓西国然也。不知西国为此，乃以语言合之文字；而彼则反是，以文字合之语言。今夫文字语言之所以为优美者，以其名辞富有，著之手口，有以导达奥妙精深之理想，状写奇异美丽之物态耳。今试问欲为此者，将于文言求之乎？抑于白话求之乎？诗之善述情者，无若杜子美之《北征》，能状物者，无若韩吏部之《南山》。设用白话，则高者不过《水浒》、《红楼》，下者将同戏曲中之皮黄脚本。就令以此教育，易于普及，而遗弃周鼎，宝此康匏，正无如退化何耳。须知此事尽天演，革命时代学说万千，然而施之人间，优者自存，劣者自败；虽千陈独秀，万胡适、钱玄同，岂能劫持其柄？则亦如春鸟秋虫，听其自鸣自止可耳。林琴南辈与之较论，亦可笑也。”他无视新文学的趋向，以为不值一笑，殊不知白话文学的发展，正符合着适者生存的天演定律。陈独秀就说过：“常有人说白话文的局面是胡适、陈独秀一班人闹出来的，其实这是我们的不虞之誉。中国近来产业发达，人口集中，白话文完全是应这个需要而发生而存在的。”

到了1921年，南京出了一种《学衡》杂志，以胡先骕、梅光迪、吴宓为主角。胡是生物学家，也会写几句旧诗；梅便是在绮色佳和胡适讨论文学革命的朋友；吴研究英国文学，对人文学颇有造诣。他们似乎有了一致的步调反对文学革命。胡先骕曾在《东方杂志》发表《中国学论》，说："自陈独秀、胡适之创中国文学革命之说风靡一时，而盲从者，方为彼等外国毕业及哲学博士等头衔所震，遂以为所言者在在合理，而视中国文学果皆陈腐卑下不足取而不惜尽情推翻之。彼故作堆砌艰深之文者，固以艰深文其浅陋，而此等文学革命则以浅陋文其浅陋，均一失也，而前者尚有先哲之规模，非后者毫无文学之价值所可比焉。某不佞，亦曾留学外国，寝馈于英国文学，略知世界文学之流，素怀文学改良之志，且与胡适君之意见多所符合，独不敢为卤莽灭裂之革命，以白话推倒文言耳。"王敬轩型的人物中，他们这几位，要算最有主张的。文学革命论者主张推翻文言，全用白话，他们则主张文学改良，只在文言范围之内求改良，所以，胡先骕也说与胡适的意见，多所符合的。他们的具体主张："大家应作韩欧以还八大家及桐城派的文章，此而不得，则亦当作《新民丛报》一派的文章，但是决不可以作白话。"所谓改良的标准，便是如此。

当时提倡白话文的，也曾碰到了两种似是而非的攻击：一种是说提倡新文学的，都是不通古文，不懂旧文学的。江西词人夏敬观，正任浙江教育厅厅长，他就批评浙江第一师范的四个国文教员：刘大白、陈望道、夏丏尊、李次九，不懂旧文学，后来看到了刘大白所拟的第一师范教职员上教育厅呈文，才知道这几位新文学提倡者，旧文学的根底都是很深的。又一种是说必得通文言文，旧文学根底深，才能写得很好的白话文。他们就以胡适、钱玄同、周作人、鲁迅为例。殊不知他们这几位的白话文，脱不了旧文学的脚链，也正是一种缺点呢。

不过，1922 年以后，白话文运动已经旗开得胜，成为朝野上下的共同风尚。那几份一向用文言体的杂志，如《东方杂志》、《小说月报》、《学生杂志》、《妇女杂志》都刷新内容，完全用白话体。连望平街上牛步化的两家报馆：《申报》、《新闻报》，也改用白话体的副刊。最大的变动，还是全国的小学国文教科书，都采用了白话文。（中学国文也增加了白话文。）白话文学成为文学正宗，革命的本来目标已经达到了。

《尝 试 集》

在五四运动前后看“新诗”，那是新文学中最主要的部门。我们到了今天，再回看当时的新文学，新诗的成就，还不如其他部门，如散文、小说、戏曲之多。白话文，成为文学正宗，那是无疑的。陈公博他在《寒风集》中，写他自己的诗文创作，说自从写了白话文，便一直写下来；诗歌呢，却一直和白话诗无缘，写的都是旧体诗。这样的经验，不独陈氏如此；赞成白话文而对新诗没兴趣的很多。许多新诗人，如沈尹默、郁达夫，后来都写起旧诗来了。这本来是两件事。

但，作为文学革命的旗帜，白话新诗却是最重要的先锋。那位反对新文学的胡先骕，他就写了两万八千字的长文，来批评胡适的《尝试集》。1919 年，胡适写了一篇《谈新诗》，说是八年来的一件大事，这是一句合乎事实的话。新诗作家之中，胡适并不是写得最成功的，他却是新诗倡导人。他们在绮色佳所讨论的，正是这件大事。他的《尝试集》，正是他的新诗的第一个集子；他的新诗，也就是这么一个集子。

《尝试集》开头，胡氏有一篇很长的自序。他们在绮色佳热烈讨论的朋友中，赞成他的白话文很多，赞成他的白话诗却很少。梅光迪、任鸿隽都不赞成，说：“文章体裁不同，小说词曲固可用白话，诗文则不可。”他回答任氏的信，态度非常坚决，说：“白话入诗，古人用之者多矣。总之，白话之能不能作诗，此一问题全待吾辈解决。解决之法，不在乞怜古人，谓古之所无，今必不可有，而在吾辈实地试验。一次完全失败，何妨再来？”（文学革命的手段，要令国中之陶、谢、李、杜，敢用白话京调高腔作诗；要令国中之陶、谢、李、杜，皆能用白话京调高腔作诗。文学革命的目的，要令白话的京调高腔之中，产出几许陶、谢、李、杜。）胡氏便说："吾志决矣，自此以后，不更作文言诗词。"1916 年以后，胡氏便开始做白话诗，他想起陆游有一句诗"尝试成功自古无！"（那句诗，另有陆氏的本意；他是批评南宋君臣，对军事毫无准备，妄言反攻，以国事为儿戏的。）他觉得这个意思恰和他的实验主义反对，故用"尝试"二字作他的白话诗集的名字，要看尝试究竟是否可以成功。他曾写下《尝试篇》：

> "尝试成功自古无！"放翁这话未必是。我今为下一转语："自古成功在尝试。"请看药圣尝百草，尝了一味又一味。又如名医试丹药，何嫌六百〇六次，莫想小试便成功，那有这样容易事；有时试到千百回，始知前功尽抛弃。即使如此已无愧，如此失败便足记。告人"此路不通行"，可使脚力莫枉费。我生求师二十年，今得尝试两个字。作诗做事要如此，虽未能到颇有志；作尝试歌颂吾师，愿大家都来尝试！

胡适做新诗的尝试是成功的，他自己的新诗，如钱玄同所说的未能"脱尽文言窠臼"，（初期新诗人都有这一共同的毛病。）他在美国时期所做的新诗，在美国的朋友说他用的词语太俗，到了国内，北京的朋友，又嫌他太文了。

胡氏的白话诗，也还是沿着宋诗的风格，可以说是明白如话（他对于近代诗，最推崇黄遵宪的《人境庐诗草》，也就是这个道理），我们看他的《尝试集》，从第一编的《尝试集》，《赠朱经农》、《中秋》等诗变到第二编的《威权》、《应该》、《关不住了》等诗，那是从很接近旧诗的诗，变到很自由的新诗。第一编的诗，除了《蝴蝶》和其他两首之外，实在不过是一些刷洗过的旧诗。第二编的诗，虽然打破了五言七语的整齐句法，虽然改成长短不整齐的句子，还脱不了词曲的气味与音调。（1916 年秋天到 1917 年年底，还只是一个自由变化的词调时期。）1919 年以后，他的诗才渐渐做到新诗的地位。他自己以为《关不住了》一首，乃是他的新诗成立的纪元。

我们无论从《尝试集》的角度来看新诗，或是从新诗的角度来看《尝试集》，新诗的风格，还是朝着胡适所开的路子走的。到了朱自清来编选新诗集（1935 年），已经十五年以后的事，看起来，《尝试集》的影响，还是很明显的（朱氏也是新诗第一期的作家）。

胡适的新诗，骨子里原是接着晚清的新体诗在创作的，他是尝试着黄遵宪的“我手写我口”的手法。不过，我们从横的方面去看，最大的影响还是外国的影响。梁实秋说外国的影响是白话文运动的导火线。他指出美国印象主义者六戒条里，也有不用典，不用陈腐的套语的说法；新式标点和诗的分段分行，也是模仿外国；而外国文学的翻译，更是明证。胡适的《关不住了》这首诗，却正是译的，是一个重要的例子。

朱自清对于初期新诗的批判是这样：胡适以为诗体解放了，“丰富的材料，精密的观察，高深的理想，复杂的情感，方才能跑到诗里”。这四项，其实只是泛论，他具体的主张见于《谈新诗》。消极地不作无病之呻吟，积极地以乐观主义入诗。他提倡说理的诗。音节，他说全靠（1）语气的自然节奏，（2）每句内部所用字的自然和谐，平仄是不重要的。用韵，他说有三种自由：（1）用现代的韵；（2）平仄互押；（3）有韵固然好，没有韵也不妨。方法，他说须要具体的做法。这些主张，大体上，似乎为《新青年》诗人所共信，《新潮》、《少年中国》、《星期评论》以及文学研究会诸作者，大体上也这般作他们的诗。胡适的《谈新诗》，就成了新诗创作和批评的公认尺度了。

也是到了二十年以后，胡适和另外一些朋友，讨论胡适之体的诗，才把他自己的诗和其他诗家的风格不同之处，说明白来。那是陈子展提到胡适的《飞行小赞》，说："那样的诗，可以说是一条新路。老路没有脱去模仿旧诗词的痕迹，真是好像包细过的脚放大的；新路是只接受了旧诗词的影响，或者说是诗词蜕化出来，好像蚕子已经变成了蛾。即如《飞行小赞》一诗，它的音节，好像辛稼轩的一阕小令，却又不像是有意模仿出来的。"陈氏的话，引起了胡氏的解释。他说："子展先生说的胡适之体的新路，虽然是胡适之体，而不是新路，只是我走惯了的一条老路。1924年，我作《胡思永的遗诗序》，曾说：'他的诗，第一是清楚明白，第二是注重意境，第三是能剪裁，第四是有组织，有格式。如果新诗中真有胡适之派，这是胡适之的嫡派。'我在十多年之后，还觉得这几句话大致是不错的。至少我自己做了二十年的诗，时时总想用这几条规律来戒约我自己，平常所谓某人的诗体，依我看来，总是那个诗人自己长期戒约自己，训练自己的结果。我做诗的戒约，至少有这几条：（1）说话要明白清楚，古人有言近旨远的话，意旨不妨深远，而言语必须明白清楚。（2）用材料要有剪裁，消极地说，就是要删除一切浮词凑句，积极地说，这就是要抓住最精彩的材料，用最简练的字句表现出来。（3）意境要平实，平实只是说平平常常的老实话。"

对于《尝试集》的诗的推选，各家的看法也不相同。胡适自己最爱《十一月二十四夜》那一首：

老槐树的影子，

在月光的地下微晃；

枣树上还有几个干叶，

时时做出一种没气力的声响。

西山的秋色几回招我，

不幸我被我的病拖住了。

现在他们说我快要好了，

那幽艳的秋天，早已过去了。

胡氏说这诗的意境，颇近于他自己欣羡的平实淡远的意境。十五年来，这种境界，似乎还不曾得着一般文艺批评家的赏识，但他自己并不因此放弃他在这一个方向的尝试。

胡适体的新诗，他自己以为《尝试集》第二编中，如《威权》、《乐观》、《上山》、《周岁》、《一颗遭劫的星》，都极自由，极自然，可算是他自己的新诗进化的最高一步。他指出如次的一段：

热极了！

更没有一点风！

那又轻又细的马缨花须，

动也不动一动！

这才是他的久想做到的“白话诗”。他自己回看他两年前做的诗，如：

到如今，待双双登堂拜母，

只剩得荒草孤坟，斜阳凄楚！

最伤心，不堪重听，灯前人诉，阿母临终经语。

真如同隔世了，依我们看来，胡适是逐渐摆脱了旧诗词的影响，写他所想做到的白话诗了。

当时，有一种守旧的批评家，一面夸奖他的《尝试集》第一编的诗即是接近旧诗词的诗；一面嘲笑第二编的诗，说《中秋》、《江上》、《寒江》等诗是诗，第二编最后的诗不是诗。又说："胡适之上了钱玄同的当，全国少年又上了胡适的当。"他看了这种议论，自此想起一个很相类的故事："当梁任公的《新民丛报》最风行的时候，国中守旧的古文家，谁肯承认这种文字是文章。后来白话文学的主张发生了，那班守旧党忽然异口同声地说道：'文字改革到了梁任公派的文章就很好了，尽够了，何必去学白话文呢？白话文如何算得文学呢?'好在我的朋友康白情和别位新诗人的诗体，变得比我们更快，他们的无韵自由诗已很能成立。大概不久就有人要说：'诗的改革到了胡适之体，也尽够了，何必专学康白情的《江南》，和周启明的《小河》呢?'只怕那时，我自己又已上康白情的当了!"这是社会运动所碰到的必有的批评，所以梁任公说思想家的言论，应该超过时代一步的。（后来，胡适自己很少写新诗，康白情也很快退出了新文坛，《草儿集》出版以后，他就不是一个诗人了。我们要不翻读"五四"时代史料，也几乎忘记了这样一位初期诗人了。）

胡氏也曾努力于新诗音节上的试验。他要脱去了旧诗律绝体的形式和韵律，从词曲的音节，找寻新的格律。《尝试集》第二编中，他就用词曲的音节，例如《鸽子》那一首，完全是词；《新婚杂诗》的"二"、"五"也是如此。他做《送叔永回四川》诗，从三种词调里变化出来。那三首诗是：

记得江楼同远眺，云影渡江来，惊起江头鸥鸟?

记得江边石上，同坐看潮回，浪声遮断人笑。

记得那回同访友，日冷风横，林里陪他听松啸!

这诗句中，我们自然觉得一种悲音含在写景里面。他是懂得用双声叠韵的音律，来传达情绪的委婉的。朱执信曾经和胡氏讨论音律上的问题，说："诗的音节是不能独立的。诗的音节必须顺着诗意的自然曲折，自然轻重，自然高下。凡能充分表现诗意的自然曲折，自然轻重，自然高下的，便是诗的最好音节。"古人叫做天籁，译成白话，便是自然的音节。他们的研究，可说有点头路了；不过他们的研究也就到此为止；新诗的火炬，就移到另外诗人手中去了。

关于无韵自由诗，几乎成为我们尝试写作青年最爱好的体裁。我曾经在邵力子的《觉悟》编辑室中，看到成千份的诗稿，有一位诗人，他就十天之中，写三百多首白话诗。其结果，大部分的白话诗，只是把白话文，分行来写，简直不是诗，却也不是散文。这也可说是新诗的流弊。那时，我为了和章太炎讨论白话文，写了几篇新诗管见，替自由诗在辩护。过后看来，也自知是幼稚可笑的。当时，傅东华翻译了潘莱（B.Perry）的《诗之研究》，其书第六章，也讨论韵节及自由诗问题，才知道这一问题在西方也是久久不决的论争。

新　诗

在我的记忆中，“五四”当年，我们就在国文课的教室中闹新文学运动。国文教师便是导师，照例由我们提出问题来，那些问题，就是多方面的社会问题，由导师提供材料，再由我们引起讨论，正面反面辩论一场。我们的发表欲很强，我们都要办报，办《每周评论》型的定期刊物。施存统、沈端先（夏衍）他们的《浙江新潮》被封禁了以后，我们就接上去办了《钱江评论》。《钱江评论》就出过三期《男女同学问题》专号。《钱江评论》和其他任何刊物不同，每篇文章都是不署名的，表示这是我们的共同意见。当时，领导社会思想的，还是无政府主义（并非共产主义）。我们的主张，多少受沈仲九的影响；不署名的办法，也是无政府派的主张。这样，一天到晚，谈社会国家大事的大文章，闹了一年多，也慢慢地厌倦了。最大的弱点，题目虽是很多，我们却并无所见，后来，陈望道、刘大白、夏丏尊离开浙江第一师范了，新来的国文教师，有俞平伯、朱自清、刘延陵等；忽然，国文教室中的空气大变，湖上诗人的时代便到来了。不独刘大白、俞平伯、朱自清、刘延陵诸教师，都是初期新诗人，比胡适心目中认为最进步的诗人康白情更进步的诗人；我们的同学，如汪静之、冯雪峰、张维琪、陈乃棠、应修人都是新诗人。朱自清的文艺修养最深，后来成为文艺批评的权威。

朱自清评选当代新诗，谈到新诗的形式，说二十多年中，写新诗和谈新诗的都放不下形式问题，初期的新诗，从破坏旧诗词的形式下手。胡适提倡自由诗，主张“自然的音节”，已如上述。那时的新诗人，如刘大白、沈玄庐、俞平伯、沈尹默，都不能完全脱离旧诗词的调子，还有些利用小调的音节的。新诗人完全用白话调的，已经很多，诗行多长短不齐，有时长到二十几个字，又多不押韵。这就很近乎散文了。那时刘半农已经提议增多诗体，他主张创造与输入，双管齐下，不过没有什么人注意。民国十二年，陆志韦的《渡河》出版，他试验了许多外国诗体，有相当的成功。他似乎很注意押韵，但还是觉得长短句最好。那时正在盛行小诗（自由诗的极端）。他的试验，也没有什么人注意。那时，郭沫若是突出的诗人，他的诗句多押韵，诗行也相当整齐。他的诗影响大，但似乎只在那泛神论的意境上，而不在形式上。“自然的音节”，看起来近于散文而没有标准，除了比散文句子短些、紧凑些。一般人，不但是反对新诗的人，似乎总愿意诗距离散文远些，有它自己的面目。北平《晨报》诗刊提倡的格律诗，能够风行一时，便是如此。诗刊主张努力于新形式与新音节的发现，代表人是徐志摩、闻一多。徐氏试验各种外国诗体，他的才气足以驾驭这些形式，所以成绩斐然。而无韵体的运用，更能达到自然的地步。这一体，可以说已经体现在中国诗里。闻一多的“诗的格律”，主张诗要有建筑的美，这包括“节的匀称”、“句的均齐”。他们两人虽然似乎输入了外国诗体的外国诗的格律，可是同时在创造中国新诗体，指示中国诗的新道路。

朱氏在编《新诗选》的导言的结尾上，说过这样的话：“若要强立名目，这十年来的诗坛，就不妨分为三派：自由诗派、格律诗派、象征诗派。”他在另外一篇《新诗的进步》中说：“这几年来，我们已看出一点路向。启蒙期诗人，白话的传统太贫乏，旧诗的传统太顽固，自由诗派的语言，大抵熟套多而创作少。境界也只是男女和愁叹，差不多千篇一律。格律诗派的爱情诗，不是纪实的，而是理想的爱情诗，至少在中国诗里是新的；他们的奇丽的譬喻，即使不全是新创的，也增富了我们的语言。从这里再进一步，便到了象征诗派。象征诗派要表现的，是些微妙的情境，比喻是他们的生命；但是，远取譬而不是近取譬。他们发见事物间的新关系，并且用最经济的方法将这关系组织成诗。”这是他对于新诗的综评。

参加新文学运动的人，很多写过新诗，但不一定对新诗有什么兴趣。鲁迅也写过几句新诗，但他说：“我其实是不喜欢做新诗的，但也不喜欢做古诗，只因为那时诗坛寂寞，所以打打边鼓，凑些热闹，待到称为诗人的一出现，就洗手不作了。”（李大钊、陈独秀也曾在《新青年》写过新诗。）《新青年》那一群人中，胡适以外，沈尹默、刘半农都是诗人；刘半农最努力，创造了许多风格。沈的旧诗，修养很深，新诗也不错，最有名的，传得最广的是《生机》。朱自清却是选了他的《三弦》。胡适说：“这首诗，从见解意境上和音节上看来，都可算是新诗中一首最完全的诗。”周作人的诗境很高，他了解西洋文学中的诗格，又接受了日本俳句的熏陶，也懂得俄国诗人普希金的神圣，他的新诗，那首有名的《小河》，可算是自由体诗中的杰作，自能“融景入情，融情入理”。

新潮社那一群中，康白情、俞平伯都是诗人。当时，胡适最称许康白情的诗，说他只是要自由吐出心里的东西；他无意于创造而创造了，无心于解放，然而解放的成绩最大。流传得最久的，还是那首《送客黄浦》。开头是：“送客黄浦，我们都攀着缆，风吹着我们的衣裳，站在遮栏的船楼上。”每一节的尾句是：“这中间充满了别意，但我们只是初次相见。”他把诗的旋律安排得很好。俞平伯才是道地的诗人，他的旧诗词功力甚深，所以能有精炼的词句和音律，写景抒情，清新婉曲。胡适说他的《忆》，是儿时的追怀，多少能保存着那天真烂漫的口吻。朱自清说他能融旧诗的音节入白话，如《凄然》；又有利用旧诗里的情境表现新意，如《小劫》。写景也以清新称著，如《孤山听雨》。《呓语》中有说理浑融之作；《乐谱中之一行》颇作超脱想。俞氏的一生都在诗的天地中逗留，虽不一定做新诗，我们都觉得他的旧诗比新诗更好。

到了朱自清出来，这才脱离了尝试的阶段，进入新诗的创作。他的《踪迹》，是远远超过《尝试集》里任何最好的一首。功力的深厚，已绝不是尝试之作，而用了全力来写着的。（只有周作人的《小河》，可以与之并比。）朱氏有一首长诗，题名《毁灭》，乃是新诗中的杰作。这诗写于1922年，写出了“五四”落潮后的青年心怀。朱氏称许白采的《羸疾者的爱》，是这一路诗的押阵大将。（白采本名童汉章，江西高安人。）他说他不靠复沓来维持它的结构，却用了一个故事的形式，是取巧的地方，也是聪明的地方。虽然没有持续的想象，虽然没有奇丽的比喻，但那质朴，那单纯，教它有力量。他读了尼采的翻译，多少受了他一点影响。

南方星期评论社的诗人，如沈玄庐（定一）、刘大白，都是很激进的。如玄庐的《十五娘》，便是初期新诗中最好的社会诗。刘大白的旧诗词修养，也和俞平伯、沈尹默差不多，而刘诗细腻；沈诗浑朴，刘诗则奔放淋漓，其长处在此，其短处也在此。刘氏于《旧梦付印自记》中说他自己的诗，传统气味太重，又说他自己用笔太重，爱说尽，少含蓄，可说是有自知之明。

北方的诗坛，1921年以后，由周作人翻译了日本的短歌和俳句，（周氏说这种体裁适于写一地的景色，一时的情调，是真实简练的诗。）引起了新诗坛写小诗的风气。就在那一年，谢冰心发表了《繁星》，第二年又出了《春水》，她自己说是读泰戈尔诗集而有作的。这类带哲理气味的小诗，写的人很多，到了1923年，有了宗白华的《流云》小诗，要算是小诗中的精品。到了《流云》出来，小诗风气也渐渐过去了，新诗跟着也中衰了。

朱自清把郭沫若和创造社那一群人的诗，称之为“新诗的异军”。郭氏的诗篇，到了1921年以后便出现了，那时，正是盛行小诗的时期。郭氏主张诗的本职专在抒情，在自我表现，诗人的利器只有纯粹的直观；他最厌恶形式，而以自然流露为上乘，说“诗不是做出来的，只是写出来，命泉中流出来的Strain，心琴上弹出来的Melody，生底颤动，灵底喊叫，那便是真诗、好诗，便是我们人类底欢乐底源泉，陶醉的美酿，慰安的天国。”朱氏认为诗是写出来的一句话，后来让许多人误解了，生出许多恶果来。但于郭氏是无损的。郭氏的诗，有两样新东西，都是我们传统里所没有的（不但诗里没有）；这两样便是泛神论与20世纪的动的和反抗精神。中国缺乏冥想诗；诗人虽然多是人本主义者，却没有去摸索人生根本问题的。而对于自然，起初是不懂理会；渐渐懂得了，又是观山玩水，写入诗只当背景用。将自然作神作朋友，郭氏诗是第一回。至于动的和反抗的精神，在静的忍耐的文明里不用说更是没有过的。不过这些都是外国的影响。有人说浪漫主义与感伤主义，是创造社的特色，郭沫若的诗，正是一个代表。他自己说他曾经受过泰戈尔、歌德、惠特曼、海涅诸人的影响，他说：“惠特曼的那种把一切的旧套摆脱干净的诗风，和‘五四’时代的狂飚突进的精神十分合拍，我是彻底地为他那雄浑的豪放的宏朗的调子所动荡了。”

新诗落潮以后，纯正的新诗人出来了。北京《晨报》的《诗刊》创刊于1926年4月1日，他们那一群诗人，如闻一多、徐志摩、朱湘、饶孟侃、刘梦苇、于赓虞，都注重新的格律。我自己为了诗应该有韵问题，和章太炎辩论一场，我是替自由诗辩护的；章氏是主张无韵非诗。到了徐志摩、闻一多出来，也认为诗必须有韵的了。（诗应有音乐的美，绘画的美，建筑的美。）那群诗人之中，陆志韦的《渡河》是最早的实验；他相信长短句是最能表情的做诗的利器；他主张舍平仄而取抑扬，主张有节奏的自由诗。他的诗，别有一种清淡的风味。闻一多最有兴味于探讨诗的理论和艺术，他的《死水》集，对于那一群写诗的朋友都有影响。《死水》集之前，还有《红烛》，讲究用比喻，馥郁繁丽，使人有艺术至上之感。他的诗颇近于唐代的李贺，靠理智的控制比情感的驱遣多些。他的诗，不失其为情诗，又是最真挚的爱国诗人。

徐志摩的诗名最盛，新诗人最为旧诗人所冷淡，只有徐氏，才为旧人所倾倒。他没有闻一多那样精密，也没有他那样冷静，他是跳着溅着不舍昼夜的一道生命水。他尝试的体制最多，也译诗，最讲究用比喻，他让你觉着世上一切都是活泼的，鲜明的。他的情诗，为爱情而咏爱情，不一定是实生活的表现，只是想象着自己保举自己作情人，如西方诗家一样。这完全是新东西。徐、闻二氏，都受了近代英国诗的影响。

李金发的《微雨》集，又是新诗中的异军。他不顾全诗的体裁，他要表现的是对于生命欲揶揄的神秘，及悲哀的美丽，讲究用比喻，有“诗怪”之称。他的诗没有寻常的章法，一部分一部分可以懂，合起来却没有意思；他要表现的，不是意思而是感觉或情感，这就是法国象征派诗人的手法。李氏是第一个介绍象征诗到中国来的诗人，其后则有戴望舒。大体说来，等到新诗有了一点规模，社会上，已经不注意这方面的成就，连康白情、朱自清、胡适之，都不做新诗了。

小说的兴起

晚清小说的盛行，已如上述；不过，那时的小说家，虽已认识小说的社会意义，而且标榜“新小说”的旗帜，无论形式，或内容，都是旧的，不曾脱离章回小说的风格。最显著的一点，那时读者还不认识短篇小说的体性，以为刚开了头，却已完了，不够味，不够劲。新小说的诞生，那是新文学运动的产儿，从《新青年》开头的。

鲁迅编选《中国新文学大系·小说二集》，曾在序文说到初期小说创作的情形。在《新青年》上发表了创作的短篇小说的，是鲁迅。从1918年5月起，《狂人日记》、《孔乙己》、《药》等，陆续地出现了，算是显示了文学革命的实绩；又因那时的认为表现的深切和格式的特别，颇激动了一部分青年读者的心。然而这激动，却是向来怠慢了绍介欧洲大陆文学的缘故。1843年顷，俄国的果戈理（N. Gogol）就已经写了《狂人日记》；1873年顷，尼采（Fr·Nietzsche）也是借了苏鲁支的嘴，说过“你们已经走了从虫豸到人的路，在你们里面，还有许多虫豸；你们做过猴子，到了现在，人还有比猴更甚的，无论是哪种猴子”。而且《药》的结尾，也分明地留着安德烈夫（E. Andreev）式的阴冷。但后起的《狂人日记》，意在暴露家族制度和礼教的弊害，却比果戈里的忧愤深广，也不如尼采的超人的渺茫。以后虽然脱离了外国作家的影响，技巧稍为圆熟，刻画也稍加深切，如《肥皂》、《离婚》等，但一面也减少了热情，不为读者们所注意了。从《新青年》上，此外也没有养成什么小说的作家。

那时较多的倒是在《新潮》上。从1919年1月创刊，到次年主干者们出洋留学而消灭的两年中，小说作者就有汪敬熙、罗家伦、杨振声、俞平伯、欧阳予倩和叶绍钧。自然，技术是幼稚的，往往留存着旧小说上的写法和语调；而且平铺直叙，一泻无余；或者过于巧合，在一刹那时中，在一个人上，会聚集了一切难堪的不幸。然而又有一种共同前进的趋向，是这时的作者们没有一个以为小说是脱俗的文学，除了为艺术之外，一无所为的。他们每作一篇，都是有所为而发，是在用以改革社会的器械，虽然也没有设定终极的目标。——鲁迅以一代小说作家，于新文学有了相当成就的十五年之后，对自己的作品，与同时期作家的作品有所批判，我们相信他所说的，都是公正而切实的。

首先介绍短篇小说的理论，也还是胡适在《新青年》所发表的那篇《论短篇小说》。他替短篇小说下定义，说："短篇小说是用最经济的文学手段，描写事实中最精彩的一段，或一方面，而能使人充分满意的文章。"他指出最近世界文学的趋势，都是由长趋短，由繁多趋简要，诗的一方面，所重的在于写情短诗。戏剧一方面，如今最注重的是独幕剧了。小说一方面，自 19 世纪中期以来，最通行的是短篇小说。我们可以说，这三项，代表世界文学最近的趋向。这趋向的原因，不止一种：（1）世界的生活竞争一天忙似一天，时间越宝贵了，文学也不能不讲究经济；若不经济，只配给那吃了饭没事做的老爷太太们看，不配给那些在社会上做事的人看了。（2）文学自身的进步，与文学经济有密切关系。斯宾塞说，论文章的方法，千言万语，只是经济一件事。有此两种原因，所以世界文学都趋向这三种最经济的体裁。胡适自己虽不曾写短篇小说，但他翻译的莫泊桑、都德的作品，都是短篇小说的精品，（他曾刊行《短篇小说集》。）在那时的影响是很大的。

（鲁迅曾在《我怎样做起小说来》中说："我的作品在《新青年》上，步调是和大家大概一致，所以我想，这些确可算作那时的革命文学。"他的短篇小说，一开头就是清醒的写实主义。）

胡适评述五十年来之中国文学，论到新文学的成绩，（1）他以为白话诗可以上了成功的路了。他预料十年之内，中国诗界定有大放光明的一个时期。（他的话大体是对的，不过新诗潮是过去了，成熟了的新诗，并非是胡适之体。）（2）他说短篇小说也渐渐地成立了，以鲁迅成绩为最大。（长篇也同时产生了。）（3）他以为白话散文很进步了。除了长篇议论文显然的进步以外，周作人等提倡的小品散文，用平淡的谈话，包藏着深刻的意味；有的很像笨拙，其实却是滑稽。这一类作品的成功，就可彻底打破美文不能用白话的迷信。（新文学运动的成绩，以小品散文为最著；长篇议论文并无多大的进步。）（4）他以为，戏剧与长篇小说的成绩最坏。（胡氏于1922年3月写那篇论文，所以不曾看到长篇小说与戏剧的进步。）陈源写了一篇《新文学运动以来十部著作》，其中有属于短篇小说，推鲁迅的《呐喊》和郁达夫的《沉沦》，冰心的《超人》。长篇小说，推杨振声的《玉君》。这也是初期的看法。

关于鲁迅及文学研究会、创造社的作品的评价，笔者将安排在另外专篇中。这儿且把小说界一般的进度来说一说。初期那几位负盛名的小说家，如郁达夫、谢冰心、王统照、落华生（许地山）、黄庐隐，他们的作品，都是很幼稚的。杨振声的《玉君》，虽被推为初期长篇小说的代表作，（他说小说家取的是艺术态度，要忠心于主观。小说家也如艺术家，把天然艺术化，就是要以他的理想与意志去补天然之缺陷。）《玉君》以后，他的事业兴趣移到另外一面去，在文学上，他就搁笔了。冰心女士的小说，以

《超人》为最早的作品，她在探索人生究竟是什么，她的答案是“这一切只是为着爱”。她自己说：五四运动时期，她在燕大女校学生会当文书，那时开始写小说，多半是问题小说。“眼前的问题作完了，搜索枯肠的时候，一切回忆中的事物都活跃了起来。快乐的童年，荷枪的兵士，供给了我许多单调的材料。回忆中又湾入了一知半解、肤浅零碎的哲理。”这便是《超人》的体性。她把一切问题，用温暖的母爱来拥抱它，这也是一种逃避。茅盾评选现代中国小说（第一集），说冰心的文章是流利的，她的生活趣味，也很符合小资产阶级所谓优雅的幻想。她实在拥有过一些绅士式的读者，和不少资产阶级出身的少男少女。

茅盾对于黄庐隐的《海滨故人》和《曼丽》，有较高的评价，说是反映了当时苦闷彷徨的站在享乐主义的边缘上的青年心理。或许我们未必一定同意。我觉得冰心所写的是她自己所了解的圈子，庐隐对于社会问题，其实并没有什么了解的，所以她的见解很浅薄。王统照的小说《春雨之夜》和《霜痕》，长篇的有《一叶》和《黄昏》，也犯了同样的毛病。我觉得“五四”时代的小说家，都是伪装的“先知”，因为他们自己并无一定的信念。

许地山的《空山灵雨》，可说是最早的小品散文，其中有晶莹可喜的珠玉。《缀网劳蛛》，也带着同样的怀疑的悲观色彩。那主人公尚洁说：“我像蜘蛛，命运就是我的蜘蛛网，把一切有毒无毒的昆虫吃入肚里，回头把网组织起来。它第一次放出来的游丝，不晓得要被风吹到多么远，可是等到黏着别的东西的时候，它的网便成为它不晓得那网什么时会破，和怎么破。一旦破了，它还暂时安安然藏起来，等有机会再结一个好的。人和他的命运，又何尝不是这样？”茅盾说：他这人生观是二重性的，一方面是积极的昂扬意识的表征，另一方面又是消极的退婴的意识。

所以尚洁并没有确定的生活目的。

鲁迅在自选集自序中说过："后来《新青年》的团体散掉了，有的高升，有的退隐，有的前进，我又经验了一回同一战阵中的伙伴，还是会这么变化；并且落得一个'作家'的头衔，依然在沙漠中走来走去。"也就是如他自己在《彷徨》的题诗所说的："寂寞新文苑，平安旧战场；两间余一卒，荷戟独彷徨。"要说初期的小说家，也只能算到所余一卒，和《呐喊》、《彷徨》两种小说集的。陈源把郁达夫的《沉沦》和《呐喊》并称，本来也太不相称的。但说到"五四"潮落后，一般知识青年的苦闷气息，郁达夫的《沉沦》所含蕴的颓废伤感却激发了广大的同感。郁氏自言："我的抒情的、眼看到的故国的陆沉，身受到异乡的屈辱，与夫所感思，所经所历的一切，剔括起来，没有一点不是失望，没有一处不是受伤；同初丧了夫主的少妇一般，毫无气力，毫无勇气，哀哀切切，悲鸣出来的，就是那一卷当时惹起了许多非难的《沉沦》。《沉沦》中三篇，都是在日本写成的，是一种寄寓在特别环境中的青年的生活的记录。第一篇《沉沦》是描写一个青年的心理，也可以说是青年忧郁病的解剖，里边也带叙现代人的苦闷，便是性的要求与灵肉的冲突。第二篇《南迁》是描写一个无为的理想主义者的没落。这两篇是一类的东西。"郭沫若说："他那大胆的自我暴露，对于深藏在千年万年的背甲里面的士大夫的虚伪，完全是一种暴风雨式的闪击，把一些伪道学假才子们震惊得至于发狂了！"

初期小说家之中，真正有成就的，还该算到叶绍钧（圣陶）。他的短篇小说集有《隔膜》、《火灾》、《线下》、《城中》和《未厌集》。《稻草人》、《古代英雄的石像》，则是童话。他的笔下，所写的都是小市民、知识分子，他自己所熟知的人。他的生活经验丰富，观察得很细密，用冷静的写实手法写出来。他的文字，朴素简洁，没有太欧化的语句，也不用古拙的古文，用的都是我们这一阶层常用的口语，结构也很紧凑。茅盾说叶氏的思想是："他以为'美'（自然）和'爱'（心心相印的了解）是人生的最大的意义，而且是灰色人生转化为光明的必要条件，美和爱就是他的对于生活的理想。"

笔者在良友编选《中国新文学大系》以前，已经替一家书店编选过现代中国小品文、小说、戏曲各选。（新诗未成书。）后来看了茅盾和鲁迅的小说一、二集，才知道自己所涉猎的不够广博，选评得也不够细密。我觉得鲁迅的《小说二集序》，就是一篇最精彩的文字。他提到初期上海的"弥撒社"，那是为文学而文学的一群，没有多大的成就。（后来一直弄文学的，也只有胡山源了。）还有从上海发祥、后来移到北京去的"浅草社"，本是提倡为艺术而艺术的，也没有什么好的作品。《浅草》到了北京，改为《沉钟周报》，是一个现代中国最坚韧、最诚实，挣扎得最久的团体。这一团体中，后来有了抒情诗人冯至，翻译名手林如稷。这一群中的作者中，有写《炉边》的陈炜谟，和写《竹林的故事》的冯文炳（以"废名"为世人所知）。他是以冲淡为衣，"从他们当中理我的哀愁"的作品。

从北京《晨报》副刊到《京报》副刊中产生的小说作家，有蹇先艾、许钦文、王鲁彦、黎锦明、英鹏基、尚钺、向培良等八位。蹇先艾的《朝雾》，以简练的笔调写出边远贵州的一些习俗和生活。黎锦明则以热烈明丽的作风叙述儿时的湘中印象。至于带着极浓重的乡土气息，以鲁迅笔法写出的，则有许钦文和王鲁彦。鲁迅一生，和姓许的最有缘，许钦文和他的关系最密切；关于乡土文学的发展，我们也不妨在另一专题中去详细说一说的。

小品散文

我们回看“五四”时代的散文，在当时觉得很有意义，写得很起劲，看得很痛快。其实，所布的都是堂堂正正之阵，所谈的都是冠冕堂皇的大问题；说得好，都是些不着边际的大议论；说得坏，便是千篇一律的宣传八股，久而久之，大家都有些厌倦起来。文坛的风气，着重文艺的，大都走到小说戏曲路上去；写散文的，向往产生一种新的体裁。1921 年，（便是五四运动落潮那一年）周作人曾挂出新的风信——美文，他希望大家给新文学开辟出一块新的土地。他说：“论文大约可以分作两类：（1）批评的，是学术性的。（2）记述的，是艺术性的，又称作美文。这里边又可以分出叙事与抒情，但也很多两者夹杂着的，读好的论文，如读散文诗，因为它实在是诗与散文中间的桥。文章的外形与内容，的确有点关系，有许多思想，既不能作为小说，又不适于做诗，便可以用论文方式去表它。”周氏兄弟，可以说得是中国文坛的先知。他说的美文，便是后来盛行的小品文。周作人是小品文的第一好手。鲁迅一面开出小说的新路，一面也是杂文的好手。其他许多新诗作家，如朱自清、俞平伯、徐志摩、谢冰心，也都成为小品文的作家；要说新文学有什么真正的成绩，小品文该是收获最多的。

什么是小品散文？鲁迅译介了厨川白村的《出了象牙之塔》。这一小册子，本身便是很好的小品。第一节便是“自己表现”，说：“为什么不能再随便些，没有做作地说话的呢？即使并不俨乎其然地摆架子，并不玩逻辑的花把戏，并不抢着那并没有这么一回事的学问来显聪明，而再淳朴些，再天真些，率直些，而且就照本来面目地说了话，也未必便跌了价罢。”我们不妨称之为小品文体性的注解，其第二、第三节都是论 essay 的。他说：“和小说、戏曲、诗歌一起，也算是文艺作品之一体的，这‘essay’，并不是议论呀、论说呀似的这一类麻烦的东西。如果是冬天，便坐在暖炉旁边的安乐椅子上，倘在夏天，则披浴衣，啜苦茗，随随便便，和好友任意闲话，将这些话，照样地移在纸上的东西，就是‘essay’。兴之所至，也说些以不至于头痛为度的道理罢。也有冷嘲，也有警句罢。既有‘humor’（幽默）也有‘pathos’(感愤)，所说的题目，天下国家的大事不待言，还有市井的琐事，书籍的批评，相识者的消息，以及自己过去的追怀，想到什么就纵谈什么，而托于即兴之笔者，是这一类的文章。（essay者，语源便是法文的‘essayer’即所谓试笔之意罢。)”

他提出了一份重要的意见，这意见也就成为小品文的骨骼。他说：“在‘essay’，比什么都紧要的要件，就是作者将自己的个人底人格的色香，浓厚地表现出来。从那本质上说，是既非记述，也非说明，又不是议论，以报道为主的新闻记事，是应该非人格地，(即力求客观）力避记者这人的个人底主观调子的；essay 却正相反，乃是将作者的自我极端地扩大了夸张了而写出的东西，其兴味全在于人格的调子。有一个学者，所以评这文体，说是将诗歌中的抒情诗，行以散文的东西。倘没有作者这人的神情浮动，就无聊。作为自己告白的文学，用这体裁是最为便当的。”小品文便是自己告白的文学，顺着这条路子，产生了林语堂的《人间世》派散文，也是顺理成章了。

我们再回看一下，桐城派古文家，以“吴越间遗老尤放恣”的放恣文体为禁忌，谁知今日之小品文，却正是吴越遗老的放恣文体。原来明末的文艺美术比较地稍有活气，文学上颇有革新的气象，公安派的作家，能够无视古文的正统，以抒情的态度作一切的文章，虽前有人贬斥其浅率空流的，实际上却是真实的个性的表现；所以周作人说新文学运动导源于明末公安派，从小品文体性说，原是不错的。

当年曾孟朴写信给胡适之，论到新文学运动的成就，大致也和胡适的看法相同。他说："这几年文学界的努力，很值得赞颂的，确有不可埋没的成绩。第一是小品文字，含讽刺，析心理的，写自然的，往往着墨不多，而余味曲包。第二是短篇小说，脱去了模仿的痕迹，表现自我的精神，将来或可自造成中国的短篇小说。第三是诗，比较新创时期，进步得多了。虽然叙事诗还不多见，然抒情诗却能把外来的格调，折中了和谐的音节，来刷新遗传的旧式，情绪的抒写，格外自由、热烈，也渐去佶曲聱牙之病。"他们都是懂得西洋文学，欣赏过蒙旦（Montaigne）、兰勃（Lamb）的小品文的，他们承认小品文乃是新文学中的可喜的新葩。

我还记得朱自清先生在杭州第一师范教我们的国文时，他还在试写新诗；湖畔诗人，都是他的弟子；后来，他到温州中学、清华大学去教书，已经转到小品文的路上去了。他和俞平伯所写的《桨声灯影里的秦淮河》，两篇都可以说是散文诗，也都是带着诗意的小品文。朱氏是温文敦厚的，最足以代表他的风格的，便是那本流行得最广的《背影集》，和那篇人情味最重的《背影》。朱氏曾于《〈背影〉自序》中，论现代中国的小品文，说："三四年来风起云涌的种种刊物，都有意或无意地发表了许多散文。《东方杂志》增辟《新语林》一栏。夏丏尊、刘薰宇合编的《文章作法》，有小品文的专章；《小说月报》1927 年创刊号，也特辟小品一栏，小品散文于是乎极一时之盛。我们知道中国文学向来大抵以散文学为正宗；散文的发达，正是顺势。而小品文的体制，旧来的散文学也尽有，只精神面目颇不相同罢了。试以姚鼐的十三类为准，如序跋、书牍、赠序、传序、碑志、杂记、哀祭，七类中都有许多小品文字，（《六朝文絜》，便是小品文。桐城派的祖师归有光，也以写小品文字胜人。）周作人《杂拌儿序》里论现代散文的历史背景，颇为扼要，且极明通，他说明朝那些名士派的文章，在旧来散文学里，确是最与现代散文相近的。但我们得知道现代散文所受的直接的影响，还是外国的影响。我们看，周氏自己的书如《泽泻集》，里面的文章，无论从思想说，从表现说，岂是那些名士派的文章里找得出的？至多情趣有些相同罢了。我们宁可说，他所受的外国的影响比中国的多。而其余的作家，如鲁迅、徐志摩，外国的影响有时还要多些。他又说："我们就散文论散文，这几年的发展，确是绚烂极了，有种种的样式，种种的流派，表现着，批评着，解释着人生的各面。迁流曼衍，日新月异，有中国名士风，有外国绅士风，有隐士，有叛徒，在思想上是如此。或描写，或讽刺，或委曲，或缜密，或劲健，或绮丽，或洗炼，或流动，或含蓄，在表现上是如此。"

周作人曾经说，"我们写文章是想将我们的思想、感情表达出来的。能够将思想和感情多写出一分，文章的艺术分子就加增一分，写出得愈多愈好。这和政治家外交官的谈话不同，他们的谈话，是以不发表意见为目的的，总是愈说愈令人有莫知所以之感，要想将我们的思想感情，尽可能地多写出来，最好的办法是如胡适之所说的'话怎么说，就怎么写'；必如此，才可以'不拘格套'，才可以'独抒性灵'。"因此，我们看了各家的小品文，很清楚地可以了解作者的性格。即以周氏来说，从他的《自己的园地》、《雨天的书》、《谈虎集》、《谈龙集》、《泽泻集》、《永日集》、《看云集》，到后来的《药堂杂文》，都是淡远的一路。他的作风，可用龙井茶来打比，看去全无颜色，喝到口里，一股清香，令人回味无穷。前人评诗，以“羚羊挂角，无迹可求”来说明神韵，周氏小品，其妙处正在“神韵”呢。

我们对于各作家的小品，自有其偏嗜之处。（魏文帝称文以气为主，气之清浊有体，不可力强而致。故其论孔融，则云体气高妙；论徐幹，则云时有齐气；论刘桢，则云有逸气。公干亦云，孔氏卓卓，信含异气，笔墨之性，殆不可胜，并重气之旨也。）我们评述各家体性，总要了解其短长，作持平的勾画。以笔者所亲知，俞平伯和徐志摩，是一路的作家，俞平伯替重刊本《浮生六记》作序，说：“文章事业的圆成，本有一个通例，小品文字的创作，尤为显明。我们与一切外物相遇，不可着急，着急则滞；不可绝缘，绝缘则离。记得宋周美成的《玉楼春》里，有两句最好：‘人如风后入江云，情似雨余黏地絮。’这种况味，正在不即不离之间。文心之妙亦复如是。”所以他的作品，总是用暗示烘托的方法，质轻境隐，轻灵细巧。上文说到的，俞平伯和朱自清所写的《桨声灯影里的秦淮河》，两氏之作，简直就是一首词。徐志摩的小品比俞平伯的更细腻轻灵，大有六朝脂粉风。有人说他在苏州女中的讲演，简直是黛玉病后的娇软姿态，可用“弱不禁风”四字来形容的。

小品文作家之中，走清婉一路的，朱自清以外，还有许地山、谢冰心、丰子恺、孙福熙。冰心的小品，如《往事》、《寄小读者》、《山中杂记》，如她自己所说的：“这书中有幼稚的欢笑，也有天真的眼泪。”那细腻的自然景物的描写，最能引人入胜。她所描写的天地是狭小的，但是很真切的。丰子恺的《缘缘堂随笔》和孙福熙的《山野掇拾》，都是用书画之笔来写自然与人生，境界虽比冰心阔大，却没有冰心那么通灵。许地山对人生的体会，比冰心深得多，却又不像冰心那么天真。

在抒情的成分上浮上了一点理智之“光”和“幽默”的笑的，那就有郁达夫、林语堂、陈源、王了一、叶圣陶、徐懋庸这几家的小品。郁达夫提倡日记体和书简体的文体，说散文乃是人性、社会性与大自然的调和。他的散文，多是解剖自己，阐明苦恼的心理的记载，是以抒情为主，以自我为中心。但他另一面要求智与情的合致，有着时代与社会的气氛的。中国的文士，自来有着“叛徒与隐士”两个同在的灵魂；周作人自序《泽泻集》，说：“戈尔特堡批评蔼里斯说，在他里面有一个叛徒与一个隐士，这句话说得更妙；并不是我想援蔼里斯以自重，我希望在我的趣味之文里，也还有叛徒活着。我将这册小集同样地存于中国现代的叛徒与隐士们之前。”周氏自己，可以说是从叛徒走向隐士的路上去的，林语堂的也是。刘半农的《半农杂文》、徐懋庸的《打杂集》和王了一的《龙虫并雕斋琐语》、陈源的《西滢闲话》，都是叛徒型的小品，有讽刺，也有诙谐。（我的《笔端》和《文笔散策》出版时，鲁迅也说是叛徒的文字。）

当然，时势艰难，谁也不能做鸵鸟式的隐士；而完全以叛徒型出现的，鲁迅乃是适当的代表作家。他手中拿的是匕首与投枪。他说：“到五四运动的时候，散文小品的成功，几乎在小说戏曲和诗歌之上。这之中，自然含着挣扎和战斗，但因为常常取法于英国的随笔（Essay），所以也带一点幽默和雍容；写法也有漂亮和缜密的，这是为了对于旧文学的示威；在表示旧文学之自以为特长者，白话文学也并非做不到。以后的路，本来明明是更分明的挣扎和战斗。”鲁迅的前期小品中，《朝花夕拾》是自叙传，《野草》是散文诗，《热风》已经是战斗性的杂文，这就进入了杂文的时代。

《觉悟》与《学灯》

五四运动以后的定期刊物，可以说是雨后春笋，遍地皆是；其最著称的《新青年》、《新潮》、《每周评论》以外，我们该说到北京《晨报》的副刊，上海《民国日报》的《觉悟》，《时事新报》的《学灯》。《民国日报》是国民党的宣传机构，北京《晨报》和《时事新报》则是研究系的。孙中山和梁启超的政治路向，一直是互相敌对的；但在推动新文化运动的步骤上，则两个政团是一致的。那时，梁启超已经厌倦政治生活，转向于文化工作；孙中山也在政治革命方面，迭次失败，要着手唤起民众，转向社会运动，双方似乎都在争取领导的地位。

我们单从新文学的路向来看，这几种副刊，都是首先采用白话文体，开副刊风气之先的。《民国日报》自主持人叶楚伧以下，本来都是南社文人，有着民初的革命气氛。邵力子主编《觉悟》，态度最为积极，和《新青年》桴鼓相应，最为青年学生所爱好。那时上海《民国日报》受了政府干涉，邮寄颇成问题，就靠日本邮局在转送，居然一纸风行。经常替《觉悟》写稿的，如陈望道、刘大白、沈定一、杨贤江、张闻天、瞿秋白，后来都是社会革命的激进分子。（笔者的写稿生活，也是从《觉悟》开始的；那本替章太炎笔录的《国学概论》，也是在《觉悟》上先后刊载的。邵先生还特地写了几篇和章太炎讨论的文字。）《民国日报》经费很困难，但鼓吹新文化是很积极的。《觉悟》以外，有沈定一主编的《星期评论》，陈望道主编的《妇女周报》，吴稚晖主编的《科学周报》（杭育），都是第一流的刊物。而沈定一、吴稚晖的态度，尤为积极。

五四运动落潮时期，有几个新文人偶尔用古文来写作，（胡适的《淮南鸿烈集解序》，鲁迅《中国小说史略》及序文，都是古文体的。）旧文人就用之为口实，说："白话文自文言文而来，要白话文做得好，必须要学习文言。"《觉悟》上就刊出一封来信，说："文字的影响，每发生在作者所不及料处，因此非常可贵，也便非常可怕。他们用那么生硬的文言作序'必要'倒想不出，流弊倒已看到了。"《觉悟》的态度，一直就是这么严正的。其明年（1924 年）上海澄衷中学校长曹慕管，正式揭出复古的旗帜，说是奉校主遗嘱注重国故，该校学生限定只读文言，不读白话，并且按期举行国文会考。杨贤江曾于《学生杂志》作短评《国故毒》以斥之。曹慕管不觉大怒，致函商务印书馆，意欲撤杨贤江之职；《觉悟》上又大热闹了一阵，陈望道、刘大白、邵力子都参加了那一场防御战，写了许多文字。当《新青年》阵垒分裂之时，就由《觉悟》担当起领导新文学运动的责任了。

张东荪主持上海《时事新报》，其副刊《学灯》创刊于 1918 年 3 月间，研究学术，介绍新知。也是《新青年》的同路人。1921 年 5 月间，郑振铎（西谛）的《文学旬刊》，这便是文学研究会（新文学团体之一）的宣传刊物，（另一姊妹刊为《文学周刊》。）说是为中国文学的再生而奋斗。那时，新文化运动已经进入中国出版业的最大堡垒商务印书馆，《学生》、《妇女》和《小说月报》都已改变面貌，《小说月报》也成为文学研究会的营垒了。文学研究会的分子，也有研究系的人，如蒋百里、瞿世英；他们不问这两政团路线的差异，为了新文学而努力的方向，和《觉悟》那一群朋友是完全一致的。郑振铎曾说："这两个刊物都是鼓吹着为人生的艺术，标示着写实主义的文学的；他们反抗无病呻吟的旧文学，反对以文学为游戏的鸳鸯蝴蝶派的海派文人们。他们是比《新青年》派更进一步的揭起了写实主义的文学革命的旗帜的。”

《北晨》与《京报》

北京《晨报》，这一份研究系的报纸，它之成为舆论界的权威，还在天津《大公报》之前。研究系从事文化运动，可说是很认真的，但在政治活动上，如丁文江、张君劢、蒋百里，依旧和北洋军人如吴佩孚、孙传芳辈，有过军事政治上的合作。在文学革命这一方面，研究系格外和青年接近，所以《北晨》副刊、《学灯》都和文学研究会在合作。在社会革命那一方面，国民党人自负急先锋，所以《觉悟》的编写人士，大半都成为共产党的首脑人物。当时的国民党，唯恐其不为马克思主义的信徒，所以吴稚晖的论调，在北洋军人心目中，便是共产党的理论。孙中山主张保留旧文体，但在领导社会革命上，接受了当时的苏联的经验，产生了一党专政的政治组织。这就判然进入民国十五年以后国民革命的新阶段了。

梁启超对于政治路向的指示，在答张东荪论社会主义运动书中说得很明白。他说："在今日之中国而言社会主义运动，有一公例当严守焉。曰：在奖励生产的范围内，为分配平均之运动。若专注分配而忘却生产，则其运动可谓毫无意义。连属而起者，又有两问题：(1) 有何良法，一面能使极衰落幼稚之生产事业，可以苏生萌达，一面又防止资本阶级之发生。(2) 今日为改造中国社会计，当努力防资本阶级之发生乎？抑借资本阶级以养成劳动阶级为实行社会主义之预备乎？若采后一法，则现在及最近之将来，对于资本家，当取何种态度乎？"他有一观点："劳动阶级之运动可以改造社会，游民阶级之运动只有毁灭社会。"这一观点，可以代表北京《晨报》与《时事新报》的言论方针。自从

《新青年》社分裂以后，国民党代表着向左的倾向，研究系则接近向右的倾向。胡适的改良主义，可以说是在梁启超的言论中得了新光辉。（后来，共产党接上了激进的火把，国民党反而接上改良主义的传统，那又是一场新的演变了。）

北京《晨报》副刊，那是新文学运动在北方的堡垒。孙伏园主编副刊，鲁迅的《阿Q正传》，便是在那副刊上连载的。复古派在上海南京活跃的时期，上海《时事新报》社评："这几天来，我静静地观察，觉得社会各方复古的倾向，好像加甚起来，不知读者亦有此同样的观感否？"（1924年2月12日）同月24日，北京《晨报》副刊，荆生写了一篇杂感，说："我的确有此同样的观感，因为同日的《学灯》上就登有东大教授柳翼谋的讲演，什么是中国的文化？鼓吹三纲五常，与前几天的谢国馨君的文章大旨相近，同出于康有为、林纾，不过作者的年纪，大约要比康、林更轻一点，所以也就当得'加甚'这字的评语了。"他们对于文学革命的态度，一直就这么积极的。

鲁迅曾说过：在北京那地方，北京虽然是五四运动的策源地，但自从支持着《新青年》和《新潮》的人们，风流云散以来，1920年至1922年间，倒显着寂寞荒凉的古战场的情景。《晨报》副刊之后，《京报》副刊露出头角来了。《晨报》副刊到了1925年10月间，由徐志摩主编，也还是继承着文学革命的任务。孙伏园走出了《晨报》副刊，接编《京报》副刊，也就是《晨报》那一副精神。其间，有一纯文艺的周刊，便是《莽原》，和上海的《文学旬刊》的性质相仿佛的。（《京报》由当代名记者邵飘萍主办，后来邵氏遇难，由他的夫人接办下去，这是一份和国民党左翼相接近的报纸。）

（从1919年到1926年，可以说是中国社会最黯淡的时期，但中国文化的转向，却从文学革命开了花。北京《晨报》和《京报》，无论从形式或内容上看来，都可以说替中国新闻史开了新页的了。）

《语丝》与《现代评论》

1924年冬天，孙伏园走出了北京《晨报》，便集合了一群朋友，（本来是十六人，后来经常写稿的也只有六七人。）办了一种综合性的周刊——《语丝》，从新文学运动来说，这又是一块纪念碑。它替小品散文开了大路，也替自由主义者找了一个路向。（据鲁迅谈：那名目的来源，听说有几个人，任意取一本书，将书任意翻开，用指头点下去，那被点到的字，便是名称。要之，这刊物本无所谓一定的目标，统一的战线；那十六个投稿者，意见态度也各不相同。《语丝》的固定的投稿者，至多便只剩了五六人，但同时也在不意中显了一种特色，是：任意而谈，无所顾忌，要催促新的产生，对于有害于新的刊物，则竭力加以排击，但应该产生怎样的"新"，却并无明白的表示，而一到觉得有些危急之际，也还是故意隐约其词。）那路向，最明显的表示，莫如刘复、钱玄同、林语堂、穆木天、周作人、张定璜等，关于中西文化的讨论。刘复说："就《语丝》的全体看，乃是一个文学为体，学术为辅的小报。这个态度，我很赞成，我希望你们永远保持着；若然《语丝》的生命能保持于永远。我想当初《新青年》，原也应当如此，而且头几年已经做到如此。后来变了相，真是万分可惜。"这段话，出之于《新青年》社的战士之口，可以使我们明白"五四"落潮后的自由主义者的意向。

关于《语丝》的文体，就在《语丝》第五十二期，孙伏园和周作人有二封往来的信。孙伏园说："《语丝》并不是初出版时有若何的规定，非怎样怎样的文体便不登载；不过同人性质相近，四五十期来形成了一种《语丝》的文体。"周作人说："我始终相信《语丝》没有什么文体。我们并不是专为讲笑话而来，也不是来讨论什么问题与主义，我们的目的只在让我们随便说话。我们的意见不同，文章也各自不同，所同者只是不管三七二十一地乱说。因为有两三个人喜欢说一句半句类似滑稽的话，于是文人学士哄然以为这是《语丝》的义法，仿佛《语丝》是笑林周刊的样子；这种话我只能付之以幽默，即不去理会他。还有些人好意的，称《语丝》是一种文艺杂志，这个名号，我觉得也只好璧谢。《语丝》还只是《语丝》，是我们这一班不伦不类的人，借此发表不伦不类的文章与思想的东西。”当时周作人还和林语堂论到《语丝》的态度，他说：“除了政党的政论以外，大家要说什么都是随意，唯一的条件是大胆与诚意。我们有这样的精神，便有自由言论之资格。”林语堂接着说：“凡有独立思想，有诚意私见的人，都免不了有多少涉及骂人。骂人正是保持学者自身的尊严，不骂人时才是真正丢尽了学者的人格。所以有人说《语丝》社尽是土匪，《猛进》社尽是傻子，这也是极可相贺的事件。”这正是《语丝》社所表现的自由主义的气氛。

和《语丝》同时同地，而且同是以北京大学师生为主体的另一周刊《现代评论》，他们比之《语丝》，更富综合性，更富文学意味，更有绅士的气度，也更有自由主义的气氛。他们这两种周刊，有时是互相敌对的，但在新文学运动的继承工作上，却又是十分协调的。为了女大的风潮，陈源（西滢）和周氏兄弟，几乎相互攻击得厉害；而吴稚晖毒骂章士钊的文字，如《章士钊——陈独秀——梁启超》和《我所请愿于章先生者》，都是在《现代评论》上发表的。(《现代评论》所发表的政论，也是第一流的好文字，那是《语丝》社所不写的。）鲁迅评选小说集，说《现代评论》比起日报的副刊来，比较地着重于文艺；那些作者，也还是新潮社和创造社的老手居多。凌叔华的小说，发祥于这一种期刊的。她和冯沅君的大胆敢言不同，大抵很谨慎的，适可而止的描写了旧家庭中的婉顺的女性。

文学研究会

五四运动前后，有一青年的学术性政团，后来成为国共两大政党的母体，那便是1918年，一群留学日本的学生所发起的“少年中国学会”。这一学会的发起人曾琦，他后来成为国家主义派的首脑，当时正是“以天下为己任”的青年。“少中”最初那几位朋友，如王光祈、陈愚生、张梦九、周太玄、李大钊、雷宝菁、左舜生，也都是对新文学有兴趣的人。后来经过了民国八年的五四运动，便一天一天地扩大起来，有过百多个会员。“少中”的宗旨是：“本科学的精神，为社会的活动，以创造少年中国。”信条八大字：“奋斗、实践、坚忍、俭朴。”《少年中国》月刊，也颇能予人一种清新的印象。到了民国十一二年间，和《新青年》社的分裂一般，“少中”学会的会员，也为了会员是否可以参加政治活动的问题，引起了激烈的争辩。经过了一年多的辩论，终于“各行其是”，于是李大钊、恽代英、邓中夏、毛泽东、刘仁静、张闻天、沈泽民、黄日葵、赵世炎、侯绍裘、杨贤江等，便去搞他们的共产党；曾琦、李璜、张梦九、何鲁之、左舜生、余家菊、陈启天、刘泗英等，也去搞他们的国家主义派。他们都是文人，也都是搞政治的，彼此之间，有相当限度的影响。

第一个文学团体，正式成立于1921年1月间，那便是“文学研究会”。这一研究会，由周作人、朱希祖、耿济之、郑振铎、瞿世英、王统照、沈雁冰、蒋百里、叶绍钧、郭绍虞、孙伏园、许地山十二人联合发宣言，刊在《小说月报》的十二卷第一期上。那时，沈雁冰（茅盾）编辑《小说月报》，这一刊物便成为新文学的主阵地，上面所说的附刊在《时事新报》的《文学旬刊》，则是副阵地。“这两个刊物都是鼓吹着为人生的艺术标示着写实主义的文学的；他们反抗无病呻吟的旧文学，反对以文学为游戏的鸳鸯蝴蝶派的‘海派’文人们。他们是比新青年派更进一步地揭起了写实主义的文学革命的旗帜的。”茅盾编选《新文学大系·小说一集》，曾经说到这一文学团体的态度与工作：“五四”时期的反封建的色彩，是明明白白的；但是反了以后应当建设怎样一种新的文化呢？这问题在当时并没有确定的回答。不是没有人试作回答，而是没有人的提案能得普遍一致的拥护。那时候，参加“反封建”运动的人们并不是属于同一的社会阶层，因而到了问题是将来如何的时候，意见就很分歧了。这是代表了最大多数的比上不足比下有余的知识分子的意识，同时，这种意识当然也会反映到文艺的领域。就他所知，“文学研究会”是一个非常散漫的文学集团。“文学研究会”发起诸人，什么“企图”，什么野心，都没有的；对于文艺的意见，大家也不一致，并且未尝求其一致；如果有所谓“一致”的话，那亦无非是“将文艺当作高兴时的游戏，或失意时的消遣的时候，现在已经过去了”这一基本的态度。现在想起来，这一基本的态度，虽则好像平淡无奇，而在当时，却是“文学研究会”所以能成立的主要原因。假使我们说文学研究会是应了“要校正那游戏的消遣的文学观”之客观的必要而产生的，光景也没有什么错误罢；这一句话，不妨说是文学研究会集团名下有关系的人们的共通的基本态度。这一个态度，在当时是被理解作“文学应该反映社会的现象表现，并且讨论一些有关人生的问题”。那一群作家中，就有著名的许地山、谢冰心、黄庐隐、王统照、郑振铎和沈雁冰。他们提倡“血与泪的文学”，主张文人们必须和时代的呼号相应答，必须敏感着苦难的社会而为之写作。文人们不是住在象牙塔里面的，他们乃是人世间的人物，更较一般人深切的感到国家社会的苦痛与灾难的。他们除了创作，还翻译了俄、法及北欧各国的名著，他们介绍托尔斯泰、屠格涅夫、高尔基、安德烈夫、易卜生及莫泊桑的作品。

创造社

和文学研究会相先后，以留日青年学生为主体的另一文学集团，那便是“创造社”。这一集团的知名作家，有郭沫若、郁达夫、成仿吾、张资平、郑伯奇。1921年夏天，他们先在上海泰东书局出版《创造社丛书》，郭沫若的《女神》（诗），郁达夫的《沉沦》（小说），郭沫若译作《少年维特之烦恼》，郑伯奇译作《鲁森堡之一夜》，这四种书一出版，便引起国人的注意。其后，他们出版《创造季刊》和《创造周报》，又在上海《中华日报》出版副刊《创造日》（共出一〇〇期）。这一集团，诚如郑伯奇所说的：在五四运动以后，浪漫主义的风尚，的确有风靡全国的形势。“狂风暴雨”，差不多成了一般青年常有的口号。当时，簇生的文学团体，多少都带有这种倾向。其中，这倾向发挥得强烈的，要算“创造社”了。“创造社”也和“文学研究会”一样，自称没有划一的主义。他们是由几个朋友随意合拢来的。他们的主义，他们的思想，并不相同，也并不必强求相同。可是他们表明：“我们所同的，只是本着内心的要求，从事于文艺的活动罢了。”这内心的要求，透露了这一群作家对于创作的态度。他们主张尊重艺术；表现自我倾向于浪漫主义。当时的成仿吾，曾作如次的表白：“不是对于艺术有兴趣的人，决不能理解为什么一个画家肯在酷暑严寒里工作，为什么一个诗人肯废寝忘餐去冥想。我们对于艺术派不能理解，也许与一般对于艺术没有兴趣的人，不能理解艺术家同出一辙。至少我觉得除了一切功利的打算，专求文学的‘全’与‘美’，有值得我们终身从事的价值之可能性。”后来，郑伯奇在《新文学大系·小说三集》导言中，曾作自我批判，说："创造社"的作家倾向于浪漫主义，和这一系统的思想并不是没有原故的。第一，他们都是在外国住得很久，对于我国的（资本主义的）缺点，和中国的（次殖民地的）病痛，都看得比较清楚；他们感受到两重失望，两重痛苦。对于现社会发生厌倦憎恶。而国内外所加给他们的重重压迫，坚强了他们反抗的心情。第二，因为他们在外国住得很久，对于祖国便常生起一种怀乡病，而回国以后的种种失望，更使他们感到空虚。未回国以前，他们是悲哀怀念；既回国以后，他变成悲愤激越；便是这个道理。第三，因为他们在外国住得很久，当时外国流行的思想，自然会影响到他们。哲学上，理知主义破产；文学上，自然主义的失败，这也使他们走上了反理知主义的浪漫主义的道路上去。

创造社曾主张为艺术而艺术，俨然和主张为人生而艺术的"文学研究会"相对立，彼此之间，相攻击的次数也不少。郑伯奇、阿英（钱杏邨）对鲁迅的批评，鲁迅在上海讲演《上海文艺之一瞥》，说："这后，就有新才子派的'创造社'的出现。'创造社'是尊贵的，天才的，为艺术而艺术的，尊重自我的，崇创作，憎恶重译的，与同时北京的'文学研究会'相对立。他们既然是天才的艺术，那么看翻译，尤其那为人生的艺术的'文学研究会'自然就是多管闲事，不免有些'俗'气，而且还以为无能。"他们彼此的笔锋，都是很毒辣的。彼此攻击的结果，两集团之间，曾经有着一重隔膜，除了郁达夫和鲁迅相处得很好，郭沫若和鲁迅，这两位青年心目中的思想导师，彼此从来没见过面；而且为了罗曼·罗兰的一封信的事，彼此还闹得大不快意的。

不过，创造社的浪漫主义倾向，不曾支持得很久，便作百八十度的大转弯了，正如瞿秋白（他也是文学研究会的分子）所说的，这一群小资产阶级的流浪人的知识青年，是会感到没有所谓艺术的象牙之塔的，他们依然是在社会的桎梏之下呻吟着的时代儿，时代的电流，使创造社起了化学的定性分析，他们首先唱出了“革命文学”的口号。

胡适与鲁迅

1922年，我在上海第一次和陈独秀见面。那时，《新青年》社已经内部分裂：在上海出版的《新青年》，撇开了那些不主张谈政治的社员，走向研究社会主义的路上去了。那一时期，实际领导中国新文学道路的，乃是胡适。我和他见面，已在国民政府建都南京之后，我还记得是在北四川路桥堍的新亚大酒店的三楼。那时，领导中国文学运动，已经是鲁迅的时代。大家在开始批判胡适了。我们回看新文学运动的全段历史，陈独秀影响，不可说是不大，可时间很短。胡适的影响最切实，时间也不怎么长。最长久，而又影响大的乃是鲁迅。这和近三十年间社会不安的情绪有关：因为文艺毕竟是从社会人生的根苗上长出来的。胡适所领导的道路，那时的青年，总觉得太迂远了一些。

胡适所指示的道路，乃是实验主义的路子。科学方法是胡氏的根本的思想方法，他用科学方法评判固有的种种思想、学术以及东西文化，重新估定一切的价值。结果便是他的文存、哲学史、文学史等。他创作白话诗，也是一种实验，也是科学的精神；这是他的文学的实验主义。他又说作诗也得根据经验，这是他的“诗的经验主义”。胡适在建设工作上，最大的成就，乃在整理国故，白话文学史，以及许多篇旧小说的考证，对于固有的中国学术思想，给了一道新的光。

从胡适所研究的成就来说，整理国故和小说考证真是划时代的。他将严格的考证方法应用到小说上，开辟了一条新路，这样扩大了，也充实了我们的文学史。他考证了《红楼梦》，使曹雪芹的真面目从旧红学的迷雾中钻出来，他的功绩是不朽的。他是新红学开路的人，他说：“我自信，这个考证方法，除了孟莼孙的董小宛之外，是向来研究《红楼梦》的人不曾用过的。我希望这一点小贡献，能引起大家研究《红楼梦》的兴趣，能把将来的《红楼梦》研究引上正当的轨道去，打破从前种种穿凿附会的‘红学’，创造科学方法的《红楼梦》研究！”胡氏所用的考证方法，就是科学方法，他说：“少年的朋友们，莫把这小说考证看作我教你们读小说的文字。这些都只是思想学问的方法的一些例子。在这些文字里，我要读者学得一点科学精神，一点科学态度，一点科学方法。科学精神在于寻求事实，寻求真理。科学态度在于撇开成见，搁起感情，只认得事实，只跟着证据走。科学方法只是‘大胆的假设，小心的求证’十个字。没有证据，只可悬而不断；证据不够，只可假设，不可武断；必须等到证实之后，方才奉为定论。”我们看胡氏的考证文字，其中创见甚多；但他的功夫在于小心求证，真能严格地做到“搁起感情，只认得事实，只跟着证据走”。他在做《红楼梦》考证的过程中，他自己已经改正了无数错误，而且承认将来发见新证据时，再来纠正其他的错误。他经过了七年的时期，考证曹雪芹的生卒年代，方才得到证实，这样的精神与细密的方法，不愧是一代的考证学大师，可与其乡先辈戴东原先后辉映的。

他的小说考证，还有一个重大的影响，便是古史的讨论。他的弟子顾颉刚、傅斯年、俞平伯，都受了他的影响，有极重大的发见。顾颉刚就说，他的《古史辨》，正从胡氏《水浒传考证》和《井田辨》等文字里得着历史方法的暗示。这个方法便是用历史演化的眼光来追求每一个传说演变的历程。胡氏考证水浒故事、包公传说、狸猫换太子故事、井田制度，获得最坚实的果子。顾氏研究中国古史，获到了“层累地造成的古史”的中心见解，这都是近三十年中国学术界的大事！顾氏的结论，是这样：(1) 可以说明时代的愈后，传说的古史期愈长。(2) 可以说明时代愈后，传说中的中心人物愈放愈大。(3) 我们在这上，即不能知道某一件事的真确的状况，也可以知道某一件在传说中的最早状况。

胡适之成为新文化运动导师，对于这一运动是有利的，因为他一直诉之于理性，而不诉之于激越的情感的。我们单就新文学的风格来说，他也是把金针度与人的。（鲁迅、周作人的文体，都是不容易学的，十多年前，上海出过一种《鲁迅风》的刊物，结果都不是属于鲁迅的风格的。）朱自清说：胡先生在运动情感的笔锋，却不教情感朦胧了理智，这是难能可贵的。读他的文字的人，往往不很觉得他那笔锋，却只跟着他那明白清楚的思路走。他能驾驭情感，使情感只帮助他的思路而不至于跑野马。但他还另有些格调，足以帮助他文字的明白清楚，如比喻就是的。比喻是举彼明此，因所知见所不知，可以诉诸理智；也可以诉诸感情。胡氏用的比喻差不多都是前者。例如："科学家明知真理无穷，知识无穷，但他们仍然有他们的满足，进一寸有一寸的愉快，进一尺有一尺的满足。""真理是深藏在事物之中的；你不去寻求深讨，他决不会露面。自然是一个最狡猾的妖魔，只有敲打逼楞，可以迫他吐露真情。""社会对个人道：你们顺我者生，逆我者死；顺我者有赏，逆我者有罚。"这种种比喻虽也诉诸情感，但主要的作用，还在说明。其实胡氏所用的种种增强情感的格调，主要的作用，都在说明，不过比喻这一项更显而易见罢了。（我们且看清末启蒙时期的另一导师梁启超，他的文体，也是多用比喻的；但梁氏之所以成功，乃在诉之于情感；所以读他的文字，觉得十分痛快，可是经不起仔细检讨的，一检讨就发见其矛盾百出了。)

本来，文字的明白清楚，主要的还靠条理。条理是思想的秩序。条理分明，读者才容易懂，才能跟着走。长篇议论文更得首尾联贯，最忌的是“朽索驭六马，游骑无归期”。胡氏的文字大部分项或分段架定了，自然不致大走样子。但各项各段，得有机的联系着，逻辑的联系着，不然，还是难免散漫支离的毛病，胡氏的文字，一方面纲举目张，一方面又首尾联贯，确可以作长篇议论文的范本。胡氏在考证学方面，可说是他们的乡先辈戴震（东原）的嫡传；而在文史方面，恰正是他所标榜的《文史通义》作者章学诚（实斋）的后继者；他是五四运动以后，在散文上最有成就的一个人。

和胡适一样，诉之于冷静的理性的，则有鲁迅。鲁迅在文艺上的造诣，比胡适高，对青年人的影响，也比胡适广，但鲁迅的文体，比胡适不容易学。周、胡两人，并不如有些人所想象的，水火不相容；他们都是《新青年》的前驱战士，而且在学问上是彼此相推重的。评介鲁迅文体的文字，笔者觉得那位和鲁迅有些冤仇似的苏雪林，倒说得最好。她说：鲁迅的小说艺术的特色，最显明的有三点：（1）用笔的深刻冷隽。（2）句法的简洁峭拔。（3）体裁的新颖独创。他的文字，天然带着浓烈的辛辣味。读者好像吃胡椒辣子，虽涕泪喷嚏齐来，却能得一种意想不到的痛快感觉，一种神经久受郁闷麻木之后，由强烈刺激梳爬起来的轻松感觉。但他的文字，也不完全辛辣，有时写得很含蓄，以《肥皂》为例，他描写道学先生的变态性欲，旁敲侧击，笔笔生姿，所谓如参曹洞禅，不犯正位，钝根人学不得。他文字的异常冷隽，他文字的富于幽默，好像谏果似的愈咀嚼愈有回味，都非平常作家所能及。他的用字造句，都经过千锤百炼，故具有简洁短峭的优点。他文字的简洁，真个做到了“增之一分则太长，减之一分则太短，施粉则太白，施朱则太赤”的地步。

苏雪林说，我们要知道鲁迅文章的“新”，与徐志摩不同，与茅盾也不同。徐志摩于借助西洋文法之外，更乞灵于活泼灵动的国语；茅盾取欧化文字加以一己天才的熔铸，别成一种文体。他们文字都很漂亮流丽，但也都不能说是本色的。鲁迅好用中国旧小说笔法，上文已介绍过了。他不在唯事项进行紧张时，完全利用旧小说笔法，寻常叙事时，旧小说笔法也占十分之七八。但他在安排组织方面，运用一点神通，便能给读者以“新”的感觉了。化腐朽为神奇，用旧瓶装新酒，果然是老头子独到之点。譬如他写单四嫂子死掉儿子时的景况：“下半天棺材合上盖，因为单四嫂子哭一回，看一回，总不肯死心塌地的盖上；幸亏王九妈等得不耐烦，气愤愤的跑上前，一把推开她，才七手八脚的盖上了。”若其全书文字都是这样，还有什么新文艺可言。但下文写棺材出去后，单四嫂子的感觉：“单四嫂子很觉得头眩，歇息了一会，倒居然有点平稳了。但她接连着便觉得很异样；遇到了平生没有遇过的事，不像会有的事，然而的确出现了。她越想越奇了，又感到一件异样的事，这屋子忽然太静了。”这种心理描写，便不是旧小说笔法中所有的了。（像鲁迅这类文字以旧式小说质朴有力的文体做骨子，又能神而明之加以变化，我觉得最合理想的标准。）

鲁迅的小说，可以说是道地的乡土文学，也可说是最成功的乡土文学家。鲁迅的《呐喊》和《彷徨》，十分之六七，为他本乡绍兴的故事。其地无非鲁镇、未庄、咸亨酒店、茂源酒店，其人物的无非红鼻子老拱、蓝皮阿五、单四嫂子、王九妈、闰土、豆腐西施、阿Q、赵太爷、祥林嫂；其事无非单四嫂子死了儿子而悲伤，华老栓买人血馒头替儿子治痨病，孔乙己偷书而被打断腿，七斤家族闻宣统复辟而惹起一场辫子风波，闰土以生活压迫而变成麻木呆钝，豆腐西施趁火打劫而已。他使这些头脑简单的乡下人，或世故深沉的土劣，像活动影片似的，在我们面前行动着。他把他们的喜怒哀乐，他们愚蠢或奸诈的谈吐，可笑或可恨的举动，惟妙惟肖地刻画着。其技巧之超卓，真可谓传神阿堵，神妙欲到秋毫颠了。

我们知道鲁迅是学过医道的，洞悉解剖的原理，所以常将这技术应用到文学上来。不过他解剖的对象，不是人类的肉体，而是人类的心灵。他不管我们如何痛楚，如何想躲闪，只冷静地以一个熟练的手势，举起他那把锋利无比的解剖刀，对准我们魂灵深处的创痕，掩藏最力的弱点，直刺进去，掏出血淋淋的病的症结，摆在显微镜下让大众观察。关于这一点，张定璜在他的《鲁迅先生》中，有一段很好的刻画：

> 鲁迅先生站在路旁边，看见我们男男女女在大街上来去，高的矮的，老的小的，肥的瘦的，笑的哭的，一大群在那里蠢动。从我们的全身上，他看见我们的冥顽、卑劣、丑恶的饥饿。饥饿，在他面前经过的，有一个不是饿得慌的人么？任凭你拉着他的手，给他说你正在这样作那样作，你就说了半天也白费。他不信你，至少是不理你，至多，从他那枝小烟卷儿的后面，他冷静地朝着你的左腹部望你一眼，也懒得告诉你，他是学过医的；而且知道你的也是和一般人的一样，胃病。你穿的是什么衣服，摆的是那一种架子，说的是什么口腔，这他都管不着，他只是看你这个赤裸裸的人；他要看，他于是乎看了，虽然，你会打扮得漂亮时新的、包扎的紧紧贴贴的，虽然你主张绅士体面或女性的尊严。这

样，用这种大胆的强硬的甚至于残忍的态度，他在我们里面看见赵家的狗，赵贵翁的眼色，看见说咬你几口的女人，看见青面獠牙的笑，看见孔乙己的窃偷，看见阿Q的枪毙，一句话，看见一群在饥饿里逃生的中国人。曾经有过这样老实不客气的剥脱么？曾经存在过这样沉默的旁观者么？他已经不是那可歌可泣的青年时代的感伤的奔放，乃是舟子在人生的航海里饱尝了忧患之后的叹息，发出来非常之微，同时发出来非常之深。

王国维与郭沫若

刘半农，曾经送过鲁迅一副对联：“托尼学说，魏晋文章。”朋友们都认为这副联语很恰当，鲁迅自己也为之首肯。所谓托尼学说，是指托尔斯泰和尼采；这两人都是19世纪思想界的彗星，著作宏富，对于社会影响极大。鲁迅在学生时代，很受这两家学说的影响。和鲁迅相先后，也受着尼采、叔本华学说的影响的，还有王国维。（上文略已提及。）

近人缪钺极推崇王国维，许为中国学术史上之奇才。“学无专师，自辟户牖，生平治经史、古文字、古器物之学，兼及文学史、文学批评，均有深诣创获。而能开新风气。诗词骈散文，亦无不精工。其心中如具灵光，各种学术，经此灵光所照，即生异彩。论其方面之广博，识解之莹彻，方法之谨密，文辞之精洁，一人如兼具数美，求诸近三百年，殆罕其匹。”确非虚誉。他的史学、考古学、鸿博渊深，为一代大师，较之清代学人，可与顾亭林、王船山、汪中、章实斋并驾。在文学这一方面，他是第一个注意中国的戏曲的人；他酷好元曲，以为可与楚骚、汉赋、六代骈语、唐诗、宋词相继，皆为一代文学，后世莫能及。他就元曲，考索其渊源变化，上溯至唐宋辽金文学，写成《宋元戏曲史》一书。他自谓：“世之为此学者自余始。其所贡于此学者，亦以此书为多。非吾辈才力过于古人，实以古人未尝为此学。”他是切切实实做了开山的工作，早在胡适以前，提出了文学进化的观念。他的《人间词话》，精莹澄澈，也是文艺批评中的上品；短短篇幅中，表见最精微的胜义。他说：“词以境界为最上；有境界，则自成高格。有造境，有写境，此理想与写实二派之所由分。然二者颇难分别，因大诗人所造之境必合乎自然，所写之境，亦必邻于理想故也。”他说：“有有我之境，有无我之境。有我之境，以我观物，故物皆著我之色彩。无我之境，以物观物，不知何者为我，何者为物。”“无我之境，人惟于静中得之，有我之境，于由动之静时得之。故一幽美，一壮美也。”这都是独揭妙谛，与叔本华哲学相吻合的。

郭沫若乃是五四运动以后，后起的文人，他们在“创造社”提倡浪漫主义，与歌德、席勒沆瀣一气。可是，他东居以后，致力甲骨文字的研究，考古学的路向，正是王国维所走的路子。他的《中国古代社会研究》，可以说是王国维那篇《殷周制度论》的笺释。郭氏比王氏多走一步的，那就是郭氏对于摩尔根《古代社会》有一番研究，社会科学的烛光，照明了古史的另一暗角。

王国维是一个哲人，而郭沫若则是诗人。王国维是悲观哲学家，所以要想从现实社会中脱逃，而终于不能解脱，以自杀了其一生。（“书成付与炉中火，了却人间是与非”，此王静安年三十时诗句。）郭沫若的诗，一开头那几本，如《女神》、《星空》，便是他的“生底颤动，灵底喊叫”，那对一切都不满意而反抗一切的气氛，摇撼了青年人的心理。到了1923年，他的个人主义的浪漫气氛改变了。他自己说：“我从前是尊重个怀，景仰自由的人。但在最近一两年之内，与水平线下的悲惨社会略略有所接触，觉得在大多数人完全不自主的失掉了自由，失掉了个性的时代，有少数人要来主张个性，主张自由，总不觉有几分僭意。要发展个性，大家应得同样的发展，要生活自由，大家应得同样的生活自由。”他和成仿吾、蒋光慈那一些朋友，都转到革命文学的路上去了。正因为他们成了革命战士，所以不像王国维那么消极了；郭氏也曾写了几部小说，如《落叶》和后来的《我的幼年》、《反正前后》，都是属于自叙传的作品，其中情绪也和他的诗那么热烈的。

章太炎与周作人

章太炎（炳麟）原是清末同盟会革命领袖之一，到了民初，领袖的地位，给孙中山占了去，于是，在国人心目中，章氏乃是朴学大师，清代三百年经学的最后一位大师。章氏东居时，曾在《民报》讲学，弟子听讲的有周树人（鲁迅)、作人兄弟、龚未生、钱玄同、朱蓬仙、朱希祖、钱均夫、许寿裳等八人。周氏兄弟，就在清末，已经译介《域外小说集》，到了《新青年》时代，他们和钱玄同、朱希祖都是新文学运动的主要角色。（只有黄季刚是反对白话文的。）章氏自己也曾在清末提倡过白话文，只是把白话文当作政治宣传的工具而已。他的弟子，俨然成为北京大学学术思想的中心，也正是领导新文化运动的重镇，所以章氏对于新文学运动，乃是不祧之祖。

章氏的学问如梁启超所说的："所著文始及《国故论衡》中，论文字音韵诸篇，其精义为乾嘉诸老所未发明；应用正统派之研究法，而廓大其内容，延辟其新径，实其一大成功也。其用佛学解老庄，极有理致。所著《齐物论释》，虽间有牵合处，然确能为研究庄子哲学者开一新国土。"谈国故学的，咸奉章氏为宗师。胡适也说：章太炎是清代学术史的押阵大将，但他又是一个文学家。他的《国故论衡》、《检论》，都是文学的上等作品。这五十年，著书的人没有一个像他那样精心结构的。不但这五十年，其实，我们可以说这两千年中只有七八部精心结构，可以称做著作的书，如《文心雕龙》、《史通》、《文史通义》等。其余的只是结集，只是语录，只是稿本，但不是著作。章炳麟的《国故论衡》，要算是这七八部之中的一部了。他的古文学，功夫很深，他又是很富于思想与组织力的，故他的著作，在内容与形式两方面，都能成一家之言。

胡适推许章氏论文，有很多精到的话。他的文学总略推翻古来一切狭陋的文论，说："文者，包括一切著于竹帛者而言。"他承认文是起于应用的，是一种代言的工具；一切无句读的表谱簿录，和一切有句读的文辞，并无根本的区别。至于"有韵为文，无韵为笔"，和"学说以启人思，文辞以增人感"，这一别，更不能成立了。这种见解，初看去，似不重要，其实很有关系。他是能实行不分文辞与学说的人，故他讲学说理的文章，都很有文学的价值。他的文章，所以能自成一家，因为他有学问做底子，有论理做骨骼。《国故论衡》里文章，如《原儒》、《原名》、《明见》、《原道》、《明解故上》、《语言缘起说》，皆有文学的意味，是古文学里上品的文章。

1922年（民国十一年）章氏应江苏省教育会之请，在上海职业教育社讲演国学。那时，正当"五四"落潮之际，省教育会派沈恩孚、曹蟆，想借章氏的幌子来掩护他们的复古运动。章氏的讲演，还是独行其是，和复古派并不相干。他说："社会更迭变换，物质方面继续进步，那人情风俗也随着变迁，不能拘泥在一种情形的。如若不明白这变迁之理，要产生两种谬误的观念：(1）道学先生看做道德是永久不变的；把古人底道德比做日月经天，江河行地，墨守而不敢违背。(2）近代矫枉过正的，青年以为古代底道德是野蛮道德。原来道德可分二部分：普通伦理和社会道德，前者是不变的，后者是随着环境变更的，当政治制度变迁时，风俗就因此改易，那社会道德是要适应了这制度这风俗才行。"这都是最通达的见解。

章氏讲演的结尾，曾作如次的结论。他说："中国学术，除文学不能有绝对的完成外，其余的到了清代，已渐渐告成，告一结束。我们故步自封，欲自成一家言，非但守着古人所发明的，于我未足，即依律引申，也非我愿；必须别创新律，高出古人，才满足心愿，这便是进步之机。我对于国学求进步之点有三：（1）经学以比类知原求进步。（2）哲学以直观自得求进步。（3）文学以发情止义求进步。”他的话，也是切合实情的。

章太炎弟子之中，对于新文学运动的推动与影响，周氏兄弟和钱玄同是同样重要的。十多年前，有一位文艺评论家何其芳，他提出了两种不同的道路的问题。他说：“有这样的两兄弟，一同出生于破落的旧中国，一同经历了辛亥革命，五四运动，而所走的道路却越来越分歧，结果一个人投入了无产阶级的堡垒里，成为革命文化的旗帜；一个一直住在个人的书斋里，以至成为现代文化界的李陵；这就是鲁迅和周作人。这难道是偶然的事情吗？是不是在两人的思想发展上，我们可以找到一个一贯的根本的区别来呢？读着两人早期的文章，我们就总有着不同的感觉。一个使你兴奋起来，一个使你沉静下去。一个使你像晒着太阳，一个使你像闲坐在树荫下；一个沉郁地解剖着黑暗，却能够给与你以希望和勇气，想做事情，一个安静地谈说着人生或其他，却反而使你想离开人生，去闭起眼睛来做梦；这是什么原故呢？两人早期都是民族主义者、民主主义者，然而又是何等不同的民族主义者、民主主义者。两人都曾经是寻路的人，然而又是何等不同的寻找的方法，何等不同的寻找的结果。两人都以文学为其事业，然而又是何等不同的对待文学的态度，何等不同的结出来的果实。这又是为什么呢？”近三十年的中国文坛，周氏兄弟的确代表着两种不同的路向。我们治史的，并没有抹消个人主义在文艺上的成就；我们也承认周作人在文学上的成就之大，不在鲁迅之下；而其对文学理解之深，还在鲁迅之上。但从现在中国的社会观点说，此时此地，有不能不抉择鲁迅那个路向的。其实，周作人是主张为人生而艺术的人；他曾于1925年自述其思想变迁的大概。他最初也是守着尊王攘夷的思想，后来一变而为排满与复古，持民族主义计有十年之久。到了1911年以后，他又惶惑起来。“五四”时代，他又趋向于世界主义，后来修改为亚洲主义。到了1925年，又觉得民国还未稳固，还得从民族主义做起。（他曾介绍了一些弱小民族文学作品。）“五四”高潮过去了以后，宣布了他的个人主义趣味主义，便从此贯穿下去，成为他的思想的本质。他认为无论用什么名义强迫人去侍奉社会，都不行。因此，在艺术见解上，他说，为艺术而艺术固然不很妥当，而为人生而艺术，以艺术附于人生，将艺术当作改造生活的工具而非终极，也是把艺术与人生分开，也不对。他强调艺术有它自己的目的，那就是表现个人的情思。他说：“文艺以自己表现为主体，以感染他人为作用”，“有益社会并非著者的义务，只因为他是这样想，要这样说，这才是一切文艺存在的根据。”这便是后来《人间世》、《宇宙风》派的文艺观。

不过，周作人还是十分了解文艺的时地关系的，所以他说：“文学和政治经济一样，是整个文化的一部分，是一层层累积起来的。我们必须拿它当作文化的一种去研究，必须注意到它的全体。”“现在呢，由于西洋思想的输入，人们对于政治、经济、道德等的观念，和对于人生、社会的见解，都和从前不同了。应用这新的观点去观察一切，遂对一切问题又都有了新的意见要说要写。现在有许多文人，如俞平伯，其所作的文章虽用白话，初看来，其形式很平常，其态度也和旧时文人差不多。然在根底上，他和旧时的文人却绝不相同。他已受过了西洋思想的陶冶，受过了科学的洗礼，所以他对于生死，对于父子、夫妇等意见，都异于从前很多了。”这又不是他那一向主张的个人主义的文艺观。周氏，正代表着过去这一世代文人的矛盾心理。

杜威与泰戈尔

五四运动前后，来了几位西方的文化上的贵客：杜威、罗素、泰戈尔和杜里舒。杜威，美国的教育哲学家，1919年5月1日——“五四”前三天，到了上海，好似启发这一文化运动的先知。他在中国住了两年两个月。他到过河北、山西、山东、江苏、江西、湖北、湖南、浙江、福建、广东、东三省各地，走遍了大半个中国。他在北京的五种讲演录，先后重版了十次。胡适称之为鸠摩罗什，自从中西文化接触以来，没有一个西方学者对于中国思想界的影响有他这么大。胡氏说杜威虽不曾给我们一些关于特别问题的特别主张，如共产主义、无政府主义、自由恋爱之类，他只给了我们一个哲学方法，使我们用这种方法去解决我们自己的特别问题。杜氏的哲学方法，便成为胡适思想骨干的“实验主义”；新文化运动中所风行的“历史方法”与“实验方法”在新文学方面的成果，我们已经看到了。

（胡适曾有一篇《实验主义专论》，其中有一节介绍杜威的哲学，说他的基本观念是“经验即是生活，生活即是应付环境”。人的生活所以尊贵，正为人有这种高等的应付环境的思想能力。所以他的哲学基本观念是：“一切科学知识是人生应付环境的工具。”他的哲学的最大目的，是怎样能使思想有创造力。这一哲学思想，在当时，确有唤起自我觉醒的启蒙精神。）

较杜威稍迟，英国的理性主义大师罗素，也到中国来讲学了。罗氏乃有名的数理哲学家，他在文史方面的深湛修养，远在杜威之上。《新青年》标榜“科学的”与“民主的”的大旗帜，杜威介绍了民主的教育学说，罗素则介绍科学精神与方法（实验主义，本来也是科学方法）。罗氏曾说："科学本来就是知识；它这种知识常在追求一般的法则，以联络诸多特殊的事实。但是科学之知识方面逐渐被抛在幕后，而由科学之戡天力（即操纵自然之能力）方面篡夺其位。因为科学给予人类以戡天之力，虽然它比艺术为较有社会的重要性。"这段话，对于现代中国之接近科学文明，而蔑视科学知识的通病，可谓一语破的。虽然他在中国的影响，不及杜威的广大，不过，就西方学人对中国文化的理解来说，罗素乃是马可勃罗以后的第一人，他重视把老庄的自然哲学介绍到西方去。

等到印度大诗人泰戈尔到中国来，那已经是《新青年》内部分裂，陈独秀、李大钊转向共产主义之后了。那时，国民党走向社会革命的路子，而其宣传机构《民国日报》，也采取了积极的左倾路向。泰戈尔到上海之日，欢迎他的，乃是研究系的文士：梁启超、蒋百里、张东荪和徐志摩，上海《时事新报》和北京《晨报》，都连出几回专刊。梁启超在欢迎泰戈尔的席上，也说到鸠摩罗什和中印文化的交流。恰当其时，胡适之体的新诗，已经写得有些厌倦了，新诗人正在写"小诗"。也可说，泰戈尔来得适当其时，他替新诗开出了"小诗"，那时的诗人，都在写《飞鸟集》型的新诗了。

笔者上面说过：成为五四运动的主要影响人物的易卜生，这位挪威戏曲家，他是没到东方来过的；他的易卜生主义，也由于胡适的介绍，而成为那时青年的心向往之的目标。这一影响，由于社会主义的激荡，也衰退下去了。苦难的中国，正需要一种更激进的文学路向呢！

文坛五十年[续集]

前记：我在上海的日子

笔者想在此插上一段闲笔，把个人的观点补述一番，来作为鸟瞰现代中国文坛的线索。我们曾经读过章实斋的《文史通义》，其中有一《朱陆篇》，那是乾隆四十二年写的，这一篇文字，他是为了悼念戴东原那位经学大师而作的。他说："宋儒有朱陆，千古不可合之同异，亦千古不可无之同异也。末流无识，争相诟詈，与夫勉争解纷，调停两可，皆可多事也。"章实斋不愧是伟大的史学家，所以有这么阔大的胸襟，卓越的见地。在今日，社会文化每一个细胞，都卷入激烈的党派纠纷的政治漩涡中，因此，述史的人，也都受了政治成见的拘束，处处在歪曲事实。治现代中国文学史的，如陈子展、李何林、钱杏邨（阿英）都曾在史料上下过搜集整理功夫，也曾有过著述。而今都要一翻旧案，颠倒当日之是非，正如王平陵在台湾写他的现代中国文学界的掌故，也是"是其所非而非其所是"，在那儿颠倒黑白的。笔者以为如何其芳那样，用党的文艺政策来批评他的文艺作品，或许有他那一份道理的，但除了甲党或乙党的文艺作品，就不算是文学或文学家，那是错误的。史家文艺观，必须撇开党的政治成见来说的，正如托尔斯泰、屠格涅夫，都是资产阶级的文学家，但他们在文学史上的地位，决不能由于苏联革命的成功而被抹煞。我们还该承认今日的苏联文学，并没有超过这两位文学家。一部文学史的真正价值，就看这位史家所保持的公正程度，一手固不能掩尽天下人的耳目的。这是笔者所以要插上这一段闲话的本意。

1927年以后，笔者和中国文坛的关系，更加密切起来，不仅是由于"左联"和"中华文艺界救亡协会"，俨然成为中国文坛的核心，笔者也是当时的一分子。而且笔者有机会和文坛重要作家，虽不是全部的，差不多可以说是十分之八九以上，都有过往还；今日写入现代文学史中去的作者，很多是当时的年轻朋友。因此，笔者回忆这些师友的动态，那鲜活的印象，都在眼底，或许和那些道听途说的人的想法，大不相同。其实，文艺作家也和其他有血有肉的活人一样，有他们的光明面，也有他们的黑暗面。鲁迅，可以说是现代中国文坛的彗星，他的眼光远大，头脑清晰，那是我们不可及的，但他决不是圣人。要把他想象为“十全十美”、“无所不知、无所不能”的神，那是错误的。为了“创造社”和“文学研究会”的私怨，鲁迅和郭沫若生前就不曾见过面，双方的气度，都是有问题的。有一件小事可证，便是罗曼·罗兰托敬隐渔转给鲁迅的信，有人搁了下来；鲁迅就几次提到这件事，郭沫若虽作专文来否认，也是徒然的。文人的气量就是这么褊狭的。

从1930年到1936年，这五年间，我和一位文艺批评家徐懋庸相处得很密切。那一时期，徐懋庸和鲁迅的往还也很密切，从某几点看来，他们之间，可以说是十分契合，十分投机的。然而为了胡风和黄源的事，徐懋庸写了一封信给鲁迅，信中火气满纸；而鲁迅回信中的“火气”更大，他们几乎凶末隙终了。鲁迅逝世时，徐懋庸送了一副挽联，会中还不肯替他挂出来呢！从这些小节目上看来，文人或许比其他阶级的人，更没有容人之量！鲁迅的小说杂文中，正面讽刺陈源（西滢）和梁实秋，那是人所共见的。《故事新编》中，《治水》那篇是讽刺顾颉刚的，看了《两地书》，就可以明白的。其实，周氏兄弟，字里行间，彼此攻击得很厉害，便非懂得内情的人所能了然的了。鲁迅固然有着不妥协的精神，却也有着睚眦必报的偏激之情，谁也不必为讳的！

笔者个人的兴趣，一向是在史学方面；对于文学，只能说得是业余兼职；而由于国文教学上的利便，自然而然，成为课室中的文艺批评者。和我们关系最密切的师友，也都是课室中的文艺批评家，我们拥有一大批群众，那便是青年学生，他们仰着头听我们信口雌黄。但是，这一群课室中的文艺批评家逐渐在社会上，建立了自己的威望，连毛泽东也承认复旦大学教授陈子展所写的《现代中国文学史》和李剑农的《现代中国政治史》，乃是最好的史书。因此，1927 年以后，中国文坛的文艺批评家，也就是笔者所熟知的几位师友。

陈望道，他是一心一意研究中国的文法修辞书，在这一方面，他是权威。刘大白替陈氏的《修辞学发凡》作序，说："1932 年，将要合 1898 年（清光绪二十四年）同成为中国文学史上最可纪念的一年了，因为 1898 年是中国第一部文法书《马氏文通》出版的一年，而 1932 年是中国第一部修辞书出版的一年。"并非溢美之辞。陈氏从着手编写这部修辞学，到完成全书，其间十年的经营，我们是眼见的。他把这一方面的材料运用得十分纯熟了，这才能左右逢源。文艺批评，本来包含着形式的语文技术的批判的，他是建立这一方面的尺度的人。

新文学运动的第五年，胡适便已写他的《五年来中国之文学》了。他也批判了晚清以来中国文坛的动向，并指示了新文学的进路。但在短短五年间，便要断定终身，那未免太早了一点。所以，要说到现代中国文学史，那得首推陈子展（炳堃）的《最近三十年中国文学史》（他还替中华书局写了一部近似的小册子）；至于钱基博的《现代中国文学史》，那只是晚清民初的古文史与宋诗史，和"现代"的帽子是不十分相称的。在他以后，文艺界的收获更丰富了，材料也更多了，但继陈氏之后，写更完整的现代中国文学史的，并无其人。良友图书公司，编次《中国新文学大系》，也只是史料长编（其中有一册，专搜索当时的史料），不曾泐为一代的史书的。我们（陈子展、曹礼吾、黄芝冈和我）茶余酒后，也曾高谈阔论，批评各家短长，有如茶馆的上谕，彼此意见，不尽相同，而且争得面红耳赤之时，并不很少。礼吾与芝冈，也许是更适于写文学史的人，他们却是太审慎，要藏之于名山了，反而让笔者和陈子展占了先了。

徐懋庸，他和我同住在花园坊一〇七号，先后几年之久，可以说是无所不谈的，他的犀利观察和丰富的学识，可以成为第一流批评家。他是研究唯物史观的，作为新现实主义的批评家，并不在冯雪峰之下（冯氏也是我们的同学，不过在上海时期，和笔者很少往还）。他和我们的议论，有相合之处，也有不相合之处，他是主张站在唯物史观的观点，用这一尺度来衡量文艺的价值的，而我则主张站在史的观点，给各家学说以客观的论列的，因此，我的文学史，倒和胡适的文学史相接近了。

作为文学批评家，周氏兄弟，自是不可及的。笔者和周作人通信很久，他的散文集，几乎全部读过，不过彼此没见过面。我觉得他论到现代中国新文学源流的讲演，要算第一流文学史，精到处还在胡适之上。鲁迅的文艺批评、文学作品，也和其他杂文一般，有着永久的光辉的。（当然，也不免有包含着私怨的偏见。）笔者和他相识在民国二十年之后，直到他逝世为止，我们的观点，大体相接近。我觉得他编选《新文学大系》的《小说二集》，那篇序言，就很公正。中共方面，有时是由瞿秋白在转动上海文坛的动向的，他本来也是文人，所以他的批判也很有力量。

我们的文学观点，就在这样的空气中成熟的！

朱自清，这位最适当的而又最公正的文艺批评家，他的贡献，我想大家都知道得很多了。他中年以后，虽任职于清华大学，但他早年任教的中学，如杭州第一师范、温州中学、宁波中学都在江南，那是孕育他的文艺花朵的摇篮。而他最相契合的朋友，如朱孟实、叶圣陶、夏丏尊、吕叔湘，都是立达学院和开明书店这一小圈子中的学人。

笔者个人，在杭州第一师范时期虽受单丕（不庵）先生的影响最深，但在上海时期，倒和夏丏尊先生交游最密，开明书店这小圈子，也就等于"一师"那小圈子的扩大。开明创办人之一章锡琛，他首先翻译日本本间久雄的《文学概论》，这是传播最广也最通俗的新文学理论书。夏氏担任我们国文教师时，已经介绍了章士钊的《中等国文典》；后来，在立达学院教书，和刘薰宇合编《文章作法》，开明书店编刊《中学生月刊》（这是近五十年来最合青年学生修习之用的补助读物），他和叶圣陶合编的《文心》和《文章讲话》，成为语文科必读之书。后来郭绍虞、周予同、叶圣陶、朱自清四人合编《国文月刊》，也成为青年语文学习的津梁。（诚所谓"人以类聚"，宋云彬、金仲华、蒋伯潜、曹伯韩、吕叔湘，后来都和开明书店有了最密切的关系。）

朱光潜（孟实）对于《诗学》，郭绍虞的《中国文学批评史》和陆侃如、冯沅君的《诗史》，都是1930年前后有见地、有体系的文艺论著。笔者和陆氏夫妇虽在暨南大学同事多年，学问上却少有切磋的机会，我觉得他们的论著，细密而不开展；郭绍虞笃实，纯乎一个学者气度。笔者相识得很迟，直到抗战胜利那年，才初晤一面。后来，他任同济大学文学院长，笔者也奔忙衣食，不曾详细接谈过。朱光潜用美学家克罗齐的光辉来照看文艺的园圃，他的《文艺心理学》和《诗学》，都是壁垒严谨，有以自立的。笔者和朱氏的交谊虽不深，但声气相应，他的著述，最能引起我的共鸣。笔者曾劝青年朋友，有志写作的，一开头切莫写新诗，其言一出，听者哗然；恰好朱氏那时也有一封写给一位写新诗的青年朋友的信，也和我的看法完全相同，大家才明白我所说的，乃甘苦备尝后的经验之谈，并非立异以骇流俗的怪论！

文学研究会的朋友之中，有一位以随和从众的“药中甘草”，便是后来主持北新书局编务的赵景深，他对于戏曲最有研究，而且能够亲身演唱。他一直任复旦大学教授，也一直料理“文学研究会”和后来“文协”的会务，在文学理论，不一定自辟门庭，但他是现代作者中方面很广的一人。和他正相反，有一位最尖刻、最露锋芒的李青崖，他是翻译莫泊桑小说的专家（赵景深专译契诃夫小说），他那份唯恐天下不乱的情怀，时常使朋友们头痛。但，他的文艺见解有时精到得很，有时钻入牛角尖，又是十分顽固的。这都给笔者以深切的启发。周作人说：文艺批评，并不是手拿天平来衡量天下的文艺，而是各人说一点各人的感受而已。笔者就是这么开拓了自己的心胸，来迎受师友们的论议的！

我们知道一个文艺作家，不一定是一个很有见地的文艺批评家。当年丁玲的作品，已经脍炙人口，誉满江南；但她第一回上中国公学礼堂的讲台，就说得莫知所云。沈从文的小说，成名得也很早；他之成为文艺批评家，又是后来的事。笔者对于文艺理论的观点，却以为与其信作家的话，还不如附和教书匠的话的好呢！

革命的浪花

笔者四围的师友，都是五四运动前后从事新文化运动的人，他们很多是从事新闻工作或写作生活的，却也有很多参加社会革命和政治斗争的。我们在三十年后，回看这一段历程，有着思想革命的痕迹，有着文学革命的痕迹，也有着社会革命、政治革命的痕迹；彼此之间，相互影响，而荟集在政治社会革命这一主要浪潮上。因此，新文学运动的纪程碑，也和1927年国民革命的政治运动有了关联。许多新文学作者，如瞿秋白、郭沫若、成仿吾、邵力子，都曾投入这一场北伐的军事行程。因此我们谈新文学运动的演进，对于1924—1927年间的社会政治动态，当作简括的追溯。

近代中国的社会思潮，辛亥以前集中在满汉的问题上；同盟会虽然标举三民主义，大多数会员的思想，都只集中在狭义的民族主义上面，恰与一般社会人士的倾向相合，所以得到颠覆清廷皇位的结果。辛亥革命成功后，一般社会的心理，以为共和的黄金时代到了，多数人民所希望的是安居乐业的和平。政党所争的是政权，论坛所讨论的是总统制好呢？还是内阁制好？一院制好呢？还是两院制好？简单地说，就只是政体，此时候所受外来的压迫，未尝不厉害，然而大家尚没有积极反抗的勇气；民生的穷困未尝不显著，然而大家尚不觉得迫切；所感觉比较迫切的，就只有帝制复活与否的问题。从1911年到1916年，中国的社会思想，可以说是在一种僵冻的状态中；所有的政论和政党的政治活动，都与一般社会不发生多少关系。到帝制运动兴起时，才稍稍有人感觉到些。到民国五年，帝制运动终了时，中国思想界受国内国外两大刺激：国内的为新青年派的新文化运动；国外的为世界大战的结束，与苏联革命的成功。这就是上文所说的“五四”前后的社会动态。

把握这一社会运动，吸收新文化运动中的知识青年，成为革命干部的，就有国民党、中国共产党两个政党（国家主义派即后来的青年党，和由研究系演变而来的民主社会党，也吸收了一部分知识青年）。1920年，中国社会主义青年团成立，到了第二年，劳工协会秘书部成立，这便是中共的雏形。到了1921年，中国共产党在上海正式成立，举行第一次代表大会，这就开始他们的社会革命了。国民党本身，经过了民初迭次革命的失败，孙中山于1919年间，军政府失败以后，离开了广州，暂时居沪，一面认识新文化运动的意义，想著书来改造国民的心理；一面想着手整理党务。孙文学说和实业计划（合称《建国方略》），都在此一时期中草成发表。不过，从1919年到1923年，这一段时期的国民党，还只是老同志的国民党，和一般国民不发生关系。到了1922年，孙中山受了陈炯明的排除，又从广州到了上海，这才开始党的组织上的彻底改革。孙中山本有“在革命时期内需要一党专政”的信念，并且认定党的组织需要严密，党员宜绝对服从党魁的指挥。他看见了苏联共产党专政的成功，更加强自己的信念。到了1923年，国民党着手改组，1924年1月间，召集全国代表大会，决定“联俄”、“容共”（国共合作）的政策，同时，着重宣传，唤起一般民众的政治认识；采取农工政策，提出“平均地权”、“节制资本”的社会主义口号（详见第一次代表大会宣言），这才进入国民革命的大时代了。

有一最重大的革命力量，便是1924年5月，黄埔军官学校的成立；那位任校长的蒋介石，从苏联参观红军训练方式及组织方法回来，他就把黄埔军校，办成为国民革命军的摇篮。因此，1926—1927 年便成为大革命的时代了。

在我们记忆上，无论戊戌政变、辛亥革命以及云南起义，都只是统治阶层的变动，和一般人民不发生关涉，大家的印象，总是很淡的。到了 1926 年的国民革命，已经掀起了社会运动，和群众有了关联，那就振幅很广大了；我们的印象，也就很深了。那年秋天，张作霖和他的奉军到了北京，北京的文化人，都纷纷南下了。那时郭沫若到广州，做国民革命军的政治部工作。“创造社”的文人，也都在那儿带笔从军。语丝社和《现代评论》的作家，也纷纷南下。鲁迅、林语堂都到了厦门，傅斯年、顾颉刚到了广州，后来，鲁迅也到了广州。现代评论社那些人，和国民政府发生关系，也是从那时候开始的。(《语丝》移到了上海，《现代评论》也停刊了。)

就在 1927 年春初，鲁迅到了广州。那时，国民革命军北伐行动已经很顺利地展开了；广州正是当时的革命策源地。他曾在黄埔军官学校演讲《革命与文学》，他说：“（1）大革命之前，所有的文学，大抵是对于种种社会状态，觉得不平，觉得痛苦，就叫苦，鸣不平；在世界文学中，关于这类的文学颇不少，但这些叫苦鸣不平的文学，对于革命没有甚么影响，因为叫苦鸣不平，并无力量，压迫你们的人仍然不理；老鼠虽然吱吱在叫，尽管叫出很好的文学，而猫儿吃起它来，还是不客气。所以仅仅有叫苦鸣不平的文学时，这个民族还没有希望，因为止于叫苦和鸣不平。至于富有甚么反抗性，蕴有力量的民族，因为叫苦没用，他便觉悟起来，由哀音而变为怒吼。怒吼的文学一出现，反抗就快到了；他们已经很愤怒，所以与革命爆发时代接近的文学，每每带有愤怒之音，他要反抗，他要复仇。（2）到了大革命时代，文学没有了，没有声音了，因为大家受革命潮流的鼓荡，大家由呼喊而转入行动，大家忙着革命，没有闲空谈文学了。还有一层，是那时民生凋敝，一心寻面包吃，尚且来不及，那有心思谈文学呢？守旧的人，因为受革命潮流的打击，气得发昏，也不能再唱他们之所谓文学了。所以大革命时代的文学，便只好暂归沉寂了。（3）等到大革命成功后，社会底状态缓和了，大家底生活有余裕了，这时候，又产生文学。这时候的文学有二：一种文学是赞扬革命，讴歌革命；为进步的文学家想到社会改革，社会向前走，对于旧社会的破坏和新社会的建设，都觉得有意义，一方面对于旧制度的崩溃很高兴，一方面对于新的建设来讴歌。另一种文学是吊旧社会的灭亡（挽歌），也是革命之后会有的文学。有些人以为这是'反革命的文学'，我想倒也无须加以这么大的罪名。革命虽然进行，但社会上旧人物还很多，决不能一时变成新人物，他们的脑中满藏着旧思想、旧东西，环境渐变，影响到他们自身的一切，于是回想旧时的舒服，便对于旧社会眷念不已，恋恋不舍，因而讲出很古的话、陈旧的话，形成这样的文学。这种文学，都是悲哀的调子，表示他们心里不舒服；一方面看见新的建设胜利了，一方面看见旧的制度灭亡了，所以唱起挽歌来。但是，怀旧、唱挽歌，就表示已经革命了；如果没有革命，旧人物正得势，是不会唱挽歌的。"鲁迅在这些方面，有他的远见的，他是时代的先知。在当时，他就说："在中国还没有这两种文学，因为中国革命还没有成功，正是青黄不接，忙于革命的时候。不过旧文学仍然很多，报纸上的文章，几乎全是旧式；我想，这足见中国革命对于社会没有多大的改变，对于守旧的人没有多大的影响，所以旧人仍能超然物外。"他对于当时的革命策源地十分失望，住了不久，也就回上海去了。

新文化运动，着眼社会问题的倾向，那是很明显的，而且很积极的；其在新文学方面，不独“文学研究会”那一些作家，明白表示写实主义的倾向。即“创造社”那些浪漫主义作家，他们也是小资产阶级的流浪人；依然是在社会的桎梏下呻吟着的。他们都走向革命文学的路上去了。（朱自清曾说：从新诗运动开始，就有社会主义倾向的诗。旧诗里原有叙述民间疾苦的诗，并有人像白居易，主张只有这种诗才是诗。可是新诗人的立场不同，不是从上层往下看，是与劳苦的人，站在一层而代他们说话，虽然只是理论上如此。）

我们也知道初期写实主义的作品，大半是空洞的；诚如沈雁冰（茅盾）所说的：“现在热心于新文学的，自然多半是青年，新思想要求他们注意社会问题，同情于‘被损害者与被侮辱者’；他们要把这种精神灌到创作中去。然而他们对于这些人的生活状况素不熟悉；勉强描写素不熟悉的人生，随你手段怎样高强，总是不对的，总要露出不真实的马脚来。”叶绍钧也说：“现在的创作家，人生观在水平线以上的，撰著的作品，可以说的一个一致的普遍的倾向，就是对于黑暗势力的反抗；最多见的是写出家庭的惨状、社会的悲剧和兵乱的灾难，而表示反抗的意思。”革命的气氛是很浓厚的，至于表现技术如何，那又是一个问题。

我们也看见“创造社”的作家，很快揭出“革命文学”的口号。1926年，郭沫若在《革命与文学》中说：“青年，青年，你们要把自己的生活坚实起来，你们要把文艺的主潮认定，应该到兵间去、民间去、工厂去、革命的漩涡中去，你们要晓得我们所要求的文学是表同情无产阶级的写实主义的文学，我们的要求，已经和世界的要求一致，他们昭告着我们，我们努力着向前猛进。”郁达夫也曾在《创造月刊发刊词》中说：“我们志不在大，消极的就想以我们无力的同情，来安慰那些正直的惨败的人生的战士，积极的就想以我们的微弱的呼声，来促进改革这不合理的目下的社会的组成。”

郭沫若曾经在1923年写过以《上海的清晨》为题的如次的诗：

马路上面的不是水门汀，
而是劳苦人们的血汗与生命；
血惨惨的生命呀，血惨惨的生命；
在富儿们的汽车轮下，滚，滚，滚！
兄弟们哟，我相信就在这静安寺路的马道中央，
终会有剧烈的火山爆喷！

这就是当时革命文学的作品。

当时，别的诗人，闻一多也写了以《一句话》为题的如次的诗：

有一句话说出，就是祸，
有一句话能点得着火。
别看五千年没有说破，
你猜得透火山的缄默？
说不定是突然着了魔，
突然青天里一个霹雳，
　　爆一声
“咱们的中国”！

这话教我今天怎么说？
你不信铁树开花也可，
那么有一句话你听着：

等火山忍不住缄默，
不要发抖，伸舌头，顿脚，
等到青天里一个霹雳，
　　爆一声
“咱们的中国！”

这倒像是时代的预言了！

《学衡》与后《甲寅》

新文化运动的若干痕迹，颇似欧西的宗教革命：旧派与新派固相对立；新派与新派也多矛盾。1927年，鲁迅往广州，他写给李小峰的信，曾说："与创造社联合起来，造一条战线，更向旧社会进攻，我再勉力写些文字。"但，他一直不曾和郭沫若见面，而创造社对他的攻击，倒反从那一时期开始了。而现代评论社、晨报社那一群文人，和创造社的作家，也并不见怎样和谐。志摩日记曾有这么一段珍贵的史料：

> 秋白亦来，彼肺病已证实，而日夕劳作不能休，可悯。（瞿秋白那时是"文学研究会"的作家。）适之翻示沫若新作小诗，陈义体格词采皆见竭蹶，岂女神之遂永逝？与适之、经农，步行去民厚里一二一号访沫若，久觅始得其居。沫若自应门，手抱襁褓儿，跣足、敞服，状殊憔悴，然广额宽颐，怡和可识。入门时有客在，中有田汉，亦抱小儿，转顾间，已出门引去，仅记其面狭长。沫若居室隘，陈设亦杂，小孩羼杂其间。坐定寒暄已，仿吾亦下楼，殊不话谈。适之虽勉寻话端以济枯窘，而主客间似有冰结，移时不涣。沫若时含笑谛视，不识何意。经农竟噤不吐一字，实亦无从启端。五时半辞出，适之亦甚讶此会之窘。云上次有达夫时，其居亦稍整洁，谈话亦较融洽。然以四手而维持一日刊、一月刊、一季刊，其情况必不甚愉适，且其生计亦不裕，或竟窘，无怪其以狂叛自居。

这段日记，使我们了解新文人之间的情绪。

不过，一碰到新派与旧派的论争，新派各集团的步调，又相当一致的。我们且把时期推移一段，且谈“五四”落潮后的第二回文白大论战；旧的方面，有《学衡》和后《甲寅》，新的则有《语丝》、《现代评论》、《晨报》、《京报》和上海的《觉悟》和《学灯》。那位对旧文学有兴趣的农学家胡先骕，（笔者一直到抗战中期，才在江西碰到胡先生，那时，他任国立中正大学校长，也不时做些旧诗；旧诗做得并不高明。）他接在《中国文学改良论》之后，又写了一篇论新文学的论文，说：“胡适以过古之文字为死文字，现在白话中所用之字为活文字，而以希腊拉丁文比中国古文，以英、德、法文比中国白话，以不相类之事，相提并论，以图眩世欺人而自圆其说，予诚无法以谅胡君之过矣！希腊拉丁文之于英、法、德，外国文也，苟非国家完全为人所克服，人民完全与他人所同化，自无不用本国文字以作文学之理。希腊、拉丁文之于英、德、法文，恰如法文与日本文之关系。今日人提倡以日本文作文学，其谁能指其非？胡君又谓废弃古文而用白话文，等于日本人之废弃汉文而用日文乎？吾知其不然也！”又云：“文学自文学，文字自文字，文字仅取达意，文学则必于达意而外，有结构、有点缀、有修饰、有锻炼，非谓信笔所之，信口所说，便足称文学也；今之言文学革命者，徒知趋于便写，乃昧于此理矣。”

学衡社另一主角梅光迪，也是胡适在美时期的论敌，他反对胡氏的历史的文学观念论，说新文学倡导者，“非思想家，乃诡辩家”。他说：“诡辩家之名，起于希腊季世。其时哲学盛兴，思想自由。诡辩学崛起，以教授修词，提倡新语为业。诡辩家之旨，在以新异动人之说，迎阿少年，在以成见私意，强定事物，顾一时之便利，而不计久远之真理。吾国今日提倡新文化者，颇亦类似。夫古文与八股何涉，而必混为一谈。吾国文学，汉魏六朝则骈体盛行，至唐宋则古文大昌。宋元以来，又有白话体之小说戏曲。彼等乃谓文学随时代而变移，以为今人当兴文学革命，废文言而用白话。夫革命者，以新代旧，以此易彼之谓。若古文白话之递兴，乃文学体裁之增加，实非完全变迁，尤非革命也。”这一派的复古议论，比林纾、严复说得圆通些，而且也并不牵涉到文学以外的伦常道德那些枝节上去。他们也支持了相当时期，牢守着他们的阵线，直到东南大学改组为中央大学，由“新潮社”的主将罗家伦来任校长；学衡派犹坚守他们的看法，虽是他们的看法，不为青年们所赞同。

1925 年，那正是段祺瑞的执政时期；民初，那位逻辑文学家章士钊得位行其道，做了司法总长兼教育总长，忽然要重新办起《甲寅》杂志来反新文化，反文学革命，做起卫道的战士来了。于是文白论战，就从“后《甲寅》”导火了。照章氏的说法：“自白话文体盛行而后，髦士以俚语为自足，小生求不学而名家。文事之鄙陋干枯，迥出寻常拟议之外。黄茅白苇，一往无余；诲盗诲淫，无所不至。此诚国命之大创，而学术之深忧。士钊所为风雨彷徨，求通其志，亘数年而不得一当者也。”俨然是叶德辉、王先谦的口吻，比林琴南还钻更深的牛角尖了。他批评新文化运动，说：“呜乎！以鄙倍妄为之笔，窃高文美艺之名；以就下走圹之狂，隳载道行远之业；所谓俗恶俊异，世疵文雅。文欤？化欤？愚窃以为欲进而反退，求文而得野。陷青年于大阱，颓国本于甚矣，运动方式之误，流毒乃若是乎！”他用擒贼先擒王的手法，对胡适之作正面的攻击，说：“今人之言，即在古人之言之中；善为今人之言者，即其善为古人之言而扩充变化者也。适之日寝馈于古人之言，故其所为今人之言，文言可也，白话亦可，大抵有理致条段。今为适之之学者，乃反乎是，以为今人之言，有其独立自存之领域，而所谓领域，又以适之为大帝，绩溪为上京。遂乃一味于胡氏文存中求文章义法，于《尝试集》中求诗歌律令，目无旁骛，笔不暂停，以致酿成今日的‘底它吗呢吧咧’之文变。”

章氏舞文弄墨，颇沾沾喜。胡适在武昌公开讲演新文学运动，便说章氏之论，不值一驳；他揭穿了章氏所以由前《甲寅》变成后《甲寅》的因由，说：“行严是一个时代的落伍者，他却又虽落伍而不甘心落魄，总想在落伍之后，谋一个首领做做，所以他就变成了一个反动派，立志要做落伍者的首领了。他在《评新文化运动》一文里会骂一般少年人‘以适之为大帝，绩溪为上京，一味于胡氏文存中求文章义法，于《尝试集》中求诗歌律令’。其实行严自己却真是梦想人人以秋桐为大帝，以长沙为上京，一味于《甲寅》杂志中求文章义法。”这样的牛角尖是钻不通的（章氏也自已承认钻牛角尖）。

和后《甲寅》对垒的新文人，不论《语丝》、《现代评论》或《京报》，阵容都是很齐整、很坚强的。而他们所碰的强敌，还不是胡适，而是比胡适更坚强的吴稚晖，一个嬉笑怒骂皆成文章的老头子。他先后发表了《友丧》、《广说辖》、《读经救国》的讽刺文章，使章氏哭笑不得。他又在《现代评论》发表了·《章士钊——陈独秀——梁启超》和《我所请愿于章先生者》。他说：“章先生近来，拿腐败的理论来批评他，必是年来半夜里散局回来，路上撞着徐桐、刚毅的鬼魂附在他身上，所以不由他作主，好似‘同善社’、‘悟善社’的人们天天在乩盘里说话了。所以文人也者，即与嫖赌吃着金丹老土同其兴衰，文人如湿热污水，一时暴盛，即蚊虫臭虱，充塞墙屋。近年洋八股之鸱张，不够亡国；更费章先生之神，改吹土八股，正似猛兽之后，再继以洪水罢了!”他又从根本上针砭章氏，道:“国事也者，乃中华民国千秋万岁之国事。中国若无共通优进的器艺，实现共通优进的道术，何以与世界优进民族，共立于无疆。世界优进之器艺，如此剧变，不过百五十有六年。前半之进尚弛，后半之进更剧。中国一前一却，徘徊观望，若无其事。经不起再滑过了此后的廿五年，与世界共同程度，愈离愈远；恐怕无论如何的换招牌，终究是一个劣等民族罢了!”顽固守旧的人物，从来没碰到这样一位有笔如刀的对手，章氏也只好退避三舍了!

这一回文白论争，是有积极性的结论的。吴稚晖，他是和启蒙时代那些有心人，如王照、劳乃宣一样，一直在推动语文运动。他对于章士钊的批评，也发表了建设性的主张，说“白话文言之争，约有三点：一是好坏问题，二是作用问题，三是所生影响问题。先说好坏问题，竖了说，唐虞三代、汉魏六朝唐宋，典谟训诰，至于词曲小唱，都有狗屁不通的，也都有百读不厌的。所以拿古文白话分好坏，古文俗子固极可笑，白话小生也未必尽是。我们是鼓吹白话，不愿意请他成文，至于要问‘白话文’三字连举，‘本身通不通’，那也是那班冬烘先生的丢脸，他懂得文是什么解的呢?第二说到作用问题，先说一句简单的总结：我们不愿意用愚民政策。所以凡有文字可以同大多数人说话，又为大多数人容易学习的文字，我们在作用上就认为最适当。白话文便承乏此适当。白话文要出世，不要盛大的理由。物质的繁简，同需要的广狭，什么都依着这种状态而起变化，文字亦同是束缚在这个例内。若说你的字少，我的字多，白话当然多。多虽多，写是容易，读又容易，当今之世，印刷纸墨都不成问题，为什么要省几个字，反花数倍的劳力呢?”他又说:“我在《京报》副刊上论到章先生个人，曾说：‘他的谬说，我还相信不在他良心上，还在他读那牢什子的鸟柳文。’那种鸟柳文游戏的读读还好，若被他一道金刚箍住了头了，真是个人的倒楣！”

论争之中，如高一涵的《新文化运动批评》，徐志摩的《守旧与玩旧》，郁达夫的《后〈甲寅〉十四号〈评新文化运动〉》，成仿吾的《读章氏〈评新文学运动〉》，都是对着章士钊的观点立论。其就文言白话这论点作严正慎重的主张的，有唐钺的《文言文优胜》、《告恐怖白话的人们》和《现代人的现代文》三篇极重要的文章。前二篇是批判的，刊于《现代评论》，后一篇是建设的，刊于《东方杂志》。他先指出：

一、文言文中不通的所占之百分数，比白话文中能通的所占之百分数，只会更多，不会更少。

二、文言文所以使人容易觉得美的原故，是因为截至今日为止，脍炙人口的文章，还是文言的多于白话文。因心理的作用，许多读书的人，不知不觉受所读文章的影响，而假定文言文本质上是美的；这种优点，与其说是本质的，无宁说是偶然的。文言文实质上并不比白话文美。

三、溺爱文言文的人以为文言文现在要中兴。吾国人最相信循环论，最近有人把文体与服装的时尚相比，以为二者都是循环。自唐韩愈以后，古文是为反对六朝的俪体而起，这是大家知道的。那末若文体是循环的，古文风行了许多年，应该由骈文代兴了，然而却变而为白话文。

四、有一大问题，我们不可忽视，就是：我们应该把持全民族传达思想感情的工具，使之永远作少数人的专卖品，并且使大多数人不特没有仿造，并且没有消耗这种专卖品的机会呢？还是采用大多数人所已有的媒介，加些功夫使之成为大多数人传达思想感情的工具呢？这个大问题，大家要各本良心主张去。

他又提出了建设方针：（1）打破文言与白话的界限，废除文言与白话的区别。（2）无论是白话文言，其中太奥太俗的部分，都不采用。（3）白话文言各有相当的字，而这两字精确的程度相等时，用白话。（4）白话文言各有相当的话，但文言更精确时，随宜应用。（5）白话的词语遇有含混不妥的意义时，应避开不用，改从文言，或另制新词。（6）白话中一个意思有两三种说法，而甲种比乙种丙种较合理的，用甲种。（7）白话以一个话代表两种意见，而文言有分别时，应兼存文言。（8）文言成语，望文可解的酌量采用。（9）专门名词贵简当，造这种名词时，当然要存文言。（10）文言的文字绝无歧义，即改作白话，不过加字而不用改字的，也可算为现代文之一种。（11）古语中有可以补助现代语的不足的，应该采用。（12）方言中可以辅助普通语的缺乏的词语，应该采用。（13）外国语的名词与文法为中国语所缺乏，而又有必要的，应该酌量采用。

当时，唐氏的结论，几乎成为定论，而章士钊的复古运动也就偃旗息鼓了。

鲁迅在上海

1927年10月初，鲁迅从广州回到上海。从那年起，到1936年他去世为止，在上海先后住了十年，很少离开过。那十年间，中国文坛重心，已经从北平移到了上海，而鲁迅俨然成为上海文坛的领导者。这顶“领导者”的纸糊帽子，那是他所不愿意戴的；事实上文坛上的每一动态，都和他有点直接间接的关系（有的只是间接的关系，他也尽了推动的责任）。

那十年间，如许寿裳所说的：国难的严重日甚一日，因之，生活愈见不安，遭遇更加惨痛，环境的恶劣，实非常人所能堪。他的战斗精神却是再接再厉，对于列强的不断侵略，国内政治的不上轨道，社会上封建余毒的弥漫，一切荒淫无耻的反动势力的猖獗，中国文坛上的浅薄虚伪，一点也不肯放松，于是身在围剿禁锢之中，为整个中华民族的解放和进步，苦战到底，决不屈服。从此在著译两方面，加倍努力，创作方面，除历史小说《故事新编》，通讯《两地书》等以外，特别着重前所发明的一种战斗文体（短评、杂文）来完成他的战斗任务。翻译方面则有文艺理论、长篇小说、短篇小说、童话等。他又介绍新旧的木刻，提倡新文字，赞助世界语。同时，他在行动上，又参加了“三盟”，即“自由运动大同盟”、“左翼作家联盟”及“民权保障同盟会”。（关于鲁迅生平事迹，别详《鲁迅评传》，兹不备述。）

鲁迅在厦门、广州那一时期所写的文字，见于《野草》、《朝花夕拾》的，都是小品文中最优秀的作品。他的思想，本来受尼采的影响很深，这些作品，也近于《苏鲁支语录》。不过，当时高喊革命文学的“太阳社”诸作家，如钱杏邨（阿英）却认为“在这时，鲁迅是停滞在他原来的地方。他没有牢牢的抓住时代的轮轴，随着它的进展而进一步去把握这个已经展开了的新地，重新开始他的新的反封建的创作。这样，显然在鲁迅作品中的世界被破坏了以后，他又进一步的失却了强有力的创作的依据，他只有‘吾将上下而求索’了。在甚么都‘求索’不到的时候，他只有切断了他的创作的生命，写他的开始生长的悲观哲学和他的儿时的回忆了。鲁迅在这时是又感到了失却了他自己的地球的悲哀。”钱氏的估量，当然是错误的，鲁迅的战斗生活，也可以说在上海的十年，乃其最绚烂的阶段，而他在杂文上的成就也是到达了峰巅。

鲁迅的笔锋是泼辣的，几乎对于每一方面的攻击，都还了手的。1929 年 5 月间，他到北京去过一个短时期，在各大学讲演过几回。他在燕京大学讲演《现今新文学的概观》，说：“希望革命的文人，革命一到，反而沉默下去的例子，在中国便曾有过的。即如清末的‘南社’，便是鼓吹革命的文学团体，他们叹汉族的被压制，愤满人的凶横，渴望着‘光复旧物’；但民国成立以后，倒寂然无声了。我想，这是因为他们的理想，是在革命之后，重见汉官威仪，峨冠博带；而事实并不这样，所以反而索然无味，不想执笔了。俄国的例子尤为明显：十月革命开初，也曾有许多革命文学家非常惊喜，欢迎暴风雨的袭来，愿受风雷的试炼。但后来，诗人叶遂宁，小说家索波里自杀了。这是甚么缘故呢？就因为四面袭来的并不是暴风雨，来试炼的并非风雷，却是老老实实的革命。空想被击碎了，人也就活不下去，这倒不如古时候相信死后灵魂上天，坐在上帝旁边吃点心的诗人们福气。因为他们在达到目的之前，已经死掉了。”他对于当时文坛的混乱，是看得深刻而清楚的，他的确在“上下而求索”。

鲁迅眼中所见的革命文学家（他对北平青年学生，说到他在上海所了解的文坛动态)，可以说是畸形的。他说：“至于‘创造社’所提倡的，更彻底的革命文学、无产阶级文学，自然更不过是一个题目。这边也禁，那边也禁的王独清的从上海租界里遥望广州暴动的诗，‘Pong Pong Pong’铅字逐渐大了起来，只在说明他曾为电影的字幕和上海的酱园招牌所感动。有模仿勃洛克的《十二个》之志而无其力和才。郭沫若的《一只手》，是很有人推为佳作的，但内容说一个革命者革命之后，失了一只手，所余的一只还能和爱人握手的事，却未免‘失’得太巧。五体四肢之中，倘要失其一，实在还不如一只手；一条腿就不便，头自然更不行了。只准备失去一只手，是能减少战斗的勇往之气的；我想，革命者所不惜牺牲的，一定不只这一点。‘一只手’也还是穷秀才落难，后来终于中状元、谐花烛的老调。但这些却也是中国现状的一种反映。”那些革命文学家脑子中存着许多旧的残滓，却故意瞒了起来，演戏似的指着自己的鼻子道：“唯我是无产阶级。”在他看来，真是有点浅薄得可笑的。

于是，鲁迅在上海着手译介社会科学、文艺理论的书。首先译了片上伸的《现代新兴文学的诸问题》，又据升曙梦的日译本，重译了卢那察尔斯基的《艺术论》，又据外村史郎和藏原惟人的日译本，重译了卢那察尔斯基的《文艺与批评》。他自谓：“从前年以来，对我个人的攻击是多极了。但我看了几篇，竟逐渐觉得废话太多了。解剖刀既不中腠理，子弹所击之处，也不是致命伤。我于是想，可供参考的这样的理论，是太少了，所以大家有些胡涂。对于敌人，解剖咬嚼，现在是在所不免的；不过有一本解剖学，有一本烹饪法，依法办理，则构造味道，总还可以较为清楚有味。人往往以神话中的Prometheus比革命者，以为窃火给人，虽遭天帝之虐待不悔，其博大坚忍正相同。但我从别国里窃得火来，本身却在煮自己的肉的。以为倘能味道较好，庶几在咬嚼者那一面，也得到较多的好处，我也不枉费了身躯；出发点全是个人主义，并且还夹杂着小市民性的奢华以及慢慢的摸出解剖刀来，反而刺进解剖者的心脏里去的报复。我也愿于社会有些用处，看客所见的结果仍是火和光。”那场争论和纠葛，转变到原则和理论的研究，真正革命文艺学说的介绍，那才进入了另一新生阶段了。

1930年，鲁迅加入“左翼作家联盟”。“左联”的产生，在中国文坛自是一件大事（另见后文）。鲁迅曾经在场发表过演说，首则警告左翼作家是很容易成为右翼作家的。继则提出今后应注意的几点：（1）对于旧社会和旧势力的斗争，必须坚决，持久不断，而且注重实力。（2）我以为战线应该扩大。（3）我们应当造出大群的新的战士。同时，在文学战线的人还要韧。（在“左联”以前，他曾出席过“自由运动大同盟”，和郁达夫一同演说过。可是第二天，说鲁迅是这一运动的发起人，浙江省党部为此呈请通缉，名之曰“反动文人”。）

国民政府对于左翼文人的压迫是深重的，1931年春间，柔石（赵平复）、胡也频、李伟森、白莽、丁玲[1]先后被捕（陈独秀也于那时被捕的），而且牺牲的很多。（在上海龙华警备司令部秘密枪决的。）外间谣传鲁迅也已蒙难。他当时的确到处走避，得以幸免的。那篇有名的《为了忘却的纪念》，说得多么沉痛，又有一律诗：

惯于长夜过春时，挈妇将雏鬓有丝。
梦里依稀慈母泪，城头变幻大王旗。
忍看朋辈成新鬼，怒向刀丛觅小诗。

〔1〕 1931年2月7日被害左联五位青年作家是：柔石、胡也频、李伟森、冯铿、殷夫。丁玲被捕时间为1933年。——编者

吟罢低眉无写处，月光如水照缁衣！

写的也是那一时期的情绪。

1931年秋间，“九一八”沈阳事变发生了，接上来便是“一·二八事变”、“冀东事变”，诚所谓国难严重。而国内由于党派斗争所引起的长期性内战，跟着外患的侵迫，反而一天一天扩大起来。蒋介石个人的政权，在国民政府内部，也有连续性的动荡起伏；当他把政权抓得紧的时候，文网便密一点，当他失去了控制能力时，文网便松一点。大体说来，一般文人，对于政治现状非常失望、烦闷，走向愤激的路；除了极少数“御用”的作家，思想左倾已成为必然的共同趋向。“左联”在那时，便已成为全国文坛的中心；鲁迅的声誉，也一天一天高起来，连“创造社”诸作家，如成仿吾、郭沫若，都不足与之抗衡了。鲁迅在上海的后五年（1932—1936年），虽也经过许多横逆困厄，却已到达他的黄金时代，成为“不争的”中国的高尔基。（到了后来，毛泽东心目中的鲁迅，确也如列宁心目中的高尔基；称之为“东方高尔基”，已经不带任何讽刺意味的尊敬的颂词了。）

鲁迅的写作，从《呐喊》、《彷徨》以后，只有《故事新编》是文艺作品，他几乎很少写小说了。有人希望他能写长篇小说（伟大的作品），据孙伏园说，鲁迅的未完成作品，以剧本《杨贵妃》为最令人可惜。鲁迅对于唐代文化，也和他对于汉魏六朝的文化一样，具有深切的认识与独到的见解。他觉得唐代文化观念，很可以做我们现代的参考。那时，我们的祖先们，对于自己的文化，抱有极坚强的把握，决不轻易动摇他们的自信力；同时，对于别系的文化，抱有极恢宏的胸襟与极谨严的抉择，决不轻易的崇拜或轻易的唾弃。这正是我们目前急切需要的态度。拿这见解作背景，衬托出一件可歌可泣的故事，以近代恋爱心理学的研究结果作线索，这便是鲁迅所计划的《杨贵妃》。他的原计划是三幕剧，每幕用一词牌名，第三幕是《雨淋铃》。据他自己解说，《长生殿》是为救济情爱逐渐稀淡而不得不有的一个场面。这剧本，是由于他到西安去讲学一回而消失了，他说："我不但甚么印象也没有得到，反而把我原有的一点印象也打破了。"

鲁迅也曾想编一部完整的中国文学史，他曾和笔者谈到这件事："中国学问，待重新整理者甚多，即如历史，就须另编一部。古人告诉我们，唐如何盛？明如何佳？其实唐室大有朝气，明则无赖儿郎；此种物件，都须褫其华衮，示人本相，庶青年不再乌烟瘴气，莫名其妙。其他如社会史、艺术史、赌博史、娼妓史、文祸史者，未有人着手，然而又怎能着手？居今之世，纵使在决堤灌水、飞机掷弹范围之外，也难得数年粮食，一屋图书。我数年前，曾拟编《中国字体变迁史》及《文学史稿》各一部，先从作长编入手；但即此长编，已成难事；剪取欤？无此许多书；赴图书馆抄录欤？上海就没有图书馆；即有之，一人无此精力与时光，请书记又有欠薪之惧，所以直到现在，还是空谈。"时势艰难，他也毕竟不曾把中国文学史写起来！

反映那一动荡的社会情势，鲁迅就在那几年写了许多与这一情势相适应的杂感小品。鲁迅自己也承认这是他在作品中最高的成就。这种"杂文"，形式上的特点是简短；简短而凝结，还能够尖锐得像匕首和投枪一样；主要的是他在用了这匕首和投枪战斗着。"狭巷短兵相接处，杀人如草不闻声"这是诗，鲁迅的杂文也是诗。（冯雪峰说鲁迅独创了将诗和政论凝结于一起的"杂文"，这尖锐的政论性的文艺形式，以其战斗的需要，才独创了这在其本身是非常完整的，而且由鲁迅自己达到了那高峰的独特形式。）就小品文的演进说，鲁迅就创作了他的杂文。

话剧之成长

易卜生的《娜拉》(《傀儡家庭》),是和易卜生主义,一同进入中国,成为五四运动的旗帜的。(《新青年》四卷六期,便是易卜生专号。)娜拉成为中国青年所向往的"现代英雄",若干新的剧本,都成为问题剧(上文略已提及)。鲁迅说:"大家何以偏要选出一个易卜生来呢?因为要建设西洋式的新剧,要高扬戏剧到真的文学底地位,要以白话来兴散文剧;还有,因为事已亟矣,便只好先以实例来刺激天下读书人的直感,这自然都确当的。但我想,也还因为易卜生敢于攻击社会,敢于独战多数。那时的介绍者,恐怕是颇有以孤军而被包围于旧垒之中之感的罢,现在细看墓碣,还可以觉到悲凉,然而意气是壮盛的。"新文学运动,的确把小说、戏剧这两种"不足观"的"小道",升到文学的正统庙堂,和散文鼎立为三了。

不过,我们谈到话剧运动,还该把时期推前一点,说到民初以来萌芽期的新机。原来1907年[1],中国留日的一部分学生,曾孝谷、李叔同(息霜,即后来的弘一法师)、吴我尊、谢抗白、陆镜若、欧阳予倩,组织了"春柳社",在东京上演了小仲马的《茶花女》和《黑奴吁天录》(这一本戏包含着很浓厚的民族意识;那时中国国内正在闹革命,这一剧本的上演收到了很大的效果)。这是中国话剧的试啼。一部分留学生回国组织"春阳社"在上海公演《黑奴吁天录》,连演了一个多月。1924年,春柳剧场在上海成立,吴我尊、谢抗白、欧阳予倩,都是"春柳社"旧人,所公演的

---

〔1〕 实际是1906年。——编者

《茶花女》、《空谷兰》、《复活》、《娜拉》、《神圣之爱》，比一般文明戏高了一步。当时，做文明戏运动的人，其目的也在提倡社会教育；却因为上海的社会环境太坏了，若干文明戏剧团的演员，生活腐化了，艺术水准也越来越低了，终于失败了。

一直到五四运动以后，话剧运动才有自觉的进步，把戏剧当作传播思想、组织社会、改善人生的工具。陈大悲当时在北京提倡爱美剧（爱美 Amateur，意为非职业的），和蒲伯英组织了“中华戏剧协社”（共有四十八个团体），所公演的《幽兰女士》、《英雄与美人》、《良心》、《孔雀东南飞》，都是陈大悲所编导的，有时他自己也出演。在南方，1921 年，汪优游曾劝说了夏月润、夏月珊兄弟在新舞台上演了萧伯纳的《华伦夫人之职业》，成绩虽不好，但已有了改进话剧的趋向。那年 5 月间，沈雁冰、郑振铎、陈大悲、欧阳予倩、汪仲贤、熊佛西等十三人创立“民众剧社”，主张以非营业的性质提倡艺术的新剧，还出了一种《戏剧》月刊。他们在宣言中说：“萧伯纳曾说：‘戏场是宣传主义的地方。’这句话虽然不能一定是，但我们至少可以说，当看戏是消闲的时代，现在已经过去了。戏院在现代的社会中，确是占着重要的地位，是推动社会使前进的一个轮子，又是搜寻社会病根的 X 光镜；它又是一块正直的无私的反射镜，一国人民程度的高低，也赤裸裸地在这面大镜子里反射出来，不得一毫遁形。这样的戏院，正是中国目前所未曾有，而我们不自量力，想努力创造的。”到了那年冬天，谷剑尘、应云卫、欧阳予倩、汪仲贤等所组织的戏剧协社成立了，他们的理论，才见之于行动。那时，戏剧家洪深由美回国，经欧阳予倩介绍加入“协社”，担任导演，注意演出理论，尊重剧本对白，注意平日排练，并实行男女合演，这才把话剧纳于正轨。他们所公演的《好儿子》、《回家以后》、《月下》、《傀儡家庭》、《黑蝙蝠》、《第二梦》及《少奶奶的扇子》，成绩都不错，尤以《少奶奶的扇子》为最成功。笔者曾在上海职业教育社会场看了第一回，又在夏令配克戏院看了第二回，都是上下满场，盛况空前的。周扬说："话剧是现代的进步的戏剧形式，但它是从西洋输入，并且作为中国旧剧的彻底否定者而兴起来的。而且又完全是在都市生长起来的，它在内容上和小市民血缘极深，它的形式是欧化的。"这段话，对于"戏剧协社"的评论是很恰当的。

和"戏剧协社"的话剧相先后，田汉所领导的"南国社"，也就开始活动了。田汉，他是多产的初期剧作家；1922 年，他在《创造季刊》发表那本有名的《咖啡店之一夜》；后来他又自己主编《南国》半月刊，写了《获虎之夜》、《落花时节》、《乡愁》和《黄花冈》这些剧本。他的初期作品，都是表示着青春期的感伤、彷徨与留恋，和这时代青年所共有的对于腐败现状底渐趋明确的反抗情绪。那些剧本，以《咖啡店之一夜》最流行，《获虎之夜》最成熟，可以说是比较脱离了他初期惯有的感伤的浪漫情调，转取写实的手法。这一剧本，写一个流浪儿爱上了一个富农的女儿，在那传统社会里，必然地产生了悲剧，那位莲姑娘便那么在父权底下宛转哀啼着，死去了。田汉的生活情调，比他的剧本，更富于感伤的浪漫情调。他自言："我对于社会运动与艺术运动，持着二元的见解。即在社会运动方面，很愿意为第四阶级而战。在艺术运动方面，却仍保持着多量的艺术至上主义。那时，印度的诗人泰戈尔到中国来，国内文坛对于他的态度分做两派：右翼的研究系的文士们大大的欢迎他，而左翼的文士们，尤其社会运动的少年斗士们反对他。我觉得泰戈尔的艺术有他自己的价值，不能因为他不革命而反对他，并且觉得他们对于他太不理解了。所以《南国创刊号》有一简单宣言，即‘欲在沉闷的中国新文坛，鼓动一种清新芳烈的艺术空气’。”

问题剧之中，妇女、婚姻、战争、贫穷，这一连串现实问题，都是话剧的题材。戏剧协社所公演的《好儿子》，洪深所编的《赵阎王》，都是触到当前社会问题。加以国难深重，爱国的剧本也产生得很多，如侯曜的《山河》，佛西的《一片爱国心》，都曾公演过许多次。当时，有一个科学家丁西林，他的独幕剧，能把握着喜剧的情调，以极经济的手法和精巧的对话，写出亲切而轻松的场面，下笔恰到好处，含蓄的而非刺激的，有着英国人的幽默风趣，要称初期最成功的剧作。如《压迫》、《一只马蜂》、《北方的空气》、《亲爱的丈夫》等剧本，也曾流行一时。

中国戏剧史中，历史剧本来占了极重要的成分。上述在北京上演的《孔雀东南飞》，便是用这对不幸夫妇来写家庭间的悲剧的。那位一直做新剧运动的欧阳予倩，他也重写了潘金莲，说潘金莲极爱武松，因为得不到武松之爱，而移爱于几分像武松的西门庆，乃杀武大郎，卒因武松之为兄报仇，而死于所心爱的人手中。这是用心理分析手法来写剧本的尝试。欧阳氏还写了《杨贵妃》、《荆轲》等历史剧。

以写历史剧著称的，还有那位“创造社”作家之一的郭沫若，他编了《卓文君》、《王昭君》、《聂嫈》三个以女性反抗精神为中心的剧本，称之为“三个叛逆的女性”。他的剧本中，充满着诗的气氛，浪漫而热烈，和他的新诗一般。他是借旧瓶来装新酒，他说了他自己的创作态度：“对古人的心理是，想力求其正当的解释，于我所解释的古人的心理中，我能寻出深厚的同情，内部的一致时，我受着一种不能遏止的动机，便造出不能自已的表现。”这种反抗社会传统的剧本是不容于当时的社会的。

1923年，浙江绍兴女子师范，演他的《卓文君》，县议会议员们为之大哗，说是该剧中司马相如所唱的歌词乃是男先生唱的，有伤风化，非撤换校长不可。后来这剧本送到浙江省教育会去审查过，经过委员们审查，说这一剧本是不道德，禁止中学以上学校的学生表演。也可见这些剧本的时代意义了。

从五卅运动到1927年大革命前后，这五年间，南方的革命空气激荡到戏剧界来。那时，在广州的“血花剧社”，由白培良、白薇、顾仲彝领导了许多革命剧团，表演一些发扬民族精神的革命戏剧，和国民革命军北伐相终始，随着革命潮浪的低落，也就逐渐消失了。由于国共分裂所引起的幻灭情绪，反映在田汉的感伤主义的剧本中最为深切。1927年秋天，田汉主办上海艺术大学，附设了戏剧系，就把一间大课室作小舞台，居然乃是小剧场运动的发端。开幕那天，上演了菊池宽的《父归》和田汉自编的《到何处去》、《公园之夜》、《画家与其妹妹》等独幕剧。那晚的演出，技巧与效果都很成功。他们那几年间，（上海艺大于1928年解散，田汉得欧阳予倩、徐悲鸿的支持，成立了南国艺术学院，分文科、画科、剧科三科，在做在野的艺术运动。剧科学生，如郑君里、唐叔明、左明、阎哲吾、陈秋澄，都对于话剧很有贡献。文科、画科学生，如赵铭彝、陈凝秋，也成为很优秀的演员。）在苏州、南京、上海、杭州公演了许多次。田汉也写了许多剧本，如《苏州夜话》、《湖上的悲剧》、《名优之死》、《古潭里的声音》、《秦淮河之夜》、《颤栗》、《新村之夜》、《生之意志》，都有田汉的一贯气氛，充满浪漫与感伤的情调。《古潭里的声音》写灵肉冲突，《生之意志》写老一代的父亲，屈服于代表新生意志的浪漫行动的子女之前。其他如《苏州夜话》、《湖上的悲剧》、《名优之死》、《颤栗》、《南归》，写灵肉生活之苦恼，这正足以激动当时苦闷的青年心理。田汉自己曾经自我批判（见《南国社史略》），说：“当时结合社员之最大手段也还是热烈的感情和朦胧的倾向，我们都是想要尽力作‘民众剧运动’的，但我们不大知道民众是什么？也不大知道怎样去接近民众。我们也知道一些抽象的理论，但未尽成活泼的体验。何况我们中间本有不少自称‘波希米亚人’的一种无政府主义的颓废的倾向。他们也喜欢我的味道，我也为着使戏剧容易实现得真切，每每好写他们的个性，所以我们中间自自然然就酝酿成一种特殊的风格，好处就是我们的生活马上便是我们的戏剧，我们的戏剧也无处不反映着我们的生活，虽说这种生活的基调立在没落的小资产阶级上。”

话剧公演，在城市中慢慢地生了根，尤其是上海、北京和广州。朱穰丞组织的“辛酉剧社”，由袁牧之、罗鸣凤主演《狗的跳舞》。复旦大学由洪深组织的“复旦剧社”，公演《西哈诺》，都已够上了艺术的水准。在北京，美术专门学院的戏剧系，赵太侔、余上沅在北京《晨报》副刊的《剧刊》，对于介绍西洋戏剧的理论技术，也都有很大的贡献。在南方，由于陈铭枢、李济深的支持，欧阳予倩创办了“广东戏剧研究所”。洪深、胡春冰、唐槐秋、马彦祥，这些戏剧家集中到广州来，他们公演了许多剧本，尤以《怒吼吧中国》为最成功。他们还在上海神州国光社出版《戏剧月刊》。

1929年冬天，南国社的社员，左明、陈明中、郑君里、陈白尘、赵铭彝、许德佑和吴湄等从广州公演后，从一般批评上得到了教训；他们反对田汉的艺术至上主义的演剧思想，和个人英雄主义的演剧目的，脱离了南国社，另组“摩登社”，主张“青年戏剧同志联合起来，一致完成民众的戏剧”，他们就到各大学学生群中去演戏，成绩也颇不错。这就开始戏剧运动的另一阶段了。

新诗的进步

我们知道文艺界的动向，不一定和社会的政治的变动完全相一致，但我们得承认文艺和社会环境的变动有着最密切的关系。（近几年，大陆所出版的文学史，如王瑶所编的，过于强调政治性的作用，而钱基博的《现代中国文学史》，又过于蔑视现代中国的社会动态，都已歪曲了事实。）在新文学运动趋于低潮的时期，新诗的园地，也就冷落下来；许多新诗人，转变了写作的方向，连朱自清也搁下了新诗，成为小品文作家了。不过，在新诗本身，还是进步着的：自由诗派、格律诗派、象征诗派，这三派一派比一派强，一派比一派进步。新的诗人，也已经后浪逐前浪，产生了许多新的作家了。而且反映着这个大动乱的时代，新诗依然是“苦闷的象征”；从新诗的题材，可以看到时代的苦难。

穆木天，这是我们所熟悉的创造社后期的诗人。他从“九一八”前夜，便从东北流亡到关内来，写出他的流亡者之歌；如他自己所说的：“自从和东北作了永诀之后，唱哀歌以吊故国的情绪，时时地涌上我的心头。”这便是他的富有伤感情调的《去国集》的内容。可是，他到了关内，又写了《在哈巴拉岭上》的长诗，他说：“我们不凭吊历史的残骸，因为那已成为过去；我们要捉住现实，歌唱新世纪的意识。”和他同时，创造社、太阳社另外几位作家，如蒋光慈、柯仲平、钱杏邨、殷夫，也都在做诗，他们的诗，都是属于社会革命的抒情诗。其他，如冯铿、胡也频、杨骚这些革命诗人，他们所写的都是“火与血的时代”的记录。

说到新诗的园地，1927 年以后，我们要提到“新月派”和

“现代派”的成就。《新月》月刊，1928 年在上海出版，他们的社会政治观点，可以说是沿着北京《晨报》、《现代评论》社这一路过来的；他们的新诗，也是沿着北京《晨报·诗镌》这一路来的；1930 年，他们还出了《诗刊》。作家之中，除了徐志摩、饶孟侃，还有新进的方玮德、朱大枏、陈梦家、刘梦苇，也还有卞之琳、李广田、何其芳等。陈梦家曾经选了一部《新月诗选》，可以看出他们的共同倾向。他说：“我们主张以音节的谐和，句的均齐，和节的匀称为诗的节奏所必须注意，而内容同样不容轻忽的。”他们这一群诗人，比较注重诗的形式与格律。但是，时代环境迫着他们，非睁开眼睛认识这苦难的时势不可。陈氏就在《梦家诗集》的再版自序中说：“我想打这时候起，不该再容许我自己在没有着落的虚幻中推敲了，我要开始从事于在沉默里仔细观看这世界，不再无益地表现我的穷乏。”在他们面前已经临到了“九一八”和“一·二八”，他们看到了血肉横飞的战线。

那一时期，朱自清已经以诗的批评的角色在那儿写《新诗杂话》。他说：“诗也许比别的文艺形式更依靠想象；所谓远，所谓深，所谓近，所谓妙，都是就想象的范围和程度而言。想象素材是感觉，怎样玲珑飘渺的空中楼阁，都建筑在感觉上。初期的新诗作者似乎只在大自然和人生悲剧里去寻找诗的感觉。大自然和人生的悲剧是诗的丰富的泉源，而且一向如此，传统如此。这些是无尽藏，只要眼明手快，随时可以得到新东西。但是花和光固然是诗，花和光以外也还有诗，那阴暗、潮湿，甚至霉腐的角落儿上，正有着许多未发现的诗。实际的爱，固然是诗，假设的爱也是诗。山水田野里固然有诗，灯红酒绿里固然有诗，任一些颜色，一些声音，一些香气，一些味觉，一些触觉，也都可以有诗。惊心怵目的生活里固然有诗，平淡的日常生活里也有诗。发现这些未发现的诗，第一步得靠敏锐的感觉，诗人的触角，得穿透熟悉的表面向未经人到的底里去。那儿有的是新鲜的东西。闻一多、徐志摩、李金发、姚蓬子、冯乃超、戴望舒……诸人，都曾分别向这方面努力。而卞之琳、冯至两人，更专向这方面发展；他们走得更远些。”这番话，可以说是把《北晨》、新月派的诗作，以及象征诗派的作品，予以适当评价了。他推选了卞之琳和冯至，说冯氏是在平淡的日常生活中发现了诗，而卞之琳是在细微的琐屑的事物里发现了诗。

接在新月派之后，现代派诗人的作品也曾流行了一时。《现代》出版于1932年间，施蛰存主编，戴望舒、杜衡都是主要的作家。施蛰存说：“现代中的诗是诗；且是纯然的现代的诗。它们是现代人在现代生活中所感受的现代情绪，用‘现代’的词藻排列成的现代诗形。现代中有许多诗的作者，曾在他们的诗篇中采用一些比较生疏的古字，或甚至是所谓文言文中的虚字，但他们并不是有意地在‘搜扬古董’，对于这些字，他们没有古的或文言的观念。只要适宜于表达一个意义、一种情绪，或甚至是完成一个音节，他们就用了这些字。所以我们说它们是现代的词藻。现代中的诗，大半是没有韵的，句子也很不整齐，但它们都有相当完美的‘肌理’，它们是现代的诗形，是诗！”其实戴望舒的诗是象征派的诗，他就说过：“诗是由真实经过想象而出来的，不单是真实，也不单是想象。”“诗是一种吞吞吐吐的东西，动机在于表现自己跟隐藏自己之间”这一类的话。（依笔者的了解，象征派诗人知道文字乃传达情绪的一种障碍，但诗人却又不能不借重文字这一种传达情绪的工具；象征诗乃是对文字的一种解脱。）他的友人杜衡曾在《望舒草》序中，介绍戴氏的诗情说：“在苦难和不幸的中间，望舒始终没有抛下的就是写诗这件事情。

这差不多是他灵魂底苏息、净化。从乌烟瘴气的现实社会中逃避出来，低低地念着‘我是比天风更轻更轻，是你永远追随不到的’这样的句子，想象自己是世俗的网罗不到的，而借此忘记的。诗，对于望舒差不多已经成了这样的作用。”所以王瑶批评戴氏的诗，说是内容很朦胧难懂，多的是一些美丽而酸辛的回忆，虚无的隐逸思想和寂寞厌倦的心境，正是一种脱离了社会实践而企图逃避于一个小天地内的小资产阶级知识分子的情绪和幻想。朱自清对于象征派诗最能了解，他说象征派诗要表现的是些微妙的情境；他们发见事物间的新关系，并且用最经济的方法，将这关系组织成诗，所谓“最经济的”，就是将一些联络的字句省掉，让读者运用自己的想象力搭起桥来。没有看惯的，只觉得一盘散沙，但实在不是沙，是有机体。要看出有机体，得有相当的修养与训练，看懂了才能说作得好坏，坏的自然有，他并不如王瑶那样，单凭意识的尺度，把现代派的诗一笔抹煞的。

朱自清又曾于《新文学大系·诗集》的导言中说道：“后期创造社三个诗人，也是倾向于法国象征派的。但王独清氏所作，还是拜伦式的雨果式的为多，就是他自认为仿象征派的诗，也似乎豪胜于幽，显胜于晦。穆木天托情于幽微远渺之中，音节也颇求整齐，却不致力于表现色彩感。冯乃超氏利用铿锵的音节，得到催眠一般的力量，歌咏的是颓废、阴影、梦幻、仙乡。他诗中的色彩是丰富的。戴望舒氏也取法象征派，他译过这一派的诗，他也注重整齐的音节，但不是铿锵的而是轻清的；也找到了一点朦胧的气氛，但让人可以看得懂，也有颜色，但不像冯乃超氏那样浓。他是要把捉那幽微的精妙的去处。姚蓬子也属于这一派；他却用自由诗体制。在感觉的敏锐和情调的朦胧上，他有时超过别的几个人。”朱氏是以诗评家的眼光来估量象征派诗人的成就的。

朱氏又说："新诗的初期，说理是主调之一。那是个解放的时代，解放从思想起头，人人对于一切传统都有意见，都爱议论，作文如此，作诗也是如此。他们关心人生、大自然及被损害的人。1925年以来，诗才向抒情方面发展。那里面'理想的爱情'的主题，在中国诗坛实在是个新的创造，可是对于一般读者不免生疏些。一般读者容易了解经验的爱情，理想的爱情要沉思，不耐沉思的人不免隔一层。后来诗又在感觉方面发展，以敏锐的感觉为抒情的骨子，一般读者只在常识里兜圈子，更不免有隔雾看花之恨。"这一番精微的诗论，可以说是指引诗境的宝筏了。

在新诗的行程中，诗的形式乃是一个一直在探求着与讨论着的课题。朱光潜曾经写了《诗的实质与形式》，朱自清也写了《诗的形式》和《诗与话》；对于这一课题，作综合的批判与报道。

朱氏说：新诗的提倡，从破坏旧诗词的形式下手。胡适之提倡自由诗，主张自然的音节。但那时的新诗，并不能完全脱离旧诗词的调子，还有些利用小调的音节的。完全用白话调的，自然不少；诗行多长短不齐，有时长到二十几个字，又多不押韵，这就很近乎散文了。那时，刘半农已经提议增多诗体，他主张创造与输入双管齐下，不过没有什么人注意。1923年，陆志韦的《渡河》出版，他试验了许多外国诗体，有相当的成功。他有一篇《我的诗的躯壳》，说明他试验的情形。他似乎很注意押韵，但还是觉得长短句最好。那时正在盛行"小诗"（自由诗的极端），他的试验，也没有什么人注意。

"自然的音节"近于散文而没有标准，除了比散文句子短些、紧凑些。一般人，不但是反对新诗的人，似乎总愿意诗距离散文远些，有它自己的面目。1925年，北京《〈晨报〉诗刊》，提倡格律诗，能够风行一时，就是这个原由。诗刊主张努力于“新形式与新音节的发现”，徐志摩试验了各种各国诗体，他的才气也足以驾驭这些形式，所以成绩斐然。闻一多在《诗的格律》一文中，主张诗要有“建筑的美”，包括“节的匀称”、“句的均齐”，要达到这种匀称和均齐，便得讲究格式、音尺、平仄、韵脚等，如他的《死水》诗的头两行：

这是——一沟——绝望的——死水，

清风——吹不起——半点——漪沦。

两行都由三个“二音尺”和一个“三音尺”组成，而安排不同，这便是句的均齐。他也试验了种种外国诗体，成绩也很好。

格律运动，在新诗行程中，留下了不灭的影响。从“九一八”到“八一三”，这一段时期的诗歌，一面虽然趋向散文化，一面却也注意“匀称”和“均齐”，不过并不一定使各行的字数相等罢了。艾青和臧克家的诗，都是例证；前者多注意在“匀称”上，后者却兼注意在“均齐”上。而卞之琳的《十年诗草》，更使我们知道这些年里，诗的格律，一直有人在试验着。从陆志韦起始，接上了徐志摩、闻一多和梁宗岱；有志试验外国种种诗体的，卞之琳是第五个人。他的诗体，因为有前头的人做镜子，更能融会那些诗体来写自己的诗。第六人乃是冯至，他的《十四行集》，可以说是建立了中国十四行诗的基础，使得向来怀疑这诗体的人，也相信它可以在中国诗里活下去。

朱氏说：“无韵体和十四行体（或商籁）值得继续发展，别的外国诗体也将融化在中国诗里，这是摹仿，同时是创造，到了头，都会变成我们自己的。”“无论是试验外国诗体或创造‘新格式与新音节'，主要的是在求得适当的'匀称'和'均齐'。自由诗只能作为诗的一体而存在，不能代替'匀称'、'均齐'的诗体，也不能占到比后者更重要的地位；外国诗如此，中国诗不会是例外。”“现在新诗，已经发展到一个程度，使我们感觉到匀称和均齐，还是诗的主要的条件，这些正是外在的复沓的形式。但所谓'匀称'和'均齐'，并不要像旧诗，尤其是律诗，那样凝成定型。写诗只须注意形式上的几个原则，尽可'相体裁衣'，而且，必须'相体裁衣'。”

（笔者于1923年左右，曾经替自由体新诗辩护，章太炎师演讲国学，则主张必须有韵律，白话自由诗，不能算是诗，因此引起了辩论；笔者的去信和章师的复信，均见《国学概论》。）

写实主义的小说（上）

上文我们说到那几位总结初期新文学运动成绩的批评家，如胡适、曾孟朴、陈子展，都承认小品文的收获最丰富，其次则是短篇小说；新诗及戏曲又次之。他们还没看到长篇小说的产生。（《阿Q正传》和《玉君》，只能算是中篇小说。）可是，到了1928年后，长篇小说，反映破落的城市生活与动乱的中国社会的写实小说先后出来了。这时期，托尔斯泰、屠格涅夫、陀思妥耶夫斯基、契诃夫、高尔基、左拉、莫泊桑、佛罗贝尔、哈代、高尔斯华绥等的小说，都先后译介过来；我们所欣赏的就是这一种写实派小说。而茅盾、叶圣陶、巴金、张天翼、老舍、沈从文，这一些作家的小说，也正是写实主义的作品。

茅盾的反映大革命破败时代的小说，《幻灭》、《动摇》、《追求》（总名为《蚀》）等，上文我也已提及了。他在另一短篇小说集《野蔷薇》的序文中说："知道信赖着将来的人，是有福气的，是应该被赞美的。但是，慎勿以历史的必然当作自身幸福的预约券，且又将这预约券无限制地发卖。没有真正地认识而徒借预约券作为吗啡针的社会的活力，是沙上的楼阁，结果也许只得了必然的失败。把未来的光明粉饰在现实的黑暗上，这样的办法，人们称之为勇敢，然而掩藏了现实的黑暗，只想以将来的光明为掀动的手段，又算是什么呀？真的勇敢者是敢于凝视现实的，是从现实的丑恶中体认出将来的必然，是并没把它当作预约券而后信赖。真的有效工作是要使人们透视过现实的丑恶，而自己去认识人类伟大的将来，从而发生信赖。不要伤感于既往，也不要空夸着未来，应该凝视现实，分析现实，揭破现实；不能明确地认识现实的人，还是很多着的。”他是和左拉一样，以分析现实、揭破现实来完成他的作品的，这是写实主义的创作态度。

1933年，他的长篇小说《子夜》出版了，他自言：“1930年春，我又回到上海。这个时候，正是汪精卫在北平筹备召开扩大会议，南北大战方酣的时候，同时也正是上海等各大都市的工人运动高涨的时候。我在上海的社会关系，本来是很复杂的。朋友中间有实际工作的革命党，也有自由主义者；同乡故旧中间，有企业家，有公务员，有商人，有银行家。那时，我既有闲，便和他们常常来往，从他们那里，我听了很多。向来对社会现象，仅看到一个轮廓的，我现在看得更清楚一点了。当时，我便打算用这些材料写一本小说。后来眼病好一点，也能看书了，看了当时一些中国社会性质的论文，把我观察得的材料和他们的理论一对照，更增加了我写小说的兴趣。”“在我病好了的时候，正是中国革命转向新的阶段，中国社会性质论战进行得激烈的时候，我那时打算用小说的形式写出以下的三方面：（1）民族工业在帝国主义经济侵略的压迫下，在世界经济恐慌的影响下，在农村破产的环境下，为要自保，使用更残酷的手段加紧对工人阶级的剥削；（2）因此引起了工人阶级的经济的政治的斗争；（3）当时的南北大战，农村经济破产以及农民暴动，又加深了民族工业的恐慌。”

《子夜》这部小说的主要人物吴荪甫，是一个有魄力、有手腕的民族资本工业家，他有发展民族工业的宏大志愿，除了他自己的裕华丝厂以外，乘人之危，千方百计，巧取了八个小工厂；他的野心很大，想使这些工厂的产品，走遍穷乡僻壤，销遍全国。他组织了益中信托公司，乃是他个人最得意的手笔；他以为靠他的铁腕，一定可以打倒任何敌人。但他碰到那样的时代环境，由于军阀混战，和外货的倾销，他的丝厂产品，和其他工厂出品都销不出去；同时，他又斗不过外商所支持的买办巨头赵伯韬，于是一败涂地，几乎非自杀不可，终于躲到庐山去避开风头了。这是从第一次世界大战后期，到“九一八”前夜，东南民族工业家的真实遭遇。吴荪甫这一型人物，乃是我们所熟知的。他笔下的交易所场面，写得非常生动，也正是1923年前后的上海大画面呢！

谈革命文学的，每每强调阶级意识的觉醒，好似五四运动以后，工人阶级已经处于领导地位。若干叙说新文学的演进过程的，也把以农工生活为题材的文艺作品，当作进步的记录。其实，五四运动所促醒的，乃是知识青年，以及城市一部分小资产阶级；领导社会革命的，也就是这一群人。蒋光慈——这一位太阳社的作家，和其他革命文学作家，如洪灵菲、钱杏邨、楼适夷、华汉那些人，所写的都是知识分子的幻觉，如瞿秋白所说的，充满着“革命的浪漫谛克”。“有的是侧重于替无产阶级诉苦，想象的悲惨生活的描写；有的就写出了理想化的工人的前卫英雄行动。根据社会科学的概念来写成了理想的故事和人物，失掉了文艺的感染力量。因此，虽然在当时也曾引起过一些进步青年的爱好，但经得起时代磨炼的作品就很少”。他们都缺乏深入的生活经验，他们的作品都是不够真实的。柔石（赵平复）、胡也频和丁玲，“左联”作家中，这几位最为一般人所熟知的，他们的作品，也是局限于知识分子这一小圈子中，有热情而无热力，正如《光明在我们前面》那一小说的题名所启示的飘渺之境。赵、胡二氏，为了社会革命，牺牲得很早，他们的作品就停在那一阶段了。

丁玲的写作生活最悠久，她也曾被捕，幸而没有被杀害；她的一生，就和社会革命生活相终始，直到今日。她的作品，从

《莎菲女士的日记》到《桑干河上》，这其间的演变之迹是很显著的。她那本《莎菲女士的日记》，可以说是她的初期作品的代表；茅盾曾作如此的评论："初期的丁玲的作品，全然和这'幽雅'的情绪没有关涉，她的莎菲女士是心灵上负着时代苦闷的创伤的青年女性，叛逆的绝叫者。莎菲女士是一位个人主义、旧礼教的叛逆者；她要求一些热烈的痛快的生活。她热爱着而又蔑视她的怯弱的矛盾的灰色的求爱者，然而在游戏式的恋爱过程中，她终于从腼腆拘束的心理摆脱，从被动的地位到主动的，在一度吻了那青年学生的富于诱惑性的红唇以后，她就一脚踢开了她的不值得恋爱的卑琐的青年。这是大胆的描写，至少在中国那时的女性作家中是大胆的。莎菲女士是'五四'以后解放的青年女子在性爱上的矛盾的心理的代表者。"这一类小说，正是反映五四运动的思想解放的倾向，对于旧礼教的反抗，所连带引起的性的觉醒的表现，和社会革命的关系，可说是十分淡薄的。她的其他几种小说，如《韦护》、《一九三零年春在上海》和《水》，都是以革命与恋爱为中心题材；她那时已经投身革命工作，所以特别强调革命的情绪，但她对于中国社会的了解有待深化，因此，我们觉得她所勾画的时代背景，总如雾里看花，印象不会很深的。她曾想用《母亲》做线索，来贯穿从宣统末年，经过辛亥革命，到1927年的大革命，把整个时代勾画出来。也因为她既不懂得中国的历史，也不懂中国的社会文化，写得也并不成功。（新文学运动初期的几位女作家，谢冰心、黄庐隐和丁玲，虽说成了名，她们的作品都是很幼稚的。）

如上所说，那时的革命文学作品，都不是写实的；而写实主义的小说，都带点虚无主义的色彩，这可见那时的文艺作家，虽标榜无产阶级的文学，毕竟还是小资产阶级和知识分子的作品。

笔者觉得那一时期的作家，受屠格涅夫的影响很大，《罗亭》和《烟》的气氛，弥漫于每一作品之中。(虚无主义是个人主义，在政治上倾向于无政府主义；因此，不为今日提倡社会主义的作家所喜欢。但，每一个知识分子都带着浓重的虚无主义，那是不必讳言的。鲁迅的作品，就有着这一分气息的。)

我们说得真实一点，这一时期的文艺工作者，依旧是一群士大夫，所不同者，只是从旧的士大夫，蜕变而为新的士大夫而已。我们所最擅长者，还是写士大夫这一圈子中的故事，以及中年人的哀愁。叶圣陶有一回谈文艺作品的鉴赏，说到鲁迅的《孔乙己》(鲁迅自己所最满意的一篇短篇小说)，这个深深体会了世味的中年人说："这一篇，我以为最妙的文字是'孔乙己是这样的使人快活，可是没有他，别人也便这么过'。这个话传达出无可奈何的寂寞之感。这种寂寞之感，不只属于这一篇中的酒店小伙计，也普遍于一般人。'也便这么过'，谁能跑出这寂寞的网罗呢?"这段话，可以引申开去，当时所谓革命文学，都没有什么很好的成就，好一点的作品，都传达出这种无可奈何的寂寞之感的；鲁迅所最擅长的，也就是传达这一种落寞的气氛。

那时，叶圣陶写了那部有名的长篇小说：《倪焕之》。倪焕之是一位小学教员，他和校长蒋冰如在乡村试行新教育，因此对于东南地区农民生活有所理解，观点渐渐有所改变；五四运动的文化狂潮，把他带到上海，于是，投入了小市民的爱国运动；到1927年，大革命失败了，他就在悲愤的情绪中死去了；留下了一个更坚强地站起来的妻子金佩璋。这又是当时一般作家的套例。茅盾评论这一部小说，说："把一篇小说的时代安放在近十年的历史过程中的，不能不说这是第一部，而有意地要表示一个——一个富有革命性的小资产阶级知识分子，怎样地受十年来时代的壮潮所激荡，怎样地从乡村到都市，从埋头教育到群众运动，从自由主义到集团主义，这《倪焕之》也不能不说是第一部。在这两点上，《倪焕之》是值得赞美的。上文我所说‘五四’时代虽则已经草草过去，而叙述这个时代对于人心的影响的回忆气氛的小说，却也是需要，这一说，从《倪焕之》便有个实例了。”这是一种解释。其实，新的教育试验，如黄任之所提倡的职业教育，陶行知在南京晓庄所试行的生活教育，（陶行知原名陶知行，所以改名“行知”，即有“行而后知”，生活与教育打成一片之意。）以及若干从事乡村教育的知识分子，颇有“到农村去”那一运动的气氛。《倪焕之》便是代表这一时代趋向的作品。

文学研究会那一群作家中，王统照也是很重要的一员。他曾准备以六十万字的长篇小说写知识分子的思想变动的历程。这小说的前半部《春华》，三十万字，已经出版，后半部题名《秋实》，也有三十万字，尚未出版。《春华》那一部分，以五四运动后济南的一个青年集团——黎明学会为主题。那群青年，有的怀抱着过高的理想，有的受了刺激，削发为僧，作出世的结局；青年思想，不独和封建社会对立起来，也和学校当局对立起来。到了后半部，这群青年由于各自生活思想的趋向不同，乃结成各自的果实。在作品的主题和风格上，王统照和叶圣陶相似之处甚多；温文敦厚，两人性格上的相似，也非常之多。假使“文如其人”的话是对的，他们两人的小说，正和他们的人品是相同的。

那时，鲁迅曾说到关于小说题材问题，他说：“我的意思是：现在能写什么，就写什么，不必趋时，自然更不必硬造一个突变式的革命英雄，自称革命文学；但也不要苟安于这一点，没有改革，以致沉没了自己，也就是消灭了对于时代的助力和贡献。”这段话，倒可以说是文学研究会派的共同意向。

1929年，巴金（李芾甘，他是无政府主义者，因取巴枯宁、克鲁泡特金为笔名），在《小说月报》发表他的中篇小说《灭亡》，这是他的小说创作的开头。他是一个多产作家，《灭亡》、《新生》、《春天里的秋天》以后，就有《激流》的三种：《家》、《春》、《秋》，爱情三部曲：《雾》、《雨》、《电》，还有其他长篇、中篇和若干短篇小说。若就对青年学生的影响来说，鲁迅、茅盾、郭沫若，都不及他的广大，我们几乎可以称之为巴金的时代；每一个二十岁上下的青年学生，都以《家》中的高觉慧自居。他的小说，写青年的苦闷矛盾历程，串插着恋爱的故事，和歌德的《少年维特之烦恼》差不多。他的小说，颇近于初期的郁达夫，却不像达夫那样颓废。正如笔者所理会到的，一种浓厚的虚无色彩。巴金自己最爱《爱情三部曲》（他的作品，影响最大的还是《家》、《春》、《秋》，其实这三部小说，都很幼稚，只是年轻人爱看而已；年纪长大了，就会觉得那几部小说的浅薄了。笔者认为他的小说，以《憩园》写得最圆熟，爱情三部曲也不怎样高明）。他曾经在总序中说："但热情并不能够完成一切，于是信仰来了。信仰并不拘束热情，反而加强它，但更重要的是信仰还指导它。信仰给热情开通了一条路，让它缓缓地流去，不会堵塞，也不会泛滥。由《雾》而《雨》，由《雨》而《电》，信仰带着热情舒畅地流入大海。海景在《电》里面才展现出来。《电》是结论，所以《电》和《雨》和《雾》，不能够相同，就如海洋与溪流相异。到了《电》里，热情才有了归结。在《雾》里似乎刚下了种子，在《雨》里面信仰才发了芽；然后电光一闪，信仰就开花了。到了《电》，我们才看见信仰怎样地支配着一切，拯救着一切，倘使我们要作这个旅行，我们就不能不抓了两个人做同伴，吴仁民和李佩珠，只有这两个人是经历了那三个时期而存在的，而且他们还要继续地活下去。”他自己的信仰是无政府主义，但青年读者的心灵，由他的激发而走向革命大道，乃是社会主义的路；他和其他革命文学家，就在这一点上合了流了。

笔者就在这一段上，插说一件文坛的小事。1924 年春间，郑振铎翻译的《灰色马》（俄国路卜洵 Ropshin 著）出版了；这部虚无主义的小说，到了现在，已为社会人士所淡忘，在当时却是文坛一件大事。译者在引言中引了 Z. Vengerova 的话，说：“这书不仅仅是文学，这是人生的悲剧，写它的人对于其中的事迹，一件件都是亲身经历过来的。”他为什么要译这部小说呢？郑氏说：“我觉得佐治式的青年，在现在过渡时代的中国渐渐的多了起来。虽然他们不是实际的反抗者、革命者，然而在思想方面，他们确是带有极浓厚的佐治的虚无思想的，怀疑、不安而且蔑视一切。”佐治式的青年，也正是巴金小说中人物的写照，也可以说是所有那一时代青年的写照，虚无思想，实际上，乃是五四运动以后，最流行的思想。

《灰色马》的出版是热闹的，前面有瞿秋白、沈雁冰（茅盾）的序文，后面有俞平伯的跋文。他们都提到这一段话：“无目的无原则无生趣无理想的‘厉鬼’，既可以无所为而杀人，何独不可以‘为自己’而杀人。他是‘不愿意做一个奴隶，就是自由的奴隶也不愿意做。所有的生活都在冲突之中。没有这个，他便不能生活。但他的冲突，有什么目的呢？他亦不知道。他的意志就是如此。他饮他的酒，并不掺淡他’。他是‘最后的虚无主义者’。”佐治最后的话是：“假使耶稣已用他的话，使世界光明，我却不要这平静的光明。假使爱能拯救世间，我却不愿意爱。我是孤独的。即使天上乐园的门为我而开，我却仍然要说：‘一切都是假的，一切都是空的！’”这一份黯淡的气氛，就一直笼罩了我们的世代。

1926年，老舍（舒舍予）发表他的长篇小说《老张的哲学》；这是他描写城市小人物生活的开始。他是旗人，说一口道地的北京话，他就用道地的北京话，写北京中下层社会的生活。他的作品，颇似英国的狄更斯，文笔轻松，酣畅淋漓，笑料很多。接在《老张的哲学》之后，他写了《赵子曰》；他自己说："赵子曰是老张的尾巴。老张是揭发社会上那些我所知道的人与事，老赵是描写一群学生，不管是谁与什么吧，反正要写得好笑好玩。"最足以说明他的社会观的，还是他所写的另一中篇小说《我这一辈子》（这部小说，曾改编为影片）。那位裱糊匠出身的巡警，自言自语："我说过了：自从我的妻潜逃之后，我心中有了个空儿。经过这回兵变，那个空儿更大了一些，松松通通的能容下许多玩艺儿。说兵变的事吧！把它说完全了，你也就可以明白我心中的空儿为什么大起来了。""这次的变乱，是多少气人的事，只要我想一想，我便想到大家，想到全城，简直的我可以用这回事去断定许多的大事，就好像报纸上那样谈论这个问题那个问题似的，对了，我找到了一句漂亮的了。这件事，教我看出一点意思，由这点意思，我咂摸着许多问题。""我只能说这么一句老话，这个人民，连官儿、兵丁、巡警，带安善的良民，都'不够本'！所以，我心中的空儿更大了呀！在这群'不够本'的人们里活着，就是个对付劲儿，别讲究什么'真'事儿，我算是看明白了。"从这一观点，他写了《二马》、《猫城记》、《离婚》、《牛天赐传》、《骆驼祥子》，那么许多长篇小说。他是懂得幽默的，也和其他同时代的知识分子一样，憧憬于一个新的而模糊的远景。他在《骆驼祥子》的结尾上说："体面的、要强的、好梦想的、利己的、个人的、健壮的、伟大的祥子，不知陪着人家送了多少回殡；不知道何时何地会埋起他自己来，埋起这堕落的、自私的、不幸的，社会病胎里的产儿，个人主义的末路鬼！”也就是他自己的写照。他曾作如此的自我批判：“我自己也必定承认：我是个善于说故事的，而不是个第一流的小说家。我的温情主义多于积极的斗争，我的幽默冲淡了正义感。”在“文协”当中，老舍是我们那一群的老大哥；在文艺创作上，他也是一直跟从着时代的脚步的。《我这一辈子》的结末，他说了这样的话：“我的眼前时常发黑，我仿佛已摸到了死！哼！我还笑，笑我这一辈的聪明本事，笑这出奇不公平的世界，希望等我笑到末一声，这世界就换个样儿吧！”这便是他所以从美国回到祖国来的主因。

和老舍正相对的，有一位从湖南边远的乡村进入大都市的作家，沈从文；他也是描写小人物。他的小人物，都是农村和湘西山谷间来的。出现在他小说中的，乃是军队中的士兵，近于原始生活的苗民等等。他曾在《边城》的题记中说：“对于农人与兵士，怀了不可言说的温爱，这点感情在我一切作品中，随处都可以看出，我从不隐讳这点感情。我生长于作品中所写到的那类小乡城，我的祖父、父亲以及兄弟，全列身军籍；死去的莫不在职务上死去，不死的必然的将在职务上终其一生。就我所接触的世界一面，来叙述他们的爱憎与哀乐，即或这支笔如何笨拙，或尚不至于离题太远。因为他们是正直的、诚实的；生活有些方面极其伟大，有些方面又极其平凡；性情有些方面极其美丽，有些方面又极其琐碎；我动手写他们时，为了使其更有人性、更有人情，自然便老老实实地写下去。但因此一来，这作品或者不免成为一种无益之业了。因为它对于在都市中生长教育的读书人说来，似乎相去太远了。他们的需要应当是另外一种作品，我知道的。”这一段话，也可以说是对于自己作品的最好注解。他的作品很多，《边城》以外，如《入伍后》、《黔城小景》、《龙珠》、《八骏图》，他虽不曾受过完全的教育，但他的文字是很活泼的、优美的。

写实主义的小说（下）

我们不必讳言，文人之间，有着很深的门户之见的；曹丕所说的，“文人相轻，自古而然”，那是由于褊狭的心理，所以说：“各以所长，相轻所短。”到了现代，掺上了政治性的党派成见，那更容易颠倒黑白。鲁迅的眼光是卓越的，每有独到的见解；但他对于现代评论派的作家，尤其对于陈源（西滢）夫妇，每多苛责之词。而追随鲁迅的后继作家，更是党同伐异，以党的尺度来衡量作品的长短；因此，若干文学史，如王平陵的《中国新文艺史话》，立场明显不同，其颠倒黑白的态度，是十分了然的。

其实，现代中国小说作家之中，李劼人的几种长篇小说，其成就还在茅盾、巴金之上。李氏四川人，曾留学法国；他受写实主义大师佛罗贝尔、左拉、莫泊桑的影响甚深，曾经译述了佛罗贝尔的《马丹波娃利》、莫泊桑的《人心》和都德的《达哈士孔的狒狒》。他曾写了一连串以庚子拳变以来中国社会变迁之迹为题材的小说。第一种是《死水微澜》，以四川成都为背景，描写当时沉寂的中国社会，天主教会势力之强盛、教民之横行、物质文明之初步侵入以及绅士、袍哥、土娼等社会黑暗面。第二种便是《暴风雨前》，写辛亥革命前夜的四川社会动态，从闹红灯教开头，写到维新求变的社会心理，而以成都的士大夫阶层为变乱的骨干。郝达三这一家的波澜正是整个时代的写照。第三种，乃是五十万字的巨著《大波》，写辛亥革命时期的成都动态，这是扛鼎的大力作，无论取材、组织以及描写，都非茅盾的《子夜》所能企及；比之巴金的作品，那更高得多。他用最真实的辛亥革命故事，正如左拉之写法国大革命；其中对话，掺用了成都的方言，使人听了，十分真切。他并没有夸张革命的英雄成分；在他的大镜子里，那些革命英雄简直是很可笑的。他老老实实地写出蒲伯英、罗纶那些社会领袖张皇失措的神情；群众已经向前走了一步，他们却落后了，跟不上去了。成都独立以后，四川的局面似乎更糟了。他写道："社会比如是个大的木桶，礼法秩序便是维系这木桶的箍，倘然这箍被虫蛀朽断折，则木桶的分解，断乎不止是一片两片，而是整个分解的。这时最急需的，是要得一个好的箍桶匠人，赶快运用他那巧妙而灵敏的手段，趁这木桶将解未解之际，急速打一道牢固的新箍，把那旧的代了。但是蒲先生似乎尚未解此，或者想到了，而所用的材料又不大好，不惟没有把这大桶维系好，反而把它分解的力量加强了。"革命本来有其不可见人的黑暗面的，他就老老实实勾画出来了。这是他的写实手法，也正是为有着政治成见的人所不快意的，因之，他的小说，一直不为有着门户之见的文坛所称许。若干政见很深的文艺批评家，不独不曾读李氏的小说，几乎连李劼人的姓氏，也不甚了解呢。

李劼人的小说，也和屠格涅夫、左拉的小说一样，其中的女性，都是热情、机警的，而且能够把握现实的；串在《暴风雨前》中，有那个上莲池的伍大嫂，而《大波》中的黄太太，乃是贯注了全局的角色。她是一个真正能够掌握动乱场面的角色。这一方面的映衬，使这篇小说，显得十分生动。我们从写作技巧上说，李氏也是一个很成熟的作家。

和李氏一样，以辛亥革命为题材的长篇小说，还有陈铨的《彷徨中的冷静》。陈铨的文艺修养，本来不错，却为革命文学家所嫉视；因此，他的小说，也排斥在文坛门户圈之外了。但是，我们写文学史的，自该替他们安排一个妥当的地位的。

笔者在上文已经说到鲁迅的小说，带着浓重的乡土气息；他笔下的农村男女，轮廓非常鲜明。他曾在《故乡》中描写一个幼年伴侣闰土："他身材增加了一倍；先前的紫色的圆脸，已经变作灰黄，而且加上了很深的皱纹；眼睛也像他父亲一样，周围都是肿得通红；这我知道，在海边种田的人，终日吹着海风，大抵是这样的。他头上是一顶破毡帽，身上只有一件极薄的棉衣，浑身瑟索着；手里提着一个纸包和一枝长烟管，那手也不是我所记得的红活圆实的手，却又粗又笨而且开裂，像是松树皮了。他站住了，脸上现出欢喜和凄凉的神情；动着嘴唇，却没有作声。"鲁迅问问他的景况，他只是摇头，说："非常难。第六个孩子也会帮忙了，却总是吃不够；又不太平，什么地方都要钱，没有定规，收成又坏。种出东西来，挑去卖，总要捐几回儿，折了本；不去卖，又只能烂掉。"鲁迅描写闰土："只是摇头；脸上虽然刻着许多皱纹，却全然不动，仿佛石像一般。他大约只是觉得苦，却又形容不出，沉默了片时，便拿出烟管来，默默的吸烟了。"一个现实的小说家，他自会同情这样悲惨的、走向崩溃了的农村农民的命运的。

年轻的作家之中，以写短篇小说著称的，如张天翼、魏金枝、彭家煌、欧阳山、沙汀、艾芜、吴组缃、芦焚、叶紫，自然逃不了如巴金、沈从文、老舍那样着眼小市民、知识分子的生命圈。他们也像鲁迅一样，从农村来的多；因此，他们虽爱写城市的题材，反而写农村的生活比城市的深刻得多。（有人自以为到农村去，要写农民的生活，反而对农村是十分隔膜的。）鲁迅曾在葛琴的《总退却》序中说过这样的话："中国久已称小说之类为闲书，这在五十年前为止，是大概真实的；整日价辛苦做活的人，就没有工夫看小说。小说之在欧美，先前又何尝不这样。后来生活艰难起来了，为了维持，就缺少余暇，不再能那么悠悠忽忽。只是偶然也还想借书来休息一下精神，而又耐不住唠叨不已，破费工夫，于是就使短篇小说交了桃花运。这一种洋文坛上的趋势，跟着古人之所谓‘欧风美雨’，冲进中国来，所以文学革命以后，产生的小说，几乎以短篇为限。但作者的才力不能构成巨制，自然也是一个很大的原因。而且书中的主角也变换了：古之小说，主角是勇将策士、侠盗赃官、妖怪神仙、佳人才子，后来则有妓女嫖客、无赖奴才之流。‘五四’以后的短篇里，却大抵是新的知识者登了场，因为他们是首先感觉到了欧风美雨中的飘摇的，然而总不脱古之英雄和才子气。现在可又不同了，大家都已感到飘摇，不再要听一个特别的人的运命。他们要知道，感觉得更广大、更深邃了。”鲁迅对葛琴的小说留下如次的评论：“这一本集子，就是这一时代的出产品，显示着分明的蜕变，人物并非英雄，风光也不旖旎，然而将中国的眼睛点出来了。我以为作者的写工厂不及她的写农村，但也许因为我先前较熟于农村，否则，是作者较熟于农村的原故罢！”

在那些作家之中，魏金枝和叶紫，都是笔者所最熟悉的。金枝的小说，“以忧郁的文章，写出了古旧农村的小人物生活，弥漫着一种哀婉的情调”，这是笔者所了解的。（魏氏和鲁迅也是同乡，他的性格也就是那么忧郁的，他长了一脸胡子，一口绍兴土白，也正是鲁迅笔下的人物。）他有《奶妈》、《白旗手》那几种小说集；那篇《白旗手》就是写那一群招募来的新兵。这一群“虫豸”，并不想当兵，却不能不当兵，因为农民经济破产，失去了土地和一切生存的条件，只能走二流子的路了。他那简朴的风格，颇近于鲁迅。

中国的农村，是“赵太爷”的世界。（赵太爷，鲁迅《阿Q

正传》中人物。他不许阿Q姓赵，阿Q调戏了他的女工，他打了阿Q一棍，还要阿Q写服辩；阿Q从城中偷了东西回来，他首先要捡点便宜，他的儿子假洋鬼子，盘了辫子革了命，首先把尼姑庵里的万岁牌位革掉了。）农民并非单单在“天高皇帝远”的政府底下生活的，而是在绅士的势力范围中生活的。（绅士是退任的官僚或是官僚的亲戚。他们在野，可是朝内有人。他们没有政权，可是有势力；势力就是政治免疫性。政治愈可怕、苛政猛于虎的时候，绅士们免疫性和掩护作用的价值也愈大，托庇豪门才有命。）绅士与官僚勾结而成的政治势力，再加上外来的经济势力，迫得农民走投无路，这是现代中国农村的实际图画；悲惨的题材是写不完的，只是写这些题材的作家，也很少是成功的。

吴组缃的《西柳集》和《饭余集》，写的是皖南农村的生活。皖南也是山僻地区，而宗法封建的势力却顽强得很，烟赌娼到处都是，显得安徽军阀势力的根深蒂固。他那篇《一千八百担》，描写那百八十多房，二千多家的宋姓大族，子弟们品类混杂，游手好闲，靠卖田来过日子；那大族的私田，都给族中吞并了去，都成为公田；所谓公田，也就操纵在几个族中豪绅之手。他的《樊家铺》，便是农村经济破产的必然后果，良善的农民，失去了土地，只好铤而走险，而纯朴的农妇为了五十块钱杀死了自己的母亲，这都是他所耳闻目睹的悲剧。那时的文艺作家，看见了这样悲惨的场面，同情之念是有的，他们也并不曾提出答案来。因为中国的农村问题，不是一朝一夕之故，可以说是有着二千年的历史了！（西汉的士大夫，已经看到了这样的画面了。）

我们看过芦焚的小说集，该记起他说过的两句话：“我不喜欢我的家乡，可是怀念着那广大的原野。”（他憎恶那个充满了官绅兵匪的贫穷动乱的农村环境，却又以田园诗人的情怀，欣赏大自然的美丽景色。）这也可说是一般知识分子的共同心理。鲁迅在《故乡》的结尾，也就是这么写的："在归途中，两岸的青山在黄昏中，都装成了深黛颜色，连着退向船后梢去。在默默中，他沉思着。"

鲁迅曾经介绍过叶紫的《丰收》，这是写农村题材的作家中最富战斗气息的。他说："这里的六个短篇，都是太平世界的奇闻，而现在却是极平常的事情。因为极平常，所以和我们更密切，更有大关系。作者还是一个青年，但他的经历，却抵得太平天下的顺民的一世纪的经历，在辗转的生活中，要他'为艺术而艺术'是办不到的。但我们有人懂得这样的艺术，一点用不着谁来发愁。"作者所写的是洞庭湖西南的农村景象；他曾经参加过1927年的大革命阵线，有着实际的斗争经验。他自言："这里面，只有火样的热情，血和泪的现实的堆砌。毛手毛脚，有时候，作者简直像欲亲自跳到作品里去，和人家打架似的！"这是他的火辣辣的风格。

说到大西南那一角上的社会生活，更是落后，更是复杂；如沈从文那样写川康边境的农村生活和军中生活的，有周文的《烟苗季》。他自己说："那生活于我究竟太熟悉了，虽然这熟悉并不是人的幸福，它像恶魔似的时时紧抓着我的脑子，啃噬着我的，而且常常在我的梦中翻演着过去了的那些令人不愉快的陈迹。是一个很可怕的重负呵！使我烦恼，使我痛苦，任我怎么决心要忘掉，也忘不了它！"他就是在这样迫切的情感下写出来的，也是那一时期写暴露性作品的共同作风。

日本军阀的大陆政策，到"九一八"事变以后，更表面化了；沈阳失陷了，接上来便是关外东三省的变色。到了1932年，榆关失陷，日军侵入冀东，成立了伪组织，一面从热河侵入察绥，攻陷了张家口。东北青年，大量流亡到关内，过着流亡的生活。这份愤怒的抗日情绪，在文艺作品中反映得非常鲜明。有一位无名氏写了一首《松花江上》的歌曲：

我的家在东北的松花江上，
那里有森林煤矿，
还有那满山遍野的大豆高粱。
我的家在东北松花江上，
那里有我的同胞，
还有那衰老的爹娘。
九一八，九一八，
从那个悲惨的时候；
九一八，九一八，
从那个悲惨的时候；
脱离了我的家乡，
抛去那无尽的宝藏！
流浪，流浪，
整天价在关内流浪！
哪年哪月，
才能够回到我那可爱的故乡；
哪年哪月，
才能够收回我那无尽的宝藏！
爹娘啊，爹娘啊，
什么时候才能欢聚在一堂？

这首歌曲，代表着流亡在关内东北人士的共同情怀。

这种情调，投在小说中的，就有萧军的《八月的乡村》（奴隶丛书之一）、萧红的《生死场》（也是奴隶丛书之一）。前者写东北人民起来和敌人战斗的血泪史，其中有强毅不屈的铁鹰队长（他是一个道地的农民）和感伤气氛很浓的萧明（他是知识分子）。他的小说，鲁迅曾作如次的介绍：“我却见过几种说述关于东三省被占的事情的小说。这《八月的乡村》即是很好的一部，虽然有些近乎短篇的连续，结构和描写人物的手段，也不能比法捷耶夫的《毁灭》；然而严肃、紧张，作者的心血和失去的天空、土地、受难的人民，以至失去的茂草、高粱、蝈蝈、蚊子，搅成一团，鲜活的在读者眼前展开，显示着中国的一部分和全部，现在和未来，死路和活路。凡有人心的读者，是看得完的，而且有所得的。”（作者另一长篇小说，题名《第三代》，也是以东北农村为背景的。）

萧红的那部小说，以哈尔滨附近农村为背景，写东北沦陷后，一群善良的人的遭遇；在铁蹄下的人民，终于觉醒了，站起来了。鲁迅也曾作如次的介绍：“这本稿子的到了我的桌上，已是今年的春天。但却看见了五年以前以及更早的哈尔滨。这自然还不过是略图。叙事和写景，胜于人物的描写，然而北方人民的对于生活的坚强，对于死的挣扎，却往往已经力透纸背；女性作者的细致的观察和越轨的笔致，又增加了不少明丽和新鲜，精神是健全的。”其他东北青年作家如舒群、端木蕻良等，他们的气氛是相同的，所写的都是血腥的故事，此中有着憎恨与战斗的情绪。

言志派的兴起

1942年10月间，何其芳为了鲁迅逝世六周年纪念，写了一篇《两种不同的道路》的论文。他说：有这样的两兄弟：一同出生于破落的旧中国，一同经历了“辛亥革命”、“五四运动”，而所走的道路却越来越分歧，结果一个投入了无产阶级的营垒里，成为革命文化的旗帜，一个一直待在个人的书斋里，以至成为现代文化界的李陵。这就是鲁迅与周作人。这难道是偶然的事情吗？是不是在两人的思想发展上，我们可以找到一个一贯的根本的区别来呢？读着两人早期的文章，我们就总有着不同的感觉。一个使你兴奋起来；一个使你沉静下去。一个使你像晒着太阳；一个使你像闲坐在树荫下。一个沉郁地解剖着黑暗，却能够给与你以希望与勇气，想做事情；一个安静地谈说着人生或其他，却反而使你想离开人生，去闭起眼睛来做梦。这是什么原故呢？两人早期都是民族主义者、民主主义者，然而又是何等不同的民族主义者、民主主义者。两人都曾经是寻路的人，然而又是何等不同的寻找的方法，何等不同的寻找的结果。两人都以文学为其事业，然而又是何等不同的对待文学的态度，何等不同的结出来的果实。这又是为什么呢？我们凭历史材料去想象那时候的中国，外面是各个帝国主义者的咄咄迫人的侵略，里面是满洲贵族的昏庸的封建统治。那时候的进步的知识分子，而不是一个民族主义者、民主主义者是不可能的。然而，无论爱什么（异性、国家、民族、人类），只有纠缠如毒蛇，执著如怨鬼，二六时中，没有已者有望。鲁迅就是这么执著，他曾经经历了辛亥革命，袁世凯称帝，张勋复辟，许多使人失望的事情，使他消沉起来，我们可以看出当时思想里的怀疑与肯定的矛盾。他比喻当时的中国为一个绝无窗户而万难破灭的铁屋子。但当钱玄同说到了希望，他就改变了他的想法了："说到希望，却是不能抹煞的，因为希望是存在于将来，决不能以我之必无的证明，来折服了他之所谓可有。"他又说："我想，希望是本无所谓有，无所谓无的。这正如地上的路，其实地上本没有路，走的人多了，也便成了路。""什么是路？就是从没有路的地方踏出来的，从只有荆棘的地方开辟出来的。"他拖着他十多年前的启蒙主义，文学必须是为人生，而且要改良人生。他把文艺看作国民精神所发的火光，同时又是引导国民精神前途的灯火。他认为"为艺术而艺术"，不过是消闲的新式的别号。他的小说也好，杂文也好，都给当时的周围的寒冷空气带来了火与热。他把希望放在年轻的一代。他反对中庸，反对"费厄泼赖"，反对不打落水狗，他提倡韧性的战斗。

周作人却走着另外一条完全不同的路。1925年的《元旦试笔》中，他自述他的思想变迁的大概。他最初是尊王攘夷的思想，后来一变而为排满与复古，持民族主义计有十年之久；到了民国元年，他才软化。"五四"时代他又梦想世界主义。后来修改为亚洲主义，到了写试笔的那年元旦，却又觉得民国根本还未稳固，还得从民族主义做起。五四运动高潮过去了以后，他的第一个选集《自己的园地》，就鲜明地宣布了他的个人主义、趣味主义。他为什么要从事文学活动呢？他说："我并非厌薄别种活动而不屑为，我平常承认各种活动于生活都是必要；实在小半由于没有这样才能，大半由于缺少这样的趣味，所以不得不在这中间定一个去就。"他认为这是尊重个性的正当办法。如有蔑视这些的社会，那便是白痴的，只有形体而没有精神生活的社会，没有管它的必要。他说："为艺术派以个人为艺术的工匠，为人生派以艺术为人生的仆役；现在却以个人为主人，表现情思而成艺术，即为其生活之一部，初不为福利他人而作；而他人接触这艺术，得到一种共鸣与感兴，使其精神生活充实而丰富。”从他这一观点，“言志”原是新文学运动的主潮呢！

周作人曾经说过：“文艺以自己表现为主体，以感染他人为作用。”“有益社会并非著者的义务，只因为他是这样想，要这样说，这才是一切文艺存在的根据。”这些话，可以说是言志派的中心观点；所以，他的散文集，题名为《自己的园地》。他概括他自己的见解：艺术是独立的，又原来是人性的；是人生的，但不是为人生的；是个人的，亦即为人类的。他反对艺术上的功利主义。他认为功利的批评过于重视艺术的社会意义，忽略原来的文艺性质；这种批评家虽声言叫文学家做指导社会的先驱者，实际上容易驱使他们去做侍奉民众的乐人。他反对艺术上的多数主义。他认为一个人的苦乐与千人的苦乐，其差别只是量的问题，不是质的问题。个人所感到的愉快或苦闷，只要是纯真迫切的，便是普遍的感情，即使超越群众的一时的感受以外，也终不损其为普遍。在文艺批评上，他反对有客观的真理，而赞成法朗士的印象主义的批评。他认为君师的统一思想，定于一尊，固然应该反对；民众的统一思想，定于一尊，也应该反对。周氏自信于“为人生”与“为艺术”之间有着中间性的文艺，而他自己是实行着这种主张的。他在《自己的园地》序文中，说他自己的写作动机是：“我平常喜欢寻求友人谈话，现在也就寻求想象的友人，请他们听我的无聊赖的闲谈。”“我只想表现凡庸的自己的一部分，此外并无别的目的。”“我因寂寞，在文学上寻求慰安。”在《雨天的书》序中，说明他为什么写出那些文章，是因为那年冬天特别多雨，在那种天气非常阴沉，使人十分气闷的时候，他常空想“如在江村小屋，靠玻璃窗，烘着白炭火钵，喝清茶，同朋友谈闲话，那是颇为愉快的事”，而这种空想不能实现，所以就写文章。后来天虽不下雨了，但是在这晴雪明朗的时候，人们心里也会有雨天，而且阴沉的期间或者更长久些。因此，他的文章就常有续写的机会。他很叹息中国这个国家，当时这个时代，使他难于做出平和冲淡的文章，而祈祷他的心境不要再粗糙下去、荒芜下去，因为他是极爱慕平淡自然的田园的境界的。周氏的散文，喜欢说一些《苍蝇》、《故乡的野菜》、《穷袴》、《香园》的题目，他觉得“赋得”一类的八股文字是没有意义的。

周氏讲演现代中国新文学，提到文学的用处，他就说：“大家当可看得出：文学是无用的东西。因为我们所说的文学，只是以表达出作者的思想感情为满足的，此外再无目的之可言。里面没有多大鼓动的力量，也没有教训，只能令人聊以快意。不过，即这使人聊以快意一点，也可以算作一种用处的；它能使作者胸怀中的不平因写出而得以平息，读者虽得不到什么教训，却也不是没有益处。关于读者所能得到的益处，可以这样地加以说明，也是亚里士多德早就在他的《诗学》内主张过的，便是一种祓除作用。有人以为文学还另有积极的用处。我说：欲使文学有用也可以，但那样已是变相的文学了。”周作人可以说是言志派大师，他的话，至少值得我们吟味的。他对于新文学的看法是这样：“鲁迅有过一句话：‘由革命文学到遵命文学。’意思是，以前是谈革命文学，以后怕要成为遵命文学了。这句话说得很对，我认为凡是载道的文学，都得算作遵命文学，无论其为清代的八股，或桐城派的文章，通是。对这种遵命文学所起的反动，当然是不遵命的革命文学。于是产生了胡适之的所谓‘八不主义’，也即是公安派所谓‘独抒性灵，不拘格套’和‘信腕信口，皆成律度'的主张的复活。”也是一种看法。

我们回看新文学的进程，用周氏兄弟鲁迅和周作人两人的道路来代表1927年以后的文坛动向，那是不错的。不过，一切分类，也只为了研究上的利便；一定要楚河汉界，划分成敌对的阵线，却又是一种机械的看法。周氏兄弟，在若干方面，其相同之点，还比相异性显著得多。

且说，有一种鲁迅所翻译的厨川白村小品散文集——《出了象牙之塔》；（另一种则是《苦闷的象征》。）从这散文集的题名说，显然是走着和鲁迅相同的路，舍弃了象牙之塔，走向十字街头，为社会、人生而艺术。但翻开第一页，《出了象牙之塔》的第一个小题，便是“自己表现”，却是周作人所走的路。（这部小品散文集的译介，对于中国文坛的影响是很大的。不独奠定了小品文的内容，也影响到小品文的风格。）厨川白村说：“为什么不能再随便些，没有做作地说话的呢？即使并不俨乎其然地摆架子，并不玩逻辑的花把戏，并不抡着那并没有这么一回事的学问来显聪明，而再淳朴些，再天真些、率直些，而且就照本来面目地说了话，也未必便跌了价罢！”“从早到夜，以虚伪和伶俐凝住了的俗汉，自然在论外，但虽是十分留心，使自己不装假的人们，称为‘人’的动作，既然穿上衣服，则纵使剥了衣服，一丝不挂，看起来，那心脏也还在骨呀皮呀肉呀的里面的里面。——剥去这些，将纯真无杂的生命之火，红焰焰地燃烧着的自己，就照本来面目地投给世间，真是难中的难事。本来，精神病人之中，有一种喜欢将自己身体的隐藏处所给别人看的，所谓肉体暴露狂的，然而倘有自己的心的生活的暴露狂，则我以为即使将这当作一种艺术底天才，也无不可罢。”这些话，即便是周作人、林语堂言志派所要说的话了。

厨川白村一说到了小品散文，他就连带说到了“幽默”（humour）这东西的真价值。他说：“从古以来，日本的文学中虽然有戏言，有机锋（wit），而类乎幽默的却很少。到这里，就知道虽在议论天下国家的大事，当危急存亡之际，极其严肃的紧张了的心情的时候，尚且不忘记这‘幽默’；有了什么质问之类，渐渐地烦难起来了的危机一发的处所，就用这‘幽默’一下子打通；互相争辩的人们，立刻又破颜微笑的风韵，乃是盎格鲁撒克逊人种的特色，在日本人中是全然看不见的。一说到议论什么事，倘不是成了青呀、黑呀的脸，‘固也，然则’，或者‘去然，岂其然哉’；则说者一面固然觉得口气不伟大，听者一面，也不答应。什么不谨慎呀，不正经呀，这些批评，就是日本人这东西的不足与语的所以。在真爱人生，而加享乐、赏味，要彻到人间味的底里的艺术家，则这样各种的缺陷，不就是一种 Beautiful spot 么？性格上、境遇上、社会上，都有各样的缺陷。缺陷所在的处所，一定现出不相容的两种力的纠葛和冲突来。将这纠葛，这冲突，从纵，从横，从上，从下，观看了，描写出来的，就是戏曲，就是小说。倘使没有这样的缺陷，人生固然是太平无事了，但同时也就没有兴味，再没有生活的功效了吧。因为有暗的影、明的光，这才更加显著的。有一种社会改良论者，有一种道德家，有一种宗教家，是无法可救的。他们除了厌恶缺陷，诅咒罪恶之外，什么也不知道。因为对于缺陷和罪恶如何给人生以兴味，在人生有怎样的大的‘必要’的事，都没有觉察出。是不懂得在粉汁里加盐的味道的。”一个从象牙之塔走出来的为人生的艺术家，他用这样的意义来启示我们，这便是林语堂、周作人在《语丝》、《论语》、《人间世》提倡“幽默”与“言志”文学的由来了。

周作人讲演《新文学的源流》，说文学最先是混在宗教之内的，后来因为性质不同分化了出来。分出之后，在文学的领域内，马上又有了两种不同的潮流：（1）诗言志——言志派；（2）文以载道——载道派。言志之外所以又生出载道派的原因，是因为文学刚从宗教脱出之后，原来的势力，尚有一部分保存在文学之内，有些人以为单是言志未免太无聊，于是便主张以文学为工具；再借这工具将另外的更重要的东西——“道”表现出来。这两种潮流的起伏，便造成了中国的文学史。周氏认为用宋的观点去看中国的新文学运动，自然比较容易看得清楚。他认为中国的文学，在过去所走并不是一条直路，而是像一道弯曲的河流，从甲处流到乙处，又从乙处流到甲处。遇到一次抵抗，其方向即起一次转变。周氏说：“民国以后的新文学运动，有人以为是一件破天荒的事情；胡适之先生在他所著的《白话文学史》中，以为白话文学是文学唯一的目的地，以前的文学也是朝着这个方向走，只因为障碍物太多，直到现在，才得走入正轨，而从今以后，一定就要这样走下去。这意见我是不大赞同的。照我看来，中国文学始终是两种互相反对的力量起伏着，过去如此，将来也总如此。”周氏的看法，我们也不妨说是一种看法。他把新文学的源流，追溯到明末公安派竟陵派的文学主张，也并非附会之词。他对公安派的批评，说：“对他们自己所作的文章，我们也可作一句总括的批评，便是：‘清新流丽’。他们的诗也都巧妙而易懂。他们不在文章里面摆架子，不讲治国平天下的大道理，只要看过前后七子的假古董，就可很容易看出他们的好处来，不过公安派后来的流弊，也就因此而生，所作的文章都过于空疏浮浅，清楚而不深厚。好像一个水池，污浊了当然不行，但如清得一眼能看到池底，水草和鱼类一齐可以看清，也觉得没有意思。

而公安派后来的毛病即在此。于是竟陵派又起而加以补救。竟陵派的主要人物是钟惺、谭元春，他们的文章很怪，里边有很多奇僻的词，但其奇僻绝不是在摹仿左马，而只是任着他们自己的意思乱作的，其中有许多很好玩，有些则很难看得懂。”这些话，也可以说是对于新文学运动的评论。最有趣的，五四时期的新文学，原是对“文以载道”的桐城古文的解放；一转眼间，却又撇开了表现个人的言志倾向，转入为社会政治而宣传的载道路上去。于是，从“语丝社”走出的作家，一边成为载道派的《太白》、《芒种》的杂文，一边成为言志派的《人间世》、《宇宙风》的小品文了。也正如周氏所说的，始终是两种互相反对的力量起伏着的。

以袁中郎为宗师，提倡公安派的言志文学，林语堂在《人间世》上大吹大擂，在当时自是热闹的场面。当时，沈启无（周作人弟子）编选了《近代散文钞》，重新把明清之际公安、竟陵派的作品介绍出来。林语堂介绍这部文钞，说：“在这集中，于清新可喜的游记外，发现了最丰富最精彩的文学理论，最能见到文学创作的中心问题。又证之以西方表现派文评，真如异曲同工，不觉惊喜。大凡此派主性灵就是西方歌德以下近代文学普通立场，性灵派之排斥学古，正也如西方浪漫文学之反对新古典主义；性灵派以个人性灵为立场，也如一切近代文学之个人主义。其中如三袁弟兄之排斥仿古文辞，与胡适之文学革命所言，正如出一辙。”“西洋近代文学，派别虽多，然自浪漫主义推翻古典文学以来，文人创作立言，自有一共通之点，与前期大不同者，就是文学趋近于抒情的、个人的；各抒己见，不复以古人为绳墨典型。一念一见之微，都是表现个人衷曲，不复言廓大笼统的天经地义，而喜怒哀乐，怨愤悱恻，也无非个人一时之思感。因此，其文词比较真挚亲切，而文体也随之自由解放，曲尽缠绵，以意役法，不以法役意了。近代文学作品所表的是自己的意，所说的是自己的话，不复为圣人立言，不代天宣教了。”这又合于厨川白村所说的表现自己之意了。

从《人间世》溯源到《论语》，这是林语堂倡导个人笔调的言志文学的路子；但其先则《语丝》文体导其源。周作人说：“我始终相信《语丝》没有什么文体，我们并不是专为讲笑话而来，也不是来讨论什么问题与主义。我们的目的，只在让我们随便说话。我们的意见不同，文章也各自不同；所同者，只是不管三七二十一地说。因为有两三个人喜欢讲一句半句类似滑稽的话，于是文人学士哄然以为《语丝》的义法，仿佛《语丝》是《笑林》周刊的样子；这种话，我只能付之以幽默，即不去理会他。还有些人好意的，称《语丝》是一种文艺新志，这个名号，我觉得也只好璧谢。《语丝》还只是《语丝》，是我们这班不伦不类的人，借此发表不伦不类的文章与思想的东西。”当时，周氏还和林语堂提到《语丝》的态度，说：“除了政党的政论以外，大家要说什么都是随意，唯一的条件是大胆与诚意。我们有这样的精神，便有自由言论之资格。”就把这一种意向更走得明朗一点，那便是《人间世》的路子了。林语堂创办《人间世》，曾替小品文下界说：“小品文，以自我为中心，以闲适为格调，与各体别；西方文学所谓个人笔调是也。”又说：“现代散文，确可分说理与言情二派，（说理与言情，只是在文章的笔调上说法，无关社会学意识形态的事。）说理文亦可夹入言情，言情文亦常常说理。其不同在行文上，说理者以明朗为主，首尾兼顾，脉络分明，即有个人论断，亦多以客观事实为主。言情者以抒怀为主，意思常缠绵，笔锋常带情感，亦无所谓起合相比，只循思想自然之序，曲折回环，自成佳境而已。”从周作人的言志文学观来说，林氏的看法原是不错的。

林语堂主编《论语》半月刊。这是《语丝》停刊以后的文坛一件大事。他们提倡“幽默”，并不从《论语》开头（幽默的音译，早已见于《语丝》周刊），但正正式式提出“幽默”的旗帜来，则起于《论语》。他在《论幽默》一文中，引了麦烈蒂斯（Meredith）的话：“我想一国文化的极好的衡量，是看他喜剧及俳调之发达；而真正的喜剧的标准，是看他能否引起含蓄思想的笑。”林氏又云：“幽默本是人生之一部分，所以一国的文化，到了相当的程度，必有幽默的文学出现。人之智慧已启，对付各种问题之外，尚有余力，从容出之，遂有幽默；或者一旦聪明起来，对人之智慧本身发生疑惑，处处发见人类的愚笨、矛盾，偏执自大，‘幽默’也就跟出来了。”林氏最赞美春秋战国时期的文化自由空气，说：“这时中国之文化及精神生活，确乎是精力饱满，放出异彩，九流百家，相继而起。如满庭春色，奇花异卉，各有规模，而能自出奇态以争妍。人之智慧，在这种自由空气之中，各抒性灵，发扬光大。人之思想也走各的路，格物穷理，各逞其奇，奇则变，变则通，故毫无酸腐气象。在这种空气之中，自然有谨愿与超脱二派，于是儒与道在中国思想史上，成了两大势力，代表道派与幽默派。中国文学，除了御用的廊庙文学。都是得力于幽默派的道家思想。廊庙文学，都是假文学，就是经世之学；狭义言之，也算不得文学。所以真有性灵的文学，扣人最深之吟咏诗文，都是归返自然，属于幽默派、超脱派、道家派的。”他认为有相当的人生观，渗透道理，说话近理的人，才会写出幽默作品，无论那一国的文化、生活、文学、思想，是用得着近情的幽默的滋润的。没有幽默滋润的国民，其文化必日趋虚伪，生活必日趋欺诈，思想必日趋迂腐，文学必日趋干枯，而人的心灵也必日趋顽固。其结果必有天下相率而为伪的生活与文章。他所提倡的文学，平心而论，在当时也是针砭时弊的。

《人间世》与《太白》、《芒种》

当林语堂、周作人他们在《论语》、《人间世》、《宇宙风》各杂志提倡闲适的幽默的小品文之际，我们（鲁迅、陈望道、叶圣陶、茅盾、夏丏尊、徐懋庸、陈子展和笔者）就在《自由谈》、《太白》、《芒种》等刊物，提倡战斗性的杂文，这是1932—1936年间文坛很明显的分歧的趋向。但是，我们不能离开时代环境来凭空立论，那是国难最严重的时期，日军已经统治了关外，而且踏进关内，在冀东建立伪组织，华北岌岌可危之时，实在在情绪上闲适不下来的时候；假使要闲适，也只是自己麻醉着自己而已。杂文本来也就是小品文，但当时彼此的情绪不相同，那是显然的。鲁迅曾在《且介亭杂文》的序言，说得很明白，他说："其实'杂文'也不是现在的新货色，是古已有之的；凡有文章，倘若分类都有类可归，如果编年，那就只按作成的年月，不管文体，各种都夹在一处，于是成了'杂'。分类有益于揣摩文章，编年有利于明白时势，倘要知人论世，是非看编年的文集不可的。现在是多么切迫的时候，作者的任务，是在对于有害的事物，立刻给以反响或抗争，是感应的神经，是攻守的手足。潜心于其他的鸿篇巨制，为未来的文化设想，固然是很好的，但为现在抗争，却也正是为现在和未来的战斗的作者，因为失掉了现在，也就没有了未来。"

就在《论语一年》的纪念文中，鲁迅也说了这样的话："说是《论语》办到了一年了，语堂先生命令我做文章，……老实说罢，他所提倡的东西，我是常常反对的。先前，是对于'费厄泼赖'，现在呢，就是'幽默'。我不爱'幽默'，并且以为这是只有爱开圆桌会议的国民才闹得出来的玩意儿，在中国却连意译也办不到。我们有唐伯虎，我们有徐文长，还有最有名的金圣叹，'杀头至痛也，而圣叹以无意得之，大奇'，虽然不知道这是真话，是笑话，是事实，还是谣言，但总之，一来，是声明了圣叹并非反抗的叛徒；二来，是将屠户的凶残，使大家化为一笑收场大吉。我们只有这样的东西，和'幽默'是并无甚么瓜葛的。"这意思是很明白的，现实迫得我们非战斗不可，我们是不能"付之一笑"了事的。

到了鲁迅的《小品文的危机》出来，已经对林语堂派的小品文作正面的批判了。这是一篇极重要的文献，他说：

> 美术上的小摆设的要求，这幻梦是已经破掉了。然而对于文学的"小摆设"——小品文的要求，却正在越加旺盛起来，要求者以为可以靠着低诉或微吟，将粗犷的人心，磨得渐渐的平滑。这就是想别人一心看着六朝文絜，而忘记了自己是抱在黄河决口之后，淹得仅仅露出水面的树梢头。但这时却只用得着挣扎和战斗。而小品文的生存，也只仗着挣扎和战斗的。
>
> "小摆设"当然不会有大发展。到五四运动的时候，才又来了一个展开散文小品的成功，几乎在小说戏曲和诗歌之上。这之中，自然含着挣扎和战斗，但因为常常取法于英国的随笔，所以也带一点幽默和雍容，写法也有漂亮和缜密的，这是为了对于旧文学的示威，在表示旧文学之自以为特长者，白话文学也并非做不到；以后的路，本来明明是更分明的挣扎和战斗，因为这原是萌芽于"文学革命"以至"思想革命"的。但现在的趋势，却在特别提倡那和旧文章相似之点，雍容、漂亮、缜密，就是要它成为"小摆设"，供雅

> 人的摩挲，并且想青年摩挲，并且想青年摩挲了这“小摆设”，由粗暴而变为风雅了。
>
> 小品文就这样的走到了危机。但我所谓危机，也如医学上的所谓“极期”一般，是生死的分歧，能一直得到死亡，也能由此至于恢复。麻醉性的作品，是将与麻醉者和被麻醉者同归于尽的。生存的小品文，必须是匕首，是投枪，能和读者一同杀出一条生存的血路的东西！

这一篇战斗性的文字，几乎成为我们那一群人的宣言了。

林语堂的《剪拂集》，他是带着《语丝》前期的战斗气氛的，他主张要“骂人”，提倡过“打狗运动”；他说：“愈有锐敏思想的人，他以为该骂的对象愈多。”他对“语丝社”同人，主张必谈政治：“所谓政治者，非王五赵六忽而喝白干忽而揪辫子之政治，乃真正政治也。‘新月社’的同人，发起此社时，有一条规则，请在社里都可来（剃头、洗浴、喝啤酒），只不许打牌与谈政治，此亦一怪现象也。”他的步调和大家本来相一致的。“论语社”和“语丝社”一样，都是同人的杂志，虽由林语堂主编，并非一鼻孔出气，只卖独家货色的。林语堂提倡幽默，《论语》中文字，还是讽刺性质为多。即林氏的半月《论语》，也是批评时事，词句非常尖刻，大不为官僚绅士所容，因此，各地禁止《论语》销售，也和禁售《语丝》相同。

林氏再三强调“幽默”与“谩骂”不同。他说：“讪笑嘲谑，是自私，而幽默却是同情的。所以幽默与谩骂不同。因为谩骂自身就欠理智的妙悟，对自身就没有反省的能力。幽默的情境是深远超脱，所以不会怒，只会笑。而且幽默是基于明理，基于道理之渗透。麦烈蒂斯说得好，能见到这俳调之神，使人有同情共感之乐。谩骂者，其情急，其辞烈，惟恐旁观者之不与同情。

幽默家知道世上明理的人自然会与之同感，所以用不着热烈的谩骂讽刺，多伤气力，所以也不急急打倒对方。因为你所笑的是对方的愚鲁，只消指出其愚鲁便罢。明理的人总会站在你的一面。所以是不知幽默的人，才需要谩骂。”（麦烈蒂斯说：“假使你能够在你所爱的人身上见出荒唐可笑的地方，而不因此减少你对他们的爱，就算有了俳调的鉴察力；假使你能够想象爱的人，也看出你可笑的地方，而承受这项的矫正，这更显得你有这种鉴察力。”“假使你只向他四方八面的奚落，把他推在地上翻滚，敲他一下，淌一点眼泪于他身上，而承认你就是同他一样，也就是同旁人一样，对他毫不客气的攻击，而于暴露之中，含有怜惜之意，你便是得了幽默之精神。”这都是林氏在《论语》中所再三致意的。）这样的幽默，既不是《论语》社同人所能贡献，也不是《论语》读者所能领导；因此，《论语》中最幽默的一篇文字，《志摩与我》，便不是读者所欢迎的，甚至有人以为《论语》中顶坏的文字，就是这一篇。

林氏也曾贬斥讽刺文字，说：“中国道统之势力真大，使一般人认幽默是俏皮讽刺，因为即使说笑话之时，亦必关心世道，讽刺时事，然后可成为文章。其实幽默与讽刺极近，却不定以讽刺为目的。讽刺每趋于酸腐，去其酸辣，而达到冲淡心境，便成幽默。欲求幽默，必先有深远之心境，而带一点我佛慈悲之念头，然后文章火气不太盛，读者得淡然之味。幽默只是一位冷静超远的旁观者，常于笑中带泪，泪中带笑，其文清淡自然。”他的话下，原是针对着鲁迅的讽刺文字而说，但《论语》中好一点文字，也只是讽刺与热嘲，次一等文字，倒变成俏皮与滑稽，有如《笑林广记》中文字，较之鲁迅的讽刺文字，又差得很远了。

因此，林氏主编《人间世》和《宇宙风》（这才是林氏一家的刊物)，索性把“幽默”的牌子，改标独抒性灵的“闲适”口号了。当时，“太白社”曾以“小品文与漫书”为题，征求当代文家的意见，那五十多家的意见，都是否定那自我的中心，闲适的笔调的。茅盾说：“一个时代的小品文，也有以自我中心、个人笔调、性灵、闲适为主的，但这只说明了小品文有时被弄成了畸形。他之所以如此这般主张者，因为他尊重自己的性灵，换句话说，就是他的纯粹的自由意志。后来自由意志的肥皂泡一经戳破，原来倒是几根无形的环境的线在那里牵弄，主观超然的性灵，客观上不过是清客身份。然而，即使到这最后的一幕，也未便认为只是个人的动作，这还是社会气运的反映。”这样，“言志派”与“载道派”，乃分道而驰了。

1934年，《太白》、《芒种》这两种半月刊的先后出版，乃是“载道派”的鲜明阵线。和这一阵线接近的，除了《申报·自由谈》，《立报·言林》而外，还有《申报》月刊、《申报》周刊、《中学生》、《文学》、《新生周刊》和在东京出版的《杂文》半月刊。《太白》由生活书店出版，组织了编辑委员会，由陈望道主编，茅盾、陈子展、徐懋庸和笔者都是委员。《太白》这一刊物名称，包含几种意义：它是晨星，代表黎明期的气象；它是革命的旗号；它是一种比白话文更接近口语的文体；它是一种综合性刊物，却提倡三种文体：报告文学、科学小品和杂文。《芒种》半月刊，由徐懋庸和笔者主编，无视绅士的尊严，以小瘪三的态度登场；有别于闲适的小品文，提倡不矜持，随便说话，正面批判现实的杂文。当时，因为杂文流行起来，有的作家在那儿讥笑，说杂文在文艺上并没有价值，说某人是杂文家，仿佛就是一种轻蔑。关于杂文的社会意义，曾经热烈地争论了许久。

那时，徐懋庸曾编次了他自己的杂文，以《打杂集》的书名刊行。鲁迅就在《打杂集》的序文中说："杂文这东西，我却恐怕要侵入高尚的文学楼台去的。小说和戏曲，中国向来是看作邪宗的，但一经西洋的文学概论引为正宗，我们也就奉之为宝贝；《红楼梦》、《西厢记》之类，在文学史上竟和《诗经》、《离骚》并列了。杂文中之一体的随笔，因为有人说它近于英国的 Essay，有些人也就顿首再拜，不敢轻薄。寓言和演说，好像是卑微的东西，但伊索和西赛罗，不是坐在希腊罗马文学史上吗？杂文发展起来，倘不赶紧削，大约也未必没有扰乱文家的危险。以古例今，很可能的。""我是爱读杂文的一个人，而且知道爱读杂文，还不只我一个，因为它'言之有物'。我还更乐观于杂文的开展，日见其斑斓。第一是使中国的著作界热闹、活泼；第二是使不是东西流之缩头；第三是使所谓'为艺术而艺术'的作品，在相形之下，立刻显出不死不活相。"鲁迅在《什么是讽刺》的答案中说："我想：一个作者，用了精炼的，或者简直有些夸张的笔墨，但自然也必须是艺术的，写出或一群人的或一面的真实来，这被写的一群人，就称这作品为讽刺。'讽刺'的生命是真实；不必是曾有的实事，但必须是会有的实情。所以它不是捏造，也不是诬蔑，既不是揭发阴私，又不是专记骇人听闻的所谓奇闻或怪现状。它所写的事情是公然的，也是常见的，平时是谁都不以为奇的，而且自然是谁都毫不注意的。不过这事情，在那时却已经是不合理、可笑、可鄙，甚而至于可恶。但这么行下来了，习惯了，虽在大庭广众之间，谁也不觉得奇怪，现在给它特别一提就动人。""讽刺作者虽然大抵为被讽刺者所憎恨，'倘说，所照的并非真实是不行的，因为这时有目共睹，谁也会觉得确有这等事；但又不好意思承认这是真实，失了自己的尊严。'但他却常常是善意的，他的讽刺，在希望他们改善，并非要捺这一群到水底里去的。”这都是代表当时杂文家的态度，也正是对林语堂那番扬“幽默”而弃“讽刺”的议论的答复。

我们且看周作人的另一番话：“讽刺小说是理智文学里的一支，他的主旨是‘憎’，他的精神是‘负’的，然而‘憎’不变成厌世，‘负’的也不尽是破坏。福勒忒说：‘真正的讽刺，实在是理想主义的一种姿态，对于不可忍受的恶习之正气的愤怒的表示，对于在这混乱的世界里，因了邪曲腐败而起的各样侮辱损害之道德意识的自然反应。其方法或者是破坏的，但其精神却还在这些之上。’因此，在讽刺里的‘憎’，也可以说是爱的一种姿态。”这又是替杂文和鲁迅讽刺文字的辩解，和主张闲适的《人间世》派异趣了！

"大众语"运动

1934年夏天，一个下午，我们（陈望道、叶圣陶、陈子展、徐懋庸、乐嗣炳、夏丏尊和我）七个人，在上海福州路印度咖喱饭店有一小小的讨论会。我们讨论的课题，针对着当时汪懋祖的"读经运动"与许梦因的"提倡文言"而来；（汪氏曾在《时代公论》发表《文言复兴论》，有"文言复兴之自然性与必然性"之语。）我认为白话文运动不够彻底，因为我们所写的白话文，还只是士大夫阶层所能接受，和一般大众无关，也不是大众所能接受。同时，我们所写的，和大众口语也差了一大截；我们只是大众的代言人，并不是由大众自己来动手写的。因此，大家就提出了"大众语"的口号，并决定了几个要点，先由我们七个人轮流在《申报·自由谈》上发表意见。我们的主张，大致是相同的，至于各人如何发挥，彼此都没有受到什么拘束。当时抽签得了顺序：陈子展得了头签，笔者第二，以下陈望道、叶圣陶、徐懋庸、乐嗣炳、夏丏尊这么接连下去。我们获得了《自由谈》编者张梓生的同意，那几个月的《自由谈》，就成为"大众语"运动的讲坛。（我们看了许多现代文学史，都说这一运动是陈子展所提出的，而由鲁迅奠定了基本观点；有人还牵到宋阳即瞿秋白身上去，好似这是他所倡导的，那更牛头不对马嘴了。王瑶的《新文学史稿》，也把"大众语"运动编入鲁迅领导的方向，也同样地胡说可笑。）

因为陈子展是担当开场的责任，所以，他就提出"文言——白活——大众语"这一课题，把"大众语"喊出来，至于积极的主张，还待大家来补充的。笔者刚轮上了提出主张的任务，因此写了《大众语文学的实际》这一短论。我（也就是我们）所提出的基本条件是：

（一）大众语文学不仅是写给大众听的，而且是大众自己所写的。已往的文言文和白话文，可说是知识分子（士大夫）的专利品，运用文字这工具的人，至多不过占大众百分之五。现在要使大众来运用这工具，由大众来创大众语文学，所以开宗明义第一件事，我们要训练知识分子以外的大众作家。(从农民、工人、店员中训练起来。)

（二）语言和文字绝对一致，在最近的将来，还是不可能。(除非纸片上收音成为事实。）大众语文学的基础工作，先要在方言文学上奠定基础。大众以往确不以文字创作而以语言创作，自古迄今，日进不已。约翰玛西说："口头的言语乃是写出的言语的基础，口头的言语即使怎样容易变换，容易消灭，终究将我们借以生活的基本观念，从这人传到那人，从父亲传到儿子，从母亲传到婴孩，还可以保存美的许多东西而遗留下来。"我们应该发展多元的方言文学，即是使大众接近笔头，由此逐渐可以完成一元的大众语文学。我们应该承认某一种方言，有百千万人在运用，即该承认以某种方言写成文学的权利。

（三）大众语文学不仅是形式问题而且是意识问题。桐城派的义法，以士大夫身份为标准，所以"言必雅驯"，在大众则"都下引车卖浆之徒"，所操之语，按之皆有文法，凡京津之稗贩，均可用为教授。用不着那些绅士架子。我们要除去已往的矜持态度，大胆地采用各社群的口头语。

（四）已往的字典辞典以及种种类书，都是陈死人的词语，和大众不发生关涉。我们要重新整理已往的字典辞典，重新编订活的大众语文辞典。

这篇短论，虽出之于笔者之手，引申发挥，也是我的意见；但基本主张，乃是我们那七个人所共同决定的。为了加强正面的主张，我当时还曾写了《什么是文言》、《一幕对话——关于大众语的实际》、《文白论战史话》这几篇文字，尤其是第二篇，在当时引起了很广泛的注意。

“大众语”的口号一提出，各方的反应，不仅是热烈，而且非常广大。读经运动和文言复兴的声音，立即低沉下去了。（后来，何健在湖南，陈济棠在广东提倡读经，那只是地方军人的复古倾向，和一般文化界是不相干的。）余波所及，倒和言志派的林语堂，来了下面的争论。那年，林氏在庐山避暑，大概在山中读了明末公安、竟陵派的小品文字，觉得朴素淡远得可爱；他一下山，并不知道“大众语”运动所提倡的，究竟是什么，只是发表他的语录体文字；他认为白话文噜噜苏苏，还是行不通的，要大家走回头路，做宋明理学家的语录体。他自己做了一个榜样，在《论语》上发表他的《一张字条的写法》，依林氏的说法，这是语录体的字条。（那字条是要木匠老板派徒弟来替他修理纱窗的事。）其实，这一类应用文字，也用不着什么语录体。林氏示范的那一便条，也是噜噜苏苏的。至于语录体之为士大夫文体，那更是行不通的。

就在讨论的过程中，笔者为了一方面负责整理这一运动的文献，和《自由谈》方面有所商洽；一方面也为了《社会月报》刊行《大众语讨论专辑》，乃汇集了几个专题，向国内语文专家征求建设性的意见。鲁迅、胡适、黎锦熙、吴稚晖诸先生都有详细的答复，而吴氏的五千字长信，写在一张一丈多长的川连纸信笺上，其议论之透辟，可说是这一回讨论文字中的生力军。（此信，一刊于《申报·自由谈》，再刊于《〈社会月报〉大众语问题特辑》，三刊于《文学月报》(生活书店)。我还记得陈望道初读此信时的兴奋情况。可是坊间出版的《现代文学史稿》，就略去了吴氏此信，胡氏专稿，也只见于胡适学术论著；带着政治成见的文学史家，只刊了鲁迅回我的信，至于为什么要回信给我，也一字不提，使读者摸不着头脑了。)

鲁迅的复信，有着建设性的意义，那是大家所承认的。他提出的意见如次：

(一) 汉字和大众语，是势不两立的。

(二) 所以要推行大众语文，必须用罗马字拼音，(即拉丁化，现在有人分为两件事，我不懂是怎么一回事。) 而且要分为多少区，每区又分为小区。写作之初，纯用其地方言。但是，人们是要前进的，那时原有方言一定不够，就只好采用白话，欧字，甚而至于语法。但，在交通繁盛，言语混杂的地方，又有一种语文，是比较普通的东西，它已经采用着新字汇，我想这就是大众语的雏形，它的字汇和语法，即可以输进穷乡僻壤了。

(三) 普及拉丁化，要在大众自掌教育的时候。现在我们所办得到的是：(1) 研究拉丁化法；(2) 试用广东话之类，读者较多的言语，做出东西来看；(3) 竭力将白话做得浅豁，使能懂的人增多。但精密的所谓“欧化”语文，仍应支持；因为讲话倘要精密，中国原有的语法是不够的。而中国的大众语文，也决不会永久含糊下去。

(四) 在乡僻处启蒙的大众语，固然应该纯用方言，但一面仍然要改进。先驱者的任务是在给他们许多话，可以发表更明确的意思，同时也可以明白更精确的意义。

（五）至于已有大众语雏形的地方，我以为大可以依此为根据而加以改进；太僻的土语，是不必用的。语文和口语不能完全相同，讲话的时候，可以夹许多“这个这个”“那个那个”之类，其实并无意义。到写作时，为了时间、纸张的经济，意思的分明，就要分别删去的。所以，文章一定应该比口语简洁，然而明了，有些不同，并非文章的坏处。

这些话，大部分也和其他专家的主张相同，也可以说是看法的一致。当时鲁迅为了支持这一运动，还在《自由谈》上发表了一篇《门外文谈》，说得更浅近，也更有力量，是一篇最有意义的文字（文长不录）。

为了这一问题，黎锦熙写了十多万字的《国语运动史话》（另见专书，此不备述）。他指出了国语文学的进路，以及语文更接近的应有努力，给我们这一运动以积极的支持。当时，胡适在《独立评论》上，除了刊载任叔永的《为全国小学生请命》；（这篇文章，针对着汪懋祖在《时代公论》上所发表的《中小学文言运动》而发的。）还写了《所谓中小学文言运动》和《大众语在那儿?》两文，前者指斥汪懋祖、许梦因之流的心理错误，他赞成龚启昌的说法：“语体文在小学里的地位，当然毫无异议。不过应当使社会尊重语体文，广为推行，一切报章公文一律改过，尤其是中学大学入学试验也要能提倡。否则一部分人在那里提倡文言，以致青年无所适从了。”胡氏说：“我们决心先把白话认作我们自己爱敬的工具，决心先认定白话不单是‘开通民智’的利器，乃是创造中国文学的唯一工具。”“我深信白话文学是必然能继长增高的发展的，我也深信白话在社会上的地位是一天会比一天抬高的。”（为了反对读经，胡氏还写了《我们今日还不配读经》、《写在孔子诞辰纪念之后》那几篇文字。）

他对于大众语问题，认为提倡容易，要做大众语文字，却不容易。他要请大家做点大众语的作品出来，给我们看看。他从他那篇替李辛白主编的《老百姓》所做那篇《新生活》说起，说到李辛白是提倡大众语文学的老祖宗，可是他办的报，尽管叫做《老百姓》，看的仍旧是中学堂里的学生，始终不曾跑到老百姓的手里去。他的结论是这样："现在许多空谈'大众语'的人，自己就不会说大众的话，不会做大众的文，偏要怪白话不大众化，这真是不会写字怪笔秃了。白话本来是大众的话，决没有不可以回到大众去的道理。时下文人做的文字所以不能大众化，只是因为他们从来就没有想到大众的存在。因为他们心里眼里全没有大众，所以他们乱用文言的成语套语，滥用许多不曾分析过的新名词；文法是不中不西的，语气是不文不白的，翻译是硬译，做文章是懒做。他们本来就没有学会说白话，做白话，怪不得白话到了他们的手里，就不肯听他们的指挥了。这样嘴里有大众而心里从来不肯体贴大众的人，就是真肯'到民间去'，他们也学不会说'大众语'的，所以我说'大众语'不是一个语言文字的问题，只是一个技术的问题。提倡大众语的人，都应该先训练自己做一种最大多数人看得懂、听得懂的文章。'看得懂'是为识字的大众着想的；'听得懂'是为不识字的大众着想的。我们如果真有心做'大众语'的文章，最好的训练是时时想象自己站在无线电发音机面前，向那绝大多数的农村老百姓说话，要字字句句他们都听得懂。用一个字，不要忘了大众，造了一句句子，不要忘了大众；说一个比喻，不要忘了大众。这样训练的结果，自然是大众语了。"

吴稚晖认为文人与文学，都是要不得的。"便是藏之名山，传之后人的司马迁，专上宰相书的韩愈，他除了给人俳优蓄之之外，传记上写的什么事业与品格。至于那善挑琴心的司马相如，工做剧秦美新的扬雄，历数至于《钤山堂集》的严嵩，有《有学集》的钱谦益，最近而至天桥猎艳，周妈侍寝之王湘绮，皆能文章，抱铁饭碗之结果而已。文人也者，即与嫖赌吃着金丹老土同其兴衰。文人如湿热污水，一时暴盛，即蚊虫臭虱充塞墙屋。”“我们是鼓吹白话……我们不愿意用愚民政策，所以凡有文字可以同大多数人说话，又为大多数人容易学习的文字，我们在作用上，就认为最适当。白话文便承乏此适当。白话文要出世，不要盛大的理由。物质的繁简，同需要的广狭，什么都依着这种状态而起变化，文字亦同是束缚在这个例内。若说你的字少，我的字多，白话当然多。多虽多，写是容易，读也容易。当今之世，印刷纸墨都不成问题，为什么要省几个字，反花数倍的劳力呢?”他是主张采用拼音文字的，也和鲁迅一样赞成拉丁化文字。他这么一说，连汪懋祖所说的豪杰之士也哑口无言了。

报告文学

我们回看现代中国文学风尚的转变，和印刷工业的进步，新闻事业的发达，有着最密切的关系。厨川白村论《小品散文与新闻杂志》的关系也说："起于法兰西，繁于英国的 essay 的文学，是和新闻杂志事业保持着密切的关系而发达的。18 世纪的爱德生（J. Addison）、斯台尔（Steele）的时代不待言。19 世纪兰勃（Lamb）、亨德（L. Hunt）、哈兹利德（W. Hazlitt）那些人们的超拔的作品，也大抵直可为定期刊行物而作。尤其是在目下的英国文坛上，倘是带着文笔的人，不为新闻杂志作小品散文的，简直可以说是少有。极其佩服法兰西的培洛克（H. Belloc），开口就以天外的奇想惊人的契斯透敦（G. K. Chesterton）等，其实，就单以这样的文章风动天下的，所以了不得。恰如近代的短篇小说的流行，和新闻杂志的发达有密切的关系一样，两三栏就读完的简短的文章，于定期刊物很便当，也就是流行起来的原因之一。"我们这一代的政论家散文家和新闻记者，几乎三位一体，成为不可分的时代产物。康有为、梁启超、章太炎、吴稚晖、章士钊、胡适、邵力子，这些知名之士且不说，其他散文作家，不和新闻杂志发生关系的，也是很少的。

不过，适应新闻事业本身的需要，产生了报告文学（reportage），虽是近代的散文的支流，恰是最富有时代气息的新文体。（笔者曾在《新闻文艺论》中说过这样的话："什么叫做报告文学呢？它并不是纯文艺，新闻文艺乃是史笔。它的成分，要让'新闻'占得多，那艺术性的描写，只有加强对读者诱导的作用，并不能替代新闻的重要性。换言之，不管用文艺手法描写得怎样高明，只要那新闻本身缺乏真实性，那篇通讯便失去了意义。”）我们首先于19世纪末期，看见了梁启超式的政论，那一时期的记者，着眼在社论、专论，带着煽动性的论辩文字，所以他们都成为政论家。到了20世纪初期，我们的报纸进步了，着重新闻报道的文字也出现了。

民国初年，北京有一位杰出的新闻记者黄远庸（远生，江西九江人）。他开始替《亚细亚报》作稿，兼为上海《东方日报》作通讯；《东方日报》停刊后，又替《上海时报》写通讯，后来，又替上海《申报》写通讯。他理解力很强，文字简洁明快，真是一代大手笔。他尝谓：“新闻记者须尊重彼此之人格；叙述一事实能恰如其分，调查研究，须有种种素养。”近五十年间之中国记者，没有人能比得上他的。（1915年冬间，黄氏游美，抵旧金山，华侨误认为是帝制派，被暗杀，真是新闻界的大不幸。）黄氏的民初通讯，篇篇都是宝贵的史料，李剑农写《近百年中国政治史》，这一部分，就采用了他的资料。（黄氏接近梁启超的进步党，他的通讯，对国民党却能持最公正的批判；林志钧曾编次他的论文、通讯凡四卷，名《远生遗著》，商务印书馆刊行。）当时，日本及欧美记者驻北京的很多，都说中国只有一个记者，即指黄远庸而言。

黄远庸以后，替上海《申报》、《时报》写通讯的，有邵飘萍（振青，浙江金华人）、徐彬彬（凌霄汉阁，江苏人）。邵氏在新闻界的历史，也很悠久。后来创办了《京报》，同情南方的国民革命，被张作霖所杀害。他和北京政界人士往来很多，他自己也研究史学，因此他的通讯，也有高度正确性与启示的意味。文辞也颇简洁，显出他的语文修养的功夫。若就文学趣味及描写生动来说，那不能不推徐彬彬为第一。徐氏系清末大世家，与北京政界也有最密切关系。他们兄弟俩（一士）信手拾来，都是好资料（刊《国闻周报》，题名《凌霄、一士随笔》）。他的通讯，好用剧白，风趣活泼，比黄远生还更能吸引读者。而视政坛如剧场，以戏剧笔法出之，更使人了解世变的线索，也是一代的奇才。

民初的新闻记者，一般说来，是幼稚得可笑的，也就因为那时期的新闻事业是幼稚得可笑的。胡政之，他是天津《大公报》三巨头之一，初期的《大公报》也是简陋得可以，而且官僚化得可以。胡政之自己就说："当时报馆如衙门，主持人称师爷，全馆为天主教徒，只我一个人不是。访员七个人，皆为脑中专电制造专家，我把他们开除了六个。自己动手，留下的一个，他的父亲是总统的承宣官（即听差头），总统派车接谁，和谁去看总统的消息，因为他是宣达者，所以不会错的。天津的消息，多靠北平的电话，那时有三个人，在袁世凯的《公言报》作事，一是梁鸿志，一是林白水，一是王峨孙。他们是一人干一天，我就请梁鸿志给我们发电话。我在那时，自己出马采访，督军团开会时，那所谓杨梆子（以德）常派车来接，就说是'请胡师爷去记'；可是他们开会是大骂一通，出口不逊，实在没有法子记。""回忆当时论坛，民族意识最强，而民主的认识最差，章太炎就是一个代表。各报都没有专电，所谓专电都发生在编辑的脑海，可以毫无事实，就写一篇骂人的文章。"可是就在民初那十年多中，新闻事业长足进步；天津《大公报》很快成为第一流的报纸；胡政之也不愧为第一流记者。（《大公报》三巨头之中，张季鸾善于写评论，吴鼎昌善于处理事务，胡政之才是道地的记者。）他所写的如《粤桂写影》和后来的《十万里海外归来》，都是第一流的报告文学。

中国新闻记者从美国米苏里大学新闻学院受完备的新闻教育

回来的，赵敏恒也是很早很有成就的一个。他回国正当大革命时期，在北京、南京各报社混了一些时日，后来担任了“路透社”的南京记者，这才发挥了他的采访能力。他是内战时期，第一个到江西前线去采访战讯的记者。一半由于“路透社”的国际地位，一半也由于他的努力，他在南京“藏本事件”、“一·二八事件”、“西安事变”这几回大场面中，都显出他的过人一等长才。他在采访十五年中，提到新闻写作的方式，说：“我国新闻写作的方式，这几年来虽有改进，然尚不能脱离中古时代叙事的老方法；直写方式，是英国报纸前二十年所采用的，同写短篇小说的体裁相似，从头至尾，按事情发生的先后直写下去，如果写某人自杀的新闻，先述某人居住何地，曾任何职务，平日生活及家庭状况，再写自杀的前后经过。看报的人，必得要从头至尾，慢慢地看下去，看到最后一段，才发现某人自杀。现代写新闻的方法，不是这样，都采用倒写方式，就是最后消息，最精彩的一段写在前面，后面再补述过去的经过；这种方式有几种优点：（1）引起读者注意，读者一看头一句就知道这条新闻的重要性，提起他的兴趣，不必等全篇看完，才知道怎样一回事。（2）节省读者时间，读者都是很忙的人，没有时间把整个报纸里的每条新闻都看完，倒写方式，可以予读者以选择机会，一看头一句，就可以决定是否再看下去。（3）便利写标题，编辑部人员工作极忙，不能每条新闻都要看完再写标题；最精彩的一段，如果写在前面，写标题时，一定感觉到许多便利。（4）便利印刷，报纸最后版面，常因临时增加重要新闻，必须更改，原有新闻字数，势必减少；用倒写方式，后面几段，便可随意删去，而丝毫不影响该条新闻之重要部分。”这是赵氏对于报告文学的经验之谈。

1927年以后，中国新闻界人才辈出，主办北平《世界日报》

的成舍我，“国闻通讯社”北平主任金诚夫，和《申报》驻天津记者何公敢，也都是写通讯的能手，他们都已脱离政论家的旧窠臼，知道着笔事实报道的报告文学了。

到了“一·二八”的淞沪战役以后（1932年），“报告文学”这一体制，已经在文人的笔下与口头出现了。钱杏邨曾经编了《上海事变与报告文学》，就内容说，近于报纸上所刊载的“特写”，其中新闻性并不多。倒是翁照垣的《淞沪血战回忆录》（翁氏系“一·二八”战役守卫吴淞的将军），可以说是正格的军事报道，算得是报告文学。（其他，如茅盾所主编的《中国的一日》，宋之的的《一九三六春在太原》，也都缺少新闻性。）

1931年以后，在内忧外患煎迫中，社会人士对于报纸的要求提高了，也更迫切了。天津《大公报》派遣战地记者范长江、杨纪（张蓬舟），到西南那一角去采访新闻，连续刊载他们的旅行通讯，这才产生报告文学的精品。杨纪的采访经验丰富，社会关系复杂，他在“一·二八”战役有过战地采访的经验，但他的理解力不够，文辞也缺少活力。因此，范长江成为时代的骄子，他是开创报告文学的彗星。以往的记者，如黄远庸、邵飘萍、徐彬彬都是政治圈子中人，住在政治中心的首都，他们所报道的都是政局动态。到了范长江，才是纯粹新闻记者，到各地去采访，远离着首都；他报道大动乱的社会情况与军事进程，这是全国人民所渴望了解的时代脉搏。他的《西南行》、《中国西北角》和《西线风云》，都是极行销的书；不独因为他的内容丰富，见解精到，也因为他的文字流利，即如他的《成兰纪行》，有如次的一段：

> 在红桥关南，有一垂死之男子，屈股卧道旁，口唇时动；记者乃以馒头一枚予之，其手已失知觉，眼亦不能张合

自如，屡触其手，并以馒头置其唇鼻间久之，彼始移手接馒头，又久之，如以馒头纳口中。经其咬一口后，但见其全身突然颤动，口眼大开，直视记者等，呜呜作声。饥之于食，非身历其境者，不知此中滋味也。

这样的文字，决不是书房中的文士、亭子间的作家所能写出的。他所写的都是有血有肉的文字。又如他的《怀来回忆》：

大势已不可为，汤恩伯乃在避飞机洞中，以电话下令前方各部，缩短防线，死守据点，以待卫立煌之援军。当时，汤与其临时友谊参谋长朱怀冰同在避飞机洞中，一面以坚定之口气通知前方各部以危急之情况，同时指示其死守之方针；一面对于当时险恶局势，不胜其叹息。盖汤所能指挥之部队，已全部加入前队，本身已成光棍总指挥；日军自镇边城突入之骑兵，一小时可达怀来，当时人人以为必死无疑。同时深怜前方死守据点之各部队，盖其不为炮火之余烬者，诚戛戛乎难也。惟死志已坚，中心已定，飞机虽仍不断在上轰炸，洞中人之情绪，已变为另一种之安闲，或唱歌，或谈笑话，或强为闲扯"死之方法"，或转而谈张北之延误，或叹援兵之过迟。有人沉痛地说："南口守不着，那就雁门关见了。"

这已经跳出了饮冰室的文章风格，进入前后两司马相接近的史文了。

当年，读报告文学的，有人爱引用爱伦堡的例子。爱氏系苏联文学家，当时正在西班牙内战的战线作战地通讯，后来在巴黎写欧洲的西线战讯。其实，各国记者精于此道的很多，爱伦堡也算不得此中圣手。即如当时在北平的外国记者中，如英记者勃脱兰的《华北前线》，美记者史沫脱莱的《西行漫记》[1]，都不在爱伦堡之下，即范长江的旅行通讯，也很多可传之作，不一定比爱伦堡逊色的。

《大公报》的记者群中，后来又有了徐盈、孟秋江和彭子冈，也都写过旅行通讯。文字流利也不在范长江之下，只是见解不及长江的深刻就是了。（要以见解为准的话，胡政之还在范长江之上的，只是文章风格不相同了。）

〔1〕《西行漫记》作者系埃德加·斯诺。——编者

戏剧的新阶段

从1930年到1933年这四年中，中国的戏剧运动，无论“质”与“量”上，都有着显著的进步。1934年这一年，有几件大事值得提一提：

一、中国旅行剧团成立（唐槐秋、戴涯主持，团员唐若青、吴静、赵曼娜、舒绣文等），这是中国第一个职业性剧团，和以往业余的爱美剧团不同。

二、山东省立民众教育馆设立教育戏剧组，由阎哲吾主持。他们认为：（1）教育戏剧运动是民众教育上脱却课本教学与通俗演讲以外的一种新兴的有效的宣传活动。（2）教育戏剧运动是戏剧启蒙运动的一支生力军，在这种运动里昭示了戏剧的功用，艺术的价值；打破了一切误认戏剧为小道的传统的思想。（3）教育戏剧运动是初步的民众戏剧运动，它在树立民众戏剧运动的基础。（4）教育戏剧是民众教育与民众戏剧的结合。他们招收学生，授以戏剧上之专门技术，并规定每月公演十日。演出剧本，含有教育意义，在剧本内容及词句上，都尽可能的走上了大众之路。

三、山东省立剧院成立，王泊生创办。王氏提出“新歌剧”口号，在《舞台艺术月刊》发表《中国戏剧之演变与新歌剧之创造》一文，引起全国文艺界的讨论。从中国戏曲的演进说，新歌剧也是实际所需求的。但“大众化”的要求十分迫切，一般戏剧家都反对他的主张。马彦祥曾作《戏剧艺术辨正》长文来反击王氏的主张。

四、河北定县中华平民教育促进会，成立戏剧研究委员会，由熊佛西、陈治策主持，实验农民戏剧。熊佛西在《戏剧大众化之实验》中说："因为戏剧本身是一种独立的艺术，是一种综合的艺术，所以影响了当代各种艺术；同时，各种艺术的新思潮也影响了戏剧。文艺戏剧运动给了中国新兴戏剧一个大的转变，对于社会的视听也给了一个新的改变；但因对于艺术乃是技术的精益求精，便逐渐地走入艺术的尖端，一步一步地进到象牙塔的最高层。近年，国内思想界发生了一个大转动，简言之，即主张一切的设施，都应该是为大多数人的，都应该是属于大多数人的，甚至都应该是由大多数人所造成的。戏剧大众化的呼声，已遍于全国，人人都知道戏剧应该大众化（戏剧和大众必须发生关联，这也是大众语派所考虑到的）。在我们开始实验工作之初，发生了一个重要的当头问题，就是：'谁是今日中国的大众？'我们可以毫无疑义的答复：'农民是今日中国的大众。'中国农民，占全国人口的百分之八十五以上，有三亿五千万人民住在农村。我们要使新兴戏剧农民化，我们必须知道农民，了解农民，研究农民，研究他们的一切。"

他们实验成功的农民剧本是《过渡》。这一剧本，他们于全盘的演出的设计之下，有目的有对象地写作；写出来了，曾在定县农民之间实验，这实验是成功的；它的成功，不仅是剧本写作，乃至新演出法的成功，而是大众化戏剧之实验的成功。杨村彬就在《过渡》的序文中说："在实验之中认识的农民剧本，不仅是以农民为剧中的主人而已（其实农民戏剧中的人物，不一定是农民，全看处理那人物是不是以农民的意识为意识），紧要的条件全看这剧本：（1）是不是为农民而写，那就是这剧本是否与农民有利。（2）这剧本农民能不能接受，就是农民能不能懂。（3）农民能不能收过去据为己有，就是农民能不能自己演。满足了这三个条件，才够资格称为农民剧。”他说《过渡》集大众化实验之大成，代表一派学术的新看法，《过渡》满拥着泼辣辣的生气出现，它是为农民而写的剧本；其出现的姿态是在农村里，由农民参加表演，演给农民看的。他们训练了不少专门人才，也演了很多戏，他们组织许多农民剧团，演出的成绩也不错。这是话剧史上最大胆的实验。

曹禺（万家宝）的《雷雨》，1934 年在《文学年刊》刊载，无论情节或技巧上，都是非常成功。这也是中国戏剧史上的新的一页；它之成为小市民爱好的剧本，正如《过渡》之于农民。1935 年，上海复旦剧社，由于洪深的推荐，决定试演《雷雨》，由欧阳予倩导演，凤子、李丽莲、吴铁翼等主演，效果非常之好。这一剧本，一直成为上演最多的剧本。1935 年虽说是娜拉年，从戏剧史上看，应该说是进入《雷雨》的时代（中国旅行剧团在上海卡尔登戏院上演《雷雨》，这才和各阶层的小市民发生关联，从老妪到少女，都在替这群不幸的孩子们流泪。而且，每一种戏曲，无论申曲、越剧、文明戏，都有了他们所扮演的雷雨）。

《雷雨》，写的是一个绅商家庭的大悲剧（性格与命运交叉着的悲剧），但正代表着一个正趋于毁灭的世纪末的世代，用罗曼·罗兰的话来说，这是“爱与死的搏斗”。这一剧本前，作者有一篇长序，他自己说：

> 屡次有人问我：《雷雨》是怎样写的，或者是《雷雨》为什么写的，这一类的问题。老实说，关于第一个，连我自己也莫名其妙；第二个呢，有些人已经替我下了注释。这些注释——有的我可以追认。譬如“暴露大家庭的罪恶”，但是很奇怪，现在回忆起三年前提笔的光景，我以为我不应该

用欺骗来炫耀自己的见地，我并没有显明地意识着我是要匡正、讽刺或攻击些什么。也许写到末了，隐隐仿佛有一种情感的汹涌流来推动我，我在发泄着被抑压的愤懑，毁谤着中国的家庭和社会。然而在起首，我初次有了《雷雨》一个模糊的形象的时候，逗起我的兴趣的，只是一两段情节，几个人物，一种复杂而又原始的情绪。

他已经说得很明白，他希望读者不要太强调社会的意义。他是启示另外更重要的一面，即是对于希腊悲剧中所谓命运的领会。所以他说："在《雷雨》里，宇宙正像一口残酷的井，落在里面，怎样呼号也难逃脱这黑暗的坑。自一面看《雷雨》是一种情感的憧憬，一种无名的恐惧的表征。"他有一段更重要的话，那是谈社会革命的人所忽略过的，他说：

《雷雨》对我的是一个诱惑。与《雷雨》俱来的情绪，成为我对宇宙间许多神秘的事物一种不可言喻的憧憬。《雷雨》又可以说是我的"蛮性的遗留"，我和原始的祖先们，对那些不可理解的现象睁大了惊奇的眼。我不能断定《雷雨》的推动是由于神鬼，起于命运，或源于那种显明的力量。情感上，《雷雨》所象征的对我是一种神秘的吸引，一种抓牢我心灵的魔力。《雷雨》所显示的，并不是因果，并不是报应，而是我所觉得的天地间的"残忍"。（这种自然的冷酷，四凤与周冲的遭际，最足以代表他们的死亡，自己并无过咎。）如若读者们肯细心体会这番心意，这篇戏虽然有时为几段较紧张的场面或一个性格吸引了注意，但连绵不断地若有若无地闪示这一点隐秘，这种种宇宙里斗争的"残忍"和"冷酷"。在这斗争的背后，或有一个主宰来使用它的管辖。这主宰，希伯来的先知们赞它为"上帝"，希腊的戏剧家们称它为“命运”，近代人撇弃了这些迷离恍惚的观念，直截了当地叫它为“自然的法则”。而我始终不能给它以适当的命名，也没有能力来形容它的真实相。因为它太大、太复杂。我的情感强要我表现的，只是对宇宙这一方面的憧憬。

写《雷雨》是一种情感的迫切的需要。我念起人类是怎样可怜的动物，带着踌躇满志的心情，仿佛是自己来主宰自己的命运，而时常不是自己来主宰着。受着自己情感的或者理解的捉弄，一种不可知的力量的、机遇的或者环境的捉弄，生活在狭的笼里而洋洋地骄傲着，以为是徜徉在自由天地里。称为万物之灵的人物，不是做着最愚蠢的事么？我用一种悲悯的心情来写剧中人物的争执。

可惜一般人，对于作者这一重大的启示忽略了，因此，他们的表演很多是失败的。

曹禺在《雷雨》中的人物，都是有血有肉的活生生的人，“在演出上，观众却不感觉《雷雨》的神秘，而是把它当作社会剧来欢迎了的。周朴园的专横，繁漪的苦痛，周萍的软弱，周冲的天真，鲁贵的卑鄙，鲁大海的刚强，鲁妈的悲惨经历，作者都通过了精炼的带动作性的对话，有很细腻真实的描写。观众由爱与死的纠葛中，自然也可以体会到他们的社会性质”。我们且看作者自己的解释：

与这样原始或者野蛮的情绪俱来，还有其他的方面，那便是我性情中郁热的氛围。夏天是个烦躁多事的季节，苦热会迫走人的理智。在夏天，炎热高高升起，天空郁结成一块烧红了的铁，人们会时常不由己地，更归回原始的野蛮的路；流着血，不是恨便是爱，不是爱便是恨，一切都走向极

> 端，要如电如雷地轰轰地烧一场，中间不容易有一条折衷的路。代表这样的性格是周繁漪，是鲁大海，甚至于是周萍；而流于相反的性格，遇事希望着妥协、缓冲、敷衍，便是周朴园，以至于鲁贵。但后者是前者的阴影，有了他们，前者才显得明亮。鲁妈、四凤、周冲是这明暗的间色，他们做成两个极端的阶梯。所以在《雷雨》的氛围里，周繁漪最显得调和。她的生命烧到电火一样地白热，也有它一样地短促。情感郁热境遇，激成一朵艳丽的火花，当着火花也消灭，她的生机亦顿时化为乌有。她是一个最"雷雨的"性格，她的生命交织着最残酷的爱和最不忍的恨，她拥有行为上许多的矛盾，但没有一个矛盾不是极端的；极端和矛盾，是《雷雨》的蒸热的氛围里两种自然的基调，剧情的调整，多半以它们为转移。

我们从他的解释，可以理解我们这一世代的四围人物；也从我们的四围人物形象，更可以理解"雷雨"的气氛。

接在《雷雨》之后，曹禺写了《日出》和《原野》，这是他的戏剧三部曲；其后又写了《北京人》、《家》和《蜕变》，都是时代气息最浓重的，也可以说是最能勾画出时代的动态的。《日出》那剧本，有着一篇很长的跋文，说了他自己的创作观点。他说：

> 这些年在这光怪陆离的社会里流荡着，我看见多少梦魇一般的可怖的人事，这些印象我至死也不会忘却；它们化成多少严重的问题，死命地突击着我，这些问题灼热我的情绪，增强我的不平之感，有如一个热病患者，我整日觉得身旁有一个催命的鬼，低低地在耳边催促我、折磨我，使我得不到片刻的宁恬。人毕竟是要活着的，并且应该幸福地活

着。腐肉挖去，新的细胞会生起来。我们要有新的血，新的生命。刚刚冬天过去了，金光射着田野里每一棵临风抖擞的小草，死了的人们为什么不再生起来，我们要的是太阳，是春日，是充满了欢笑的好生活，虽然目前是一片混乱；于是我决定写《日出》。《日出》写成了，然而太阳并没有能够露出全面。我描摹的只是日出以前的事情，有了阳光的人们始终藏在背景后，没有显明地走到面前。我写出了希望，一种令人兴奋的希望；我暗示出一个伟大的未来，但也只是暗示着。

他的剧本都是富有暗示的意味，每一观众看了，都觉得这是我们世代的说明。

对于《日出》中的人物，作者也曾作如次的解释：在这个戏剧里，方达生不能代表《日出》中的理想人物，正如陈白露不是《日出》中健全的女性。这一男一女，一个傻气，一个聪明，都是所谓的“有心人”。他们痛心疾首地厌恶那腐恶的环境，都想有所反抗。然而白露气馁了，她一个久经风尘的女人，断然地跟着黑夜走了。她知道太阳会升起来，黑暗也会留在后面，然而她清楚：“太阳不是我们的”，长叹一声便睡了。这个“我们”，有白露，算上方达生，包含了《日出》里所有的在场人物。这是一个腐烂的阶层的崩溃，他们，不幸的黄省三、小东西、翠喜一类的人，也做了无辜的牺牲，将沉沉地睡下去，随着黑夜消逝，这是不可避免的必然的推演。

戏剧是要透过舞台上的“拟真”场面来再现的；笔者也和许多读者一般，在各种不同的场合看到了《雷雨》、《日出》、《原野》、《北京人》和《蜕变》的演出。我们也看过曹禺扮周朴园，马彦祥扮鲁贵的《雷雨》，也看过威莉扮陈白露，思齐演潘月亭，戴涯演李石清，马彦祥演胡四的《日出》。然而，我们且听听作者自己的说法：“写《雷雨》的时候，我没有想到我的戏会有人排演。但是为着读者的方便，我用了很多的篇幅释述每个人物的性格。如今呢，《雷雨》的演员们可以借此看出些轮廓。不过一个雕刻师总先摸清他的材料有哪些弱点，才知用起斧子时哪些地方该加谨慎，所以演员们也应该明了，这几个角色的脆弱易碎的地方。这几个角色没有一个是一具不漏的网，可以不用气力网起观众的称赞。譬如演鲁贵的，他应该小心翼翼地做到‘均匀’‘恰好’，不要小丑似地叫《雷雨》头上凸起了隆包，尻上长了尾巴，使它成了只是可笑的怪物。演鲁妈与四凤的，应该懂得‘节制’（但并不是说不用感情），不要叫自己叹气来成风车，哭起来如倒海，要知道过度的悲痛的刺激，会使观众的神经痛苦疲倦，再缺乏气力来怜悯，而反之，没有感情做柱石，一味在表面上下功夫，更令人发生厌恶，所以应该有真情感。请记住：‘无声的音乐是更甜美！’”（去年香港有一回由电影界角色排演《雷雨》，可说完全失败；而洪某扮鲁贵，尤其糟得破坏了全场空气，正如作者所指出的错误呢！）

曹禺有一段解释周冲性格的极好文字。他说：“提起周冲，繁漪的儿子，他是我喜欢的人。我看过一次《雷雨》的公演，我很失望；那位演周冲的人有些轻视他的角色，他没有了解周冲，他只演到痴憨，那只是周冲粗犷的肉体，而忽略他的精神。周冲原是可喜的性格，他最无辜，而他与四凤同样遭受了惨酷的结果。他藏在理想的堡垒里，他有许多憧憬，对社会，对家庭，以至于对爱情。他不能了解他自己，他更不了解他的周围。一重一重的幻念茧似地缚住了他。他看不清社会，也看不清他所爱的人们。他犯着年轻人 Quixotic 病，有着一切青春发动期的青年对现实的那样的隔离。他需要现实的铁锤来一次一次地敲醒他的梦；在喝药那一景，他才认识了父亲的权威笼罩下的家庭；在鲁贵家里，忍受着鲁大海的侮慢，他才发现他和大海中间隔着一道不可填补的鸿沟；在末尾，繁漪唤他出来阻止四凤与周萍逃奔的时候，他才看出他的母亲全不是他所理想的那样；而四凤也不是能与他在冬天的早晨，明亮的海空，乘着白帆船向着无边的理想航驶去的伴侣。连续不断地失望绊住他的脚，每次的失望都是一只尖利的锥，那是他应受的刑罚。他痛苦地感觉到现实的丑恶，一种幻灭的悲哀袭击他的心。这样的人，即使不为‘残忍’的天所毁灭，他早晚会被那绵绵不尽的渺茫的梦所掩埋，到了与世隔绝的地步。甚至在情爱里，他依然认不清真实。抓住他的心，并不是四凤或者任何美丽的女人。他爱的只是‘爱’，一个抽象的观念，还是个渺茫的梦。所以当着四凤不得已地说破了她同周萍的事，使他伤心的，却不是因为四凤离弃了他，而是哀悼一个美丽的梦的死亡。待到连母亲，那是十七岁的孩子的梦里幻化得最聪慧而慈祥的母亲，也这样丑恶地为着情爱痉挛地喊叫，他才彻头彻尾地感到现实的粗恶。他不能再活下去，他被人攻下了最后的堡垒，青春期的儿子对母亲的那一点憧憬。他于是整个死了。他生活最宝贵的部分，那情感的激荡。以后，那偶然的或者残酷的肉体的死亡，对他算不得痛苦，也许反是最适当的了结。”这段话，我们应该去体会一下，这样，才可以明白巴金的《家》与曹禺的《家》吟味的异同了。曹禺，他是了解我们这一世代的暗影的作家。

戏剧运动之中，田汉始终是戏剧性的剧作家。有许多热情少女献身给他，他也就“板着脸孔撒烂屙”，在热情漩涡中闹难解难分的悲喜剧，他始终把“人生”当作戏剧在扮演，而他自己就是一个主角。他自己曾经这么批判自己：

> 当时结合社员之最大手段，也还是热烈的感情，和朦胧的倾向，我们都是想要尽力作民众戏剧运动的，但我们不大知道民众是什么。也不大知道怎样去接近民众；我们也知道一些抽象的理论，但未尽成活泼的体验。何况我们中间本有不少自称"波希米亚人"的一种无政府主义的颓废的倾向，他们也喜欢我的味道；我也为着使戏剧容易实现得真切，每每好写他们的理性，所以我们中间自自然然就酿成一种特殊的风格。好处就是我们的生活马上便是我们的戏剧，我们的戏剧也无处不反映着我们的生活，虽说这种生活的基调立在没落的小资产阶级上。

他所说的"我们"，其实还是说他自己一个人的好。（当时，南国社的一部分社员如左明、陈白尘等都已离开了田汉，走民众戏剧的路子；而上海的戏剧运动，也由左翼剧联来领导了。）到了1929年以后，田汉的戏剧题材和作风，也随着社会文化的演变有很大的变动了。洪深曾在田氏的戏曲集序文中说："近几年来，中国也有不少写作戏剧的人，也刊行过不少戏剧集子；但是，要寻觅一部作品，能够概括地反映最近四五年来中国政治经济社会的情形，并且始终不曾失去反封建和反抗外侮是中华民族的唯一出路那个自信的，除了田先生这集子外，竟不容易再找到第二部了。"田氏那一时期，剧本的产量，可说是十分丰富的。独幕剧有《第五号病室》、《乱钟》、《扫射》、《水银灯下》、《旱灾》、《暗转》、《雪中行商》、《洪水》都已上演过。三幕剧有《火之跳舞》、《暴风雨中的七个女性》、《回春之曲》，而以《回春之曲》最著称。《回春之曲》写爱国青年高维汉，想从海外回国投奔东北义勇军，参加抗战；结果因为神经受伤，变为疯狂。在他的爱人谨慎看护中，慢慢安定下来，直到上海人民热烈庆祝“一·二八”的抗日纪念的情况中，他追忆前情，神经恢复了常态。这是表演爱国情绪最好的剧本，上演的次数很多，演出的成绩，也都还不错。（表露这种情绪的，田氏又曾写了《义勇军进行曲》、《扬子江暴风雨》这些激昂慷慨的歌词。）

1935年，国立戏剧学校在南京成立，余上沅任校长，应云卫任教务长，陈治策、马彦祥、田汉、谢寿康、毛秋白、王家齐任教授。这是中国戏剧史上又一件大事。那年年底，“中国舞台协会”在南京成立。剧校从上海拉了大批人马，洪深、欧阳予倩、唐槐秋、魏鹤龄、尚冠武、英茵、白杨、洪逗、查瑞龙、顾梦鹤、宋小江都到了南京，在京的还有潘孑农、阳翰笙、张慧灵。他们在福利戏院演出三天，上演田汉的《回春之曲》，马彦祥的《械斗》（由洪深导演），成绩非常之好。本来，中国的戏剧中心，一向在上海，到了1936年，就由于国立戏剧学校的努力发展到南京去了。剧校员生，那年二三月间，开始公演《视察专员》，并首创付剧作者以上演税的新例。以后每月都有公演；4月间，“中国舞台协会”举行第三次公演，上演田汉改编的《复活》（托尔斯泰小说改编），成绩也非常之好。其他，除了上海“业余剧人协会”在上海的公演，一直有很好的成绩，“中国旅行剧团”从天津北平到了上海，也奠定了职业剧团打开话剧的生存路子了。

中国戏剧界，洪深、欧阳予倩、夏衍（沈端先）所做的工作，比田汉踏实，也少一些浪漫气氛。我已说过，上海戏剧协社，由于洪氏的加入，才向前推进了一步；而他指导“复旦剧社”，上演曹禺的《雷雨》，也是戏剧史上最重要的一页。他写了农村三部曲（《五奎桥》、《香稻米》和《青龙潭》），他自己说：“《五奎桥》所写的，是乡村中残留的封建势力。《香稻米》所写的，是农村经济破产。第三部，本想写《红绫被》，那是前两部曲的必然发展。但因两次写了第一幕，都不能使我自己满意，所以搁下不用，另写了一出《青龙潭》。《青龙潭》所写的，是口惠而实不至的结果。讲解，演说，宣传，教育，平时似乎很收效果；然而都是靠不住的：如果负责的人，不能为农民解决生活上的困难，不能使他们获得实际的利益。”（《五奎桥》写农民因为天旱，缺水，眼看稻要干死；那机器打水的洋龙船又撑不过五奎桥边，因此想把那桥拆掉。但是，周乡绅说“五奎桥”是关系他们周家祠堂的风水，他宁可看着农田干死，也不许拆掉这条桥，因此双方展开了剧烈的斗争。主题是反封建，反迷信的。《香稻米》是写丰收成灾的农村悲剧。农民黄二官满望田禾丰收可以还债，但债主和米店老板，外路米商，一致地压挤剥削他，谷价下落；黄二官一家又陷入了破产的命运。黄二官本来是相信宿命论，这时也给残酷真实刺激得站起来了。《青龙潭》以五奎桥的邻村庄家村为背景，写农民因为天旱无法生活，终于到青龙潭求雨的故事。他是有意讽刺改良主义的手段的。）我们从他的戏剧，体会得洪氏和北边在定县从事戏剧工作的文化人一般，他们都注意当前最严重的农民问题；他们的题材和看法，大体是相同的。

那一时期，在上海的戏剧工作者，都和电影界发生关系。“南国剧社”和“中国旅行剧团”的男女演员，后来也都参加了电影的工作。那时，洪深曾写过《劫后桃花》的电影剧本，在《东方杂志》连载过。这一剧本是以洪氏自己的家世做底子的，他曾说：“久住青岛的人，谁不知道南九水是崂山的一个胜境，谁不知道我父亲观川居士在那里筑有一所别墅，名为观川台，谁又不知道在日本人战胜了德国人的那年，日本人硬把这所别墅占据了，开上一家料理店，至今还开着。我每次到青岛，总得设法到南九水去探视一次，去时总是独自一人的时候多，我轻易不敢对人家说，我才是这屋子的真正主人。”这一点情绪作酵母，写出来的，乃是爱国剧本。写出了日本的跋扈，和汉奸翻译员的无耻。作者以刘花匠自比，刘花匠对于现实，只知道躲避，所以恋爱上也失败了。此外，他还写了许多独幕剧，那是在“国防戏剧”的总目标下写成的，他说：“我们不能否认艺术是现实生活的反映。因此，艺术所要表现的，自然就是其时代某社会内一般大众的情绪了。现阶段的中国，显然是陷在那贪得无厌的日本底侵略的魔手里。所以这几年来国防戏剧，一天一天在舞台上占到势力了。”这也代表那一时期戏剧工作者的共同倾向。

夏衍（沈端先）在剧本写作上，也是很努力的；那一时期，他曾写了《赛金花》和《自由魂》（秋瑾传），他自谓：“去年（1935 年）深秋，我在一个北国的危城里面困处了两个月之久，于是我就想以揭露汉奸丑恶，唤起大家注意国境以内的国防为主题，将那些在这危城里面活跃的人们的面目，假托在‘庚子事变’前后的人物里面，而写作一个讽喻性质的剧本。为着要使读者能够在历史的人物里面发见现今活跃着的人们的姿态，也可以说是为着要完成讽喻的自由，我于是避开烦琐的自然主义的复写，而是强调了可以唤起联想的，与今日的时事最有共同感的事象。”这剧本在上海上演，效果非常之好；剧作者协会曾举行座谈会加以评论，各人的评语也都是推崇的。

战争来了

一位英国记者勃脱兰，他在《华北前线》中说："中日战争的第一枪，是在华清池边放射出来的。"他是说，"西安事变"，乃是中国抗战的开头。另一英国女记者尤脱莱也说："政治统一可以说是在1936年之末，'西安事变'之后，已经完成。1936年为西南附归中央政府的一年，1936年为对其内战结束的一年。这一部分是因为红军在那时已被逐到西北的不毛之地，一部分因为他们宣布准备放弃'阶级斗争'以促进统一抗日，还有一部分是因为全国一致要求停止内战，集中全力反抗日本侵略和收复失地。1936年12月，蒋介石在西安的'遇难'为一富有戏剧意味的事件，它不仅显示着中央政府有采取基于民众运动的政策之决心，以抵抗日本无理的和武装的侵略。那样的决心，一经采取，中日战争就迟早会因华北五省的问题而爆发。"在这样重大的课题之下，中国文学的每一轮子，都适应着这一课题而转动着了。

中国共产党号召"一切不甘做亡国奴的中国人，不分政治倾向，不分职业与性别，都联合起来，在统一战线之下，一致与日本作战"的运动，那是1934年间的事。到了1935年6月间，又发表了号召结成抗日民族统一战线的"八一宣言"。要求国民党停止内战，一致抗日，并号召全国人民，不分阶级，不分党派，共同团结，组织国防政府、抗日联军，挽救民族危亡。那年冬天，上海文化界救国会成立，文艺界也提出了"国防文学"的口号，并组织了"中国文艺家协会"。照郭沫若的说法：

> 我觉得国防文艺应该是作家关系间的标帜，而不是作品原则上的标帜。并不是一定要写满蒙，一定要写长城，一定

要声声爱国，一定要句句救亡，然后才是“国防文艺”，我们只是在“国防”的意识之下，把可以容忍的“文艺”范围扩大了。

当时，鲁迅和茅盾也赞成这一说法，目标在团结文艺界的意向，而当时在上海替中共做文化工作的周扬、徐懋庸的看法稍有不同。他们以为“国防文学的口号应当是创作活动的指标，它要号召一切作家，都来写国防的作品，一个文学的口号。一个文学的口号如果和艺术的创作活动不生关系，那它就要成为毫无意义的东西。文艺上的国防阵线，不运用它自己特殊的艺术武器，就决不能发挥它应有的力量，这是明明白白的事情”。由于这一点分歧，也曾引起了激烈的讨论。1936 年 8 月间，鲁迅所发表的《答徐懋庸并关于抗日统一战线问题》的长文，便是这么来的。（那信中，批评了周扬、徐懋庸的宗派主义和行帮情形。）因此，“中国文艺家协会”这一面由王任叔等百二十余人发表宣言，鲁迅和其他六十七人，也签名发表了《中国文艺工作者宣言》。（笔者顷查宣言原文，我是参加前方面的。）

到了 1936 年 10 月间，巴金、王统照、包天笑、沈起予、林语堂、洪深、周瘦鹃、茅盾、陈望道、郭沫若、夏丏尊、鲁迅、叶绍钧、黎烈文等发表了《文艺界同人团结御侮与言论自由宣言》，这才完成了文艺界的统一战线。宣言中说：“我们是文学者，因此主张全国文学界同人应不分新旧派别，为抗日救国而联合。文学是生活的反映，而生活是复杂多方面的，各阶层的；其在作家个人或集团，平时对文学之见解，趣味与作风，新派与旧派不同；左派与右派亦各异，然而无论新旧左右，其为中国人则一，其不愿为亡国奴则一；各人抗日之动机，或有不同，抗日的立场，亦许各异，然而同为抗日则一，同为抗日的力量则一。在文学上，我们不强示其相同；但在抗日救国上，我们应团结一致以求行动之更有力。我们不必强求抗日立场之划一，但主张抗日的力量即刻统一起来。”

到了1937年春天，以中国政治气象来说，那是最好的春天。我们中国，不但从四川至沿海各省，从广州至黄河，成了一个行政统一的国家，就是各政治党派所表现的团结合作气象，也为1926年以后任何时期所未有。“西安事变”结束后，国共内战的停止，把政府与人民重新结合起来。这时候，抗日的民主力量，在学生及知识分子群中最为活跃；其先由于呼吁救亡被捕的七君子，已经恢复自由，救国会一类组织，也在相互谅解的基础上存在着。这一气象，对于日本军阀是最重大的打击。尤脱莱说：“从日本人看来，最理想的是中国政府，一个或数个，其岁入刚刚足以维持其对于领土的有效控制权，但是这政府并无充足的资源，可使其完成近代化的过程和推动中国工业的发展。这样的政府，对外很弱，决无力量抵抗日本的‘势力’；对内却很强，是为日本商人的利益而维持法律与秩序。日本对于‘西安事变’的最初的反应是比较温和的政策，表示决无夺取中国领土的野心。他们希望蒋介石回到‘必先安内’的主张，换言之，即与共产党重启战祸。日本如能使中国内战重新爆发，同时使英国相信它已放弃了侵略政策，那末，日本既能向中国要求获得华北的铁路特权，又可以向英国借款，开始建设。如此一来，华北就不必用武力可以到手了。而中国其余部分，则不妨稍缓几年再说。”她对于当时日本当局对“西安事变”的心理反应，分析得非常正确。然而“西安事变”的结局和日本人所预想的正相反，国共的合作，不仅是可能而且实现了；于是武力进攻的行动，在日本军人心目中，认为是必不可避免的了。那位住在北京的中国问题专家拉脱摩尔（Lattimore），他就对那个春天的太平静的气象担忧，他对英国记者勃脱兰就预料暴风雨时期的到来。

中日战争，就从那年7月7日“卢沟桥事件”开始了。（关于这事件的经过，笔者曾于《中国抗战画史》及《现代中国史话》中详及，不再赘述。）这一事件，在日本军阀在华北所造成的大小事故中，并不是有着特殊的重大意义，而因为它将成为更大的军事行动的序幕；卢沟桥边的枪声，已成为中日间延期已久的实力试验的序幕，所以是一块纪程碑。那时，政府当局刚在江西召集教育文化界人士举行庐山谈话会；蒋氏便在那儿发表了一篇著名的“庐山谈话”，表示我方的明决态度：“中国坚持（1）任何解决，不得侵害主权与领土之完整；（2）冀察行政组织不容任何不合法之改变；（3）中央政府所派地方官吏，不能任人要求撤换；（4）第二十九军现在所驻地区不能受任何约束。”“我们希望和平，而不求苟安，准备应战，而决不求战。”这一来，平津及华北战事，便全面展开了；到了“八一三”淞沪战事发生，中日战争便一发而不可复止了。

本来，东北沦陷，若干青年作家都流亡到关内来，奔走呼号，发出几乎近于绝望的“救亡”之声。到了华北沦陷，东南沿海战事发生，随着首都南京的陷落，全面抗战的展开，全国教育文化界都大规模向大西北地区移动，这也可说是中国有史以来最大规模的文化转进。我们就拿天津《大公报》来说，他们看着华北局势的危迫，便把《大公报》中心移到上海来。后来，上海我军退却了，《大公报》又把中心移到香港和汉口去。后来，汉口和香港又先后沦陷了，便把中心移到桂林和重庆去，直到长期抗战胜利为止。他们在上海撤退的告别辞上，就用了“人生自古谁无死，留取丹心照汗青”的话，来表明他们的不屈不挠的态度。

1938年3月27日，“中华全国文艺界抗敌协会”，在汉口成立；这是中国文坛配合抗战的实际需要而产生的组织，对文艺工作者发动了广泛的动员，发挥了更大的力量。

文艺协会在汉口成立之初，我们曾在发起旨趣中说到当时的情势：

> 半年来抗战的经验，给我们宝贵的教训，一个弱国抵抗强国的侵略，想要彻底打击武器兵力优势的敌人，唯有广大的激励人民的敌忾，发动大众的潜力。文艺者是人类心灵的技师，文艺正是激励人民发动大众最有力的武器。数年来为了呼号抵抗，中国文艺界无疑地尽了广大的责任。但自抗战开展以来，新的形势要求我们更千百倍的努力。而因中心都市的沦陷，出版条件的困难，文艺人的流亡四散，虽一方产生了大量新型的报告、通讯等文艺作品，且因抗战的内容，使新文艺消失了过去与大众间的隔阂，但在一切文化部门的对比上，文艺的基本阵营，不可讳言是显出了寂寞一点。
>
> 现在情势已完全不同了。全国上下，已集中目的于抗敌救亡；抗战形势，日益坚强，政治上的统一战线日益巩固。我们像前线将士用他们的枪一样，用我们的笔来发动民众，捍卫祖国民族的命运，也将是文艺的命运，使我们的文艺战士能发挥最大的力量！

抗战初期，军事情势，华北最坏，整个山西的陷落，只不过是那个冬天的事；敌人长驱直入，攻陷了山西太原，便南迫风陵渡，到了黄河边上了。河北这一边也不好，国军在保定稳不住脚，一退便到了郑州，也在黄河南岸了。山东那一边，德州和济南也先后失守了。那样的情势之中，要产生什么文艺作品是不可能的。东南沿海情势，要算是最好的；淞沪战线，从“八一三”

的第一枪到11月6日的全线退却，先后经过了两个半月的抵抗；因此，文艺工作者在上海战线上最为兴奋紧张，有所表现。那时，上海就产生了许多战地服务团，到军队中去工作。张发奎将军，那时担任右翼总司令的任务，指挥浦东防务。他们那一线的战地服务团，规模就很大，许多左翼文人，就参加这一服务团的工作。至于参加各报去做战地采访工作的，如范长江、陆诒、杨纪、刘尊棋、胡定芬、范式之，都在各自岗位上有所表现。（笔者那时也参加前线采访工作，开头替《立报》、《大晚报》工作，后来转入中央社参加战地工作组中去。）淞沪战线的退却，到南京陷落这一段时期，一般情势，又十分混乱。到了1938年春天，国民政府军政中心移至汉口，经过了鲁南会战，其间在台儿庄战役获得了胜利，情势又稳定下来。国防最高委员会设立了政治部，由陈诚任部长，周恩来任副部长，郭沫若任第三厅厅长。全国文人，除了一部分留在上海、香港各地，一部分在战地前线工作；第三厅就吸收了大量文艺作家，组织了政治工作大队，分赴各战区去做宣传工作。"文艺协会"还组织了作家战地访问团，由王礼锡任团长，访问过华中各战线，还出过一套作家战地访问团丛书。田汉率领的政治工作大队，在长沙工作得很起劲，改编了许多平剧；每家长沙的戏院，都挂着田汉手笔的《大桌围》，上书"演员四亿人，战线一万里；全球作观众，看我大史戏"四句豪放的诗。那批跟着张发奎将军的文艺作家，后来也随着他的任务的转移，移到粤北韶关和桂西柳州去。（第一、第二、第五战区，也有大量的文艺工作者。）

"文章下乡，文章入伍"的口号，就在"文协"成立大会中喊了出来。茅盾在文代大会中报告："当抗日战事初起，全国文艺工作者都非常兴奋，立即组织了许多演剧队、抗宣队，到农村和部队中去，写出了许多短篇和小型作品，如短篇小说、报告、画报、街头剧、墙头诗、街头诗等。尽管这些作品，还存在着严重的缺点，但没有人能够抹煞他们在抗战初期所起的宣传作用。特别是抗战歌曲，响遍穷乡僻壤，起了很大的宣传作用。而且许多文艺工作者到战地和乡村去实际工作，和人民接触的结果，不特使他们扩大了视野，丰富了题材，同时还使他们感觉到自己的作品并不适合大众的需求，因而企求追寻新的东西!”当时的文艺工作的展开，大体就如他所说的。

军委会政治部所编组的十个抗敌演剧队，五个抗敌宣传队（抗剧队每队三十人，工作以演剧为主，歌咏及笔墨口头宣传辅之。抗宣队每队十六人，工作以笔墨口头宣传为主，也不时作演剧歌咏的工作），当时于各队出发时，发布了如次的五项信条：

（一）吾辈艺术工作者，以抗战建国之目的结成此铁的文化队伍，便当随时随地提高政治军事的认识与训练；为此伟大目的之实现而奋斗，一刻不容稍懈。

（二）吾辈当知技术之良窳，直接影响宣传之效果。故当从工作中竭力磨练本身技术，使艺术水平因抗战之持久而愈益提高。

（三）吾辈艺术工作者不仅以言语文字或其他形象接近大众，尤当直接以身为教；盖艺术风格与艺术家之人格为不可分。抗战艺术运动尤然，要求每一工作者皆为刻苦耐劳沉毅果敢之民族斗士，沉毅故能持久，果敢故能成功。

（四）吾辈艺术工作者的全部努力，以广大抗战军民为对象，因而艺术大家化，成为迫切之课题。必须充分忠实于大众的理解、趣味，特别其痛苦和要求，艺术才能真正成为唤起大众，组织大众的武器。

（五）吾辈艺术工作者应知协同一致，为达成战斗目的之要素，艺术工作亦然。不仅一艺术集团内应协同一致，同时应集中艺术战线之各兵种于重要之一点，使能发挥无限之力量，收到伟大之战果。

在抗战初期，文艺工作者的爱国情绪的确很高涨，那三年间的文化战斗，在各战区都很不错。到1940年以后，由于国共“裂痕”再加深，政治部人事上的大变动，“剧”、“宣”各队也就十分涣散了。不过各战区的情形并不相同，即如随着张将军到柳州去的那一队，就维持到桂柳战事发生为止，先后就有六年之久。

以中共的八路军为中心的敌后文艺工作，情形和国军大不相同。我们且看沙可夫的报告：就在1937年八路军开赴华北前线作战，随战线宣传剧到了那里，那里便掀起人民文艺的活动；歌舞、短剧、活报，短小精悍，富有战斗作风，对当地的文艺活动起了刺激和推动作用。1938年，农村剧运就开始了萌芽。由于“太行山剧团”、“抗敌剧社”等职业文艺团体的帮助，晋东南创办“民族革命艺术学校”，继办“鲁迅艺术学校”，“晋察冀联大文艺学院”，前后训练了一批文艺工作干部，散布华东各地，华北敌后出现了许多农村剧团、农民集体的秧歌舞及各种新内容旧形式的艺术活动。1939年，“太行山剧团”便以“开展农村剧运动使农民自己来演自己的戏，服务于革命战争”为任务。同时，“西北战地服务团”、“太行山剧团”开办农民戏剧训练班，并下乡帮助村剧团工作的开展，辽县一个月中便组起三十多个有组织有领导的农村剧团；晋察冀的北岳、冀中则组织得更多。冀中不少农村剧团，并有汽灯幕布演大戏。到年节，不少区、县、农村剧团集中检阅、比赛，有不少作品，受群众欢迎。1940年以后，农村剧运开始具有群众性规模，太行成立了“农村戏剧协会”，晋察冀成立了专门领导农村文化工作的“文救会”（冀中叫“文建会”）和戏协。1940 年太行发展到一百个有组织有领导的巩固的农村剧团。（其他不太巩固的更多，约三百多个。）冀中则在 1942 年“五一”大“扫荡”前约有一千七百个剧团，北岳区也有一千四百多个剧团、秧歌队、宣传队等。华北敌后农村文艺运动之活跃，那是江南人所想象不到的。因此，抗战时期的文艺，以重庆为中心，与以延安为中心的方式与活动范围，已有显著的不同了。

战场上的文学

中日战争全面化了，全世界视线都集中到远东来；各国战地记者也纷纷到中国的战场上来。开头，他们集中在北平，后来随着战事演变，转到上海、南京，再后来，他们也都集中到重庆去。他们的笔下，就产生了许多优秀的通讯（报告文学）。笔者上面提到过那位英国记者勃脱兰，他所写的《华北前线》，就是很好的报告文学。我们中国各城市的报社，也派遣战地记者到战场上去。比较有组织的战地探访网，自以中央社的随军组为最。(这种随军组，配有短波发报机，对于拍发战讯最为利便。如刘竹舟从南宁城中拍发战地电讯，其时距南宁收复，还不到二十四小时呢。随军组配合各战区司令长官部在做采访工作，颇和日军的报道班相近，只是人手较少，规模较小就是了。）至若“文协”所组织的作家战地访问团，虽属短期间的战地游历，也有过他们的作品。

何其芳（何氏，本来是一位诗人。）曾经在《报告文学纵横谈》中说：“1939 年，我和几个伙伴在河北前线。当一个做政治工作的同志向我们要求：‘希望你们三天能够写一篇通讯。’我们却大大地嘲笑他不懂得艺术。于是我们说：艺术需要澄淀，艺术需要时间的隔离。于是我在前方九个月就只写成了一篇报告。未上前方的时候，我还不是充满了热忱的。访问呵，说话呵，晚上在烛光下整理材料呵等等。然而只是用耳朵听是不行的，需要全心全身到战争中去，到兵士中去，到老百姓中去，而我们却是在作客。并且原来对于战争的幻想被战争的实际打破了；我原来希望碰到的是这样的场面：我们的军队收复了一个城，于是我们就首先进去，看见了敌人的残暴的痕迹，看见了被解救的人民的欢欣。总之，是这一类比较不平凡的事物。然而我们到了河北中部的平原上，却碰上了敌人的大‘扫荡’。原来仅有的县城却失了。一连二十多个晚上的夜行军，一倒在地上就可以睡着。有时候一边走一边打瞌睡，眼睛睁开时，早晨的阳光已经代替了黑夜，炮声和机关枪声总是在两翼的掩护部队那里响着。我们只是听着战斗而没有看见战斗，更不用说参加战斗了。于是写报告的热忱就渐渐地消失了，为抗战服务的热忱也渐渐地低落了。于是想：还是回去吧，在这里简直没有什么用处，这证明了什么呢？这证明就是写报告文学也是需要深入生活的。这又证明要深入一种新的生活，工农兵的生活，战斗的集体的生活，是并不容易的。”他的话，我们有过战场采访经验的人听来，那是可以懂得的，而且可以相对地首肯的。但是就因为他是诗人，是文艺作家，对于新闻采访与报道，并不十分了解，所以他的话，只说对了一半，还有一半是不对的。（这便是在解放区不曾产生爱伦堡的主因。也正是中国记者所以比不上勃脱兰的主因了，以中国的报告文学作家来说，解放区的记者，毕竟比之国军战区上的记者差得很远呢。）

笔者当年曾在某报发表一篇新闻文艺论，说：“什么叫做新闻文艺呢（或称报告文学）？它，并不是纯文艺，乃是史笔。它的成分，要让‘新闻’占得多；那艺术性的描写，只有加强对读者诱导的作用，并不能代替新闻的重要地位。换言之，不管用文艺手法描写得怎样高明，只要那新闻本身缺乏真实性，那篇通讯即失去了意义。有人以为‘特写’便是‘新闻文艺’，那也是错误的。‘特写’乃是一切艺术作者处理事件的一种技术，一种夸张的手法。新闻文艺中，也有用得着‘特写’的地方，并不是

‘特写’便是‘新闻文艺’。我们要了解新闻文艺的含义，必须扫去主观上的看法。新闻记者并不是文艺作家的兼差；并不是能写文艺作品的，便可写出优秀的新闻文艺来。历史上，许多文学家编史书，编得非常拙劣，文人写新闻，每每写得很坏，这个理由是相同的。”何其芳自己便不曾写过好的新闻文艺作品，而且，他在前方九个月，只写成了一篇报告呢！

战场上的通讯文字，自以把握时地意义的电讯为最有价值。笔者1937年10月8日下午2时发给上海《大晚报》的《右翼战讯》，报纸上街，和战事发动相去不过十五分钟；这是千载难得的机会，可遇而不可求的；在新闻价值上当然可说是最高的。但就军事的实际情况来说，那天的右翼攻击，我军只是佯攻，就全局来说，并不真实。1938年4月7日，笔者进入台儿庄的战场报道专电，距敌军退却也不过十二小时；也是恰好碰上了那天访问孙连仲总司令部的机会，无意中得来的。那一电讯，比较有文艺的趣味；但参照后来所得的敌方文件来看，我们的报道，正确性并不很高。所以，从新闻真实与文艺描写兼重来说，战场文学，还当于长篇通讯中求之。初期上战场采访新闻，写成有连贯性通讯，《大公报》的范长江、杨纪，还是继续他们的工作。上海《新闻报》的陆诒，那时替《新华日报》（汉口）到战地去，也写了许多通讯。（到了1938年秋天，范长江脱离了《大公报》，从事国际新闻社工作，就很少写战地通讯了。）那时，战时国文补充读本（商务本），选了笔者的《论鲁南战局》；储玉坤的《现代新闻学》（世界本），选了笔者的《赣北会战》、《访问白崇禧将军》，《大公报》的《闸北大火记》，范式之的《张姑山的歼灭战》，小珠的《沦陷后的济南》。（笔者的《战地通讯》，曾刊行《大江南线》一书。笔者编写《中国抗战史》，曾取前后各期通讯，删改贯串，泐成一书。其间，也选了范长江的《徐州突围记》和《伦敦时报》记者的《华北巡行记》。）到了抗战中期，由于运输交通的困难，电讯传递的迟缓，战地采访工作，几乎都落在中央社随军组的肩上。因此，胡定芬、范式之、刘竹舟的战地通讯，成为专栏的最好文字。到了抗战结束，《大公报》刊载了萧乾的《西欧战场通讯》，文辞内容、见解，都出人头地，自是战场文学的上选。笔者追寻往迹，披览图文，觉得这一类文字，毕竟是史体的文字，所以拿我们所写的战讯，来和罗常培（一位在斗室中整理太平天国史料的史家）的《捻军游击战》相比较，不独文词整饬，组织周密相去远甚，即对战场上的动态，也是后胜于前；战场上的文学，或许于史集中求之呢！

笔者在战场工作多年，暗中摸索，略有所得。觉得史家纪传、编年、纪事本末三体，可以自由运用，智珠在握，螺蛳壳中未始不可以打道场的。储氏所选的笔者两篇通讯，也正是最好的例证。笔者的战事通讯，常分三段来写：第一段仿编年体，写这一段时期的动态；第二段仿纪事本末体，把几个重要课题作简括纪述；第三段仿纪传体，对战场人物作侧面描述，插入一些有趣味的故事。分之为三，合则为一；这一体例，倒是曲折变化，随处可以用得的。又如《访白崇禧将军》那一篇通讯，第一段写福州文艺剧场之一幕，把白氏三次演讲的要点写了出来。第二段写白将军之战局观，串入笔者和白氏谈话。第三段，说到白氏的战术观，他要把福建变成山西式的战场，想到敌后战斗的方式。这是史笔的运用，笔者不敢说是“开山”，也可说是立了一种风格了。

笔者曾经说过：“一事件的发展，有似一棵大树的成长；我们怎样来处理它呢？固然可以顺着萌芽、抽枝、开花、结果的时序看去，也可以截断树干，看它的年轮。原不妨到树下去看那枝、叶、花、果的分布状态，也可登高岗远望，看那棵树在原野村落的位置。司马迁作《史记》，撇开来是一段一节的记录，合拢来便是一件完整的制作。明白了这个道理，就可以知道处理新闻材料，用之作纵的横的，或综合的叙述，其方法原各不同，而有相得益彰之妙。”这是笔者对于战争文学的微见。

何其芳批评抗战初期的报告文学还有着显著的弱点，原因也首先在于生活不足。“就我所阅读的范围来说，有两类弱点：一类是以幻想代替真实，写游击队生活却着重描写草野月色，写日本女俘虏，却像在写《红楼梦》中人物。一类是形式主义倾向，以外国某些作品的花样来填补其内容之不足。总以为像基希或者爱伦堡那样写才是报告。”他的话对于一般战地记者所写的军事通讯，几乎可以说是抓不着痒处；但若用以批评一部分作家，用文艺笔触写成的“特写”之类的作品，倒是很恰当的。当时，以群编过一部题名为《战斗的素绘》的报告文学选，其中作品虽说“使我们可以从各个角度看到在前方后方以及沦陷区的各种不同的生活与挣扎，那里有千万人同死的悲壮场面，有在血爪下搏斗的惨酷经历，军民的友爱，后方的沉寂，以及边地的风貌等等”。就因为他们爱用夸张的手法，夹入了过多的口号，倒把抗战的激昂情绪冲淡了！

王瑶的《新文学史稿》，关于这一部门的作品，他推荐了丘东平的《第七连》；这小册子共三篇，都是用第一人称写的，“写的是民族英雄的真实战斗的诗篇，而且不只报告了一个事实，其中主人公的性格也都是跃然纸上的”。他又推荐了亦门的《第一击》，作者在上海战役中任部队中的排长，因此，他所写的这些报告，虽是局部的，却是非常真切的。刘白羽的《游击中间》和曹白的《呼吸集》，那是他们所最推重的。胡风曾经有过这样的评语："在他的笔下出现的那些人物，受难的人物，战斗的人物，或者在受难里面战斗，在战斗里面受难的人物，却都那么生动，那么亲切，一一被作者的情绪激活了起来，如像呼吸在我们的眼前一样。""试通读这一集，作者由难民收容所到游击队这条路上所接触的生命现象，就活生生地出现在我们底眼前。在这里，我们看到了中国的小民们在怎样地身受着历史底黑暗和敌人底残暴，在怎样地觉醒和奋起，我们也看到了作者以及和他同行的战斗者们底真诚的悲喜和献身的意志。"曹白自己也说："真的战士，我想，他不但自己在战斗中呼吸，而且使人们都来呼吸战斗。我所知道我自己的，是如何摆脱幻梦，压低自己，忠实于战斗。拿枪不拿枪，前方或后方，在我都是一样的。"不过，这些作品也就和火花似的一下子便过去了，不待事过境迁，我们已经觉得索然无味了。我们且把萧乾的《人生采访》来对比一下，不仅有上下床之别呢！他们也一直不懂得爱伦堡的成功之处，爱氏不仅长于分析，而且善于综合，并不以一鳞一爪的刻画为能事呢！

关于延安那一角的报告文学，他们推荐了立波的《晋冀察边区印象记》。这是以游记方式写成的，叙述八路军和其他游击队，怎样领导华北人民在敌后坚持抗战，这里接触到政治、经济、文化、民运等问题，文笔活泼明快，写出了华北人民的悲伤和欢喜。丁玲有一本题名《一颗未出膛的枪弹》的报告文学集，也是写战地的生活。其中《到前线去》和《南下军中之一页日记》是通讯，《彭德怀将军速写》是印象记，《警卫团生活一斑》和《一颗未出膛的枪弹》是生活侧写。她的视线虽不广大，了解倒比较深刻。沙汀也有两种报告文学集：《敌后琐记》和《随军散记》，前者记述晋察冀及冀中敌后抗日根据地的见闻，后者记他随着贺龙将军在晋西北及冀中平原抗日前线半年间的经历见闻录。他的作品，比较成熟，也比较有新闻性。在延安那一角上，的确不曾产生一位比较有成就的新闻记者，还待范长江、恽逸群穿过封锁线去做新闻事业的领导呢！

抗战与诗歌

笔者在战时有机会巡游前线与大后方各城市，也有机会和各地的文艺作家相往还，欣赏他们的作品，领略他们的议论。那一时期，物质条件一年坏似一年，因此，文艺作品也由于报纸刊物篇幅减缩，越来越减少了。倒是诗歌作品，不仅是热烈情绪所寄托，而且篇幅也比较地简短，产量倒不算很少。关于这一部门，朱自清有过一段评介的话。他说："抗战以来的新诗的一个趋势，似乎是散文化。抗战以前新诗的发展，可以说是从散文化逐渐走向纯诗化的路。"用朱氏在《中国新文学大系·诗集·导言》里的名称来说明：自由诗派注重写景和说理，而一般的写景又只是铺叙而止，加上自由的形式，诗里的散文成分实在很多。格律诗派才注重抒情，而且是理想的抒情，不是写实的抒情。他们又努力创造"新格式"，他们的诗，要有"音乐的美"、"绘画的美"和"建筑的美"——诗行是整齐的。象征诗派倒不在乎格式，只要表现一切，他们虽用文字，却朦胧了文字的意义，用暗示来表现情调。后来卞之琳、何其芳虽然以敏锐的感觉为题材，又不相同，但是借暗示表现情调，却可以说是一致的。从格律诗以后，诗以抒情为主，回到了它的老家。从象征诗以后，诗只是抒情，纯粹的抒情，可以说钻进了它的老家。可是这个时代是个散文的时代，中国如此，世界也如此。诗钻进了老家，访问就少了。抗战以来的诗，又走到散文化的路上去，也是自然的。

朱氏对于抗战以来的新诗，注重明白晓畅，暂时偏向自由的形式，作如次的评论。他说：这是为了诉诸大众，为了诗的普及。抗战以来，一切文艺形式为了配合抗战的需要，都朝普及的方向走，诗作者也就从象牙塔里走上十字街头。他们可也用格律；就是用自由的形式，一般诗行，也比自由派来得整齐些。他们的新的努力，是在组织和词句方面容纳了许多散文成分。艾青和臧克家的长诗，最容易见出。就连卞之琳的《慰劳信集》、何其芳的《近诗》，也都表示这种倾向。这时期诗里的散文成分是有意为之，不像初期自由诗派只是自然的趋势。而这时代的诗，采用散文成分，比自由诗派的似乎规模还要大些；这也可以说是民间化的趋势。抗战以来，文坛上对于利用民间旧形式有过热烈的讨论。整个儿利用似乎已经证明不成，但是民间化这个意念，却发生了很广大的影响。民间化自然得注重明白流畅，散文化是必然的。而朗诵诗的提倡，更是诗的散文化的一个显著的节目。不过话说回来，民间形式暗示格律的需要，朗诵诗虽在散文化，但为了便于朗诵，也多少需要格律。所以散文化、民间化，同时还促进了格律的发展。这正是所谓矛盾的发展。

朱氏又提到诗的民间化，还有两个现象：一是复沓多，二是铺叙多。复沓是歌谣的生命，歌谣的组织，整个儿靠复沓，韵倒不是必然的。歌谣的单纯就建筑在复沓上，现在的诗多用复沓，却只取其接近歌谣，取其是民间熟悉的表现法，因而可以教诗和大众接近些。还有散文化的诗里用了重叠，便散中有整，也是一种调剂的技巧。详尽的铺叙是民间文艺里常见的，为的是明白易解而能引起大众的注意。简短的含蓄的写出，是难于诉诸大众的。现在的诗着意铺叙的，可以举柯仲平的《平汉铁路工人破坏大队的产生》和老舍的《剑北篇》做例子。柯氏铺叙故事的节目，老舍铺叙景物的节目，可是他们有意在使诗民间化是一样的。《剑北篇》试用大鼓调，更为显然。因为民间化，这两篇长诗都有着整齐的形式。冯乃超曾经唱过这样的诗句：

让诗歌的触手伸到街头、伸到穷乡，

让它吸收埋藏土里未经发掘的营养，

让它哑了的嗓音润泽，断了的声音更张，

让我们用活的语言作民族解放的歌唱！

这是时代歌手的口号！

朱自清又说：抗战以来的新诗的另一趋势，是胜利的展望，这是全民族的情绪；诗以这个情绪为表现的中心，也是当然的。但是，诗作者直接描写前线、描写战争的却似乎很少。一般诗作者描写抗战，大都从侧面着笔；如我军的英勇，敌伪的懦怯或残暴，都从士兵或民众口中叙出。这大概是经验使然。一般诗作者所熟悉的，努力的，是在大众的发现和内地的发现。他们发现大众的力量的强大，是我们抗战建国的基础。他们发现内地的广博和美丽，增强我们的爱国心和自信心。像艾青的《火把》和《向太阳》，可以代表前者；臧克家的《东线归来》以及《淮上吟》，可以代表后者；老舍的《剑北篇》，也属于后者。

朱氏指出《火把》跟《向太阳》的写法不同。如一位批评家所说，艾青有时还用象征的表现，《向太阳》就是的；《火把》却近乎铺叙了。这篇诗描写火把游行，正是大众的力量的表现，而以恋爱的故事结尾，在结构上许欠匀称些。可是指示私生活的公众化一个倾向，而又不至于公式化，却是值得特别注意的。臧克家在创造新鲜的隐喻上见出他的本领，但是纪行体的诗，有时不免散漫，《淮上吟》似乎就如此。老舍的《剑北篇》的铺叙，也许有人会觉得太零碎些，逐行用韵，也许有人会觉得太铿锵些。但朱氏曾请老舍自己朗诵给他听；他只按语气的自然节奏读下去，并不重读韵脚。这也就觉得能够连贯一气，不让韵隔成一小片儿一小段儿的了。可见诗的朗读确是很重要的。（笔者对于新诗的评论，大体节用朱自清的话，不独因为他是我们的导师，而是因为他是新诗的第一流作者，又是最公平的批评者。笔者以为抗战中流行铺叙的叙事诗，不独新诗如此，旧诗人如于右任、卢冀野、易君左，也都在那儿写史诗。这一倾向，也多少受点杜甫的影响。杜甫生在乱离时代，而四川又是他的故乡；他的叙事诗风格，给现代诗人以最深切的启示。此意，我也曾说给朱先生听过，他认为颇有道理。）

朱氏又在《爱国诗》和《诗与建国》两文中，提到抗战诗篇中的爱国情绪。他说：抗战以来，我们的国家意念迅速地发展而普及，对于国家的情绪达到最高潮。爱国诗大量出现，但都以具体的事件为歌咏的对象，理想的中国，在诗里似乎还没有看见。当然，抗战是具体的、现实的。具体的节目太多了，现实的关系太大了，诗人们一方面俯拾即是，一方面利害切身，没工夫去孕育理想，也是真的。我们的抗战，是坚贞的现实，也是美丽的理想。我们的抗战，同时我们在建国，这便是理想。理想是事实之母，抗战的种子便孕育在这个理想的胞胎中。我们希望这个理想，不久会表现在新诗里。诗人是时代的前驱，他有义务先创造一个新中国在他的诗里；再说也是时候了。

闻一多曾写了一首《一句话》的诗（见《死水》）：

有一句话说出就是祸，
有一句话能点得着火。
别看五千年没有说破，
你猜得透火山的缄默？
说不定是突然着了魔，
突然青天里一个霹雳，
　　爆一声

"咱们的中国!"

由今看来，闻一多这位诗人所唱的这首诗，倒是时代的预言了!

抗战期中，产生了朗诵诗，这也是重要的发展。(战前已经有诗歌朗诵，目的在乎试验新诗或白话诗的音节，看看新诗是否有它自己的音节，不因袭旧诗而确又和白话散文不同的音节，看看新诗的音节怎样才算是好。这个朗诵运动虽然提倡了多年，可是并没有展开；新诗的音节是在一般写作和诵读里试验着。)朱自清也曾写过《论朗诵诗》、《美国的朗诵诗》、《诗与话》和《朗诵与诗》几篇重要批评文字。洪深也曾写了《戏的念词与诗的朗诵》的小册子。这儿就简引他们的说法。洪氏说："朗诵时，其实是诗人用自己的人格向群众说话；所诵如果为自己的诗，毫无问题的是以本人的人格和听者相对，如果为别人的诗，便得以原作者的人格和听者相对。这是朗诵的特点，也是朗诵与演戏不同之点。即使所诵为故事诗或戏剧诗，亦无例外。"(早在二十年前的徐彬彬，也曾说过这样的话："剧词之分类，有唱词与念白之两大类，而念白又有技术白与自然白之分。技术白即是一种音乐的发音术，介乎歌与话之间者也；其所以成功，乃本于人类气逗之自然及中国之方体单音需要而成。"所谓技术白，也就是朗诵诗。)

朱氏说抗战以来的朗诵运动，起于迫切的实际的需要，需要宣传，需要教育广大的群众。这朗诵运动虽然以诗歌为主，却不限于诗歌，也朗诵散文和戏剧的对话；只要能够获得朗诵的效果，什么都成。假如战前的诗歌朗诵运动可以说是艺术教育，这却是政治教育。朗诵的对象不用说比艺术教育的广大得多，所以教材也得杂样儿的。这时期的朗诵，有时还会带歌唱。朗诵的诗歌，大概一部分用民间形式写成，在旧瓶里装上新酒；一部分是抗战的新作，一方面更有人用简单的文字试作专供朗诵的诗，当然也是抗战的诗，政治性的诗，于是乎有了“朗诵诗”这个名目。朱氏也曾怀疑过朗诵诗，觉得看来不是诗，至少不像诗，不像我们读过的那些诗，甚至于可以说不像我们有过的那些诗。对的，朗诵诗的确不是那些诗。它看来往往只是一些抽象的道理，就是有些形象，也不够说是形象化；这只是宣传的工具，而不是本身完整的艺术品。照传统的看法，这的确不能算是诗。可是参加了几回朗诵会，听了许多朗诵诗，开始觉得听的诗歌，跟看的诗歌确有不同之处；有时候，同一首诗，看起来并不觉得好，听起来却觉得很好。

朱氏乃说到他的几次经历。他首先想到的是艾青的《大堰河》，他自己看过这首诗，并没有注意它；可是在昆明联大的“五四”朗诵晚会上，听到闻一多朗诵这首诗，从他的抑扬顿挫里，体会了那深刻的情调，一种对于母性的不幸的人的爱。会场里上千的听众，也都体会到这种情调，从当场热烈的掌声可以证明。还有一个节目，是新中国剧社李君朗诵庄涌的《我的实业计划》那首讽刺诗。朱氏说他也曾看过，看的时候也觉得它写得好，抓得住一些大关目，又严肃而不轻浮。在场上听了那洪钟般的朗诵，更有沉着痛快之感。朱氏说他后来渐渐觉得，似乎适于朗诵的诗，或专供朗诵的诗，大多数是在朗诵里才能见出完整的。这种朗诵诗，大多数只活在听觉里，群众的听觉里，独自看起来，或在沙龙里念起来，就觉得不是过火，就是散漫、平淡、没味儿的。看起来不是诗，至少不像诗，可是在集会的群众里朗诵出来，就确乎是诗。这是一种听的诗，是新诗中的新诗。

朱氏说：朗诵诗是群众的诗，是集体的诗。写作者虽然是个人，可是他的出发点是群众，是群众的代言人。他的作品得在群众当中朗诵出来，得在群众的紧张的集中氛围里成长。那诗稿以及朗诵者的声调和表情，固然都是重要的契机，但是更重要的是那氛围，脱离了那氛围，朗诵诗就不能成其为诗。朗诵诗要能够表达出来大众的憎恨、喜爱、需要和愿望；它表达这些情感，不是在平静的回忆中，而是在紧张的集中的现场；它给群众打气，强调那现场。它活在行动里，在行动里完整，在行动里完成。

几个诗人与作品

笔者在抗战那八年中，读了许多以战争为题材的诗篇；那些诗篇，却也和空中的云霞一般，飘然即逝，并不曾留下什么深刻的印象。（或许由于笔者对于诗歌理解力的不够。）我在郑州前线的一处集会中听到过臧克家关于诗的演讲，觉得他对于诗学的理解，也并不很深。不过，抗战时期，他的新诗写得很多。他自言："五年的前线生活，从心境上分，可以截成两段：第一阶段，心里充满了热情、幻想和光明。这心境反映到诗上，显得粗糙、躁厉、虚浮和廉价的乐观，热情不应许你深沉、洗炼。《从军行》、《泥泞集》、《呜咽的云烟》中的诗，大概可以这么说。《淮上吟》（包括《走向火线》），就比较精炼些了。后一阶段，热情凝固了，幻想破灭了，光明晃远了，代替了这些的，是新的苦闷和抑郁。心从波动中沉睡了下来。这个时期，回味体会了五年的战地经验，面对着眼前的世界，有时间给它们以较深沉的刻画。光明的，歌诵它，黑暗的，讽刺它；爱与憎，是与非，真理与罪恶，界线是分明的。在这一个时期，我写了几本诗集：《黎明鸟》、《泥土的歌》、《第一朵悲惨的花》，《向祖国》和《古树的花朵》。"他曾经编选一部十年诗选（《淮上吟》、《向祖国》、《古树的花朵》及《感情的野马》。那几首长诗都未收入，这是他的诗代表集）。他自己最喜欢《泥土的歌》，说："《泥土的歌》，是从我深心里发出来的一种最真挚的声音，我溺爱、偏爱着中国的乡村，爱得心痴、心痛，爱得要死，就像拜伦爱他的祖国的大地一样。我知道，我最合适于唱这样一支歌，竟或许也只能唱这样一支歌。"诗人的说法是这样的；至于他们对于农村与农民生活理解到什么程度，那是另外一件事。我们只能说："在解放区的诗人与接近解放区的诗人，有着做农村的唱手的倾向，那是很显然的"。臧氏也说："三十一年，那时候，解放的区域虽然还没有现在这么大，然而新的土地上却有了新型的农民生长起来了。而且，田间、艾青以及别的许多诗人，已经用新的诗篇来歌颂新的农村，为新的生活而战斗了。一个诗人的眼睛，不是为了向后看而生长的。"

上面，我们提到过的《剑北篇》，那是老舍试用了大鼓调的风格来写的长诗。舒氏自己说："没有诗才，我却有些作诗的准备。我作过旧诗、鼓词。以我自己的办法及语言，和这两种东西化合起来，就是我的诗的形式。形式，在这里，包括着句法、音节、用语、韵律等项。大体上，我是用我所惯用的白话，但在必不得已时，也借用旧体诗或通俗文艺中的词汇，句法长短不定，但句句要有韵，句句要好听，希望通体能够朗诵。因为要押韵，有时候就破坏了言语的一致、通俗，而勉强借用陈腐的词藻。因为句句押韵，不但写看费事，读起来也过于吃力，使人透不过气来。接受旧文艺的传统，接受民间的文艺的优点，我都在此诗中略加试验。材料是我自己的，情绪是抗战的，都绝非抄袭古人。就是音节韵律，我也只取了旧诗中运用声调的法则，来美化我自己的白话。在用韵方面，我用的是活的十齐套辙，并非诗韵。这样，取于旧者并不算多，按说就不应该显出那么浓厚的旧诗味道来；可是我自己觉得出来，它也许比'五四'时代那些小诗的气魄大一些，而旧诗的气息，恐怕还比它们还强得多。"在运用民间形式上，老舍自比其他诗人高了一着的。

那些诗人的作品，臧克家的，我读得最早，也最多（有时他还未寄出发表，我已读到了），我的感受却最浅，倒是马君玠的

《北望集》，我读得最迟，却印象最深。朱自清替《北望集》作序，说："今天下午，读了马君玠先生这本诗集，不由得悠然想起北平来了。这一下午，自己几乎忘了是在甚么地方，跟着马先生的诗，朦朦胧胧的好像已经在北平的这儿那儿，过着前些年的日子。那些红墙黄瓦的宫苑，带着人到书里去、梦里去。影儿黯淡、幽寂，可是自己融化在那黯淡和幽寂里，仿佛无边无际的大。"北平也真大：

长城是衣领，围护在苍白的颊边，
永定河是一条绣花的带子，在它腰际蜿蜒。

朱氏评论马氏的诗："他能够在日常的小事物上分出层层的光影。头发一般细的心思和暗泉一般涩的节奏，带着人穿透事物的外层到深处去，那儿所见所闻，都是新鲜而不平常的。他有兴趣向平常的事物里发见那不平常的。这不是颓废，也不是厌倦；说是寂寞倒有点儿，可是这是一个现代人对于寂寞的吟味。"这是诗人的诗。

大陆文艺批评家，似乎特别看重艾青的诗和《诗论》。说"他的诗的特点是散文化，他以为朴素是美的源泉，而散文化是达到朴素的有力手段。诗中十分注意章法和结构的完整，用散文式的开展的层次来抒写，而把重点摆在结尾的一节。这种新的形式和他所写的内容配合起来，的确给人一种新鲜的感觉。他常常用重叠或复沓的诗行来加重抒写他所要歌颂的感情形象，如《光、火把、太阳》等，使诗的表现特别有力量。早期作品中的知识分子的忧郁，后来也洗刷掉了，正如他自己所说：'我实在不喜欢忧郁啊，愿忧郁早些终结罢！'他的忧郁，本来是植根于中国人民的苦难的，与一些作家的颓废性的忧郁不同，到他与民众意向的主流汇合以后，就变为爽朗的笑声了。这些诗篇，对于憧憬光明世界的青年知识分子，曾发生过很大的鼓舞作用，促使他们勇敢地走上了奋斗的道路”（节引王瑶《史稿》中语）。艾氏，原名蒋海澄，浙江义乌人，他是农村的青年。他曾在《诗论》中说：“哲学抽象地思考着世界；诗则是具体的说明着世界，目的都是为了改造世界。”他的诗是在抗战中成熟的，他说：“战争真的来了。这是说，原是在人民的忍耐中，原是在诗人的祈祷中的打碎锁链的日子，真的来了。这时候，随着而起的是创作上痛苦的沉思：如何才能把我们的呼声，成为真的代表中国人民的呼声。在三四个月长期的沉默之后，我写了首《我们要战争呵！——直到我们自由了》。这是一个誓言。这是我为自己给这战争立下的一块最终极的界碑。”

艾青诗篇很多，孙望、常任侠的《现代中国诗选》中，选了他的《城市》一诗，可作代表：

城市在前面等着你。
它有酒馆的气味，
它有汽车的气味，
它有车轮卷起的尘埃，
它有泛滥的商业和标语。

它将招待你，用吵闹的市街，
用人与人之间的隔膜和欺骗，
用麻痹了的心肠。
像一群野兽的蹲着，
城市在前面等着你。

抗战时代的诗，要说有点诗的味儿，依旧要算到那几位旧诗人：冯至、卞之琳、何其芳、闻一多等。朱自清推荐冯至的《十四行集》，从敏锐的感觉出发，在日常的境界里体味出精微的哲理的诗人。在日常的境界里体味哲理，比从大自然体味哲理更进一步。因为日常的境界太为人们所熟悉了，也太琐屑了，它们的意义容易被忽略过去；只有具有敏锐的手眼的诗人，才能把捉得住这些。他那诗里耐人沉思的理，和情景融成一片的理，最引起我们的注意。我们且看他的《旅店》诗：

我们常常度过一个亲密的夜
在一间生疏的房里，它白昼时
是什么模样，我们都无从认识，
更不必说它的过去未来。

原野一望无边地在我们窗外展开，
我们只依稀地记得在黄昏时
来的道路，便算是对它的认识，
明天走后，我们也不再回来。

闭上眼罢！让那些亲密的夜
和生疏的地方织在我们心里，
我们的生命像那窗外的原野，

我们在朦胧的原野上认出来
一棵树，一闪湖光；它一望无际
藏着忘却的过去，隐约的将来。

这是有境界的诗。朱氏曾作如次的注释：旅店的一夜是平常的境界；可是亲密的、生疏的，“织在我们心里”。房间有它的过去未来，我们不知道，我们的生命像那一望无际的朦胧的原野，忘却的过去，隐约的将来，谁能认识得清楚呢？但人生的值得玩味，也就在这里。这便是这首诗的启示。

照若干文艺批评家的看法，抗战时期的诗歌，时代的歌手，为祖国而歌："为民族革命高扬起你的歌喉罢，在诗歌中激发起民族的伟大的感情吧！"假使政治尺度不一定那么严格；政治成见不一定连诗歌形式也统制了去；那我们应该说，那份激昂慷慨的爱国热情，见之于旧诗人的作品，比新诗人的作品还更丰富，还更凝炼些。旧诗人之中，如于右任、卢冀野、梁寒操、章士钊、潘伯鹰、易君左、黄炎培、施叔范，都写了有血有肉的诗篇。若干新诗人，如郁达夫、田汉、郭沫若，也都写了新情绪的旧诗歌。笔者往来南北，碰到了战场上作战的将领，他们也写了实感的旧诗。这都是不应该一笔抹煞的。（笔者曾在赣南，碰到那位反对白话文学的胡先骕，那时他任中正大学校长，就写了好多篇歌咏战争的古风新律，有着年轻人的奋进的情绪呢！）

经过几十年的试验，新诗的道路，又兜到用韵和音节上去了。朱自清就从介绍陆志韦的《诗论》（陆是燕京大学校长），再说到新诗的趋向。他说：胡适之先生说过宋诗的好处在"做诗如说话"，他开创白话诗，就是要进一步地做到"做诗如说话"。这"做诗如说话"，大概就是说，诗要明白如话。这一步，胡先生自己是做到了，初期的白话诗人也多多少少地做到了。可是后来的白话诗越来越不像说话，到了受英美近代诗的影响的作品而达到极度。于是有朗诵诗运动，重新强调诗要明白如话，朗诵出来大家懂。不过胡先生说的"如说话"，只是看起来如此，朗诵诗也只是又进了一步做到朗诵起来像说话，都还不像日常嘴说的话。陆志韦先生却要诗说出来像日常嘴里说的话。他说："我最希望的，写白话诗的人先说白话，写白话研究白话。写的是不是诗，倒还在其次。”（陆先生选的是北平话。）真正的白话诗是要念或说的。他是最早的系统的试验白话诗的音节的诗人，又是音乐鉴赏家，又是音韵学家，他特别强调那念的真正的白话诗，是可以了解的；就因为这些条件，他的二十三首五拍诗，的确创造了一种真正的白话诗。

朱氏说：“用老百姓说话的腔调来写作，要轻松不难，要活泼自然，也不太难，要沉着却难；加上老百姓的词汇，要沉着更难。陆先生的五拍能够达到沉着的地步，的确算是奇作。朱氏自谓多多少少有陆先生的经验，虽然不敢说完全懂得这些诗，却能够从那自然而沉着的腔调里感到亲切。我们且看那第十九首：

在乡下，我们把肚子贴在地上！
糊涂的天，就压在我们的背上！
老鸹说：“天，你怎么那么高呀？”
抬头一看，他果然比树还高，
村上有山头，山头上还有树，
老天爷，多给点儿好吃吃的吧！

新样的五拍诗正是创造，创造了一种真正的白话诗。我们看了他们的话，才可以懂得这一倾向的旨意是什么？（艾青《诗论》，就是不曾解答问题。）

（朱自清在另外一篇《论真诗》的杂文中说：所谓自然流利的真诗，是以童谣为根据的。童谣是历史上传下来的名字，似乎比儿歌能够表现这种歌谣的社会性的。我并不看重童谣的经验作用，而看重它的讽世作用。童谣是“诵”的，也可以算是“读”的。它全用口语，所谓“自然流利”；有时候押韵，也极自然，念下去还是流利的。但是童谣跟别种民间文艺一样，俳谐气太重而缺乏认真的严肃的态度；夸张和不切实更是它的本色。这是童谣的“自然”。照诗的发展的旧路，新诗该出于歌谣。新诗虽然不必取法于歌谣，却也不妨取法于歌谣。山歌长于譬喻，并且巧于复沓，都可学。童谣虽然不必尊为真诗，但那自然流利，有些诗也可斟酌地学。新诗虽说认真，却也不妨有不认真的时候。我们现在不妨来点儿轻快的幽默的诗。）

离乱中的小说

抗战胜利的第二年，有一部描写时代动态的影片，题名《一江春水向东流》，前集是《八年离乱》，后集是《天亮前后》，这影片博得了多少从苦难中长成的人的眼泪。抗战这一部悲壮的史诗，自有其光明面，也有其黑暗面的。这一时期，最流行的一部小说，并不是国内任何作家的长篇小说，而是傅东华翻译的一部美国密西尔女士（Mitchell M.）所写的《飘》(*Gone With the Wind*)，这部小说，在上海翻译，在上海印行，可是很快在后方销行；我们都没看见过比以这部小说为蓝本的《乱世佳人》那部有名的影片；但我们就从这小说中，体味到我们这个大动乱时代的意义。

那小说中的主人公之一，卫希礼，他写信给他的妻子韩媚蓝，说："……我所以拿生命来拼的那件东西，是旧的时代，旧的生活方式；然而这种生活方式，我怕现在已经就完了，无论这骰子掷出什么来，怕都已无可挽回了。将来我们胜也罢，败也罢，这是同样都要丧失了。我倒不是怕危险，怕俘虏，怕受伤，或甚至死，如果死是一定要来的话；我怕的是这场战争一经完结之后，我们就永远不能回到旧时代去了。我呢，却是属于旧时代的人，我并不属于这个疯狂的杀人的现代，恐怕也不能适合于将来，无论我怎样尝试去适合。同样，你，亲爱的，也一定不能适合，因为你和我是同个血统的。我虽然不晓得将来会带什么来，总之，它决不能同过去一样的美丽，一样的使人满意。"我们所体会到的，由于抗战所带来的时代转变，也就是这么一个意义。

在另一场合，卫希礼又对郝思嘉说："我也常在这里想，不但这里‘陶乐’的人，将来不知怎么好，就是整个的南方的人，将来都不知怎么好呢？你要知道将来到底怎么样，只消看历史上凡是一个文明的崩溃之后事迹就可以知道了，只有那种有脑筋有勇气的人，才能够存活过来，没有脑筋没有勇气的人，都要被簸箕簸掉。我们能够亲眼见到一次‘神道的黄昏’，虽然并不怎么适意，至少是很有趣的。我的家是完了，我所有的钱也完了，而且我在这个世界上是什么都不配做的，因为我所属的那个世界已经没有了。我这不愿意正视现实的脾气，实在是个大不幸。在这次战争没有开始以前，生活对于我向来都不比映在幕上的一个影子更加真实的。我却是也不得不如此。我向来都不喜欢事物的轮廓画得过分清楚。我喜欢凡事的轮廓略带点模糊，像是蒙着一层薄薄的迷雾。换句话说，我实在是个懦夫。哦，我怕的是一种无名的东西。这种东西，如果拿言语发表出来，别人听见了，一定要觉得好笑的。其中的大部分，就在于生活突然地变得太现实了，太切己了，切已到不能不跟生活里的许多简单事实去接触了。譬如我现在在这里劈木头，我心里并不觉得难过，我所觉得难过的，是这些事情所代表的一般意义。我所觉得难过的，是我所爱的旧生活丧失了它的美丽了。在战争以前，生活是美丽的。我觉得那时的生活，犹如一件希腊的美术品，它具有光辉，具有完善，具有齐全，具有对称；也许不是人人都有这样的感觉。这，我现在明白了，我是属于那种生活的，现在这种生活是完了；在这种新生活里并没有我的地位，所以我害怕了。”把圣道的黄昏启示给我们的，犹如圣保罗的福音，我们每一个人，都觉得在这“飘”的旋风福音中有所体会了。

“战争”的进程，由于中日战争全面化，以及世界大战的爆发，接上了太平洋战争，成为世界性的全面战争；战火的范围，有着显著的变动。当时的文人，也因为抗战前期，留居上海、香港这几个绿洲，以及随着战局的变动，逐渐向西南大后方搬迁的动乱局面，有着显著的心理变化。到了抗战后期，由于大部分文人，再度搬迁，在重庆、桂林、昆明这几个后方城市过着浮萍生活；而由延安，越过黄河，向山西、河北、山东的敌后，展开了战斗的生活，也有情绪上的显著差别，其反映在作品中的，也有着不同的情调。这便是我们在领会离乱小说的时代背景呢！

抗战初期，我们还看不到小说创作方面的好成绩，这是事实。小说比不上诗歌，因为那份热烈的昂进的情绪，写成诗歌，可以口头来唱，墙头来题写；也比不上戏剧，因为街头宣传，可以现蒸现卖。长篇、中篇小说，都需要一个安定的社会环境，还需要相当的篇幅来刊载；连短篇小说也很少看见，我们可以了解当时物质条件、与生活环境的困难了。笔者当时亲自参与这场大动乱的场面，知道战事一发生，日本海军封锁了沿海口岸；我们这个不曾生产现代白报纸的国家，根本说不上宣传的。一直到抗战第二年，改良土报纸，才有点儿像样，那只能说东南沿海各省，赣东、闽北、闽西、浙东、赣南那一带，才可以做到自足自给的地步，质料也相当细致白净。赣西、湘东、湘南和广西一带的产量，也还不少，质地却很差了，这是第二等的报纸。到了四川，那更差了，又粗又黄，和草纸差不多。一到陕西甘肃，那真比草纸还不如，产量又少；若干刊物，简直和天书差不多，只看见一些黑点子就是了。可是，土报纸的价格，比白报纸高至五十倍以上，（二次大战时期，各国纸浆都用作火药原料，纸价也贵了十多倍。）大西北和大西南的纸价，比东南一带更贵得多。因此，全国各地报纸，大都以对开一张为原则；读者也正关心时事及战局变化，文艺性副刊，已不为大家所看重；因此，重庆的报纸，就很少有副刊的。说到印刷的条件，往常在上海、香港办报，转轮机印报，每小时印十万至十五万张，自是常事。到了内城，改用对开平版机印刷，每小时不过一千二百份至一千八百份；因此，日销二万份的报纸，几乎要整天整晚在印刷，还赶不上寄递的时间。因此每一大城市的报纸，销行范围不出那三百公里左右的城市乡村。各地报纸，平均发展，彼此很少互相影响了。这都是限制小说的写作与刊载的外在条件。即以笔者足迹遍及全国各地，也难得买到各地的报刊了。

大体说来，从武汉陷落到太平洋战争发生这一时期，中长篇小说，香港各报刊及出版社所刊载得最多也最重要。太平洋战争发生以后，则以重庆、桂林、贵阳、昆明、成都为中心，东南沿海省城市副之。（抗战前期，福建临时以永安为省城，黎烈文所主持的“改进出版社”及《改进》半月刊，不独纸张印刷都够水准，内容也在水准以上；但读者所关心的，在彼不在此，文艺创作也就很少的了。）

至于小说创作的题材，一开头当然是写战场上的英勇故事，以及流离颠沛的难民生活，那时候，大家有那么一股热情，于悲惨场面中，寄以无限的希望。笔者曾引用了一句时人诗句：“明年焦土又新枝。”可以代表社会人士的一般心理。武汉会战以后，战争长期化的局面，大家已经看得相当清楚；若干艰苦的阶段，如欧战发生到太平洋战争爆发那一时期，情势相当恶劣。又如国共之间的裂痕，和滇缅路的被封锁，使一般文化人觉得有些绝望。而政治黑暗，奸商横行，物价腾贵，生活艰苦，更使一般知识分子走投无路，因此，他们的作品中，又弥漫着悲愤之情。即如茅盾（沈雁冰），上海沦陷以后，便到了香港，主编香港《立报》副刊《言林》，已近于显克微支的流亡海外；后来随着香港的沦陷，到了桂林；桂林虽是比较有点自由空气，但政治低气压，也迫着他无以为计。那时，他写了几个长篇小说：(1)《第一阶段的故事》，是以上海为背景，写淞沪战役前后四个月的社会动态，其重心乃在写一个民族资本家何耀先的转变。其中虽有光明面，却也黑影幢幢，呼之欲出。(2)《霜叶红似二月花》，曾在香港《立报》连载，只写了第一部，并未成书。他本意要写近三十年中国社会的蜕变，也是暴露性的多。(3)《腐蚀》，那就牵及国共的新裂痕，尘海茫茫，狐鬼满路，一般青年知识分子，陷于新的夹缝中，又是十分苦闷了。这几种小说，依文艺水准说，只能说是平平常常，只是反映社会动态而已。

抗战把我们从城市带到了乡村，从东南财富之区，带到大西南、大西北的后方，从后方也带到了前线，视野的确扩大得多了，对于社会人生的体会也深切得多了。笔者就曾以《灯》为题，写过一部记录体的长篇小说（以后在《前线日报》连载）。我们都是在照耀如白昼的灯光下成长的；可是第一天进入战场，就在灯火管制下过活。处在黑洞洞房子的窗隙中，对着苏州河南岸的霓虹灯彩网，恍然有所悟，这是两个不同的世界。其后，我们远离了上海，也远离了大城市，就在洋油灯下过活，把我们的生活推回到一个世纪以前去了。其后不久，连火油也几乎绝迹了，我们就在菜油灯下过活。那时期，才体会古诗人们写的“灯如红豆最相思”的味儿，我们已经回复到唐宋时代的生活去了。有时，打石取火，用松枝照明，那更是黄唐之世的风趣。笔者拿自己写小说的情怀，来体会朋友们当时小说的心理，盖亦相去不甚远吧！

那时的巴金（李芾甘），他已经写完了激流三部曲（《家》、《春》、《秋》），续写抗战三部曲——《火》。这是一个群众抗日团体的工作记录。第一部写淞沪战争发生后，上海青年发动抗日工作的情形。第二部写那些青年战地工作队离开了上海到各战线去工作的情形。第三部写战地工作队的一个青年队员和一个爱国宗教家田惠世的友谊。他说："在这本小书中，我想写一个宗教者的生与死，我还想写一个宗教者和一个非宗教者间的思想和情感的交流。让我再说一句，这企图是不坏的。可是，我并不会办到，关于后者，我一点也没有写，文淑仍还是一个孩子，她的思想没有成熟，关于前者，我写得也不够。读了这书，说不定会有人疑心我是一个基督徒，那真是滑天下之大稽了！"他的小说，渲染那一股热情是够的，要说他有怎么深刻的观察，那是不够的；倒是他到重庆以后所写的《憩园》，无论结构与性格描写，都圆熟得多了。

真正能够反映抗战时期的实际生活的小说，以我所见还要推近年在香港出版，李辉英所著的《人间》。当抗战局面已经过去了，火辣辣之情绪已经冷却了；我们再以反省的心怀，把那个时代的动态检讨一下，这才形之于笔墨，就不像抗战时期那些作家的小说那么肤浅了。作者原是东北人，年轻时期，就在关内过流亡生活，抗战时期，在西北一带住得很久。他所描写的光明面与黑暗面，都是很凸出的。这部小说，以王太（红霞）、姜太（红月）、马太、焦太几位女人为主角，而以王经理、姜处长、马老板、焦院长为配角，勾画出抗战后期的荒淫、贪污的腐败画面，语云："履霜坚冰至，其由来也渐矣！"我们看这一小说，可以了解蒋介石王朝没落的因由了，这是一部写实的小说。（李氏的其他小说，都不足以和这部小说相比并的。）

内地的文艺批评家，曾经推荐夏衍的《春寒》，这是借一个从事剧运的女性青年的经历，来写1940年春天广州沦陷前后，政治暗流来临的情形的小说。假使不一定太着重政治意义的话，这部小说并无多大可取之处。我觉得夏氏在抗战时期的作品，最有成就的还是他的剧本，并不是他的小说。（作者在尾声中自叙："这是1940年春天的事情。我们这位女主人公，如楔子那一章所说，当她在这激流般生活中认识了真的爱和真的恨之后，倔强的性格，使她挣脱了Eros的羁绊，投身到群众事业的海洋中去了；毫无疑问，摆在她前面的还有无数的坎坷试炼、苦恼和苦难。"这原是一种宣传性的小说。）

（抗战初期，军事方面，日军可说是无往不利的；但反映在日本的文艺作品，却是"厌战"的情绪；那部有名的石川达三所著的《未死的兵》，就是生命无常论的注解。我军几乎屡战屡败，日蹙百里的局面是有的；但，我们的文艺作品，却激昂慷慨，没有半点消极的情调。这或许是从文艺中所流露出来的心声。）

不过，抗战的黑暗面是有的，因此，在若干长短篇小说中，用讽嘲的笔法来讽刺现实的生活是有的，其中很有名的一篇，便是张天翼的《华威先生》（张天翼在抗战初期，曾写许多短篇小说，这一篇收在《速写三篇》中）。华威先生，也就和阿Q一样，成为典型的人物。凡是装抗战幌子弄抗战八股的，就是这一型的人。华威先生是一个在抗战后方专出风头的"救亡专家"，他的口吻总是这样："'我们改日再谈好不好？我总想畅畅快快跟你谈一次——唉，可总是没有时间。今天刘主任起草了一个县长公余工作方案，硬叫我参加意见，叫我替他修改。三点钟又还有一个集会。'这里他摇摇头，没奈何地苦笑了一下。他声明他并不怕吃苦：'在抗战时期大家都应当苦一点。不过——时间总要够支配呀。''王委员又打了三个电报来，硬要请我到汉口去一趟。这里全省文化界抗敌总会又成立了，一切救亡工作都要领导起来才行。我怎么跑得开呢，我的天！’于是匆匆忙忙跟我握了握手，踏上他的包车。”这样的人物，活在我们眼前，随处可见，因此华威先生，变成新的口头语了。

姚雪垠的小说，在抗战初期，也是引人注意的写实作品。其中最有名的是那篇《差半车麦秆》，写的是农民的落后意识，如何在抗战环境中的变化。那老农民的心境，是朴素的单纯的，他给军阀内战磨难得太久了，有点近于麻木；反正是替过往的部队供应马秣（他也弄不清楚那打来打去的部队是谁的），毕竟是抗战了，于是他的民族意识觉醒了。（他那以《差半车麦秆》为题的短篇小说集，其他五篇，也是以农村为题材。其他，他又写了以北方农民为题材的长篇小说：《牛全德与红罗卜》。这两个主人公，一个是农村流氓无产者，一个是相当富裕的自耕农；他们本来是有私仇的，可是在民族大义下化敌为友了。姚氏另一长篇是《春暖花开的时候》。写的是抗战初期台儿庄战役前后，大别山下一个讲习班中的一些救亡青年的故事。其中写了三种女性：一种是黄梅，他比之为太阳、瀑布、散文，一种是林梦云，他比之为月亮、溪流、韵文，又一种是罗兰，他比之为星星、寒泉、情诗。黄梅是佃农的女儿，林梦云出身于小康之家，罗兰则是豪绅大地主的叛逆女儿。茅盾批评此作：“虽有不少地方写得相当细腻而深入，有不少写景抒情的片段，看得出作者颇费了匠心；而从整个看来，不能不说这部小说是写得潦草的。”

在那些小说中，吴组缃的《山洪》，要算很好的一种。他以江南农村背景，写农民对于抗战的逐渐认识，民族意识逐渐醒觉。小说中的主人公是青年农民章三官，他是一个粗野、朴质、自私而又好强的农民，他起先也害怕抽壮丁，想逃往他乡，后来他终于决定参加游击队了。抗战对于中国农村，是一兴奋剂。

抗战时期的小说，依旧和以往的新小说一般，都是知识分子所写的，写的是知识分子这圈子中的故事，也只是写给一般知识分子看的；因此，我们所看见的长短篇小说，都已公式化了。而今，在几个固定的文艺批评者（如冯雪峰、巴人、周扬）笔底所提及的作品，也就是一些公式化的作品。他们所提及的如程造之、田涛、严文井的作品，我看得最迟，有的还是这几年才看到的。又如王西彦、丘东平的作品，就看得很早。那也是限于地域；即以笔者这么过东西南北奔波生活的人，也还是很少有机会普遍读到的。

茅盾曾替严文井的长篇小说《一个人的烦恼》作序，说："这小说是想从一个青年知识分子参加抗战工作的经过，来说明凡是不能认清现实，只凭一时的冲动，而且爱以幻想喂养他心灵的人们，将落到怎么萎靡消沉的地步。刘明当然不是一个坏人，本质上他还不失为一个好人，然而由于他的好像是狷介却实在是孤僻，尚知自爱却又不免过于自负的毛病，再加以貌似沉实而实则神经过敏，一方面耻于寄食，看不惯泄泄沓沓的生活，蝇营苟且的把戏，另一方面又不能真正的吃苦，真正对民众虚心；于是他这本质上还好的人，就不能进一步把自己锻炼成为坚强的战士。当抗战初期，一般人心激昂，情绪高涨的时候，刘明投身于当时一般热血青年知识分子所趋向的抗战工作；他不肯在后方吃一口安逸饭，他到前线参加了部队的宣传工作；但他这一行动，虽然他自以为是深谋熟虑的结果，其实还是一时的冲动，带一点幻想，也为了负气。在决定这行动之前，他也的确有所考虑，但不幸他考虑的范围，只限于他个人的琐屑，他生活的小圈子里所接触的人与事对他的反应，而未尝放大眼光对抗战现实，对他未来生活中所可能遇到困难与不尽如意，加以深湛的研究，是盲目的。在这里，就有了他后来废然而返，牢骚消沉的原因。”他这段话，倒可以说一切写那时期知识分子转变的总结，也正是密西尔所写的“卫希礼型”人物。他们都没有密西尔写得深切，因此，那么一些小说，也都火花似的过去了，不复存在一般人的记忆中了。也没有一个小说作家，值得我们去记忆的了。（假使他们不是由于政治的偏见，由公式化的文艺批评去记叙一下，谁也不会知道他们的姓氏和作品了。）

比较值得提一提，而为那些文艺批评家所忽略的小说家和作品，倒还是张恨水的几个连载小说，如《大江东去》、《八十一梦》，钱锺书的《围城》和徐订在《扫荡报》的连载小说《风萧萧》；他们的小说，比较脱开了公式化的抗战八股。他们对于战争，未必懂得更多，但他们对于这变动着社会与人生，有着冷静的观察。有时，带着传奇意味，增加故事的戏剧性，而文字技术，又足以表达出来。因此，一般人一提到抗战时期的小说，倒很多拿他们的作品来作代表的。

真的值得举例的，还是袁静、孔厥合著的《新儿女英雄传》。如郭沫若所说的：这里面进步的人物，都是平凡的儿女，但也都是集体的英雄。是他们的平凡品质，使我们感觉亲热，是他们的英雄气概，使我们感觉崇敬。人物的刻画，事件的叙述，都写得踏实自然，而运用民间大众的语言也非常纯熟，这是一部写给一般群众看的小说。这是新的小说。

抗战戏剧与新歌剧（上）

说到抗战时期的文艺作品，自当首推话剧与新歌剧为最多彩多姿，产量也最丰富。以抗战为题材的第一个剧本，那是“中国剧作者协会”集体创作的三幕剧——《保卫卢沟桥》。当时所推举出来执笔的十六个人，如章泯、尤兢、马彦祥、凌鹤、宋之的、陈白尘、阿英、夏衍，都是戏剧界老手，这剧本并不能说是怎样成功，气氛却是很好的。抗战带来普遍兴奋情绪，当时最流行的，倒是几个独幕剧：《三江好》、《最后一计》、《放下你的鞭子》（剧人们称之为《好一计鞭子》）。这一类剧本，内容多半是表现我军英勇作战的悲壮之情，暴露敌人的凶残横暴和汉奸的卑污无耻。因为演剧工作，从城市转向乡村，从后方走向前方，观众不同了，物质条件也变了，演剧的技巧也适应这样的环境，变得简劲有力，却又十分朴质的了。等到兴奋情绪逐渐冷却，抗战军事情势有所变动，剧作者所注意的题材，比较广阔而深入，触及一般社会问题。“在创作方法和编剧技术上，已经纠正了抗战初期那种徒自热情，不够深入，不够生活，因而形成了概念的倾向。”刘念渠曾经这么总结战时戏剧运动的成就，说：“创作在这六年间，是进步的，剧作家在追求并把握现实主义的创作方法上，差不多是一致的，虽然他们所达程度并不相等。这是一。题材与主题，是被从种种不同的角度去发掘的，并且达到了相当的深度。这是二。编剧技术的渐趋圆熟；就个别的剧作者说，就全盘的发展说，都是如此。这是三。典型人物的创造，有着颇大的成就，他们给与了现实的和历史的生动现象。这是四。在千百剧本里，实不乏生活的有性格的、精练的语言创造。这是五。”

1943年，桂林的戏剧工作者曾经由夏衍、宋之的、于伶三人合写那部五幕剧：《戏剧春秋》（他们替应云卫祝寿）。这剧本表现了“五四”以来二十年间中国戏剧运动的艰苦、奋斗过程，也可以说是戏剧界的自我批判；他们是一群坚守岗位的战斗者，他们要打开这条荆棘之路。

曹禺的《蜕变》，这剧本的标题和内容，最足以代表那时的时代气息。（这剧本，上演得很多。）他自己说：“在抗战的大变动中，我们眼见多少动摇分子，腐朽人物，日渐走向没落的阶段。我们更欢喜地望出新的力量，新的生命已由艰苦的奋斗里酝酿着，育化着，欣欣然发出来美丽的嫩芽。这一段用血汗写成的历史里，有无数悲壮惨痛的事实，深刻道出我们民族战士在各方面奋斗的艰苦，同那被淘汰的腐烂阶层日暮途穷的哀鸣。这是一段需要忍耐，但更需要忍心的艰苦而光荣的抗战。我们对新的生命应无限量地拿出勇敢来护持培植，对那旧的恶的，应毫不吝情，绝无顾忌地加以指责、怒骂、撞击，以至于不惜运用各种势力来压禁，直到这帮人，这种有毒的意识死净了为止。”这也正是抗战初期文化界的倾向。这剧本是以一个伤兵医院由“腐败”蜕变为“良好”的过程，其中有两个人格完美代表新生的人物，便是那个热诚负责的丁大夫，和那个有决心有魄力处事的梁专员，那个医院便顿改旧观，进步得合乎理想了。这当然是代表当时一般人对于中国新生的期望，一个美丽的新景。胡风说：“在别的作品里面，作者在现实人生里面瞻望理想；但在这里，他却由现实人生向理想跃进。据我看，他过于兴奋，终于滑倒了。”

这个古老的国家、民族，经过了抗战这一刺激，已经新生了。可是，现实并不能使曹禺过分的乐观，他的观点又回上去，接在《雷雨》、《日出》、《原野》之后，写他的《北京人》和

《家》了。《北京人》写一个没落途中的北京旧家庭，一个士大夫的家庭。那位曾家老头子，他就是最爱惜那具油漆百道的棺材，棺材就是他的生命。杜府要来抬棺材的时候，曾老头子就抱着棺材哭呀喊呀不肯放手。在变动的大时代中，我们就看见多多少少抱着棺材不肯放的人。作者借考古学家袁任敢的沉重声音启示："北京人，人类的祖先，这也是人类的希望。那时候的人要爱就爱，要恨就恨，要哭就哭，要喊就喊，不怕死，也不怕生。他们整年，尽着自己的性情，自由地活着，没有礼教来拘束，没有文明来捆绑，没有虚伪，没有阴险，没有陷害，没有矛盾，也没有苦恼；吃生肉，喝鲜血，太阳晒着，风吹着，雨淋着，没有现在这么多人吃人的文明，而他们是非常快活的！"那位给环境压扁了头的江泰，受了北京人的启示，兴奋地说："袁先生，你的话真对，简直不能再对。你看看我们过的什么日子？成天垂头丧气，要不就成天发牢骚；整天是愁死愁生，愁自己的事业没有发展，愁精神上没有出路，愁活着没有饭吃，愁死了没有棺材睡，成天的希望、希望，而永远没有希望了。我们成天在天上计划，而成天在地下妥协，我们只会叹气、做梦、苦闷，活着只是给有用的人糟蹋粮食，我们是活死人，死活人，活人死，一句话，你说的，像我们这样的，才真是他（北京人）的不肖的子孙。"这一剧本所启示的意义，也正是上文我们所说的那部小说《飘》中的卫希礼的觉悟到的社会观。

他所编的《家》，系巴金的小说《家》编成的，巴金的小说虽是流行一时，却是很幼稚的；经过他这么一改编，便紧凑凝练，可算是第一流的文艺作品。诚如一些批评家所说的，巴金的原著，着重在"五四"以后这个大家庭中新与旧的冲突，以及青年人自己的活动和出走。而曹禺的剧本，则着重在大家庭的腐化和青年人的婚姻不自由上面，他用力地把冯乐山那一型的伪善者刻画出来，构成了爱情的悲剧。这剧本的结局是很悲惨的。这剧本在重庆上演时也曾引起热烈的讨论。何其芳说："巴金的小说，戏剧性没有曹禺的改编这样强，某些情节，也没有曹禺的改编这样开展，这样细腻；然而一个统一的主要的效果，还是构成了的，即是一群生长在不合理的旧事物中的青年人是怎样在奋斗着，反抗着，终于背叛了旧家庭。曹禺的改编，许多场面是写得抓得住人的，使人忍不住要掉泪的，然而似乎和巴金的小说有些不同了。重心不在新生的一代的奋斗、反抗，而偏到恋爱婚姻的不幸上去了。""曹禺创造了一个冯乐山，让他正面出场，并且给他以正面的打击；这是一个很成功的场面，但这种激动和高潮，却又被第四幕阴雨似的瑞珏之死的场面所减弱了。自然，曹禺之所以着力写这些恋爱婚姻的不幸，正是为了否定这个家。这企图也可能是完成了的，但是，青年人们的奋斗方面写得太少了，时代的影响也几乎看不见，又怎么能鼓舞起一种对于新的光明的渴求和一种必胜的信心呵!"那是就他那一角度来批判了。依笔者的看法，当作宣传的艺术来说，或许不合要求的；若就广大的社会意义说，这剧本是成功了的。

抗战期中，指导文艺动向，而又努力戏剧创作的，夏衍（沈端先）该说是最有成就的一人。那份《救亡日报》，从上海移到广州，已经由他在指导；后来从广州移到了桂林，他就以全力耐着性子在策动那一时期的文艺运动。那一时期，他写了三个剧本：《一年间》、《心防》和《愁城记》。他自己说："颠沛三年，我只写了三个剧本：在广州写了《一年间》，在桂林写了《心防》和《愁城记》。这三个戏的主题各有不同，而题材全取于上海——一般人口中的孤岛，和友人们笔下的《愁城》；为什么我执拗地表现着上海？一是为了我比较熟悉，二是为了三年以来对于在上海这特殊环境之下坚毅苦斗的战友，无法禁抑我对他们成绩与运命表示衷心的感叹与忧煎。”他的剧本，比一般公式化的宣传剧，自是高了一等。《一年间》写了一个飞行员的故事。这位飞行员结婚第二天，便奉命归队，参加空中战斗。他的家室，便在战乱中逃往上海。第二年的“八一三”，他俩的孩子诞生了，中国飞机飞往上海侦察散发传单，剧本便告终结。这一剧本，笔者看见过多次公演，效果都还不错。《心防》是写沦陷以后在上海的新闻工作者，和敌伪黑势力搏斗的艰苦经历，他要文化人建筑起精神的防线。《愁城记》则写一对知识青年，怎样从小圈子跳到大圈子中去的觉悟经过。他说：“相呴相濡，在个人是美德，这是无疑问的；可是，在涸辙中，于人于己，究有些什么好处？我相信，有的人可以用力量来使涸辙变成江湖，而这些方才感觉到自己是处身于涸辙的懦弱者，呴濡之后的运命，不是可以想象的吗？于是不若和不得不相忘于激荡的江湖，也许是这些善良的小儿女们的必然的归结了。”这是他对一般观众的新启示。

夏衍的另一剧本：《水乡吟》，写浙西半沦陷区（阴阳界）的故事，在当时非常引人注意。剧本强调敌我双方的政治战、经济战，写出个人利益与民族利益之间的矛盾，穿插了青年人革命与恋爱的矛盾。他说：“这一年（1941）夏天敌人攻陷了金华，苟安的幻想在凶残的三光政策下粉碎，金和铅在战火中判别了他们的坚实与脆弱了。眼看得见的是几乎无可挽救的土堤般的溃决，眼看不见的，却像是遇到阻力而更显出它威力的春潮。要不是浙西人民武装和游击队伍一再出击与阻挠，这一年夏季的法西斯洪水也许会冲得更远一点吧！”就当时的军事情势说，他所了解的并不十分正确，但他所把握的“阴阳界”人心与社会生活，却十分真实。这是文艺作家比史家更深入之点。

作者还有一剧本：《芳草天涯》，在处理青年男女的恋爱与革命的矛盾这一点上，和他的其他剧本是相同的。这剧本的本事，是：一个进步的知识青年，和他的较落后的太太，相处得不十分和睦，他又爱上了另外一个年轻的女孩子。他的太太为此而十分痛苦，他乃决下心来，便和女孩子中止了这种恋爱关系的发展。故事是极平凡的，却是很普遍存在的。他在前记中引用了托尔斯泰的话："人类也曾经历过地震、瘟疫、疾病的恐怖，也曾经历过各种灵魂上的苦闷，可是在过去、现在、未来，无论什么时候，他最苦痛的悲剧，恐怕要算是床笫间的悲剧了。"他曾经这么想："要是普天下的每一对男女能够把消费乃至浪费在这件事情上的精神，节约到最小限度，恋爱和家庭，变成工作的正号而不再是负号，那世界也许不会停留在今日这个阶段吧！"当时，有的批评家觉得他的剧本太重视了这一问题，笔者却认为在非公式化的剧本中，这剧本要算是很成功的。

戏剧运动在重庆的活跃情况，笔者闭目回想，俨然如在眼前。那时的剧作家，有着那份蓬勃的情绪要发抒，而观众也夹杂着带苦味的兴奋之情在欣赏；因之，善善与恶恶的线条都很鲜明。在重庆的剧作家，如陈白尘、袁俊、沈浮、丁西林都写了很多剧本。陈白尘所写的有《魔窟》、《乱世男女》、《秋收》、《大地回春》、《结婚进行曲》，上演的效果都很不错，尤以《乱世男女》为最引人注目。陈氏自己在重庆也串了一幕桃色悲喜剧，成为报纸上的头条新闻，好似他自己正是《乱世男女》的主角。（香港某报就曾刊载了陈白尘串演《乱世男女》的重庆通讯，也轰动一时。）战争把男女关系搅糟了，正如法国一位哲学家所说的，到了战时，道德放了假。剧中写一串从南京逃难到后方城市去的绅士、小市民——生活方式变了，男女间发生了许多小纠葛，那当然是喜剧的好题材。剧中也有像秦凡那样的正面性格的人，只是陪衬着而已。《秋收》和《大地回春》，都是以抗战为题材的剧本，后者比较好一点。《结婚进行曲》，是一本社会问题剧，写一个天真的青年女孩子，她到社会去工作，到处碰壁，结果还是回到厨房去，成为一个穷困的“贤妻良母”。这题材是真实的；作者用“定命”的悲观主义来处理这问题，若干批评家，认为不够积极。陈氏还编了许多独幕剧，题名为《后方小喜剧》，用现实的题材，在当时颇引人注意。（1949 年，一本题名《等因奉此》的独幕剧，还在北京文化大会上演了一次。）

笔者在重庆时，刚看到袁俊的《万世师表》和沈浮的《金玉满堂》。沈浮编了《重庆二十四小时》、《金玉满堂》及《小人物狂想曲》这些剧本，场面都很紧张刺激，能抓着观众的心理；而《金玉满堂》所透露的没落阶层的黯淡气氛，的确使观众喘不过气来。吴茵、白杨这两位演员，所表达出婆媳两代的气氛，使我们看到封建社会的日暮之情。《小人物狂想曲》讽刺重庆官僚们的生活更是生动有趣，这一类的讽刺，也可以代表当时的风尚；抗战后期，大家都已体味到国民党政权的死亡气息了。

《万世师表》是一个社会问题剧，因为抗战时期的“教师”，实在太穷苦了。许多教育家，守着岗位，还是锲而不舍；这是作者袁俊写这剧本的主题。（作者还有其他剧本，如《小城故事》、《边城故事》、《山城故事》及《美国总统号》，都不如这一剧本的好。）剧中主角是林桐教授，家在长沙被轰炸；儿子在赴滇途中死去，太太又病了。他自己一直过的是寄人篱下的生活。而他在这样的困顿的生活中，依然能清贫自守，有所不为，那天纪念会上，他的太太方尔柔别无礼物可以送给她的丈夫，只有颤巍巍地拿出一件二十五年前的破裤子来。因为林教授已经五年没有穿过新裤子了，他身上穿着的，已经补得无可再补了。这都是很感动人的镜头。

那一时期，上海那一孤岛上，戏剧运动却也很活跃。李健吾曾经翻译罗曼·罗兰的《爱与死之搏斗》，虽说是法国大革命时期的故事，却也能振奋人心，卖座一直不衰。其他还写了《黄花》、《云彩霞》、《秋》、《草莽》等剧本。和他同时做上海的戏剧运动的还有于伶，他也写了《女子公寓》、《花溅泪》、《夜上海》、《杏花春雨江南》、《长夜行》等剧本。《夜上海》和《杏花春雨江南》写梅岭春这一家在乱离中的遭遇，故事是相连接的。剧本主旨在唤醒一般人的民族意识。当时，沦陷区人心苦闷，很多认贼作父，为虎作伥的；他在《长夜行》中，借主人公俞味辛的口在说："人生有如黑夜行路，失不得足！"这正是他所要启示的本旨。

抗战戏剧与新歌剧（下）

抗战期中，历史剧的流行，也是适应现实社会的新倾向；在上海，既不便涉及抗战的实际问题；在重庆，也有碍于严密的政网，作者乃有所托而逃之，回到写历史故事的路上去。即如在上海支持剧运的阿英（钱杏邨），他写了三种南明史剧：《明末遗恨》（葛嫩娘）、《海国英雄》和《杨娥传》。三剧女主角，都是抗敌的战士。（葛嫩娘原是秦淮歌女，国破家亡，参加义勇军，苦战被捕，骂敌不屈而死。杨娥为永历帝报仇，伪设酒肆，谋刺吴三桂，行事不成，以身殉国。这都是适合当时的社会环境。而《明末遗恨》，尤为轰动。）阿英自言："历史剧作者，必须熟悉他所要演述的那一阶段历史，与主题有关的各方面历史。这样他所描写的人物和事件，才会被笼罩在现实的历史环境与氛围之中，不至脱离历史的现实。也只有这样，历史剧作者才能适当的、正确的分析所要描写的人物与事件，不至使那些人物与事件与历史的环境脱离、吊空，变成现代人现代事。当然也应该把握那时代的语言和其他。"作者原是对于研究历史有功夫的人，他的创作态度，不仅认真而且十分精到的。另外，那位从事剧运很努力，写了许多剧本的于伶（上文已提及），他也写一部题名《大明英烈传》的历史剧，乃是以元末群雄朱元璋、刘伯温、常遇春等驱逐鞑靼，光复汉族山河为题材的，当然也是暗合时事的剧本。

历史剧之在重庆、桂林，其多姿多彩，自在上海之上；他们从事于同一趋向的剧作，并非经过协议，而是暗合的。其间最努力的首推郭沫若。他走出了政治部第三厅以后，便努力写作；开头写了以战国史事为题的四剧本，此外还写了《南冠草》和《孔雀胆》两史剧。关于这一段过程，郭氏自言：“关于战国时代的史事，我一连写了《棠棣之花》、《屈原》、《虎符》、《高渐离》四个剧本；（《棠棣之花》是他以前所作的《聂嫈》的改写。）也太凑巧，从他们各个的情调和所处理时季来说，恰巧是相当于春夏秋冬。《棠棣之花》里面，桃花正在开花，这儿我刻意孕育了一片和煦的春光，好些友人都说它是诗，说它是画，大概就是由于这样的原故。《屈原》里面橘柚已残，雷霆咆哮，虽云暮春，实近初夏，我也刻意迸发了一片热烈的火花。有好些友人客气说为有力，不客气的认为粗。大概也就是由于这样的原故。接着所要演出的《虎符》，桂花正盛开，魏国的宫庭在庆贺中秋节。我希望所有一片飒爽倜傥的情怀，随着清莹嘹亮的音乐荡漾。《高渐离》，在那里面有赏初雪的机会了。它是战国时代的结束，也是我的四部史剧的结束。”

郭氏说：战国时代整个是一个悲剧时代。战国时代是以仁义的思想来打破旧束缚的时代，仁义是当时的新思想，也是当时的新名词。人当成人，这是句很平常的话，然而也就是所谓仁道。我们的先人达到了这样的一个思想，是费了很长远的苦斗的。战国时代是人的牛马时代的结束。大家要求着的生存权，故尔有这仁义的新思想出现。他在《虎符》里面是比较的把这一段时代精神把握着了。但这根本也就是一种悲剧精神。要得真正把人当成人，历史还须得再向前进展，还须得有更多的志士仁人的血流洒出来，灌溉这株现实的蟠桃。因此聂政聂嫈姊弟的血向这儿洒了，屈原必须也是这样，信陵君与如姬，高渐离与家大人，无不是这样。“杀身成仁，舍生取义”，是千古不磨的金言，这是他对时代的独白。

笔者在重庆时，刚看到《屈原》的上演。那正是知识分子由于党争陷入再度苦闷时期，他把屈原当作正气的化身，婵娟是光明的象征，在观众心头的反应是很深切的。作者自言：“好些朋友都说《屈原》有些莎士比亚的风味，更有的说像《哈姆莱特》。我自己多少有这样的感觉，但我说不出究竟是哪些地方像。拿性格悲剧的一点来说，要说像《哈姆莱特》，也好像有点像，然而主题的性质和主人公的性格是完全不同的。哈姆莱特是佯狂而向恶势力斗争，而与恶同归于尽；屈原是被恶势力迫到真狂的界线上而努力挣持着建设自己。在主题上，前者较后者要积极，而在性格上后者却较前者更坚毅。”这一剧本的效果是很好的。

抗战后期，大后方知识分子的苦闷，可说是普遍存在的；不独由于生活的困难，最主要的，还由于国共裂痕加深；前线作战的士兵，既是那么消沉不振作，而内战的烽火，随时有爆发的可能。（蒋介石这一阵线中人，虽由于汪精卫的出走，妥协空气一时澄清了；但蒋氏本人的妥协性是很浓的，皖南新四军事件发生以后，他就有回到“先安内而后攘外”的旧路线去的可能。）因此，处在夹缝中的知识分子，都有燕巢危幕之感。这一分情绪，反应在戏剧作品中，乃有以太平天国命运为题材的若干剧本，阳翰笙写了《李秀成之死》、《天国春秋》（此外他还写了《塞上风云》、《两面人》和《草莽英雄》等剧本），欧阳予倩也写了《忠王李秀成》。欧阳这一剧本，就从曾国藩围困天京，李秀成血战苏杭开始，以迄天京陷落，李秀成被俘、就义为止。这一历史的悲剧，写出太平天国的败亡，并不由于外在的压力，而是败于内部分裂，败于政治黑暗，奸佞当权，背叛了革命。他说：“革命者要有殉教的精神，支持民族国家，全靠坚强的国民；凡属两面三刀，可左可右，投机取巧的分子，非遭唾弃不可。忠王李秀成尽管他算无遗策，从后面有许多皇亲国戚用种种卑劣的手段，加以阻碍，使他的雄才大略一筹莫展。及至大势已去，瓦解土崩，虽有善者，亦未如之何。秀成处在那样地位，遭遇着那样的环境，身上的创伤和心上的创伤，痛苦相煎，而他始终忠贞坚定，绝无动摇。他流着最后一滴血，为民族史上留着光荣的一页。”这都是对当时执政者的一种鞭策。

阳翰笙的《天国春秋》以太平天国中期杨秀清、韦昌辉的互相残杀为主题，也写出太平天国革命的失败，并不由于敌人的强大而由内部自相残杀，立旨与欧阳予倩的可说相同。他以韦昌辉代表“负”的一面，这个奸险毒辣的投机分子，背叛了革命，策动了屠杀两万同志的大阴谋，开始了太平天国的没落；东王杨秀清代表了“正”的一面，他勇于负责，树敌过多，以至于被残杀；中间串入了洪宣娇与傅善祥对杨秀清的爱情纠葛，洪宣娇因妒生恨，助成了韦昌辉的阴谋；直到惨局已成，她才忏悔，已经来不及了。作者意在讽喻当局处理“皖南事变”的操切，那是显然的。这些剧本，上演次数很多，观众的反应，也是很热烈的。

陈白尘的《大渡河》，也是太平天国的史事。他写的是石达开大渡河边的失败，这是一幕大悲剧。他写石达开的一生，也正反映太平天国的革命历程。石达开这一失败英雄，他的个人人格是完整的，但他那英雄主义的个性却带来了他的失败，这是作者对他的批判。（正相映衬的，蒋介石预料中共红军会同样地陷入失败覆辙，但红军却渡过了大渡河，还克服了更大的困难，他们是成功了。）

另外，有几位剧作家所写的历史剧，如吴祖光的《正气歌》（写文天祥故事），杨村彬的《清宫秘史》（前集为《光绪亲政记》，后集为《光绪政变记》），也都是上演得很多、流传得很广的剧本。中国的戏剧所用的史事，都是来自失败英雄的传奇，所以同情光绪这个悲剧人物，而将“慈禧”这个“负”型人物，成为众矢之的，也是走的旧剧的老路。（当时，姚莘农所写的《清宫怨》，也就是同一题材。对于人物的批评，态度也大致相同。若干方面，还是接上民初文明戏的风格的。）不过就一般大众的理解与接受程度来说，这一型的历史剧，倒比若干的公式化的抗战戏剧好得多了。

我们回看抗战时期戏剧的动态，除了话剧以外，还有一条很显著的伏流，便是新歌剧的兴起。我们知道，从事戏剧运动的都是很努力的；但是无论在军队或是在农村，京剧之受欢迎，比话剧热烈得多。（话剧毕竟还是城市的艺术。）而且东南大小城市乡镇，忽然流行一种最简单朴素的嵊剧（俗称绍兴戏，一向以三人为单位的民间歌剧，歌词有同宣卷，以七字四拍为主）。这种歌剧，在上海那一孤岛，采用新题材，如《雷雨》、《日出》、《祥林嫂》，都已上演，显然有代平剧而起之势。同时，田汉在长沙主持旧剧演员讲习班，改编了许多旧剧，也新编了许多新的平剧。欧阳予倩在桂林也做了同样的工作；他以桂戏做底子，把旧的场面改变了许多，也编了许多新桂剧。他们走的是新歌剧的路，有时沿用旧题材，有的取历史上的题材来重写，角色、唱、做、道白，一概是旧的，只有意义是新的，原是“旧瓶装新酒”的方式。（欧阳予倩在南通更俗剧场、伶工学校，已经从事新歌剧的工作，他也演过许多古装戏，如《黛玉葬花》、《晴雯补裘》、《鸳鸯剪发》、《鸳鸯剑》、《王熙凤大闹宁国府》、《宝蟾送酒》、《馒头庵》、《黛玉焚稿》、《摔玉请罪》和《潘金莲》，都有了新歌剧的倾向。）

田汉所编的新歌剧，有《江汉渔歌》、《岳飞》、《新雁门关》、《新天下第一桥》、《新铁公鸡》、《新儿女英雄传》，（他也曾编《新玉堂春》，他的女弟子李雅琴在桂、赣上演，就是这一剧本。）其中以《岳飞》最富时代意义，而以《江汉渔歌》的效果为最好。（当时在长沙指挥军事的最高长官系薛岳，他以薛仁贵、岳飞自居，因此最爱看《岳飞》；而今日若干文艺批评家，似乎有意避开说到这一剧本，也许这剧本会这么湮没掉了。）《江汉渔歌》，系取材于《汉阳志》，写南宋初，金兵南犯，汉阳空虚，太守曹彦若起用民间豪杰许卨，赵观、党仲策等，联络江汉渔民，大破金兵的故事。剧中有一插曲，句云：“渔娘含笑劝渔郎，烟波江上练刀枪；练好刀枪什么用，一朝有事保家乡，保家乡！”这是主题。《岳飞》一剧，凡三十六场，首写胡铨闻王伦与金使同回临安，签订亡国条件，悲愤异常，奏请斩奸臣秦桧、王伦、孙近三人以谢天下。宋高宗虽不杀胡铨，但误信金寇诚意，批准和约，大赦天下；又命周三畏赴鄂州劳军。周与岳飞谈及和议已成，飞坚谓“夷狄不可信，和议不可恃”。未几，金帅达赖以罪诛，兀术为帅，果破和议，率师南犯。高宗命飞为河南北诸路招讨使，领军北伐。飞乃分派诸将，自率岳云长驱北进以图中原。次写金兀术发十万骑侵郾城，飞命岳云领背嵬军御敌，兀术以拐子马猛攻，期以必胜；飞又以麻扎刀步兵法大破之。兀术大怒，又率十二万人驻临颍，将再攻郾城；飞命杨再兴以三百骑兵拒之，于临颍南之小商桥，毙金兵达二千人；再兴陷小商河，被敌纵射而死。又次写岳云协助王贵守颍昌城，兀术又率十万骑来攻，云率八百骑挺前决战，大破金兵，斩兀术婿夏金吾、副总军粘罕孛董及官兵五千余人，兀术又惨败而归。最后写朱仙镇之役，岳家军乘胜北追，向朱仙镇急进，两河豪杰，闻风兴起，飞乃与部下立“直捣黄龙与诸君痛饮”之约。兀术调驻汴京军十万到朱仙镇以图最后挣扎，两军对垒，又惨败而退。全剧即在岳家军的全战线上终场，使人人相信最后胜利确已在望，那也合乎当时的现实环境。《新儿女英雄传》写明嘉靖年间，倭寇进犯我国东南，军帅兵部尚书张经为奸贼严嵩谗言害死，他的子女逃奔戚继光军下，英勇坚决地为保卫国土而战争的故事。这些歌剧，也许并不能算是成功的作品，但替戏剧开了新路，是无疑的。

真正的新歌剧，倒是从延安那一核心地区播种开花结果的。1943年延安春间秧歌剧运动所产生的《兄妹开荒》小型歌剧（一种配音乐舞蹈在内的新的戏剧形式），便带来新的风格，“它吸引了旧秧歌和秦腔、郿鄠等民间艺术的特长，又适当地采用了话剧的一些特点，例如它也要求情节的密切连贯和戏剧发展气氛的一致；但表演时仍掺用象征手法，而且充分利用了歌与舞的效能，用舞蹈动作和歌唱道白来结合表情，这一切的如何配置，则完全视内容的需要来决定”。它简洁地歌唱出人民的劳动热情，和生产中的欢乐愉快的情绪。它运用了兄妹之间在劳动时所发生的一些谐趣，加强了戏剧的新鲜活泼的气氛，因此，尽管结构和技术还很简单，但它所反映的当时当地的人民生活是很真实动人的。

近十年间，解放区所创作的新歌剧，不下百数十种。其中，最流行最成功的，要算贺敬之、丁毅所作的《白毛女》，这是新歌剧的纪程碑。（笔者早已读到这一剧本，上海解放后，才看到这剧的上演，的确是动人的。）这剧本突破了秧歌的形式限制，大量吸引了京剧、话剧和其他民间戏曲的优良成分，成为完全新型的歌剧。贺敬之曾经说：“这个故事是老百姓的口头创作，是经过了不知多少人的口，不断地在修正、充实、加工，才成为这样一个完整的东西。这故事从开始形成的一天，便很快地流传开来，得到无数群众干部的喜爱。在晋、察、冀的文艺工作者，曾有不少人把它作成小说、话本、报告等。1944年，这故事流传到陕甘宁边区的延安。当我们听到了这个故事之后，我们被它深深感动，这是一个优秀的民间新传奇：它借一个佃农的女儿的悲惨身世，一方面集中地表现了封建黑暗的旧中国和它统治下的农民的痛苦生活，另一方面又表现了新中国的光明，在这里的农民得到翻身。”“《白毛女》这个剧本，深刻地反映出中国革命的历史的主题。集中地暴露出地主阶级杀人喝血的罪恶和他们所统治的社会的黑暗与落后，在揭发旧社会精神世界的蒙昧与欺骗，戳穿它的神话与鬼话这一方面，又尽了破除迷信的教育作用。《白毛女》写了一个荏弱的农女，由于报仇和求生的欲望，逃出了旧社会的天罗地网，过着一种野生的非人的生活，同时又以鬼怪神仙的非现实的存在而再现于旧社会里面。用这个逃避荒山过野兽一般的生活，因而毛发变色而失去了人形的白毛女，来描写着旧制度下的农女以及一般穷苦农民所过的非人生活的故事。在表面上看来，也许使人觉得太离奇而非现实的，但还有比这样离奇的故事，更雄辩地暴露地主阶级的罪恶和被压迫人民的惨痛的么？这个剧本写出了一个阴森森惨酷的地主世界，和这个惨淡的世界，在现代的农民自主运动的曙光之前而烟消云散。白毛女所象征的农民 大众的非人生活，地主阶级的剥削，是以不断地破坏农民的生产力，而迫使他们穷困到不得不过野人的生活，在这里得到实质的反映。这就是《白毛女》这个歌剧在政治上和艺术上获得伟大成就的地方。”（冯乃超语。）

其他由平剧研究院改编旧剧而产生了新观点的历史故事的新歌剧：如《逼上梁山》、《三打祝家庄》、《中山狼》、《进长安》和《红娘子》，也都流传得很广。笔者曾经看过《三打祝家庄》的上演，那场面感动人之深，也是我们所不曾想到的！

新中国成立前的剧作家，也就是解放后主持戏剧工作的人，剧运的一致行动，早在抗战时期已经达成了。所不同者，在国民政府的政治空气中戏剧运动，虽曾下乡去，到部队中去，后来，依旧集中到城市来。倒是解放区的剧运，却以部队和农村为中心，实践了下乡的口号。这其间，氛围上自有些不同。

1942年，那时已经临到抗战后期，但后方的抗战气氛，已经十分低落，在桂林、重庆的文化人，也相当苦闷。那位从长沙卸下了军装、回到桂林去的剧作家田汉，他就成为时代的候鸟，写出他的《秋声赋》来。这部五幕剧，写的便是桂林文化人的生活，大家就在穷愁苦闷中过活。剧中主人公是一位剧作家，满怀悲伤悒郁的情绪，惹上了不可解脱的恋爱纠纷，乃以那两位女主角都积极参加湘北战役的救护工作作结。这其间，当然有着他自己的影子，而女主角之一，便是李雅琴；那时，李女士也已脱离了长沙的戏剧队，到桂林去演戏了。这一剧本，上演的成绩也颇不错，尤其像我们同一圈子的朋友看了十分感动。

作家之又一，洪深，他的情绪，也从兴奋转入低沉；他在韶关时期，还自杀过一次，也可见时代气压之低。他最早写了《飞将军》和《米》两剧本，反映抗战初期的现实生活，接着写了《黄白丹青》和《五十年代》，前者以沦陷后的上海金融界的抗敌斗争为主题，后者则写了家庭中新旧两代的冲突。他还用了四川的方言写了《包得行》，写的是兵役问题，上演的成绩非常之好。胜利之初，他写了《鸡鸣早看天》，是一本讽刺剧。我们从他的剧本，可以深深体味到时代的动态。

宋之的，这一位剧作家，他也写了许多剧本，如：《自卫队》、《刑》、《鞭》（即《雾重庆》）、《祖国在呼唤》、《春寒》等等。他还和老舍合写了四幕剧《国家至上》，强调抗战中回汉两民族的团结合作，效果也非常之好。他的剧本，以《雾重庆》为最著称，这是一部讽刺剧，暴露后方都市中的糜烂生活；其中有专走捷径的知识分子，有坐飞机来往港渝之间的发国难财的人物，另一面也有为国家辛苦战斗的女性，两相对照，这是一幅凸出的图画。太平洋战争发生，香港沦陷，宋氏回到了重庆，就写了《祖国在呼唤》，以一个女性夏宛辉生活上和爱情上的矛盾为线索，组成一个错综的故事，反映一般文化人的心头苦闷；他所启示的光明出路，便是"回国去"。

老舍，依然是文艺作家中最有多方面贡献的一人。他写了《残雾》、《面子问题》、《张自忠》、《大地龙蛇》、《归去来兮》等剧本。《面子问题》也是讽刺剧，各地都在上演。《大地龙蛇》乃是歌舞混合剧，分三幕，第一幕谈抗战形势，第二幕谈日本南进及东亚各民族的联合，第三幕谈中国胜利东亚和平的建树。《归去来兮》，乃是《秋声赋》一型的剧本，可说是文人的目的。舒氏自言："原来既想写罕默列特，显然的应写出一个有头脑，多考虑，多怀疑，略带悲观而无行动的人。但是神圣的抗战是不容许考虑与怀疑的。假若在今天而有人自居理想主义者，因爱和平而反对抗战，或怀疑抗战，从而发出悲观的论调便是汉奸。我不能使剧中的青年主角成为这样的人物，尽管他的结局是死亡，也不大得体。"在这一基础上，他写了《归去来兮》，因此，和《秋声赋》的情调更相近了。抗战也可说是一种秋声。

小品散文的新气息

我们回看文艺界的进路，五四运动以后，把“散文”的正统地位改变掉了，这在旧文人心目中，可说是最大的转变。我们所说的文艺作品，虽说也包括散文和诗歌，但主要的领域，却让给了小说和戏曲了。抗战时期，散文、小品这一支流，好似比其他文艺作品差得很远；我们已找不到一个散文的杰出作家，如周氏兄弟那样自成一种风格的。那一时期，上海孤岛上，有几位散文作家，如唐弢、周木斋、柯灵，他们曾办了一种题名《鲁迅风》的半月刊，他们继承着杂文的遗绪；而在桂林出版的《野草》半月刊，也是继承着同一杂文的风格。至于《人间世》、《宇宙风》的闲适风格（虽说《人间世》曾在桂林复刊）还是由《古今》、《杂志》那几种刊物继承着；周作人依然写他那种冲淡的小品文，以迄于敌伪政权的崩溃。

鲁迅的文坛地位，似乎在战时有着特殊的发展。延安方面，设立了鲁迅艺术学院，而大后方各大城中的文人，也继续在纪念鲁迅逝世，成为文统的不祧之祖。不过，鲁迅风格究竟怎么一回事呢？我们读了《鲁迅风》和《野草》，又觉得索然无味，不像是鲁迅的作品，尤其如聂绀弩、秦似的杂文，一味叫嚣，一种粗犷的气息，内容实在贫乏得很，简直没有一点鲁迅的风韵。（鲁迅师事章太炎；太炎弟子，虽以黄侃为最高，可是得太炎文体的神理，莫如鲁迅。）有一回，鲁迅逝世纪念会上，笔者被指定讲鲁迅的文体，笔者便引用了孙伏园的话。孙氏自言曾经问过鲁迅，在他所作的短篇小说里，他最喜欢那一篇？鲁迅答复他说是《孔乙己》。何以鲁迅自己喜欢《孔乙己》呢？他就引了鲁迅当年告诉他的意见："孔乙己，作者的主要用意，是在描写一般社会对于苦人的凉薄。对于苦人是同情，对于社会是不满，作者本蕴蓄着极丰富的情感。不满，往往刻画得易近于谴责；同情，又往往描写得易流于推崇。"《呐喊》中的一篇《药》，也是一面描写社会，一面描写个人；我们读完以后，觉得社会所犯的是弥天大罪，个人所得，却是无限的同情。自然，有的题材，非如此不能达到文艺的使命；但是鲁迅自己，并不喜欢如此。他常用四个绍兴字来形容《药》一类的作品，这四个绍兴字，我不知道应该怎样写法，姑且写作'气急虺隤'，意思是'从容不迫'的反面，音读近于'气急悔颓'。"鲁迅所以最喜欢《孔乙己》，就是这一篇是"从容不迫"的，并不像写《药》当时的"气急虺隤"，也还是达到了作者描写一般社会对于苦人的凉薄的目的。鲁迅的杂文，精品很多，都是从容不迫的，挥洒自如，而文情恰如所欲达，这是他老人家火候到了的结晶品。那些提倡鲁迅风的，就没有一个懂得从容不迫的气度，尤其是《野草》半月刊那一群人，几乎可以说是非鲁迅风的。（章太炎论古今文体，独推魏晋。谓："魏晋之文，大体皆卑于汉，独持论仿佛晚周。气体虽异，要其守己有度，伐人有序，和理在中，孚尹旁达，可以为百世师矣。"鲁迅散文，可说是合上这一标准的。）依草附木，借鲁迅以自重的那一群人之中，黄芦白苇，一望无余，比较有成就，倒还是孙伏园和许寿裳，他们本来是鲁迅的老朋友；许广平虽是鲁迅的妻子，见之于文字，也是气急虺隤的多，未得鲁迅的真传的。（陈向平论当今散文，齿及笔者；笔者自以为散文风格得之于桐城文，并非从鲁迅文体中得来，不欲借鲁迅以自高的。）徐懋庸的杂文，本来也颇不错；但徐氏学养不足，也未足以语于鲁迅风的。

笔者姑且撇开了所谓“四不像”的鲁迅风，把聂绀弩型的小品文字搁在一边，看看在这一方面真真有点成就的散文、小品，那就该说到《星期评论》、《生活导报》、《自由论坛》、《战国策》、《改进》这几种刊物上所刊载的小品文字。也该说到王了一的《龙虫并雕斋琐语》、梁实秋的《雅舍小品》、谢冰心的《关于女人》、储安平的《英人、法人、中国人》这几种散文小品集子。

抗战期中，文艺作家为了“抗战有关无关问题”，引起了激烈的辩论。不过强调文艺必须与抗战有关的，走入抗战八股的老调子之中，也是显然的。若干好散文作品，不一定与抗战有关，也是我们所该默许的。（与抗战无关，并不等于提倡汉奸文学，而汉奸文学，也不一定与抗战无关，也是显而易见的。）我们且看王了一在《龙虫并雕斋琐语》的自白：“老实说，我始终不曾以什么文学家自居，也永远不懂得什么是幽默。我不会说扭扭捏捏的话，也不会把一句话分做两句话。我之所以写琐语，只是因为我实在不会写大文章。”“不管雕得好不好，在这大时代，男儿不能上马杀贼，下马作露布，而偏有闲工夫去雕虫，恐怕总不免一种罪名。所谓‘轻松’，所谓‘软性’，和标语口号的性质太相反了。不过，关于这点，不管是不是强词夺理，我们总得为自己辩护几句。世间尽有描红式的标语和双簧式的口号，也尽有血泪写成的软性文章。潇湘馆的鹦鹉，虽会唱两句葬花诗，毕竟它的伤心是假的；倒反是‘满纸荒唐言’的文章，如果遇着了明眼人，还可以看出‘一把辛酸泪’来。我们也承认，现在有些只谈风月的文章，实在是无聊。但是，我们似乎也应该想一想，有时候是怎样的一个环境迫着他们谈风月。他们好像一个顽皮的小学生不喜欢描红，而老师又不许他涂墙壁，他只好在课本上画一只老鸦来玩玩。不过，聪明的老师也许能从那只老鸦身上看得出多少意思来。直言和隐讽，往往是殊途而同归。有时候，甚至于隐讽比直言更有效力，风月的文章也有些是不失风月之旨的，似乎不必一律加以罪名。老实说，我之所以写‘小品文’，完全为的自己，并非为了读者们的利益；如果读者们，要探讨其中深意，那就不免失望了。”这是有意从“抗战八股”死水中跳出来有血性的文字，而且他也大胆在宣告，风月的文章也有些是不失风月之旨的，隐讽比直言更有效力。这一作风，不仅上述几位作者，各自发出光芒；其他如潘光旦之谈优生学，何永佶之谈现实政治，冯友兰之谈人生哲学，费孝通之谈社会问题，也都走的是闲话的路，和当时“标语口号式”大文章异趋的。

王了一的小品散文，自创一格。他自言：“想到就写，写了就算了。有时候，好像是洋装书给我一点儿‘烟士披里纯’，我也就欧化几句；有时候，又好像是线装书唤起我少年时代的《幼学琼林》和《龙文鞭影》的回忆，我也就来几句四六，掉一掉书袋。结果不尴不尬，连我自己也不知道是什么文体。”这是他所创造的新文体。他所写的比吴稚晖的更凝练，比鲁迅的更活泼，比周作人的更明朗，可以说是自成一家。他有这么一段话：“其中原委，听我道来，实情当讳，休嘲曼倩言虚，人事难言，莫怪留仙谈鬼。当年苏东坡是一肚子不合时宜，做诗啖黄州猪肉，现在我却是俩钱儿能供日用，投稿夸赤县辣椒。芭蕉不卷丁香结，强将笑脸向人间；东风无力百花残，勉驻春光于笔下。竹枝空唱，莲葩谁怜！这只是‘吊月秋虫，偎栏自热’的心情。”这一段话，可作他的文体的例子，也可作他的意境的说明的。（笔者看来，除了钱玄同，就很少人能够像他这么挥笔自如了。）

除了王子一的琐语以外，小品散文写得好的，自必推出梁实秋的《雅舍小品》。（梁氏的散文，因为触及鲁迅的笔锋，所以提倡“鲁迅风”的人，都在故意压低梁氏的地位，好似他的小品文字，不值一看。）梁氏的文字，在陶熔东西文化的知识上，比胡适还高一着，他和陈西滢，都是真正了解西方文化的。他的《雅舍小品》，写大西南都市的社会相，风趣环生。他之所以自称为“雅舍”，其实只是一间陋室。“我有一几一椅一榻，酣睡写读，均已有着，我亦不复他求。雅舍所有，毫无新奇，但一物一事，安排布置，俱不从俗，人入我室，即知此是我室。室雅何须大，纵然不能蔽风雨，雅舍还是自有它的个性。有个性就可爱”这话，和王了一所说“完全为的自己”相呼应的。

那时，旧的小品散文作家，如朱自清、茅盾、郭沫若、叶圣陶、谢冰心，虽不一定以写小品文字为专业，却也继续写他们的小品文字。有一时期，谢冰心以“男士”笔名写了《关于女人》的随笔。她成名很早，小品文字也写得很多。她的文字是灵巧的，有如一滴露水；可是没有内容，只是一滴露水而已。到了《关于女人》，已经进了一步，有了人生体验和进一步的社会观了。即如那篇《我的学生》就是有分量的文字。冯至写山水，依我的看法，比他的十四行诗还好一点，不过，一般人只把他当作诗人，忽略了他的散文。他的记行文，不像郭沫若那么矫揉造作，不一定说什么大道理，颇有朱自清那样淡远的风味。

其他，文艺作家所写的小品文字，虽不一定与抗战有关，而骨子里是与抗战有关的，自以茅盾的散文为最有成就。他把抗战初期的随笔，收在《炮火的洗礼》中；后来，他到新疆去了一次，写了《见闻杂记》。其中有许多精致的作品。如写《狗》那一篇，最富人生的意味。1941 年，他从香港回到了桂林，曾写了《生活之一页》。记述香港沦陷时期的情况，他的文字，本来很细密的；这一时期，更是炉火纯青，不像其他作家那么刻板呆滞的。和他相反的，则有郭沫若的散文，郭氏一直和抗战有关，那是不待说的。他那三种散文集：《羽书集》、《蒲剑集》和《今昔集》，都是宣传性的文字为多，也多辩论类的文字，有时或许热情太多，理不胜辞的。从平淡这一路上着笔的，我们应该提到叶圣陶的《西川集》（其中有几篇小记，写大后方的小人物，颇为生动有致）。巴金的《旅行杂记》和李广田的《灌木集》，都是时、地、人互相贯串的画面，要算是值得一看的散文。（当时，有时代意义的散文，当然要算报告文学，前已另节推介过了。）

若以内容为主，而采取散文小品形式来写成的，则有王昆仑（太愚）的《红楼梦人物论》，冯友兰的《新世训》，和费孝通的《民主、宪法、人权》，从内容说，这都是传世之作，从形式说，也可说是有了蒙旦散文的风格。其间，我们可以说：冯氏的散文谨严，王氏的散文畅达，费氏的散文“深入浅出，意远言简，匠心别见，趣味盎然”。都为其他文艺作家所不能及的，虽说他们都不以文艺作家见称。（又如何永佶的论政文字，潘光旦的论学文字，托名塔塔木林所写的《红毛长说》讽刺文字，也是一代名作，可以传世的。）

笔者于胜利后重归上海，曾到处搜集沦陷时期周作人所作的散文。他的文字，还是那么的风格，不过更晦涩些，坊间所见的《药堂杂文》，便是那时期的作品；其中有一篇《怀废名》，可算此中最好的一篇。周作人在文学界地位，由于他的落水，便陨落了，不过，他的散文小品，还是可以传世的。

最后，笔者要提到钱锺书的《谈艺录》，也可说是随笔中的第一流作品，不独见解高人一等，他的文字，也是十分简洁的。钱氏自视甚高，独到处自非流俗所能解，其融化东西，出以新象，还未必在王了一之上呢！

文艺批评之新光

笔者纵论当代文坛动态，抚然有间，诚如史家房龙所说的：“写一部希腊罗马史或中世纪史倒都是容易的。在那久已遗忘了的舞台上扮演的角色，皆已死去，所以我们可用冷静的头脑批评他们。并且对这些角色的功绩喝彩的听众亦已分散，所以我们的批评不会伤他们的感情。但要对于现今的事实的记载是很难的，我们日常所遇见的人的心里所有的问题，就是我们切己的问题；这些问题或者使我们太苦痛，或者使我们太高兴，所以叙述起来，不能像写历史所需要的忠实，而无宣传鼓吹的色彩。”虽然如此，我还是保持着我的史家的客观态度，以批判的态度来评论现代中国文艺的进程，连笔者自己也在被批判之列。

正当这部书快要终卷之际，中国正在批判胡风的文艺观，而这位被指名的文艺批判家，虽说若干文艺史中，即如王瑶的《中国新文学史稿》中，时常引用了他的批判论点；其实他的见解，和他的作品一般，都是不十分高明的。（我知道不久以后，大陆出版的现代中国文学史中，又将删去了他的议论。）我的文学史中，就不曾引用过他的论断。若干文学史中，是依归于马克思派的文艺理论的；马克思的经济学说，有他的独到的远见的，那是我们所知道的。至于马克思爱好文艺，他自己有时也对于诗歌、创作颇有兴趣，他的写作也颇不错，他也曾做过新闻记者，但他的文艺批评，也不一定很高明的。所以，本史的观点，并不以马克思派文艺理论为依归。我觉得在文艺批评的见地上，鲁迅、瞿秋白、朱自清、茅盾的见地，是比较高明的。

在另外一面，三民主义文艺观本来是一件莫名其妙的东西；

孙中山虽善于演讲，却不善于执笔为文；他对于中国文学的了解，更是浅薄得很。国民政府时期，他们的文艺政策，是落在一位并不懂文艺的政客之手，而替他奔走在文艺协会工作的王平陵，也是一位创作低能、见解平庸的人，因此在所谓民族主义文艺之下，既无作家，也无文艺理论。比较有分量的几位作家，如胡适、梁实秋、黎烈文，都是自由主义文人，和国民党不相干的，所以本史不曾提到那一翼的作品，乃是作品本身的分量不够水准，并无任何成见掺杂其间的。

笔者知道爱好旧诗词古文的作家，自视甚高，在他们心目中，一直把新诗看作无物，连小说、戏曲都不让它们登大雅之堂的。我们读到过钱基博的《现代中国文学史》，新文学的一目，只把胡适提上几句，其余一概不提。所以，看了他的文学史觉得满意的人，一定不会同意我们的文艺观点的。但我们所谓“现代”，包含着“世界性”的；我们就看钱锺书（他是钱基博的儿子）的《谈艺录》，就可以明白不含着世界性的文艺批评，是不足以语于现代的。他评论宋诗，引德国诗人席勒（Schiller）之语，谓“诗不外两宗，古之诗真朴出于自然，今之诗刻露见心思，一称其德，一称其巧”。他又自加注释：“所谓古今之别，非谓时代，乃言体制，故有古人而为今之诗者，有今人而为古之诗者，且有一人之身掺合古今者，是亦非容刻舟求剑矣。”我们的批评，要从种种刻舟求剑的牛角尖中跳出来，也就差不多了！

我们谈现代文学运动的，如本书首卷所称的，称之为启蒙运动，正如谈欧洲文艺思潮的，称之为文艺复兴运动。文艺复兴云者，乃是借光于希腊的人文主义的光辉，唤醒自我的意识。我们的启蒙运动，借光于外来的欧西文化，也远汲文艺复兴之流，有着自我觉醒的意味，上文已经说及。但是，每一种文化动态，不仅有着外来的刺激，也有着内在的因素，我们谈现代中国文艺动向的，也不应忘记内在的因素。即如前文所提到的王国维，他吸收了叔本华、尼采的悲观哲学，建立他的人生观与世界观，反映在他的文艺作品，至为明显。他一面却潜心于甲骨文字研究，向往于殷周文化；同时，又认识宋元戏曲在文学上的价值，使之登大雅之堂。他的一生，正是现代中国文坛动向最好例证。他们都是维新的，他们又都是笃旧的，他们孕育了现代的中国文学；我们的文学史，就是要兼顾到这两方面的。

近代中国学术界的新光，其从古代文物照耀过来的，如殷墟甲骨的出土，敦煌塞上及西域旧境的古简牍的流传，敦煌千佛洞所藏唐、五代、宋初人所写卷子的大量出现，以及内阁大库的档案的整理，都扩展了我们的视野，充实我们的知识。尤其关于敦煌千佛洞的佛曲卷子，乃是唐五代的俗文学，对于中国文学史的进程，有了进一步的认识，也恰好替白话文学作有力的佐证。

[1898 年顷，甘肃敦煌千佛洞发见了古代藏经的窟室，其中所藏，大都是唐、五代人的写本。当地居民视为废纸，也有当作神符，烧灰来治病的。其地偏处西北，国人并不注意。直到 1907 年，英国斯坦因爵士（Sir Aurel Stein）到中亚细亚探险，路过敦煌，看见了千佛洞藏书，胡乱买了六千多卷子回去，藏在伦敦博物馆。第二年，法国伯希和（M. P. Pelliot）到了西北，也选买了两千多卷，藏于巴黎图书馆。其后北京学部，命甘肃当局将剩余的万余卷子，送到北京，大部分给私人占有，藏在北京图书馆的，有二千余卷。这些写本，大部分是佛教经典，也有一些道教经典，古书写本，其他佚书史料。这便是研究唐、五代俗文学的好材料。关于这部门史料的整理研究，除上述几位考古学家以外，日本有狩野直喜、青木正儿、仓石武四郎，中国有罗振玉、

蒋斧、刘复（半农）、容肇祖、胡适、郑振铎、任二北等。]

最近，郑振铎编著的《中国俗文学史》和任二北的《敦煌曲初探》，可说是研究敦煌俗文学最有条理的著述。王文才《敦煌曲初探》序中说："以民间文艺发展而言，在宋代市民阶级日益成长的社会中，说唱文艺非常盛行，虽云社会经济使然，但其文学形式应有一定的基础作为根据，才能发展为宋代比较的说唱形式；而唐代旧有的资料，却不足以见此形式之渊源。敦煌材料的发现，不但补足了这段缺陷，也说明了宋元以来说唱文学的传统来源和发生发展的过程。尤其唐代对外交通的频繁关系，促成中外文化交流后，遗留在中国文学史上的痕迹，正须靠卷子中所见资料，才能得到具体的说明。"从卷子中，我们可以看见民间说唱的"变文"，有了三种形式：即纯唱的、唱兼说白的与附歌曲的。这三种不同的形式，正代表着不同阶段的发展过程。从这三种由简而繁的形式，可以看出民间说唱"变文"，正是属于民间歌唱的新曲。此二者，就其音乐系统而论，皆属于燕乐，与曲子词同。（就敦煌所见变文和乐曲来说，讲经文与佛曲同一性质，而民间变文，与新曲又同一性质。后两者绝大部分是人民群众自己的创作，正是我国文学珍贵遗产的一部分。）

我们再就这些俗文学的内容来看，我们知道斯坦因、伯希和所得残卷中，有唐太宗魂游地府的故事，这是《西游记》的初期模型。有秋胡戏妻故事的小说，（这一故事首见于汉刘向《列女传》，南朝宋颜延之有秋胡诗，后来元石君实演为秋胡戏妻杂剧。）可以看到初期说话人所用的文体。又有描写春秋列国故事，如伍子胥的身世，可以说有《东周列国志》的雏形。又如敦煌写本中的俚曲，如太子五更转、旧五更，也和里巷流行的五更调，有着血缘的关系。至如孝子《董永传》、《明妃传》，这类韵文式的通俗故事诗，乃是民间唱本的来源，我们把目前流行的嵊戏、申曲来和那些故事诗比，无论形式内容都十分相近的。（它们都和佛家宣卷有关，也是显而易见的。《董永传》，七言一句到底，也等于《方卿姑娘》一类的唱本。）其他如《目连缘起》、《大目乾连》、《冥间救母变文》、《降魔变押座文》，乃是俚俗叙事诗式的佛曲，在当时非常流行。《唐孟棨本事诗》，载张祜笑白居易《长恨歌》的"上穷碧落下黄泉，两处茫茫皆不见"为"目连变"，可见当时诗人所受俚曲的影响。

敦煌发见的写本中，还发见了王梵志诗和韦庄《秦妇吟》（王梵志隋文帝时人）。王诗乃是俚俗的说理诗，开后来寒山、拾得那一派的哲理诗。韦庄《秦妇吟》，可说是七言诗中第一首长篇叙事诗，其中叙述黄巢乱时，一个逃难的妇人，目击乱象及其脱险的遭遇，沉痛悱恻，有如《孔雀东南飞》，在当时流行于民间，有人制为《秦妇吟帐子》。（韦庄唐末诗人，曾为蜀相。）这首诗，久已失传，一旦重获，可说是文坛的至宝。胡适海外读书，曾作新记，谓："我们向来不知道中古时代的俗文学。在敦煌的书洞里，有许多唐、五代、北宋的文学作品，从那些僧寺的'五更转'、'十二时'，我们可以知道填词的来源；从那些季布秋胡的故事，我们可知道小说的来源；从那些维摩诘唱文，我们可以知道弹词的来源。"

这些古文物的发展，另一方面，也正和五四运动以来提倡民间文学的倾向相呼应。本来旅华若干西洋文士，早已注意到中国的民间歌谣。1896年，意大利人卫太尔（B. G. Vital，他是驻北京意使馆的华文参赞），曾搜集北京歌谣，编成《北京歌唱》一书，他在自叙中说："我头一回公布北京童谣的集子，自信从这本书可以得到些个益处：（1）得到别处不易见的字，或短语。

(2) 明白懂得中国人日常的生活状况和详情。(3) 觉得真的诗歌可以从中国平民的歌中找出。有些人要反对我所说的真诗的星光可以从这本书找到。在那些与中国人的世界全隔的人们，这种意见自然是容易碰到的。有些个歌谣是朴实而且可感动人，在那些对于中国人的忧乐只有一点知识的人，也可看作为诗的。我也要引读者注意于这些歌谣所用的诗法。因为它们乃是不懂文言的不学的人所作的，现在一种与欧洲诸国相类的诗法，与意大利的诗几乎完全相合。根据这种歌谣和民族的感情，新的一种民族的诗，或者可以产生出来。”他的见解，早在五四运动以前，已经开出胡适《白话文学史》的先河了。五四运动发生那年，北京大学设立歌谣征集处，由周作人、刘复、钱玄同、沈尹默、沈兼士分任其事，其后周作人、常惠所主编的《歌谣周刊》，顾颉刚所辑的《民歌集》，刘径庵的《河北歌谣》，台静农的《淮南民歌》，刘复的《江阴民歌》，常惠的《山歌一千首》，以及顾颉刚的《孟姜女故事研究》，这一方面的收获，都很不错。周作人说："民歌与新诗的关系，或者有人怀疑，其实是很自然的；因为民歌的最强烈最有价值的特色，是它的真挚与诚信，这是艺术品的共通的精魂，于文艺趣味的养成，极是有益的。"梁实秋也说："在最重词藻规律的时候，歌谣愈显得朴素活泼，又与当时作家一个新鲜的刺激。所以歌谣的采集，其自身的文学价值甚小，其影响及于文艺思潮者则甚大。"

王瑶的《中国新文学史稿》有一章，以《鲁迅领导的方向》为标题，强调鲁迅在中国文艺界的领导地位，其中多牵强附会之处，却也有许多值得我再回想再吟味之处。鲁迅在文艺批评上原有他的独到的见解。当“创造社”、“太阳社”高喊“革命文学”的口号时，他却说：“我以为根本问题是在作者，可是一个革命人，倘是的，则无论写的是什么事件，用的是什么材料，即都是革命文学，从喷泉里出来的都是水，从血管里出来的都是血。‘赋得革命，五言八韵’，是只能骗骗盲试官的。”他又在《文艺与革命》中说：“美国的辛克莱说，一切文艺是宣传。我们的革命的文学者曾经当作宝贝，用大字印出过；而严肃的批评家，又说他是浅薄的社会主义者。但我也相信辛克莱的话；一切文艺是宣传，只要你一给人看，即使个人主义的作品，一写出就有宣传的可能，除非你不作文，不开口。那么，用于革命，作为工具的一种，自然也可以的。但我以为当先求内容的充实和技巧的上达，不必忙于挂招牌。稻香村、陆稿荐，已经不能打动人心了，皇太后鞋店的顾客，我看见也并不比皇后鞋店里的多。说技巧，革命文学家是又要讨厌的。但我以为一切文艺固是宣传，而一切宣传却并非全是文艺，这正如一切花皆有色（我将白也算作色），而凡颜色未必都是花一样。革命之所以成口号、标语、布告、电报、教科书之外，要用文艺者，就因为它是文艺。”不管奉鲁迅为正宗的批评家怎么解释，在我看来，至少鲁迅的见解是可懂的。鲁迅并不赞同“赋得革命，五言八韵”的挂招牌的文学。

我们该知道唯物史观文艺论，在中国文坛也是后起的一种尺度。就在五四运动前后，我们还没触到社会主义问题以前，欧洲的文学批评家学说，如阿诺特（Matthew Arnold，英国批评家）的《文学评论之原理》，已经翻译过来了。翻译的，正是反对白话文学运动的学衡派诸子。其他如法批评家圣柏甫（Saint-Beuve），意美学家克罗齐（Cruce）的学说和希腊哲人亚里士多德的《诗学》，也都介绍过来了。我们说到批评，也说到“客观的”与“主观的”，“科学的”与“理想的”，“鉴赏的”与“快乐的”各种趋向。对于文艺欣赏能力的培植，我相信厨川白村、小泉八云和勃兰特斯（Georg Brandes）对新文坛的影响，比普列汉诺夫、卢那察尔斯基大得多。周氏兄弟，一开头便是文艺批评界的权威，而周作人的渊博与透辟的见地，正是现代的刘勰（《文心雕龙》作者）。他引用了法朗士（Anatole France）的话："所谓文学批评，依我的见解，应如哲学，如历史，乃是一种小说，是为那种细微而好奇的心设的。而凡小说，苟不把它的观念弄错，那末，就无非是一种自传。所以好的批评家，就是那记述自己的神魂在杰作中游涉时所经历的作家。"文艺批评，即说是客观的，也带着很浓重的主观成分，拿着一定的尺度，板着脸孔来审判文艺作品的，都不是批评家。何威尔（Howell）说："无论那种运动，当其发生的时候，莫不受着批评猛烈攻击，但都丝毫不被批评所阻止，每个作家都曾因他的好处而受责备，但终不因受责备而改变。""批评常常责备文学中活跃和新鲜的元素，他常替旧的对新的宣传，他始终是养成一种驯服的、陈腐的以及消极而残存的东西。"这虽属于另一极端的话，但他摸到了真理的另一面。

笔者也极爱法朗士的另一段话："天下无所谓客观批评，犹之无所谓客观的艺术；凡彼自信其著作中除自身而外尚有他物者，皆惑于极谬误之妄见者也。实则我人决不能越出自身的范围，这是我人的最大不幸之一。设若我们能够暂借苍蝇的复眼来观察天地或借猿猴的粗陋脑子来契悟自然，那末我们有什么不肯拿出来做代价呢？然而正唯这种假借是天不容我们的，我们不能如泰里细阿斯身为男子，却记忆尝为女人。我们被封锁在自己的身体里面，如在一种永远的监牢里一般。依我的愚见，我们最好不过是大大方方地承认我们自己所处的这种可怖境地，凡遇有不能缄默的时候，不如直白招出，我们说的是自己。"我们承认文艺批评，也和文艺本身一般，与其说是“社会主义的”，不如说是“个人主义”的。

美批评家乌德柏利（G.E.Woodberry），他揭出了文艺批评的二态相，曾说：“在艺术里，原有一种普通的元素，泛说起来，可以诉于一切能够接受他的心的；但因时代更易，这种普通的元素，就要带着他自己的时代的饰物，而附着地方上和时代上的种种关系，但虽能用种种的语言去解释他，他总是有一种不同的调子和语气，并在各种语言的解释，意义都必不同。正如要了解一篇文章，必须先了解文字一样。若要接受外国人的思想和感情，而不走失其原义，那末必须先把自己的心浸润了种种应需的知识；如要利用过去的东西，必须要穿上时间的全套衣服，那是不待说的。现在的目的，既在认识既往时代的人的心态；那末，历史的批评的任务，似乎是一种不可缺少的准备，而所谓历史的批评，就是一切社会学的、心理学的，或比较研究之足以帮助过去时代的陈述，而增富并显明历史的知识的。”这么说来，泰纳（Taine，法国批评家）对于文坛的影响，远在马克思之上呢！

笔者就在这一卷文学史的结尾上，再回看过去五十年间的文坛动态。我们承认文艺作者的意识形态，多少都受时代思潮的影响，而且蛛丝马迹中，显得和社会经济的变动，政治波澜的起伏，密切相关。若干时期中，文艺作品就成为革命活动的号筒，有的作家俨然以革命文学家自居。有时，社会革命的成果，也刺激了文学形式的蜕变，尤其当辛亥革命、国民革命及解放运动前后，尤为显著。但，我们站在文艺创作的立场来说，这种种因素都只能影响到文艺，并不是决定文艺形态的主要力量。文学作家每每是时代先驱，他们比一般从事政治革命活动的人更敏感，更嗅到社会大变动的气息。他们不独不受什么学说、主义、党见的影响，甚至所谓文学批评的理论，只是替他们的作品作注释，并不能成为他们的舵向。因此，笔者希望不要囿于宗派的文艺理论；要知道一个从浪漫主义的文学圈子，跳到新写实主义圈子的“创造社”作家，他的作品，并没有多大的改变的。鲁迅的作品有一时期被“太阳社”批判得一钱不值，既而又扶了起来，把他送入写实主义的神庙中去，那也是有点可笑的。

日本现代文学家厨川白村，他曾写过《出了象牙之塔》和《苦闷的象征》这两部文学短论。他曾引用他自己的《近代文学十讲》中的一段话：“在罗曼文学的一面，也有可以说是艺术至上主义的倾向，就是说，一切艺术，都为了艺术自己而独立地存在，决不与别问题相关，对于世间辛苦的现在的生活，是应该全取超然高蹈的态度的。置这丑秽悲惨的俗世于不顾，独隐处于清高而悦乐的‘艺术之宫’，诗人但尼生所歌咏那样的 The Palace of Art，或圣蒲孚评维尼时所用的‘象牙之塔’里，即所谓‘为艺术的艺术’，便是那主张之一端。但是，现今则时势急变，成了物质文明旺盛的生存竞争剧烈的世界，在人心中，即使一时一刻，也没有离开现实人生而优游的余裕了。人们愈加痛切地感到了现实生活的压迫。人生当面的问题：行住坐卧，常往来于脑里，而烦恼其心。于是文艺也就不能独自始终说着悠然自得的话。势必至与现在生存的问题，生出密切的关系来，连那迫于眼前燃眉之急，而使人们苦恼的社会上宗教上道德上的问题，也即用于文艺上，现实生活和艺术，竟至于接近到这样了。”可见，文艺趋向于写实，和现实生活相接近，乃是近代世界文学的共同趋向；而我们的文学传统，本有人文主义的倾向，自更趋向于写实了。厨川白村另外有一段论近代文艺的话：“与其是无瑕而完美的水晶，倒不如寻求满是瑕疵的金刚石的，是罗曼派，好在光的强烈。一到比罗曼派更进步的近代派的文艺，则就来宝贵这瑕疵，宝贵这缺陷，就要将这作为出售的货色，所以彻底得很。文艺家者，乃是活的人间味的大通人。倘不能赏鉴罪恶和缺陷那样的有着臭味的东西，即不足与之共语人间。”我们对于现代中国文艺运动的理论，也就是如此。厨川白村另一文学短论集，题名为《走向十字街头》；他在序文中说：“东呢西呢？南呢北呢？进而即于新呢？退而安于古呢？往灵之所到的道路呢？赴肉之所求的地方么？左顾右盼，仿佛于十字街头，这正是现代的人心。我身也就是立在十字街头的罢，暂时出了象牙之塔，站在骚扰之巷里，来一说意所欲言的事吧！”这也正是笔者执笔时的情怀。

史料述评

1949年冬天，陈子展从北京出席“文代大会”回来，他对笔者说：“北京的朋友们，都要我把近三十年中国文学史重新写过!”他所说的重新写过，是要把1927年以后中国文学界的动态补充起来。这件工作，我相信陈氏一定能愉快胜任，因为他熟于文坛掌故，而他自己新旧文学修养，也足以使他有高度的欣赏能力。我们看了他那部《近三十年中国文学史》，就可以知道他的史识、史才，足以担当的。不过，我们等待了几年，并不见他的新编现代中国文学史出来，连我们所期待的另外几个人，如阿英(钱杏邨)、赵景深、郑振铎，那些比较懂得现代中国文学的人的著作，也未见刊作。坊间所已出版的，虽有王瑶的《中国新文学史稿》和蔡仪的《中国新文学史》，但都带有宣传的倾向；他们只能转述官方几个主持文艺政策的人的话，缺少自己的意见。(在台北出版的《文艺月报》，连载了王平陵的《现代中国文艺史》，其人，文艺修养本来很差，加以替国民党宣传部做号筒，所写更不成。)笔者不能自已，才发奋执笔，把真实史事写了一点以待来哲。我相信政治斗争的空气，一定会慢慢澄清的；到了将来，也如北宋新旧党之争，化为陈迹，王荆公的道德文章以及他的政治主张，就为后人所认识，那些颠倒黑白评蔑荆公的话，犹如过眼烟云，不复存在了。

笔者以史人的地位，再在这儿介绍一些属于现代中国文坛的史料；即是说，公正平实的现代中国文学史虽不曾产生，但是以备写史之用的文坛史料，依然存在。我们为着后来史家的采集，应该多所保留的。替现代中国新文学作史，首见于胡适《近五十年之中国文学》（申报纪念刊专著），上文已经提及。1936 年，阿英编《中国新文学史料》，他在序例中曾经说到，一部较好的中国新文学史还不曾产生。他所见的，只有工哲甫的《中国新文学运动史》（此书十分简陋，见解也浅薄得很）和他自己所编的《中国新文学运动史资料》（此书与《中国新文学大系》史料部分很多相同），其他长篇论文，除了胡适那一篇以外，他也说到陈子展的《最近三十年中国文学史》和周作人所演讲的《中国新文学的源流》。笔者也已在上文提及。其他如郭沫若的《文学革命之回顾》、华汉的《中国新文艺运动》、高滔的《五四运动与中国文学》、郑振铎的《新文坛的昨日今日与明日》、隋洛文的《中国的新文学运动》、成仿吾的《从文学革命到革命文学》、胡适的《逼上梁山》、鲁迅的《上海文艺之一瞥》、阿英的《中国新文学的起来和它的时代的背景》。（笔者也曾讲演过《现代中国散文和语文运动史话》。）

1936 年，上海良友图书公司编刊《中国新文学大系》；由鲁迅、茅盾、周作人、胡适、朱自清、郭沫若、田汉[1]，这些作家分编诗歌、小说、散文、戏曲等选集，都有编选人的导言（或序例），这便是最好的那一部门的评介，假使把这几篇文字汇刊起来，也可说是现代中国新文学的最好综合史。大系之中，有阿英的《史料索引》和郑振铎的《文学论争集》。那时，他们两人还不曾为党见所拘牵，所搜集的，还相当平衡公正，也可说是最好的史料综集。郑振铎的《文学论争集·导言》是一篇极好的现代新文学小史。他说，在这“伟大的十年间”（五四运动以后的十年间），我们看出不很迟慢的进步的情形来；这很可乐观。他把

---

〔1〕《中国新文学大系》由鲁迅、茅盾、周作人、胡适、朱自清、郁达夫、洪深、郑伯奇等人选编并作序。作者上列名单有误。——编者

伟大的十年间，分作两个时期：第一期是新文化运动和白话文运动。一方面对于旧的文化、传统的道德，反抗、破坏、否认、打倒，一方面树立言文合一的大旗，要求以国语文为文学正宗。就文学上说来，这初期运动者所要求的，只是文学的形式上的改革。第二个时期，是新文学的建设时代，也便是文学研究会和创造社的时代，不完全是攻击旧的，而且也建设新的，于是便有写实主义和浪漫主义的歧见。他所说的，都是很真实而且很公正的。

现代中国文人之中，最有识力的批评家，勤于搜集史料，加以审慎考订，而编次成书的，首推杨世骥，他的《文苑谈往》（中华书局本），便是采铜于山，自己提炼出来的（文艺创作、文艺批评和文学史家，各专所长，不一定备一身的）。杨氏有志探研中国文学史，曾成《近代中国文人志》一稿，未曾刊行；后来续写《近代中国文学述论》，因为战时史料不容易辑集，一时无法完成。《文苑谈往》，虽是单篇的文人小记，一鳞一爪，已见精审的功夫。潘伯鹰为此书作序，说：“（1）近代文人的生平事迹及著述，大多淹没失传。同光以来，国家内忧外患，纷乘迭起，愈促成这种趋势。坊间所出文学史，或则成书仓卒，或则根本未下搜罗工夫，因此无一部精审详尽的。一些前辈老成，熟于旧事，或者懒于传述，或则不愿为此；或则他们的文学见解不尽弘通，纵有所传，未为典要。一些后进之士，又多虚浮轻躁，不多读书，因此更无载笔之人。（2）他所研究近代中国文学概况，一贯地着重那些各派不著名的先驱者们。这种态度是忠实的。就在《文苑谈往》中，我们读了《樊锥与苏舆》，才知道当时有这样两位典型的人物。读了《周桂笙》，才知道这位翻译界的启蒙英雄；读了《戏曲的更新》，才知道那时演进的大脉络，和那些陌生的人名。如此之例，举不胜举。有了他，将重新把文学国度里那许多久已埋没的陈胜吴广们复活起来。这意义异常深刻。（3）小说在外国被看重，也是不久以前的事，在中国素为文学者所不屑道。以我自己说，虽然知道晚清许多新思潮新运动，都由通俗小说传播，同时，许多恶劣的社会现象，也只有这些小说反映得最翔实，要想真切的看到那时代，应该看一些这类的书。但我却怕耐心读那些不甚精美的文字，并且也得不到那些久已散亡的册子。钱杏邨（阿英）在世骥之前，首先对晚清小说感到兴趣，已经著有专书。世骥在这一面更是用了功夫。就他现在手边的材料，几乎超过钱先生所见过的一切著作，其来源非出自苏沪一隅，而尤注重内地各省民间小说的发掘。我相信许多读者，将第一次从他那里得知那些冷僻的小说名字。"像杨氏这么重要的开山工作，对于治现代文学史该有多大的帮助；若干写文学史的，竟连这样的专集都不曾见过，难怪他们手中，只能坐井观天，把那一小圈子的变化写出来就算了。（本来赵景深、李何林、阮无名也都曾做汇辑文坛轶事的工作，新中国成立后，李氏也就丢了旧日的工作，跟在他人之后，弄人云亦云的文学史了。）

最近，张静庐所编的《中国近代现代出版史料》，已经刊行了四册，该算是新文化新文学运动文献中最完备的一种。（张氏原是上海泰东书局的伙计，后来和沈枋泉合办光华书局，又独创了上海杂志公司，在出版界多年。）其中所收《清末小说杂志录》（引用阿英《小说闲谈》）、《晚清小说的繁荣》（阿英《晚清小说史》）、《严复的翻译》（贺麟）、《民国初期的重要报刊》（戈公振《中国报学史》）、《关于新青年的几封信》（原件）、《新文学初期的禁书》（阮无名《中国新文坛秘录》）、《今日中国之杂志界》（罗家伦）、《理想中的日报附刊》（孙伏园）、《从〈晨报〉副刊到〈京报〉副刊》（孙伏园）以及《每周评论》、《新青年》、《建设》、《星期评论》、《新潮》、《湘江评论》、《向导》、《中国青年》、《小说月报》、《创造周报》、《洪水》等刊物发刊词或宣言，都是第一手重要史料呢！

关于现代中国文艺作家的个人文献，鲁迅的那一部分该算是最完备的一个。《鲁迅全集》就在他死后第二年，便由纪念委员会编印出来，搜罗得相当完备；除了他的日记，差不多都已出版了。后来搜集他的遗著，又刊行了《鲁迅全集补遗》。关于鲁迅的生平，除了他自己叙述，见之于《朝花夕拾》的；他的一生，如许寿裳的《亡友鲁迅印象记》，孙伏园的《鲁迅二三事》，许广平的《欣慰的纪念》，乔峰（即周作人）的《略讲关于鲁迅的事情》，（笔者也曾着手编次史料作写传的准备，刊行了《鲁迅手册》。）都是第一手的直接史料。许广平的写作能力并不很好，剪裁得也不十分恰当，所以她的回忆，反而显得十分噜苏。鲁迅有一回写信给我，说他也有几十年知契的老朋友，那便是指许寿裳而言。许寿裳所写的虽是零星的片断回忆，却把鲁迅的性格很凸出地勾划出来了。孙伏园的回忆，也是最重要的注释与衬托，他是一个写《鲁迅传》的最适当的人，可惜他并没有写。写鲁迅传的，倒是日本人佐藤春夫开了头，其后小田岳夫、竹内好都写了一本；他们都不十分了解鲁迅之为人，所以写得都不十分好。可是，最坏的《鲁迅传》，反而是王士菁所写的那一部，简直不是传；全传有三十多万字，最多也只有四五万字值得保留的。他简直不懂得剪裁。其间也有了不得的传记作家，便是写《鲁迅事迹考》的林辰，他虽不曾写了鲁迅传，就他所下的考证功夫来说，正如孙伏园所说的，是一个会写出有价值的鲁迅传记的人。新中国建立前后，周作人从南京狱中出来，就在上海各报写鲁迅往事的片断（以周遐寿笔名刊出），综集在《鲁迅的故家》和《鲁迅小说中的人物》二书中，无论从学识、才力和组织、表现的技巧说，他是写鲁迅传的最适当的人。（他可以写出比鲁迅更好的文字来。）可惜，他所写的是鲁迅传的史料而不是完整的鲁迅传。笔者，本来对于写《回忆鲁迅》的冯雪峰寄以希望的。他和鲁迅的关系相当深切，也是致力文艺工作的人。一看他的书，就十分失望了，他的笔下，好似给什么缠住似的，简直不能说出什么来。（此间有人出版了《鲁迅正传》，那更不成东西。）以此看来，文史虽是可以合流，却也各有专长，难以勉强的。

鲁迅在现代中国文学史上的地位，可说占得很重要的；但是，一定要说他的历史地位，比梁启超、胡适、王国维更重要，那也不见得；正如高尔基虽和列宁并肩而立，在俄国文学史上，还是比不上托尔斯泰、屠格涅夫、陀思妥耶夫斯基，甚至还比不上契诃夫的。鲁迅的文艺修养，和他的弟弟周作人，都是很深的；但他们所蔑视所攻击的文坛敌人，如梁实秋、陈西滢，也并不见得比他更差些。文人原有相轻的恶劣风气，党见可以抹煞文艺作家的真正成就，我却相信到了一百年以后，决不会让党见的云雾永远蒙住了真实的。

当代文艺批评家之中，朱自清、王了一、周作人虽是此中权威，却也后者难诬。后起的钱锺书（他著有《谈艺录》）、缪钺（著有《诗词散论》），他们的见解以及贯通古今中外的融通之处，每每超越了王国维、鲁迅和周作人。笔者曾经和一位守旧的文艺批评家吴宓（雨僧）有过一段渊源，我觉得他对于西方文学的了解，比对他们那份笃旧的知识高明得多。他们要成为通人，还得再进一步才是（他们却无法再进一步了）。

通人之中，如郭绍虞、许地山、朱光潜、全增嘏，都有他们的成就的。由于成见，扬弃了郭绍虞和许地山，贬抑了朱光潜和陈西滢，也是错误的。朱光潜的《文艺心理学》和《诗论》，毕竟是现代中国文艺批评界的一家言，和那些莫名其妙的讲义与概论迥不相同的，中国新文坛，毕竟不能产生一部“有所见”的文艺论集，其故可长思也！

我们治史学的，总带点考据癖，而且知道此中甘苦，要考证得十分正确（戴东原所谓十分之见），真是不容易的。本史开头，曾引用了一种间接的史料，说错了一段话。我于第一节说：“1921年，望平街上发生了一件大事，《时报》主人狄楚青先生死了。”这是说错的。后来看了陈定山的《春申旧闻》，他说到狄平子的《青卞隐居图》，“狄平子、溧阳人，字楚青，性好佛学，故阁号平等，自名为平子也。其时，上海报馆均在望平街，《申》、《新》、《时》鼎足而立。时报主人即平子。平子名士，不甚留心商业，用沈能毅为经理，能毅好大喜功，于书画美术实无所知，乃以狄氏积资尽投地产。民二十四年，地产搁浅，狄氏以此倾家。《时报》由黄伯惠接办，百有正犹存。”“敌伪时，平子佯得心疾，居愚园路私宅中。……平子殁，家人以遗画托叶誉虎经纪其事。”照这么说，狄平子死于抗战中期（或者是末期），而《时报》由黄伯惠接办，乃是民国二十四年（1935年）间的事。但，我明明记得黄伯惠接办《时报》，必在国民革命军到上海以前，决不会迟到“九一八”以后。我疑心他所说的“民国二十四年”，乃是“民国十四年”之误。陈氏的追记中，另有“黄惠如与陆根荣”一段，那是《时报》易主后所载的第一件社会新闻，也是《时报》变更作风之始。这样一件小事，可是在海外，真不容易找到参考史料，也难于询问当年主其事的人呢！

某一文学史，记述鲁迅批判第三种人的经过，连累攻击到周木斋；那也是看错了周氏原文，误会了本意，才这么乱说的。鲁迅本来就十分敏感，那是事实，并不是他所说的都是正确的。我还记得木斋那篇《文人无行》在《涛声》周刊刊出时，鲁迅的确有点误会，以为“周木斋”乃是某君的化名，意在讽刺鲁迅。后来，我告诉鲁迅，周木斋另有其人，并非“化名”；那段杂文，只是主张一个作家着重在“作”，并无讽刺之意。过了一些日子，鲁迅在我家中吃饭，周木斋也在座，相见倾谈，彼此释然了。这段经过，只要看看《鲁迅书简》便可明白了。而乃以误传误，见之于新文学史，岂不是诬陷了周木斋？叫他在地下也不瞑目的。诸如这一类的错误，王瑶的《新文学史稿》中最多，也最可笑。（苏老泉辨奸之文，早经前人考证，断为伪作，而世人居然妄信，一直那么念下去；世人轻信的心理，也是值得注意的。）

“人”，这种有血有肉的动物，总是有缺点的；一成为文人，便不足观，也可以说，他们的光明面太闪眼了，他们的黑暗面更是阴森；所以诗人住在历史上，几乎等于神仙，要是住在我们的楼上，便是一个疯人。谁若把文人当作完人看待，那只能怪我们自己的天真了。笔者曾经听了一位年轻女孩子的说法，她对徐志摩的诗，那么爱好，因而对那位多才美貌的陆小曼，心向往之。她曾经想到上海去看她，要我替她介绍。我就笑着说：“还是让她的美妙印象住在你的理想中吧！”陆小曼风华绝代，那是三十年前的事；而今这个久困芙蓉帐的佳人，早已骨瘦如柴，七分像人三分像鬼了。我们谈文坛掌故，虽有人如其文的说法，却也有人不如其文的事实；文人中虽有朱自清、叶绍钧这样恂恂儒者，但狡猾阴险的也并不少。文人气量之狭小，那是“自古而然”的。本史之作，聊以存真；因为笔者也在文坛边沿占了一角，有所知闻，不甘于和那些作政治宣传的人们同一鼻孔出气的！

中国文库·综合普及类

（已出书目）

【第一辑】

经典常谈　朱自清著……………………生活·读书·新知三联书店
美学四讲　李泽厚著……………………生活·读书·新知三联书店
经书浅谈　杨伯峻等著……………………………………中华书局
语文闲谈　周有光著……………………生活·读书·新知三联书店
中国历史名城　陈桥驿著……………………………中国青年出版社
文化古城旧事　邓云乡著…………………………………中华书局
中国字典史略　刘叶秋著…………………………………中华书局
中国钱币史话　汪圣铎著…………………………………中华书局
孔子说——仁者的叮咛
　　蔡志忠编绘……………………………生活·读书·新知三联书店

【第二辑】

文心　夏丏尊　叶圣陶著………………生活·读书·新知三联书店
西谛书话　郑振铎著……………………生活·读书·新知三联书店
谈美书简　朱光潜著……………………………人民文学出版社
毛泽东的读书生活（增订本）
　　龚育之等著……………………………生活·读书·新知三联书店
在语词的密林里重返语词的密林
　　陈原著……………………………………生活·读书·新知三联书店
阅读城市　张钦楠著……………………生活·读书·新知三联书店
中国七大古都　陈桥驿主编…………………………中国青年出版社
庄子说——自然的箫声
　　蔡志忠编绘……………………………生活·读书·新知三联书店

【第三辑】

弘一法师书信　林子青编………………生活·读书·新知三联书店
三松堂自叙　冯友兰著……………………………………人民出版社
所思　张申府著…………………………生活·读书·新知三联书店
读书随笔　叶灵凤著……………………生活·读书·新知三联书店

顺生论　　张中行著 …………………………………………… 中华书局
北斗京华——北京生活五十年漫忆　　周汝昌著 ………… 中华书局
江浙访书记　　谢国桢著 ……………… 生活·读书·新知三联书店
编辑忆旧　　赵家璧著 ………………… 生活·读书·新知三联书店
诗词例话　　周振甫著 ………………………………… 中国青年出版社

【第四辑】

傅雷书信集　　傅雷著　傅敏编 ……… 生活·读书·新知三联书店
诗词格律概要　诗歌格律十讲　　王力著 ……… 世界图书出版公司
一氓书缘　　李一氓著 ………………… 生活·读书·新知三联书店
上学记(修订版)　　何兆武著 ………… 生活·读书·新知三联书店